문신

문신

3

윤흥길
장편소설

문학동네

차례

제9장

겨울이면 겨울 노래

1

"이 책을 찾으시는 겁니까?"

그는 방금 서가에서 뽑아 든 똘스또이 『復活』을 여학생 면전에 불쑥 디밀었다. 하마터면 서가 속 똘스또이 두고 웬 남학생과 경쟁할 뻔했던 여학생이 뻗친 손 후딱 거둬들이면서 백랍같이 하얀 얼굴판을 금세 능금 빛깔로 물들이고 말았다.

"찾으시는 책이 이겁니까?"

찰나를 앞질러 상대방보다 먼저 손에 넣는 데 성공한 똘스또이를 그는 미련 없이 여학생에게 넘겨주려 했다. 그러자 여학생이 희고 자그맣고 매끄러운 손결을 잽싸게 등뒤로 빼돌리면서 거지반 울상에 가까운 웃음과 함께 남학생에게 경계심을 내보였다.

"이것이 찾으시는 책입니까?"

그는 여학생이 문학으로 다가서려는 노력을 중도에 무단히 가로막은 듯싶어 책을 선선히 양보하고 싶었다. 하지만 여학생은 날림으로 급조한 웃음 뒷전에다 당황한 기색 숨기지 못한 채 잘래잘래 도리머리를 했다.

본시는 단 한 차례로 그쳤던, 간결하고도 담박한 질문이었다. 그런데도 최부용의 혼미한 의식 속에서는 질문 형식이나 상대방 반응 따위가 갖가지 양태로 분화를 거듭하면서 저희끼리 멋대로 순번 섞바꿔 간단없이 출몰하곤 했다. 어찌된 노릇인지 이연실을 맨 처음 만나던 당시 기억이 부용의 뇌리에서 줄곧 떠나지 않았다.

역전 오거리 근처에 자리한 소규모 책방이었다. 여름방학 며칠 앞둔 어느 날 하학 길이었다. 장차 자신의 인생과 질기게 연관될, 모종의 예감이라도 들었던 것일까. 방학 기간 고향집에 머물면서 읽을 책들 장만하려고 하숙집으로 향하던 발길 돌려 책방에 들렀다가 이연실과 운명적으로 조우하고 말았다. 그날 그 만남으로 말미암아 부용은 그해 여름방학 대부분을 고향집 아닌 전주부내 하숙집에서 지내야 했다. 차일피일 귀향을 미루면서 개학 때까지 내처 전주에 눌러 있을 요량으로 그는 이런 핑계 저런 구실 구색 맞춰 고향집에 보내곤 했다. 학교가 문 닫은 방학 기간에 이연실을 집밖으로 불러낼 계책 꾸미는 일 또한 여간 번거로운 노릇이 아니었다.

"실은 저 역시 오래전부터 똘스또이 선생 '복활'이란 소설에 관심이 참 많었답니다."

여학생이 잠시 뜨악해하는 눈초리로 상대방의 보이지 않는 내면 풍경을 염탐하려는 듯한 반응을 보였다.

"우리 둘이서 똑같은 시간에 똑같은 공간에서 똑같이 똘스또이 '복활'을 두고 선후를 다투다니, 우연치고는 참말로 굉장헌 우연이잖습니까?"

부용은 계속 능청을 떨어댔다. 부러 사서 하는 그 바보짓이 마침내 여학생의 무장을 해제시켰다. 낯선 남학생 접근을 잔뜩 경계하던 여학생의 흘게가 헐겁게 느즈러지는 순간이었다. 남학생 입에서 두번째 '복활' 운운이 비어지는 순간, 그때까지 기연미연하는 표정이던 여학생이 그예 웃음소리를 픽 흘렸다. 몇몇 손님만으로 만원을 이루리만큼 규모가 영세한 책방은 아주 고즈넉한 분위기였다. 책 찾는 손님 대신 무더위란 놈이 불청객 자격으로 서가와 서가 사이 좁은 통로를 그득 메우고 있었다. 한산한 가게 지키면서 중년 주인장은 남녀 학생이 주고받는 초대면 수작을 무관심한 척 눈감아주었다.

"찾으시는 책이 이겁니까?"

과거 속을 둔주(遁走)하던 부용의 발걸음은 전주부내 사방 군데 떠돌며 기억의 현장을 답사하던 끝에 출발점인 오거리 책방으로 되돌아왔다.

"무슨 말씀인지……"

매우 자신 없어 하는 투로 교복짜리 여학생이 어정쩡하게 말을 받았다. 원래 각본에 안 들어 있던 대사였다. 어쩐지 화살이 과녁을 멀리 비켜가는 느낌이었다. 기억이란 놈이 예정된 여로에서 벗어나 엉뚱한 동네로 잘못 들어서고 있다는 생각이 뇌리를 스쳤다. 그 순간, 눈이 번쩍 뜨였다. 부용은 방금 제 귀에 들린 목소리 출처를 가늠하기 위해 얼른 고개를 돌렸다.

"뭐라고 그러셨어요?"

수심 어린 낯꽃 가까이 들이대면서 이연실이 조심조심 입을 열었다. 머리맡으로 바투 다가앉는 얼굴이 갑자기 확대되면서 부용의 눈 속으로 아프게 비집고 들어왔다. 뜻밖에도 연실은 애티 졸졸 흐르는 교복짜리 여학생이 아니었다. 누님 입성 빌려 입었음에 틀림없는, 흰 저고리 검정 치마 차림의 완숙한 여인이었다. 방금 전 꿈속하고 사뭇 다른 차림새로 인해 부용은 잠시 혼돈에 빠졌다. 어쩌다 그 산뜻하던 교복 차림이 저토록 촌티 물씬 풍기는 입성으로 둔갑했을까. 소매 없는 검정 원피스 안에 하얀 블라우스 받쳐 입고, 가슴에 영란화(鈴蘭花) 교표 앙증맞게 달고 있는, 그 숫접기 그지없던 여학생은 대관절 어디로 사라졌단 말인가. 게다가 머리 맵시 또한 눈에 띄게 달라져 있었다. 방금 전 책방에서 보았던, 옆가르마 반듯하게 타 뒤쪽으로 시원스레 빗어 넘긴, 단정한 여고보생 머리가 아니었다. 오래전에 했을 파마 흔적이 아직 잔물결 형태로 남아 있는, 깔축없는 신여성 꾸밈새였다.

"이제 정신이 좀 드셔요?"

비로소 부용은 전후사정과 좌우형편을 퍼뜩 깨달았다. 맑은 정신 되찾는 순간, 그는 한동안 자신을 혼미 속에 빠뜨렸던 비몽사몽의 화사한 세계로부터 빠져나와 우중충한 현실계로 허둥지둥 귀환했다. 급한 김에 우선 팔부터 쭉 뻗어 방문 쪽을 가리켰다.

"삼 메타 내로 접근허들 말라고 몇 번이나 경고혀야 말귀를 알어듣겄소?"

꿈속에서 교복짜리 여학생과 어우러져 흐무뭇한 한때를 보냈던, 그 은밀한 속내를 부지불식간에 상대방에게 들킨 성싶어 부용은 부아가 치밀었다. 우선 저한테 몹시 부아가 났고, 잠든 동안 머리맡 내내 지키고 있었을 여자 때문에 부아는 곱빼기로 불어났다. 그토록 오랫동안 엄중히 단속해온 마음속 심연을 빌어먹을 잠꼬대란 놈이 쪼르르 달려가 여자한테 노출 지르는 바람에 단단히 약점 잡혀버린 꼬락서니였다.

"내가 키우는 노점 버럭지들이 필경 연실씨 폐부까장 갉어먹고 말 거요! 그런 불상사 만나기 전에 자기 인생 자기가 알어서 만단으로 경계허는 것이 여러 고을 이롭게 맨들 거란 말이요!"

부용은 마치 남의 귀중품 노리는 도둑처럼 노상 주변을 맴돌면서 상대방 결핵균 공평하게 나눠 갖지 못해 안달난 것처럼 어리석게 처신하는 연실을 얀정없이 욱대기고 잡도리했다.

"대관절 그 노점이란 게 무언데요?"

하지만 연실은 이마에 뿔 돋친 남자를 전혀 겁내지 않았다. 여전히 머리맡 고수한 채 철부지 눈빛으로 남자 얼굴 말똥말똥 들여다보는 중이었다.

우여곡절 끝에 연실은 샛내교회로 거처를 옮김으로써 산서에 본격으로 터를 잡기 시작했다. 산서 주민 된 이래 그니의 신상에 일어난 맨 처음 변화는 뭐니 뭐니 해도 파겁이었다. 최부용이란 사내 두려워하지 않게 된 점이야말로 가장 괄목할 변화였다. 눈만 세게 흘겨도, 목청만 약간 높여도 대뜸 눈물바람 앞세우며 앵돌아앉아 어깻죽지 들썩이기 일쑤였던 여자가 불과 열흘 만에 남자를 겁내기는커녕 얼굴 맞대고 눈 똑바로 뜨며 콩콩 말대꾸 던질 정도로 간덩이가 부어올라 있는 것이었다.

"여적지 폐결핵이 뭔지도 몰랐단 말이요? 사람 폐장 꼬작꼬작 파먹고 들어가는 그 무시무시헌 전염병을 모른단 말이요?"

그 방면 대선배 격인 누님의 개인교습 통해 성깔 꾀까다롭기로 호가 난 남자 다루는 법을 훈수받고 있음이 분명했다. 늑대보다 사나운 폐결핵도, 호랑이보다 무서운 아버지도 어느 날부터 전연 두려워하지 않게 된 누님 특별한 이력이 연실에게 지대한 영향력을 끼치고 있음에 틀림없었다.

"폐결핵보다는 노점이란 병명 쪽이 더 보드랍고 정감 있게 느껴지네요."

이제 웬만한 위협에는 어마뜨거라 도망칠 여자가 아니었다. 때문에 부용은 별수없이 제 쪽에서 먼저 여자를 피해 도망치는 길을 택할 도리밖에 없었다. 그는 이부자리에서 옆으로 두어 바퀴 뒹굴어 벽으로 바싹 붙음으로써 연실과의 사이를 최대한 넓게 확보했다.

"사모께서 문둥병자를 손으로 만져서 고쳐주신 분 얘기를 들려주셨어요."

근자 들어 연실에게 지속적으로 영향력을 행사하는 인물은 누님만이 아닌 듯했다.

"그것이사 전연 다른 경우 얘기 아니요? 연실씨는 한 번 죽었다 두 번 깨나도 야소 씨가 될 수는 없잖소!"

누님 못지않게 문목사 사모가 세찬 흡인력으로 액체 같은 연실의 영혼을 빨아들이고 있는 듯했다.

"물론 그럴 수야 없지요. 그렇지만 누구든지 흉당 안에 예수 그리스도를 구주로 영접하기만 하면, 문둥병이나 폐결핵 같은 악증도 전연 두려울 게 없다고 사모께서 누누이 말씀하셨어요."

그런 불상사가 벌어질 가능성을 염려한 나머지 부용은 샛내교회로 거처를 옮기자는 누님 제안에 마지막 순간까지 반발하고 저항했다. 부득불 본가에서 멀리 떨어져야 할 사정이라면, 차라리 백상암을 거처로 정하고 싶었다. 비교적 임의로운 관계인 범천스님 밑에서 지내는 것이 기중 어련무던한 선택일 것 같았다. 이미 망징패조(亡徵敗兆)가 들어버린 인생이었다. 고사목 같은 제 인생 위에 균사(菌絲)처럼 달라붙어 도무지 떨어질 줄 모르는 연실을 모지락스럽게 물리치기 위해서는 노장스님 뒷전으로 숨어버리는 게 가장 효과적인 방법일 거라 생각되었다.

"사모께서 닐아샤대! 사모께서 대답하야 갈아샤대!"

예수쟁이 누님 말투 흉내내면서 부용은 벽면을 향해 비웃음 한 입 빼물었다. 연실을 어떡하든 떼버리려는 부용의 의도와 어떡하든 둘을 묶어 밖으로 내보내려는 순금의 의도가 충돌하는 바람에 남매는 며칠간 팽팽한 줄다리기를 벌여야 했다. 부용이 누누이 강조하는 백상암의 장점은 으레 순금에 의해 절대불가 단점으로 바뀌곤 했다. 우선, 거리가 멀고 길이 험한 탓에 병자 뒷바라지 때문에 자주 왕래할 가족들한테 너무 불편한 환경이라는 주장이었다. 귀둥이로 곱게만 자란 미혼 처자가 남자와 함께 기거하면서 병구완에 매달리기엔 사찰이 지닌 제반 여건이 지나치게 열악하다는 주장이기도 했다. 그래서 산서 일대 통틀어 요양생활에 알맞은 장소는 오직 한 군데, 샛내교회밖에 없다는 논리였다. 결국 누님 쪽만 역성드는 어머니와 사촌형 강권에 못 이겨 부용은 이를테면 적군 요새나 다름없는 샛내교회 안으로 포로처럼 끌려갈 수밖에 없었다. 하지만 부용은 구제불능 병자 뜯어고쳐 절망의 사람 아닌 소망의 사람으로 환골탈태시키려고 별러대는 여인들 불순한 야합 앞에서 여전히 저항 의지를 굽히지 않고 있었다.

"무신 여자가 절벽에서 투신허딧기 급전직하만 되풀이허는 거요? 도대체 그 똑똑허든 두뇌는 얻다가 팔어먹고 빈 머리통만 되똑허니 얹은 채로 사는 거요? 언필칭 목사 사모 들멕이지 않고는 입도 벙끗 못헐 지경으로 얼간이가 되야뿌렀다는 사실을 아즉도 본인만 못 알어채리고 있단 말이요."

사나운 목자 허옇게 부라리며 부용은 신경질적으로 으르렁거렸다.

"시초부터 저는 얼간이였어요. 그런 줄 여태 모르고 계셨어요? 얼간이니까 당연히 부용씨같이 몹쓸 남자를 못 떠나고 있겠지요."

주눅든 기색 없이 연실이 암팡지게 대거리했다. 오십전어치로 족할 부아통을 자그마치 오십원어치나 터뜨리는 남자를 가만히 지켜보면서 그니는 해죽이 웃기까지 했다.

"이 최부용이로 말헐 것 같으면, 옛날 옛적 고보생 시절에 벌써 신구약성서 전편을 통독헌 끝에 남은 평생을 무신론자로 살기로 작심헌 사람이요! 차후로 내 앞에서 선불리 예수 그리스도가 어쨌다느니, 목사 사모가 저쨌다느니, 헛소리는 당최 비치지도 마시요!"

예배당 바로 뒤, 사찰집사 내외 거처인 사택 한쪽에 참새처럼 둥지 틀어 변칙적인 딴살림을 시작했다. 연실은 풀방구리 드나드는 새앙쥐처럼 목사관과 사택 사이를 진종일 연락부절로 오가곤 했다. 부용은 흡사 탈피중인 구렁이처럼 사택 방구석에 똬리 튼

채 자면서 깨고 깨면서 자기를 반복하는 틈틈이 연실을 구박하고 학대하면서 마냥 더디게만 흘러가는 시간 붙잡고 지겹도록 힘겨룸을 벌이곤 했다. 두 남녀는 부부지간도 아니고 남남지간도 아닌, 참으로 어중된 관계를 아슬아슬하게 유지하고 있었다. 육례 갖춰 초례청 밟은 가시버시가 아닌지라 주변 따가운 이목 피하기 위해서는 양쪽 모두 미풍양속에 크게 저촉되지 않는 관계임을 내외에 드러낼 필요가 있었다.

동거 반 별거 반으로 바꿈살이 같은 살림 시작한 후, 연실의 신상에 나타난 두번째 변화는 모방 습관이었다. 하루가 다르게 누군가를 점점 닮으려 하고, 이틀이 멀다 하고 새롭게 누군가의 언동을 흉내내려 하는 그 점이었다. 언행 모방부터 심사(心事) 모방까지 누군가를 빼쏜 듯 닮아야 된다고 연실을 부추기는 세력이 바로 누님과 목사 사모였다. 걸핏하면 성경 구절 들먹이고 툭하면 예수 그리스도 입길에 올려 버릇하는 연실의 면모는 맨 처음 정세권 만나 야소교 수렁 속으로 거추없이 빠져들던 당시 누님을 연상시켰다. 누님과 사모 영향력이 주리고 헐벗은 연실의 영혼 속으로 깊숙이 개입하기 시작했음을 보여주는 구체적 증거는 비근한 일상에서 숱하게 찾아낼 수 있었다. 두 여자가 합작해서 연실의 영혼 화선지 삼아 자기네 취향대로 사군자도 치고 미인도나 조충도(鳥蟲圖)도 그려가며 번차례로 세뇌 작업에 임하고 있음은 불문가지였다.

물론 누님은 처음부터 무신론자 연실을 자신과 똑같은 찰예수쟁이로 개조할 마음까지는 먹지 않았으리라. 병든 총각과 사대삭신 육천 마디 죄 멀쩡한 처녀를 한 꿰미로 묶어 교회 울타리 안에 변칙적이나마 신접살림 차리게끔 선도한 것은 그것 외에 다른 방책이 전무했기 때문이리라. 곧 죽어도 예배당 신세는 결단코 지지 않겠노라고, 예수쟁이 의지하며 연명하느니 차라리 백상암에 들어가 머리 배코 치고 속세와 절연한 채 지내다 죽겠노라고 부용은 부득부득 우기며 막무가내로 버티었다. 하지만 누님은 동생보다 한층 더 강고한 의지와 고집으로 밀어붙인 끝에 기어이 교회 사택에 거지반 감금하다시피 병자를 격리시키고 말았다. 집 안팎 사정 두루 감안할 때, 누님으로서는 어쩔 도리 없는 조처였음도 모르는 바는 아니었다.

하지만, 이유야 여하튼지 간에 부용은 포로처럼 혹은 인질처럼 꼼짝없이 남의 집 한구석에 틀어박혀 지내는 귀양살이만큼은 끝내 선의로 받아들여지지 않았다. 일단 교회 경역 안으로 끌어들이는 데 성공한 찰예수쟁이들이 길 잃은 어린양을 처음부터 곱게 내버려둘 리 만무했다. 기회 놓칠세라 누님과 사모가 조석으로 갈마들면서 연실을 상대로 영혼의 값어치를 흥정하기에 여념이 없는 기색이었다. 잃어버린 양 한 마리 무게가 우릿간에 있는 아흔아홉 마리 양들 무게의 총합보다 더 무겁다는 식의 비이성적 비논리적 가감산이 목사관 내부에 난무하는 눈치였다.

병자 보살피고 시중드는 시간 빼고 연실은 낮이면 주로 누님 차지, 밤이면 온전히 사모 차지가 되곤 했다. 누님은 직장 통근하듯 날마다 감나뭇골 집과 동천리 샛내교회 사이를 개근하다시피 오가곤 했다. 시일이 지나면서 쌍방 모두 새로운 생활에 웬만큼 익숙해지자 누님은 병구완 노릇 연실에게 몽땅 떠넘긴 채 가급적이면 동생 앞에 모습을 드러내지 않으려 삼가는 기색이었다. 교회 경역 안에 발 들이자마자 연실을 조용히 밖으로 불러내 한참씩 무슨 얘긴가를 쏙닥쏙닥 주고받고 나서 그냥 목사관 쪽으로 발길 돌리기 일쑤였다.

연실은 밤이 이슥해지면, 진짜로 잠들었거나 짐짓 잠든 척하는 병자 곁 살그미 벗어나 목사관으로 자리를 옮기곤 했다. 옥살이하는 목사 대신 교회 지키며 독수공방중인 사모가 넝쿨째 굴러든 호박 다름없는 말동무를, 말귀 얼른 알아듣고 고분고분 얌전히 따르는 젊은 말상대를 곱다시 그냥 재울 리 만무했다. 숙박비 안 받는 대신 연실에게 다른 일거리로 대가를 지불하도록 했다. 잃어버린 양에 해당하는 불신 처자를 동틀 무렵까지 이리 끌고 저리 끌면서 하룻밤 사이에 천당과 지옥을 번차례로 견학시키는 공사가 근자 들어 부쩍 더 잦아진 눈치였다.

"시방 몇 시나 되얐소?"

께느른히 가라앉은 몸뚱이 가까스로 추슬러 바람벽 등지고 앉으면서 부용은 풀기 없는 목소리로 물었다. 애먼 사람 붙잡고 터무니없는 트집거리 들이대며 번번이 못살게 구는 짓거리도 이제는 신물나리만큼 슬슬 지겨워지기 시작했다. 끊임없이 연실을 집적거리고 괴롭혀야만 직성이 풀리는 듯싶던 그 살벌한 감정풀이는 으레 병약한 심신을 한층 더 황폐하게 갈아엎는 쟁기질 효과만 낳고 말았다.

"아마 네시쯤 되었을 것이어요."

"오후 네시라면 서너 시간 템은 족히 송장맨치로 꾸드러져서 낮잠에 빠져 있었었고만."

그새 잠든 병자 방치하고 무책임하게도 목사관에서 장시간 머물다 돌아온 연실의 소행을 넌지시 지적하고 싶은 속내가 목소리 표면에 묻어나지 않게끔 부용은 일부러 혼잣말 형식을 취했다.

"누님은 언제 가셨소?"

이를테면 그것은, 경부 마나님은 언제쯤 산서 떠나 전주로 향발했느냐고 묻는 형식이었다.

"떠나신 지가 한참 되었어요. 곤하게 잠든 사람 깨우기가 미안해서 인사도 없이 그냥 간다고 말씀하셨어요."

명토 박아 지목한 건 아니지만, 연실 또한 누님을 빙자해서 제 어머니 의사를 간접적으로 전달하고 있음이 분명했다. 언제부터인지 불편하고 고약한 금기 하나가 둘 사이로 끼어들더니만, 이제는 매우 거북살스럽게 터를 잡아버렸다. 연실의 부모와 관련된 말 입길에 올리는 언동을 상대방 면전에서 절대 하지 않기로 피차간에 묵계가 이루어진 셈이었다.

그날 점심 무렵이었다. 여느 날에 비해 느지막이 나타난 누님이 방문 밖에서 연방 눈을 찌긋거리며 연실에게 보내는 신호를 부용은 놓치지 않았다. 여자로서 누릴 행복을 폐병쟁이 남자한테 앗겨버린 박행한 외동딸 만나기 위해 경부 마나님께서 또다시 산서 고을에 납셨음을 짐작케 하는 수작질이었다. 성깔 곤두선 병자가 자신의 산서 출입 몹시 마뜩잖게 여기는 줄 번연히 아는지라 경부 마나님은 매번 젊은 사돈 방패로 앞세운 채 은밀하게 딸을 면회하곤 했다. 그런 내막 귀띔하는 입 없는데도 부용은 눈물겨운 모녀 상봉이 한 주 간격으로 목사관 안에서 이루어진다는 사실을 진작부터 거니채고 있었다. 그렇다고 쌍지팡이 짚고 나서면서 모녀지간 천륜 가로막을 수는 없는 노릇인지라 부용은 저간의 사정 훤히 꿰뚫고 있으면서도 경부 마나님 잦은 산서 출입에 대해 내처 모르는 척 의뭉을 떨 따름이었다.

"탕제 드실 시간이 많이 지났네요."

제 신분이 다름아닌 보호자 자격임을 연실이 넌지시 일깨워주었다. 약 가져오겠다며 일어서는 연실을 무심코 올려다보는 순간, 부용은 뭔가 퍼뜩 짚이는 구석이 있음을 깨달았다.

아마 네시쯤 되었을 것이어요. 방금 전 연실의 말이 마치 단단히 뭉친 체물 덩어리처럼 명치 부위에 딱 걸려 있는 기분이었다.

아마라니? 더군다나 네시도 아니고 네시쯤이라니? 불현듯 떠오르는 바 있어 얼른 연실의 왼쪽 손목 부위를 주시했다.

"시방은 또 몇 시나 되얐소?"

제 손목 겨냥하고 쇠꼬챙이처럼 파고드는 시선 알아차린 연실이 별안간 당황하기 시작했다. 급한 김에 우선 저고리 소매 끝동 끌어당겨 왼쪽 손목 덮을 요량으로 나우 어수룩하게 수작을 부리려 했다. 하지만 부용이 확인할 것을 이미 확인한 다음이었다. 차마 못 볼 것을, 절대로 봐서는 안 될 꼴을 그예 보고야 만 것이었다. 여느 부위에 비해 왼쪽 손목이 유난히 더 뽀얗게 도드라져 보였다. 다른 데하고 또렷이 구분되리만큼 새하얀 띠 하나가 손목 부위를 감고 있었다. 오랫동안 햇볕과 접촉을 차단해온 흔적이었다. 극히 최근까지 손목시계를 차고 있었다는 증표이기도 했다. 누님 눈짓 신호에 따라 방을 나설 당시만 해도 연실의 손목에는 세상에서 제법 귀물로 대접받는 미국제 왈삼 시계가 분명히 채워져 있었다. 아, 저 여자 귀중품 하나가 또 주인 잘못 만난 죄로 졸지에 부지거처가 되고 말았구나!

"방금 전에 네시라고……"

우물쭈물 중얼거리며 몹시 허둥거리는 걸음걸이로 서둘러 방을 빠져나가는 연실의 뒤태를 응시하면서 부용은 끝내 자탄을 금치 못했다. 또다시 엄습하는 절망의 파고가 왈삼 시계 행방 추궁하고자 벼르던 의지를 썰물처럼 쓸어가고 말았다. 부용은 파도 속으로 투신하듯 머리통을 아무렇게나 이불 속에 처박아버렸다.

그야말로 밑 빠진 가마에 물 붓기요 돌 던져 한강 메우기였다. 이문은 고사하고 본전마저 깡그리 날리기 십상인 흥정이고, 엄청나게 밑질 게 보름달 보듯 뻔한 거래였다. 짜장 어리석기 그지없는 도박이었다. 그럼에도 불구하고 연실은 수중에 지닌 것 전부를 몽땅 투자해서 한 남자의 썩어문드러진 육신과 타락할 대로 타락해버린 영혼 건지는 일에 광적으로 집착하는 것이었다. 최부용이란 인간과 관련된 문제라면, 누구보다 최부용 자신이 가장 속속들이 꿰고 있었다. 제아무리 기를 쓰고 용을 써봤자 말짱 헛수고에 그칠 공산이 큰 모험이었다. 연실이 곁에서 밤낮으로 죽살이쳐 매달린다 해서 쾌차할 질환도, 그렇다고 눈에 띄게 차도를 보일 법한 병세도 아니었다. 실정이 그러함에도 불구하고 연실은 무지개 좇는 아이처럼 허황한 꿈에 이끌려 일방적으로 손해 보는 거래를 자청하고 있었다. 좋은 신랑 만나 아들딸 낳고 행복하게 살라고 부모가 미리감치 정성들여 가지가지로 장만한 혼수였다. 그런데 좋은 신랑 되기 애저녁에 글러먹은 남자와 덜컥 어우러지는 바람에 연실은 행복과 담을 쌓은 신접살이에 그 귀한 혼수를 하나씩 둘씩 착실히 까먹고 있는 중이었다.

두번째로 산서를 방문하던 날, 경부 마나님은 지게꾼한테 지워 크고도 무거운 부담롱 두 짝을 감나뭇골로 옮겨 날랐다. 집 마다하고 출분한 외동딸과 인연 싹둑 끊는 값으로 부모가 넘겨주는 마지막 분깃이었다. 부담롱 내부는 앞으로 언젠가 있을 금지옥엽 외동딸 혼사 위해 경부 나리와 마나님이 만단으로 장만해놓은 비단 필과 패물서껀이 가득 채워져 있었다.

경부 나리는 딸하고 인연 끊기로 작심했던 처음 태도를 마지막까지 아무런 변통수 없이 어기차게 밀고 나갈 태세였다. 하지만 마나님 쪽은 달랐다. 남편 몰래 산서 출입하면서 남편과 딸 사이에 요령껏 양다리 걸친 형국이었다. 어머니가 한 행보씩 산서를 내왕할 적마다 연실은 매번 부담롱을 뒤지는 눈치였다. 혼수 가운데 제법 돈이 될 만한 품목 한두 가지씩 추려 어머니한테 처분을 의뢰하는 듯했다. 그 같은 경로 거쳐 전주에서 돈으로 환산되어 산서로 되돌아온 혼수가 어떤 용처에 쓰이고 있는지, 바보가 아닌 이상 부용이 결코 모를 턱이 없었다. 지난날 한 여인의 꿈과 미래 담보하던 혼수는 결국 재주 한 바퀴 넘은 다음 뾰쪽한 주사침이나 동글납작한 알약 형태로 바뀌었다. 다시 재주 한 바퀴 넘고 나서 그것들은 염치도 없이 혈관이나 식도 따라 병골 체내로 유입되곤 했다. 연실 어머니가 다녀가고 나면 으레 금전의 효능과 권력의 훈김 없이는 대처 병원이나 양약방에서도 여간해서 구입하기 어려운 약제들이 부용의 신변에서 눈에 띄곤 했다.

"따끈할 때 어서 드셔요."

그새 또 졸았던가, 아무런 기척도 못 들은 것 같았다. 그런데 어느 겨를에 방에 들어왔는지, 속삭이는 소리가 불시에 부용의 귓전을 간질였다. 약사발을 양손으로 조심스레 받쳐 든 채 당장 일어앉을 것을 연방 눈으로 재촉하고 있었다. 새하얀 사기그릇과 그 안에 담긴 시커먼 탕제의 극명한 빛깔 대비가 왠지 모르게 정갈한 인상보다는 만만찮은 비극을 내면에 잉태한 듯 몹시 거슬리는 이질감으로 다가왔다.

"연실군은 시방 철부지맨치로 모래성 따우나 쌓는 놀음에 달팍 고부라져서 헛물만 키고 있는 거요!"

남자가 새잡이로 걸어오는 시비에 여자는 아무런 대척도 하지 않았다.

"연실군은 시방 신기루 따우나 좇아가는 허황헌 꿈만 꾸고 있는 거요. 목구녁에 불이 붙은 캬라반이 물을 찾고 잪은 열망 한 짐 짊어졌다고 허깨비 신기루를 실물 오아시스로 둔갑시킬 수는 없는 노릇 아니겠소? 엊그저께 사막은 시방도 사막이고 니알모리도 사막일 뿐이라는 사실을 연실군은 명심헐 필요가 있소."

이부자리에 납작 엎드려 간신히 고개만 바루고 부용은 일기죽알기죽 연방 고약한 입정만 놀렸다. 연실이 방바닥에 앉은 양은 쟁반 위에 약사발을 얌전히 내려놓았다. 그런 다음, 잡담 제하고 가슴 밑으로 팔을 쑤셔넣더니만 해묵은 짚단처럼 가붓한 병구를 그다지 힘도 안 들이고 덥석 안아 일으켰다.

"약 먹는 남자는 젊으나 늙으나 말짱 다 투정 많고 변덕이 끓는 어린애로 퇴행하는 법이래요. 그러니까 남자 겉모양만 보고 어린애한테 어른 대접을 하면 못쓰는 법이래요."

"또, 사모께서 널너 갈아샤대요?"

"아니고요, 이번에는 누님께서 대답하야 갈아대……"

"도대체 연실군 본인 소견은 어느 구녁으로 죄다 빼돌리고 맨날 넘들 소견만 꾸어다 쓰는 거요? 학창시절에는 칠월 귀뚜리맨치로 똑똑허든 연실군 아니요? 지난날 그 똑똑이가 언제부텀 앵무새맨치로 하나에서 열까장 그저 매사에, 사모 갈아샤대, 누님 갈아대만 죽자사자 읊어대는 괴뢰로 전락허고 말었소?"

"평생 부용씨 곁에 있기로 작정한 순간부터지요."

연실이 침 한 덩이 꼴깍 삼키고 나서 말을 이었다.

"바로 그 순간부터 부용씨가 아는 이연실은 죽었어요. 죽어 없어지고 말았어요. 부용씨가 예전 모습을 되찾는 그날까지 이연실이란 여자는 절대로 자기 존재를 주장하지 않겠노라고 그때 맹세를 했답니다."

말을 마치자 연실은 기구 드리는 자세로 양손 조신하게 모아 약사발을 들어올렸다. 부용은 제 입으로 접근하는 약사발을 손거칠게 휘둘러 물리쳤다. 그 사품에 사발 속 내용물이 잘겁하고 질겁하면서 질름질름 몸을 흔들어댔다. 그믐밤 어둠같이 시커먼 내용물이 사발 운두 타고 밖으로 넘치면서 탕제 특유의 고약한 냄새를 온 방에 흩뿌렸다.

"옛날 옛적 전주 시절에 나한티서 빌려갔든 사옹(沙翁) 선생 비극편을 연실군은 시방도 기억허고 있소?"

눈동자 안쪽 사정을 염탐하듯 연실을 빤히 바라보면서 부용은 생뚱맞게 셰익스피어를 들먹였다.

"비극편을 보면, 교묘헌 살인사건이 등장허지요. 동생이 왕위를 찬탈헐 야심으로 형 귓구녁에다 헤보나라는 독액을 몰래 흘려서 왕을 시해허지요. 그러고 나서, 선왕이 낮잠을 자다가 독사한티 물려서 승하허셨다고 발표를 허지요. 인제 쪼깨 기억이 나시요?"

선왕의 혼령에 의해 시해 진상이 밝혀지는 대목을 두고 부용의 친절한 해설이 마냥 장황해질 기미가 보이자 연실은 손에 들린 사발 색깔로 낯꽃이 점차 해쓱하게 바래졌다. 학창시절 읽었던 사옹 비극편을 아직도 생생히 기억하고 있다는 증좌였다. 그처럼 두려운 빛이 얼굴에 어리기 시작한 것은 시해 진상이 밝혀지는 극적 장면 때문이 아닐 것이었다. 남자 입에서 다음에 튀어나올 이야기가 무엇인지 짐작이 가고도 남는 탓일 것이었다.

"귓구녁에다 헤보나를 흘려옇는 살해 수법은 벌써 구식이 되야뿌렀소. 하물렛 왕자가 활동허든 당시 정말(丁抹) 나라에서는 제법 최신식 수법으로 대접받었을지 몰라도, 오날날에는 그따우 구태의연헌 수법이 안 멕혀드는 시대가 되야뿌렀소. 개명천지 살어가는 요샛 사람들도 감쪽같이 속여먹을 수 있는, 참말로 교묘무쌍헌 살해 수법이 어떤 건지 연실군은 알고 잪지 않소?"

"그런 것 전연 관심 없어요."

"예전에 어떤 탐정소설을 읽다가 나도 모르게 감탄을 불금헌 적이 있었소. 완전범죄를 추구허는 신종 살해 수법을 발견헌 거요. 그게 뭔고 허니, 의사 직업 가진 살인범이 의학적 지식을 동원혀서 환자 발뒤꿈치 정맥에다 주사기로 공기를 주입허는 수법이요."

"제발 부용씨……"

"알겄소? 맹독성 독극물도 아니고, 그냥 인간이 숨쉴 적에 마시는 보통 공기란 말이요. 바람 빠진 츄브에다 뽐뿌질허딧기 그냥 냄새도 없고 색깔도 없는 보통 공기를 발뒤꿈치 정맥에다 주입허드라, 그 말이요. 불쌍헌 환자는 다음날 여축없는 시체로 발견되지만, 소설이 거진 끝날 때까장 날고뛴다는 민완형사도 사인을 지대로 못 밝혀내드라, 그 말이요."

"식기 전에 어서……"

"지옥 동네 공동시암에서 떠온 흑암물질맨치로 징글맞게도 시커먼 그 액체를 목구녁에다 붓느니 차라리 내 발뒤꿈치 정맥에다 뽐뿌질허고 잖소!"

연실의 낯꽃이 마침내 완연한 울상으로 바뀌었다. 약사발 받쳐든 손이 심히 떨리고 있었다. 상대방 약세 간파한 부용은 그 절호의 기회 놓치지 않고 여자의 해묵은 생채기를 일삼아 옴파기 시작했다.

"연실군은 시방도 그 사실을 기억허시요? 평생을 갚어도 다는 못 갚을 어마어마헌 부채를 나한티 지고 있는 것 말이요. 설마 허니 그새 다 잊어먹지는 않었겄지요? 흉당 안에 다만 한 모숨이라도 측은지심이 남어 있다면, 연실군은 그날 사랑채 대들보에 매달린 채로 뒤어지게코롬 나를 그냥 내비두는 게 옳은 처사였소. 당자 소원대로 숨 꼴까닥 넘어갈 때까장 그냥 모르는 치끼 외면허는 편이 측은지심 가진 여자로서 취헐 마땅헌 행동 아니겄소? 그러콤 처신허는 것이 상대방에 대헌 최소한도 예의고 최대한도 적선 아니겄소? 그런디, 연실군이 무작정 넘에 일에 끼어들어서 산통을 바싹 깨고 만 거요. 연실군 구조가 내 계획을 엉망진창으로 망쳐뿔고 말었소. 그보담 어떻게 더 나를 비참헌 꼴로 맨들 수가 있겄소? 그런 처신으로 연실군은 지난적에 내가 저질렀든 잘못보담 훨낀 더 잔인무비헌 수법으로 복수를 단행헌 거요. 잠든 사람 눈치 못 채게 귓구녁에다 헤보나 쏟아붓딧기 말이요. 발뒤꿈치 정맥에다 공기를 뽐뿌질혀서 환자를 살해헌 의사맨치로 말이요. 연실군은 오랜 세월 꿈꿔왔든 보복 살인에 여봐란딧기 성공헌 거요."

"그런 억지가…… 세상에 그런 억지가……"

"연실군이 그날 나한티 진 빚을 인제는 갚을 때가 되얐다고 생각허지 않소? 산송장 매일반 몸땡이로 알탕갈탕 연명허는 내 꼴이 연실군은 불쌍치도 않소? 연실군 흉당에 서푼어치 긍휼지심이라도 들어 있다면, 금시당장 그 빚을 갚으란 말이요! 한때나마

정분 텄든 남자한티 적선허는 폭 잡고 금시 당장 내 숨통을 끊어 주시요!"

손의 떨림이 자신의 의지로 감당 못할 지경에 이르자 연실은 결국 약사발을 포기했다. 부용은 연실의 손 떠나 양은 쟁반 위로 자리 옮기는 약사발을 눈으로 좇았다. 그리고 시커먼 탕제 안에 표독스러운 시선 퐁당 빠뜨리면서 계속 어깃장을 놓았다.

"탕제에다 양잿물이나 청강수를 탔다면, 나는 당장이라도 웃는 낯꽃으로 마실 수가 있소. 그 물건이 무싯날 노상 마시든 보중익기탕이라면, 제발 먹고 죽을 만침 독극물 넉넉허니 타서 새칠로 가져오시요!"

"마음에도 없는 말씀일랑 제발 그만 거두셔요."

"맴에도 없다니? 대관절 무신 자격으로, 맴에 있네 없네, 단정허는 거요? 좌우지간 여러 소리 필요 없소! 치사량이 넘게코롬 독액을 타서 새칠로 가져오시요! 앞으로 연실군이 주는 약은 뭣이 되얐건 일절 입에 안 댈 작정이니께 그리 아시요! 시방 어딜 가는 거요? 내 말 다 안 끝났단 말이요!"

"목사관에 다녀오겠어요."

"목사관은 또 왜요?"

"면경을 가져오려고요."

토방으로 내려서면서 연실이 눈물방울 닮은 목소리를 마루 끝에 점점이 떨어뜨렸다. 부용은 대뜸 질겁했다. 면경이라니, 이 무슨 생뚱맞은 수작인가!

"아닌 밤중에 홍두깨도 유분수지, 뜬금없이 웬 면경 타령이요?"

평상시 거울 상대하기를 마치 난신으로 원산대호 출몰하는 고갯마루 넘기보다 더 끔찍이 여기던 부용이었다. 거울을 마지막으로 본 것이 언제 일인지 기억조차 가물거릴 지경이었다. 몸뚱어리 형편없이 철골된데다 용모도 풍채도 모조리 결딴나버린 약점 이용하려는 속셈임에 틀림없었다. 목불인견으로 앙당그러진 제 몰골 제 눈으로 확인하는 절차가 실인즉슨 너무도 끔찍한 노릇인지라 오래전부터 신변에 거울 비슷한 물건도 두지 않은 채 마치 얼굴 없는 인간인 양 맹목으로 지내는 생활에 어느덧 익숙해져 있었다.

"해골박적 같은 상판대기 골골샅샅 비춰주는 면경을 들이대면서 날 고문헐 심산이요? 게우 고따우 수법으로 날 살해헐 수 있다고 믿는 거요? 괘얀시 쓰잘디없는 짓 도모헐라 마시요! 면경 따우는 필요 없소!"

"필요가 있고말고요! 부용씨 신수가 그새 어떻게 변하고 얼마나 달라졌는지, 본인 눈으로 직접 들여다볼 때도 됐잖아요?"

마루 끝에 걸터앉은 것도 아니고 그렇다고 일어선 것도 아닌, 매우 어정뜬 자세로 연실이 여느 때 고분고분하던 태도 같지 않게 악지를 세웠다.

"쪼그랑박적 신수가 보름달맨치로 훠영청 밝어졌다면, 그게 다 이연실이 덕택인지 알거라, 그 말이요? 내 앞에서 시방 자기 은공 생색내겄다는 거요? 텍도 없는 말장난, 당장 치우시요!"

부용의 감사나운 경고에 발목 잡히는 바람에 연실은 끝내 토방을 벗어나지 못했다. 마루 끝에 반쪽 엉덩이 겨우 걸치고 오도카니 앉아 먼산바라기만 하고 있었다.

"본인 눈으로 직접 들여다볼 때라고? 흥!"

콧방귀가 절로 뀌어졌다. 예나 이제나 제 낯짝에서 달라진 구석은 눈을 헹구고 봐도 없음을, 오히려 이전보다 더욱 처참한 몰골로 앙당그러져 있다는 사실을 확인할 요량으로 부용은 손바닥을 눈동자처럼 사용해서 제 면상을 골골샅샅 더듬기 시작했다. 그러자 낯가죽 빽빽 문질러대는 마찰열에 화상이라도 입은 푼수로 턱자가미와 손바닥 사이에 끼인 수염이 까칠까칠 엄살을 떨기 시작했다. 새벽질하느라 풀비로 장판지 숨죽일 때 나는 소리 비슷한 그 마찰음이 귀에 몹시 거슬렸다. 손끝에 닿는 족족 모조리 뽑아 비비꼰다면 삼끈보다 질긴 타락줄도 너끈히 장만하리만큼 텁수룩하게 자란 수염이 면상 절반을 뒤발하다시피 하고 있었다. 제아무리 탐욕스러운 노점 벌레일지라도 신체발부 가운데 도무지 먹어치울 재간이 없어 끝내 포기하는 부분이 다름아닌 수염인 듯했다.

"면경 부조 없이도 최부용이 상판대기 사정이 시방 어느 정돈지는 누구보담 최부용이 본인이 잘 알고 있소. 날이날마다 초저녁 어슬녘부텀 새벽닭 울 때까장 이승허고 저승 간에 양다리 걸친 채로 방문 앞에 저승사자 당도허기만 지달리는 상판대기란 말이요."

"제 말을 그렇게도 못 믿겠어요? 제 말이라면 떡을 편이라 불러도 도리질만 하기로 작정하셨어요?"

뜻밖에도 연실이 보일락 말락 미소를 지었다. 한동안 목석으로 굳어 있던 낯꽃이 어느 틈에 눅지근하게 풀려 있었다.

"뭣 땜시 기분 잡치게 웃는 거요?"

"그래도 미심쩍거들랑 기억을 더듬어보셔요. 요 근래 해수증 때문에 고생하신 적이 있었는지요."

"해수증이라고?"

부용의 표정이 갑자기 멍추의 그것으로 맹하게 바뀌었다. 연실의 권면대로 기억이란 물건을 가만가만 굴려보다가 그는 깜짝 놀랐다. 정말 그랬다. 아닌 게 아니라 가슴 쥐어뜯고 사대삭신 욱대기는 기침 발작으로 말미암아 시달린 기억이 요 며칠 새 별로 없었던 것 같았다. 별로가 아니라 도통 없었다 해도 과언이 아니었다. 그런 기억이 없다는 것도 좀체 믿기지 않거니와, 제 몸에서 그토록 변화가 진행중인데도 여태 그런 기미를 알아차리지 못한 채 그냥 무심코 지나쳤던 것은 더더욱 믿기지 않는 일이었다. 그런 변화를 똥겨준 사람 향한 분노가 치받기 시작했다. 부용은 하마터면 잊을 뻔했다는 듯 갑자기 생짜로 기침을 터뜨림으로써 다시금 어깃장을 놓기 시작했다. 연실로 하여금 소태처럼 쓰디쓴 낙담을 맛보게 할 요량으로 부러 터뜨리는 기침이었다. 하지만 그 기침은 멀쩡하던 봇둑 일삼아 허무는 거나 다름없는 자충수가 되고 말았다. 방류되기 시작한 봇물처럼 일단 터진 기침 발작은 여간해서 수그러들 기미가 안 보였다. 깜빡 잊은 채로 지내는 동안 손해났던 분량까지 단번에 벌충하려는 듯 오랜만에 도진 기침 기세가 자못 요란했다. 기침에 딸려오는 흉통이 병든 육신 골골샅샅을 한 파수 또 거세게 휩쓸고 지나갔다. 가슴 옥죄고 기관지 물어뜯는 그 통증 견디다못해 방바닥을 데굴데굴 굴러다니며 몸부림치는 시늉에 고부라지다가 그만 애꿎은 약사발을 발로 걷어차 발라당 뒤엎고 말았다.

연실은 그만 넋이 멀리 달아난 듯했다. 어떻게 손쓸 바 모르는 채 우왕좌왕하면서 설레발만 놓고 있었다. 기침의 늪에 멱까지 잠겨 익사 위기에 처한 듯 허우적거리는 남자를 위해 연실이 맡을 만한 역할은 아무것도 없었다. 그저 경황없이 남자 주변 맴돌면서 발만 동동 구를 뿐이었다. 그 정도면 이제 연실도 남자 짐을 나눠서 지기엔 사랑도 역부족이고 연민도 무용지물이란 사실을 얼얼하게 깨달았으리라. 냉혹한 현실을 일깨워줌으로써 여자로 하여금 스스로 무력감과 자괴감에 빠지도록 만든다는 점에서 실로 기침만큼 효과적인 수단도 드물리라. 콧물 훌쩍이는 소리가 들렸다. 바람벽 향해 돌아앉은 채 연실이 입 밖으로 비어져나오려는 울음을 애써 삼켜가며 소리 죽여 우는 중이었다.

"육장 반복되는…… 이틀이 머다 허고 날이날마닥…… 수도 없이 반복되는……"

포식 동물 형상을 한 기침이 한 인간의 영혼과 육신을 실컷 물어뜯고 원도 없이 할퀴어댄 다음 사나운 이빨과 날카로운 발톱을 거둬들이면서 시나브로 노점병자에게서 떠나가려 하고 있었다.

"주검이 풍겨대는 썩은 남새를…… 농창 짓물러터져서 코청이 주저앉드락 주검 남새를 맡고도 여적지…… 뭣인가 교훈을 얻지 못헌…… 아둔허기 짝이 없는 여자라면……"

가쁜 숨 몰아쉬는 틈틈이 부용은 토막말을 띄엄띄엄 흘렸다.

"이연실이란 여자는 질래 구제받기 틀려먹은…… 참말로 불쌍허기 짝이 없는 인간이 틀림없소."

그러자 흐느낌이 뚝 멎었다. 결코 자신이 영영 구제받지 못할 여자가 아님을 강조하듯 연실은 앵돌아앉은 채 침묵으로 저항하기 시작했다.

"지금이라도 늦지 않었소. 애저녁에 볼장 다 본 인생…… 일찌감치 징 치고 막 내린 노점쟁이 동댕이치고는 제발 떠나시요. 더 늦기 전에 요 빌어먹을 동네에다 대고 퉤 퉤 퉤, 침을 뱉고는 뒤도 안 돌아보고 산서 바닥을 훌쩍 뜨시요. 싸게 부모님 계시는 집으로 돌아가서……"

방금 전에 비해 숨쉬기가 한결 임의로워졌다. 부용은 잠시 숨결 고르고 나서 훨씬 긴 호흡으로 뒷말을 이어나갔다.

"싸게 집으로 돌아가서 애시당초 연실군 타고난 사주팔자에 합치되는 남자를, 궁합이 맞는 신랑감을 물색허시요. 좋은 기회가 찾어온다면 절대로 놓치들 말고…… 애시당초 연실군 몫으로 차려진 밥상을 잽싸게 차지허시요. 장차 내 앞에 다시는 얼씬도 않는 것이…… 시방 요 마당에 연실군이 나한티 베풀 수 있는…… 제일로 생색나는 부조고, 제일로 인도적인 처사라는 사실을 연실군은 명심허시요."

부용은 남은 기력 온통 입으로 그러모아 계속 혐구를 놀렸다. 까라지기 직전의 쇠폐한 상태임에도 불구하고 상대방 괴롭힐 여력이 아직도 남아 있다는 사실에 그는 위안을 느꼈다. 연실이 치맛자락 안 무릎마다 곧추세워 깍지 낀 양손으로 감싸 안고는 양무릎 사이에 얼굴을 묻었다.

"기가 맥힌 실연담 한 자리 들어보겄소?"

연실은 아무런 대꾸도 하지 않았다. 그것이 재회 이후 연실 앞에 펼치는 몇번째 실연담인지는 누구보다 발화자 자신이 가장 잘 알고 있었다.

"웬 얼빠진 고보생이 과거에 웬 콧대 높은 여고보생한티 어떤 식으로 발길질당허고 어떤 식으로 퇴짜를 맞었는지, 연실군은 들어본 적 있소?"

"질문이 같으면 대답도 같을 수밖에요. 같은 질문을 골백번 되풀이한다 해서 허위가 진실로 둔갑할 리 만무지요. 그때 당시 발길질했던 가해자가 어느 쪽이고 되짜 맞았던 피해자가 어느 쪽인지는 하늘도 알고 땅도 알고, 다른 누구보다 부용씨가 제일 소상하게 알고 있잖아요."

무릎 사이에 얼굴 파묻은 상태로 연실이 항변했다. 검게 물들인 광목천 치맛자락에 일차 걸러진 다음 무릎 틈새 옹색한 통로 거쳐 힘겹게 빠져나오는 바람에 연실의 목소리는 무척이나 어눌하고도 음울한 가락을 띠고 있었다.

"실연이나 발길질이란 표현이 연실군 구미에 안 맞는다면, 달리 품위 있는 표현으로 바꿀 용의도 있소. 그때 당시 여고보생이 어떤 방식으로 고보생 궁뎅이를 축구공 차듯기 뻥 걷어차뿌렀는지, 연실군은 혹시 알고 있소?"

앰한 여자 들들 볶고 괴롭혀대며 즐기는 것으로 기력을 되찾은 덕분에 부용은 어느덧 웃을 수 있는 여유마저 생겼다.

"제발요, 제발……"

비로소 연실이 고개를 바루었다. 눈물로 뒤발한 눈자위에 애원의 빛이 질척하게 번져 있었다.

"산서 땅 밟은 뒤로 여러 번 듣는 타령이다, 이거요? 귓구녁에 딱지가 앉게코롬 듣고 또 들어서 인제는 넌덜머리가 난다, 이거요? 알어듣게 경을 읽어줘도 당최 못 알어듣는 귓구녁에는 여러 번 아니라 수수백번이라도 똑같은 타령을 되작일 필요가 있는 법이요!"

"그래요, 부용씨가 옳아요. 제가 그랬어요. 경찰관 아버지 부추겨서 부용씨 궁둥이를 발길로 뻥 걷어차게끔 술책을 부렸어요. 그때 잘못을 인정하겠어요. 제 몫에다 아버지 몫까지 암냥해서 재삼재사 부용씨한테 우리 부녀가 저지른 잘못을 백배 사죄하겠어요. 그러니 이젠 제발……"

"듣기 싫다, 이거요? 더 듣고 잪지 않으니께 말짱 다 접어뿔고, 애시당초 없었든 일맨치로 과거지사는 고만 막설허자, 이거요? 천만에, 나는 그렇게 못허겄소! 듣기 싫어도 연실군은 반다시 들을 의무가 있는 가해자라는 사실을 명심허시요!"

여자를 한바탕 윽박지르고 나서 부용은 괴롭힘을 계속했다.

"그때 그 시절, 고보생 최부용이는 덮어놓고 여고보생 이연실만 좋아혔을 뿐이요. 여고보생이 도경 간부 따님인지 미리 알고 의도적으로 접근헌 게 아니란 말이요. 연실군이 리노이에 경부님 따님인지는 참말이지 꿈에도 몰랐다고, 한 개뿐인 이 모가지 걸고 하냥다짐도 헐 수가 있소."

못살게 굴고 싶은 충동이 치밀 적마다 연실 상대로 여러 번 우려먹은 이야기를 부용은 낡은 유성기판 돌리듯 새퉁빠지게 또다시 읊어대기 시작했다.

"그런디, 지체 높으신 경부 나리께서는 마빡에 피도 안 마른 고보생 녀석이 뭔가 흑심을 품고는 세도가 여식한티 정략적으로 접근헌다고 단정허셨든 모냥이요. 천부당만부당헌 오해지요. 맹세코 나는 연실군 아버지 직업에 호리만침도 관심이 없었소. 가문이나 출신 성분을 숫제 모르는 상태였고, 또 알고 잪은 생각도 없었소. 나는 그저 책방에서 똘스또이 선생이 다리 놓아준 인연 한 가닥 붙잡고 그냥 거추없이 어떤 여고보생을 연모혔을 뿐이요."

어김없는 사실이었다. 이연실이 나는 새도 떨어뜨리고 닫는 짐승도 앞길 가로막을 정도로 세도 당당한, 총독부 경무국 전체를 통틀어도 조선인 출신은 극소수에 불과하리만큼 고위급 경찰관의 여식일 거라고는 정말 상상조차 하지 못했다. 달리 말하자면, 왜놈들 앞잡이 딸이란 사실을 전혀 눈치 못 챈 상태에서 엉겁결에 시작된 연애였다. 외양이나 언행으로 미루어, 전주부 안에서 제법 행세하는 집안 규수일 거라고 막연히 짐작했을 따름이었다. 아버지 직업이나 집안 재력에 대해 약빠르게 따지고 수소문할 겨를도 없이 첫 만남부터 문학 취향 웬 여고보생한테 대뜸 반하고 만 것이었다.

"그런디 말이요, 청춘이라면 한 번쯤 꿀 법헌 상사몽이라는 게 생각맨치로 만만헌 물건이 아닙디다. 쌍방 간에 죽고 못 사는 상사 관계라 허드래도 연애가 성사되라는 법은 없다는 걸 귀싸대기 얼얼헐 지경으로 깨우쳐주는 인물이 어느 날 정체를 불쑥 드러냅디다."

연실과의 만남이 어언 석 달째로 접어들던 무렵이었다. 아침부터 가을을 재촉하는 비가 추저분히 내리는 날이었다. 부용은 학교가 파하기 무섭게 박쥐우산 받쳐 들고 곧장 역전 오거리 책방으로 달려갔다. 매일같이 책방에서 연실을 만나 방과후 시간을 함께 보내는 것이 그 무렵 부용이 누리는 유일한 낙이자 호사였다. 두 달 남짓 만나는 사이, 두 사람은 이미 흉허물없을 정도로 간격이 바싹 좁혀 있었다.

연실이 먼저 와 있었다. 책방 안에 손님이라고는 잠시 비긋기 위해 들른 행인인 듯 서가를 건성건성 둘러보는 체하는, 철 지난 소프트모자 눈썹 밑까지 깊이 눌러쓴 사내까지 합쳐 달랑 셋밖에 없었다. 에멜무지로 책을 상대하기는 부용이나 연실 또한 소프트모자 사내와 매일반이었다. 두 남녀는 남들 이목 닿지 않는 외진 구석으로 자리 옮겨 본격적인 연애질에 들어섰다. 살 생각도 없는 책들 이것저것 들추는 체하면서 속닥속닥 밀어 주고받는 동안 비는 그쳐 있었다. 비가 그친 것이 화근이었다. 그들은 답답한 책방 벗어나 넓은 바깥세상으로 나섰다. 여태까지 그랬듯 그날도 일단 전주천 쪽으로 방향을 잡고는 한적한 천변 둑길 따라 다가공원까지 산보할 심산이었다.

그리 크지도 않은 도시에서 고보생 신분 교복짜리 남녀가 길거리를 함께 걷다보면 낯익은 얼굴과 맞닥뜨리기 십상이었다. 오면가면 마주치는 행인들 이목 피하자면 각별히 조심할 필요가 있었다. 부용이 앞장서고, 앞선 남학생과는 무관한 처지임을 주장하듯 대여섯 걸음 뒤처져 연실이 음전 떨며 묵묵히 따랐다. 한참 걷던 부용은 총망지간에 책방에 두고 나온 우산이 뒤늦게 생각났다. 시골 고보생 신분에 과남하리만큼 멋쟁이 호사품인 그 박쥐우산 잃을까봐 그는 연실을 길거리에 세워둔 채 부리나케 책방으로 달려갔다.

"정신 바짝 채려야 쓰겄어, 부용이 학생."

원원이 단골이었던데다 근자 들어 맞춤한 연애 장소가 된 책방을 뻔질나게 출입하면서 더욱 임의로운 사이가 된 주인아저씨가 계산대 옆에 챙겨놓은 박쥐우산 넘겨주면서 넌지시 건네는 말이었다. 학생 신분으로 공부 아닌 연애질에 고부라져 정신머리 빼놓고 다닌다는 놀림이겠거니, 하고 건너짚으면서 부용은 멋쩍게 웃어 보였다.

"괘얀시리 웃음엣소리로 허는 말이 아니라니깨!"

수더분한 인상의 중년 아저씨가 다따가 정색하고 말했다. 그는 경계의 빛 완연한 눈초리로 출입문 바깥쪽을 잽싸게 살폈다. 때마침 책방 안에는 두 주객 외에 아무도 없었다. 그럼에도 불구하고 그는 턱없이 목소리 낮추어 계산대 밑으로 내려놓는 용의주도함마저 보였다.

"요새 부용이 학생이 미행을 당허고 있단 말이여."

"미행이라니요?"

"쉿, 목청이 겁나게 크당깨 그러네. 명문 고보생이 여적지 미행이 뭔지도 몰라? 으떤 작자가 아무개 꼬랑지 살금살금 밟고 끈덕지게 뒤를 따러댕기는, 그 못된 짓거리 말이여."

"제 꼬랑지를요? 대관절 어떤 작자가요?"

"으떤 작자겄어? 고등계 형사 아니면 형사 발쇠꾼이겄지."

고등계 형사 아니면 형사 비슷한 것이 내 뒤를 미행하다니! 너무도 천만의외 귀띔인지라 아직도 기연미연 갈피를 못 잡는 부용에게 책방 주인은 지체 없이 또 면박을 주었다.

"정신 바짝 채리라니깨! 아까막시 부용이 학생이랑 연실이 학생이 저 안짝에서 이약이약 허고 있을 적에 나까오레 짚숙허니 눌러쓰고 책시렁에서 이것저것 이말무지로 뒤적뒤적허든 그 작자란 말이여."

나까오레란 신사용 중절모 아닌, 파나마모자 엇비슷한 소프트모자를 의미하는 말 같았다. 듣고 보니, 딴은 그 여름용 모자에 몇 번쯤 눈길 머문 기억이 있는 것 같기도 했다. 그러고 보니, 깊숙이 눌러쓴 모자챙 그늘 안에 숨어 있던 얼굴하고도 언제 어디선가 마주친 듯싶다는, 어쩐지 낯설지 않은 인상 같다는 자각이 뒤늦게 찾아들기도 했다. 하지만 경찰 나부랭이한테 미행당할 하등의 이유도 없다는 생각 때문에 부용은 웃는 낯꽃 거두지 않을 만큼 마음에 여유가 있었다.

"에이 참, 아저씨도! 그럴 리가 있겄습니까? 책을 좋아허다보니께 책방 찾어온 손님이겄지요."

"요번 한 번만이라면 또 몰라. 부용이 학생만 나타났다 허면 번번이 그림자맨치로 뒤따러 들어서는디도? 그러고 또 번번이 뒷전에 숨어서 두 남녀가 주고받는 말들을 귓구녁에다 따복따복 챙겨 담는디도? 그러고 또 번번이 두 남녀가 책방을 나가기만 허면 꼬랑지 밟딧기 실무시 뒤따러 나가는디도 미행이 아니란 말이여?"

"에이 참, 아저씨도! 얼매든지 그럴 수도 있는 일 아닙니까? 어쩌다보니께 우연이란 것이 겹치고 포개져서 그런 일들이 생겨났겄지요."

"내 말 명심허드라고, 부용이 학생! 내 책방에서는 그런 작자를 단골로 둔 적이 없네. 내 말 개붑게 듣들 말고, 한번 잘 생각혀 보드라고. 학교나 하숙방 같은 디서 혹시 경찰한티 책잽힐 만헌 활동이라도 도모헌 적 없는가?"

"애시당초 무신 거창헌 일 도모헐 정도 재목이 못 되는 놈입니다. 아저씨가 사람을 잘못 보신 게 틀림없습니다."

"책장시 십수 년에 눈치코치 한 가지 재산으로 건진 사람이여. 저 문턱 넘어서는 걸음새만 보고도, 눈알맹이 굴러가는 모냥새만 보고도 책을 살 손님인가, 그냥 귀경만 헐 손님인가, 대번에 척 알어먹는 솜씨란 말이여. 돈이 될 만헌 책 훔칠라고 들어온 도적놈인가, 그냥 보통 손님인가, 한눈에 척 구별허는 실력이란 말이여. 지 딴에는 제법 그럴싸허게 변장허고 미행에 나섰는지 몰라도, 내 눈은 못 속이지. 부용이 학생, 내 말 짚이 명심혀야 쓰네. 내 말 허떠깨비로 흘려듣들 말고 짚이 새겨들어야 쓰네!"

"아저씨 마음만은 고맙게 받겠습니다. 좌우지간에 감사헙니다."

사뭇 걱정에 겨워하는 주인장 뒤로한 채 부용은 예정보다 많이 지체해서 책방을 나섰다. 헤어진 자리에서 기다릴 줄 알았던 연실을 뜻밖에도 책방 앞에서 다시 만났다. 오랫동안 길가에 오도카니 서 있기가 거식해서 책방 쪽으로 발맘발맘 접근하던 참인 듯했다. 문제의 박쥐우산이 무탈하게 주인 손에 돌아와 있음을 눈으로 확인하고 나서 연실은, 웬일로 이리 늦었느냐고 물었다. 별일 아니라고, 아무 일도 없었노라고 부용은 대답을 서둘렀다. 아무 일도 없었다면서 어찌 그리 안색이 창백해 보이냐고 물으면서 연실은 근심 어린 낯꽃에 걱정의 더껑이를 한 꺼풀 더 입혔다. 책방 주인하고 객쩍은 농담 나누느라 시간이 약간 지체됐을 뿐이라고 얼버무리면서 부용은 빗방울 한 낱 듣지 않는 하늘에 대고 박쥐 날개를 활짝 펼쳤다. 우산으로 얼굴 가리는 척하면서 매서운 눈씨로 주위를 잽싸게 살폈다. 철 지난 소프트모자하고 얼추 비슷한 것도 눈에 띄지 않았다. 비는 그쳐 있었지만, 아직도 사흘 굶은 시어미상 다름없는 하늘 탓인지 길을 오가는 행인들이 별로 안 보였다. 한적한 길거리 구석구석 더트고 샅샅이 살펴봤지만,

미행을 의심할 어떤 움직임도 시야에 잡히지 않았다.

그러면 그렇지, 하고 부용은 속으로 쾌재를 불렀다. 원원이 별일이 있을 턱이 없지, 하고 자신을 안심시켰다. 애당초 미행자 세모꼴 눈초리와 추적자 집요한 발걸음 따위가 제 꽁무니에 따라붙을 까닭이 터럭만큼도 있을 리 만무했다. 남들 눈 밖에 나지 않게끔 언제나 신중에 신중 기해 처신하는 소심자였다. 학생으로서 학칙 준수하고 품행방정하게 생활하면서 학업에 정진해온, 말하자면 꽁생원에 아낙군수 겸한 인물이었다. 군국일제 막강 통치력에 항거할 용기는 말할 나위도 없고 심정적으로 반발할 의욕조차 없는 위인이었다. 장차 큰아들이 판검사 아니면 군수 벼슬자리 꿰차고 입신출세하기만을 절원하는 아버지를 배반할 용기도 없는, 우유부단한 성격임을 누구보다 부용 자신이 잘 헤아리고 있었다. 그렇듯 늘품성 없이 사면팔방 철통같이 막혀 있는, 갓 스무살짜리 일개 고보생한테 대일본제국이 고등계 형사 붙여 미행으로 괄목상대한다는 게 어디 당키나 한 노릇인가.

하지만 부용은 시간이 흐를수록 점점 더 불안감에 싸이기 시작했다. 애초 목적지 다가공원에 가까워질수록 차츰 말수가 줄어들었다. 평상시 입이 무겁던 책방 주인 거조로 미루어 판단컨대, 단지 막연한 어림짐작 한 가닥 추켜잡고 서발 막대 휘두르듯 선불리 미행을 들먹거릴 만큼 경솔한 사람은 아니라는 결론이 머리를 연방 무지근히 짓누르고 있었다. 일제가 교묘하게 쳐놓은 덫에 저도 모르게 걸려들어 졸지에 인생 망쳐버리는 경우가 비일비재한 시국이었다. 못하는 짓 하나 없고 안 하는 짓 아무것도 없는 총독부 경찰이었다. 백로를 까마귀로 둔갑시키는 일마저 여반장으로 해치울 일제가 그까짓 고보생 하나쯤 국사범으로 꿰맞추는 작업은 식은죽 가장자리 둘러 먹기보다 손쉬운 노릇일 터였다.

"운동장 조회 때 비를 조깨 맞었드니만……"

이미 흥이 깨져버린 뒤끝인지라 연실과 함께 다가공원 외진 숲길 산보하는 일도 시들먹하게 느껴졌다. 만사 작파하고 당장 하숙집으로 돌아가 방구들 짊어진 채 쉬고 싶을 뿐이었다.

"고뿔이 들라고 그러는지, 아까부텀 삭신이 찌뿌둥허고 골치가 지끈거려서……"

부용은 예정보다 일찍 헤어질 수밖에 없는 구실을 애꿎은 날씨한테서 빌렸다. 내내 부용의 안색 살피며 덩달아 시무룩해 있던 연실이 가느다랗게 한숨을 뽑았다.

"차라리 책방에서 시간을 보내는 편이 좋을 뻔했어요."

그날 이후부터 부용은 연실과 만나는 횟수를 가능한 한 줄이고자 애썼다. 만약의 불상사에 대비해 애먼 연실에게까지 앙화가 미치는 걸 미연에 방지하려는 배려였다. 그는 탐정놀음 하듯 언제 어디서든 간에 주변 분위기 요령껏 살피고 행인들 거동 일삼아 눈여겨보는 새로운 습벽을 어느 틈에 몸에 익히고 있었다. 시일이 꽤 지났는데도 미행자는 좀처럼 정체를 드러내지 않았다.

어쩌면 책방 주인의 지나친 노파심이 불러들인 실없는 소동일지도 모른다는, 터무니없는 억측을 돌멩이처럼 던짐으로써 어린 고보생 잔잔한 심상에 불필요한 파문 일으킨 책방 주인이 원망스럽다는 식의 흘게 늦은 생각마저 슬그머니 고개를 들 정도였다.

마침내 미행의 단서가 잡힌 것은 긴장의 끈이 느슨히 풀리기 시작하던, 바로 그 무렵이었다. 어느 날, 학교에서 돌아오자마자 부용은 하숙방에 침입한 타인의 흔적을 알아채면서 기급했다. 책상 서랍을 열어보다가 별안간 머리끝 쭈뼛 곤두서는 전율에 휩싸이고 말았다. 아주 미세한 변화였다. 눈에 띌락 말락 희미한 흔적이지만, 서랍 속 잡동사니들 위치가 주인 솜씨 아닌, 다른 누군가의 손떠퀴에 의해 약간씩 옮겨 있었다. 타인의 터럭손 닿음과 동시에 이미 부정타버린 서랍 내부를 들여다보는 기분은 착잡하기 그지없었다.

"아줌니!"

순결 잃은 처녀처럼 흐트러진 몸맨두리로 일기장이 서랍 바닥에 아무렇게나 너부러져 있었다. 연실을 맨 처음 만나던 날, 가슴 두근거리던 순간이 꼼꼼히 기록된 책갈피에 간수했던 연실의 명함판 사진이 무단히 최근 날짜 책갈피로 멀리 이사를 와 있었다. 더군다나 사진 한쪽 모서리가 일기장 테두리 밖으로 엇비뚜름히 비어져나온 상태였다. 누군가가 방 내부를 뒨장질한 흔적은 서랍뿐만 아니라 책꽂이나 반닫이에서도 어렵지 않게 찾아낼 수 있었다.

"아줌니! 아줌니!"

부용은 매우 감사나운 목청으로 하숙집 여주인을 연거푸 호출했다. 부름에 늦게 응한 만큼 시간을 벌충할 심산인 듯 아주머니는 필요 이상 허든거리는 발걸음으로 안방에서 달려나왔다.

"뭔 일로 그렇게 기차 화통 삶아 먹은 목청 질러대고 야단이랴? 함마트라면 배지도 않은 애기 떨어질 뻔혔네!"

"누가 제 방을 댕겨갔어요! 누가 제 방을 뒤졌어요! 요게 누구 소행인지 아줌니는 아시겄죠?"

"뭔 소린지 나는 반 토막도 못 알어먹겄네!"

당최 모르는 일이라며 아주머니는 초장부터 팔팔 잡아뗴었다. 부용은 정체불명 터럭손에 의해 유린당한 서랍 속 흔적들 일일이 적시하면서, 남의 방 함부로 뒨장질한 장본인이 누군지 밝히라고 흘닦았다. 아주머니 얼굴에 당황하는 기색이 덩두렷이 떠올랐다. 곰곰 생각해보니, 낮 동안 잠시잠간 집을 비운 적이 있노라고 얼버무렸다. 그 빈틈 노려 혹 하숙방에 쥐새끼가 들었는지 도둑괭이가 들었는지, 자기로서는 알 도리 없는 일이라며 아주머니는 변명을 잔뜩 늘여 빼는 것이었다. 하지만 부용은 측량 전문인 자벌레 꿈틀거림처럼 아주머니 넙데데한 낯판 면적을 한 자밤씩 한 자밤씩 몸으로 재면서 느릿느릿 이동하는 새빨간 거짓말 한 마리를 사나운 눈초리로 지켜보았다. 똥구멍으로 호박씨 까는 의뭉한 재간 지닌 아주머니가 그동안 고등계 형사하고 내통하면서 제 신상에 불리한 정보를 내처 제공해왔을지도 모른다는 의구심이 부쩍 기승을 부리기 시작했다.

이튿날 하학 후에 부용은 책방에 들르지 않았다. 하숙집으로 직행하지도 않았다. 정처를 안 두고 전주부내 곳곳을 배회하는 일로 시간을 보냈다. 누군가에 의해 하숙방이 뒨장질당했는데도 없어진 물품 하나 없는 점으로 미루어보건대, 좀도둑 소행은 필시 아니었다. 미행이 따라붙었다는 책방 주인 귀띔이 사실일 가능성도 그만큼 커진 셈이었다. 다람쥐 쳇바퀴 돌듯 부내 중심가를 하릴없이 배회하는 일은, 응달 속에 숨어 자신의 일거수일투족 감시하고 있을 미행자를 양달로 끌어냄으로써 기필코 정체를 밝혀내고야 말겠다는, 강고한 의지의 표현이었다. 또한 그것은 찰거머리같이 달라붙어 도무지 떨어질 줄 모르는 미행자를 이리저리 달고 다님으로써 실컷 골탕이나 먹여보자는 오기의 발로이기도 했다.

드디어 미행자의 실체가 최초로 시야에 들어왔다. 대로변 양품점 진열창에 한 사내의 옆모습이 얼핏 스쳤다. 허름한 조선옷 차림의, 몹시 가년스럽게 생긴 장년 사내였다. 마네킹 걸 감상하려고 진열창 내부를 유심히 들여다보는 척하면서 부용은 사내의 거동을 주시했다. 전에도 오다가다 길에서 더러 마주친 적 있는 사내인 듯싶었다. 부용이 양품점 진열창 앞에 불시에 멈춤과 동시에 사내 또한 길 건너 맞은편 상점 진열창 기웃거리는 시늉에 얼른 고부라졌다. 미행이 실제로 진행중임을 눈으로 확인하는 순간, 부용의 가슴은 벌렁벌렁 마구잡이로 놀아나기 시작했다.

부용은 협수룩한 농투성이 행색의 장년 사내를 꽁무니에 매단 채 두어 시간 템은 족히 길거리를 배회하던 끝에 해질녘 겨워서야 하숙집 앞에 당도했다. 일단 대문 안으로 들어서는 척하다가 상대방에게 대피할 겨를도 안 주고 불시에 밖으로 튀어나갔다. 예기치 못한 농간에 사내는 적잖이 당황하는 기색이었다. 초저녁 어스름 깔린 골목길 한복판에 정체를 고스란히 노출한 꼬락서니로 잠시 우두커니 서 있었다.

"이보쇼!"

진퇴양난에 빠진 미행자를 짯짯이 노려보면서 부용은 뚜벅뚜벅 당찬 걸음걸이로 다가갔다.

"도대체 언제까장 요럴 거요? 똥강아지맨치로 도대체 어디까장 고보생 궁뎅이만 졸래졸래 따러댕길 작정이요?"

협수룩하고 푼더분한 조선옷 안쪽에 틀림없이 다부진 근육질 몸뚱어리 숨겨놓고 있을 미행자는 새파란 고보생이 도발적으로 걸어오는 시비에 아랑곳없이 얼른 심상한 낯꽃을 되찾았다.

"당장 정체를 밝히시요! 댁은 뉘시요? 대관절 직업이 뭣이길래 날이날마닥 내 뒤만 밟고 댕기는 거요? 내 하숙방까장 무단으로 수색허고, 대관절 뭣 땜시 이 야로를 부리는 거요?"

미행자는 아무 대꾸 없이 주머니에서 담뱃갑을 꺼냈다. 성냥개비 드윽 그어 궐련에 불을 댕긴 다음에야 사내는 도발에 찬 고보생 시선을 정면으로 맞받았다. 수더분해 뵈던 인상과는 영 딴판으로 갑자기 차갑게 번뜩이는 눈초리에서 뾰쪽한 기운이 화살처럼 날아들고 있었다.

"최부용……"

담배 연기에 암냥해서 사내가 입으로 풀썩풀썩 뿜어내는 제 성명 삼자 접하는 순간, 부용은 지은 죄 전혀 없는데도 괜스레 주눅부터 들었다.

"최부용이 너 인마, 까불지 마. 죽은 정세권이가 어떤 놈인지는 너도 잘 알고 있겠지?"

녹슨 철문 삐걱대는 소리처럼 유난히 거칫거칫하게 느껴지는, 몹시도 귀에 거슬리는 목청이었다. 정세권, 전혀 예상치 못한 이름이었다. 그 이름이 사내 입에서 뜬금없이 불거지는 바람에 부용은 되알지게 뒤통수 얻어맞은 푼수로 골머리가 띵 울리는 기분이었다.

"뭐라고? 모르시겠다? 그렇다면 최순금이가 누군지도 모른다고 잡아떼실 작정인가?"

부용이 한마디도 대꾸한 적 없는데 사내는 혼자서 제멋대로 징도 치고 장구도 치고, 덤으로 나발까지 불어댔다. 초저녁 어스름 속에 허연 잇바디 드러내면서 사내는 몹시 이물스럽게 웃고 있었다. 아하, 그랬었구나, 하고 부용은 저도 모르게 감탄을 불금했다. 아무래도 제 쪽이 아니라 누님 쪽하고 연관된 문제인 듯했다. 제 신상에 덮씌워진 줄 알았던 죄목, 그 어떤 엉뚱하고도 고약스러운 혐의로부터 일단 벗어난 듯싶다 생각하니 좌우지간 마음이 한결 가벼워지는 기분이었다. 그렇지만 다시 생각해보니, 그게 아닐 성싶었다. 옛날 옛적에 벌써 종결된, 누님이랑 정세권이 연루된 사건에다 새퉁스럽게 애먼 사람 비끄러매기 위해 느닷없이 경찰에서 뒷조사를 시작한다는 건 당최 앞뒤 안 맞는 이야기였다.

"최악질 후떼이센징 같으니!"

"그게 시방 나 들으라고 허는 말입니까?"

만일 세월이 순탄했더라면 제 자형이 되었을 정세권과 누님이 당시 독서회와 야학 관련 사건으로 뒤집어썼던 죄목이 얼마나 어마어마하고 무시무시한 것인지 부용은 너무도 익히 알고 있었다. 그리고 경찰 조사 과정에서 두 사람이 겪었던 고초가 얼마나 혹독한 것인지도 부용은 몸소 겪었던 일인 양 생생히 기억하고 있었다.

"그분들 과거지사 땜시 내 뒤를 미행헌 거라면, 형사나리는 말짱 헛수고만 허신 겁니다. 그것은 나허고 눈꼽만침도 상관없는 일이고, 또 내가 전연 모르는 일이니깨 정세권씨 문제는 정세권씨한티, 최순금씨 문제는 최순금씨한티 직접 알어보는 것이 온당헐 겁니다."

"뭐라고? 네놈하고 상관이 없다고?"

느물느물하던 태도가 표변했다. 사내는 번개 같은 손놀림으로 부용의 멱살을 힘껏 꺼들어쥐었다.

"그렇다면 묻겠는데, 최부용이 네놈이 개 핥아먹은 죽사발같이 허여멀끔한 낯짝 앞세우고 우리 리노이에 경부님 가문으로 집요하게 접근을 시도하는 이유가 나변에 있는지, 어디 한번 설명해보실까?"

사내는 구린내 나는 입 남의 콧구멍 가까이 바투 들이대면서 마구 침방울을 튀겼다.

"우선 이 손부텀 치우시지요!"

"대답해라, 이 후떼이센징 자식! 어떤 목적으로 리노이에 경부님 가문을 계속 넘보느냔 말이다! 왜 자꾸만 치근덕거리느냔 말이다!"

"리노이에 경부가 누구요, 도대체?"

아닌 밤중에 홍두깨도 유분수지, 그야말로 횡액 진배없는 봉변이었다. 멱살 바짝 꺼들어 앞뒤로 마구 흔들어대는 아귀힘 견딜 재간이 없어 금세라도 산지사방하려는 정신을 붙들기 위해 부용은 안간힘을 써야 했다.

"왜 이러는 거요? 그런 이름은 참말로 금시초문이요. 리노이에 경부가 대관절 누구간디 죄도 없는 일개 고보생한티 이 행패를 다 부리는 거요?"

"왜 이러냐고? 리노이에 경부님이 누구냐고? 그걸 지금 몰라서 묻는 거냐? 그걸 지금 말이라고 뱉고 있냐, 이 후떼이센징 자식아?"

"모르니깨 묻는 겁니다! 그게 누굽니까?"

"허어, 모르신다? 끝까지 팔팔 잡아떼시겠다? 네놈이 정 그렇게 나온다면, 그럼 다른 방식으로 다시 묻는다. 후떼이센징 자식이 무슨 불순한 음모를 꾸밀 목적으로 감히 우리 이연실 아가씨를 유혹하는 거냐?"

아, 하고 부용은 저도 모르게 탄성을 발했다. 구린내 역하게 풍기는 주둥아리에서 느닷없이 청결하고도 단아한 이름이 쑥 불거지는 순간, 부용은 머릿속이 온통 새하얗게 표백되는 현상을 겪고 말았다.

"도대체 어쩔 작정으로 이연실 아가씨를 유혹해서 날마다 말 갈 데나 소 갈 데나 함부로 끌고 다니느냔 말이다!"

주먹 같은 경악의 뭉텅이가 기관지 중간에 턱 걸리는 바람에 부용은 갑자기 숨이 꽉 막혔다. 무릎에서 힘이 쑥 빠져나가는 바람에 똑바로 서 있기조차 버거울 지경이었다.

"아니, 그렇다면……"

"옳거니! 이제야 겨우 어른 말귀를 제대로 알아듣는구먼!"

"연실양 아버지가 리노이에 경부란 말입니까?"

"그렇다마다! 뒤집어 말하자면, 리노이에 경부님 따님 되시는 분이 바로 이연실 아가씨지!"

머릿속이 하얀색에서 갑자기 노란색으로 바뀌었다. 머릿속뿐만 아니라 세상 전체가 별안간 노랗게 변색되면서 눈앞에서 뱅글뱅글 맴돌이를 시작했다. 부용은 세차게 도리머리를 했다.

"몰랐습니다. 전연 몰랐습니다. 이연실양이 그런 집안 출신인지는 꿈에도 짐작을 못허고 있었습니다."

"소문난 후떼이센징 집안 종자라서 좌우지간 몰랐다고 잡아떼는 데는 역시 일가견이 있구먼. 이 자식, 이거 아무래도 안 되겠어!"

그 순간, 뺨따귀 후려갈기는 소리가 조용하던 주택가 골목길에 차지게도 울렸다. 마치 사복형사한테 호되게 뺨따귀 맞은 대상이 애꿎은 골목길인 것처럼 기묘한 착각마저 일으키는 순간이었다. 부용은 별똥별처럼 긴 꼬리 끌면서 눈앞을 어지러이 날아다니는 불똥들의 군무를 망연히 바라보았다.

"본서로 가자, 이 후떼이센징!"

멱살 거머잡힌 채 사내한테 끌려가면서 부용은 일절 저항하지 않았다. 자포자기 비슷한 심정이 새벽안개처럼 자우룩이 몰려들어 시야를 온통 뿌옇게 흐려놓고 있었다. 곧이어 배반감이 화적패처럼 들이닥쳤다. 말하자면, 총독부 고위급 경찰관 아버지를 둔 이연실의 집안이 두목급 화적인 셈이었다. 그런 사실을 미리 감치 본인 입으로 밝히지 않은, 사복형사라는 우락부락한 경로를 통해서야 가까스로 알아차리게끔 만든 이연실의 소행머리는 졸개급 화적에 해당했다.

본서 운운하며 겁주던 사내는 얼토당토않게 경찰서 아닌, 부용의 하숙집으로 방향을 틀었다. 그리고 서슬 퍼렇던 처음 기세와 달리 이웃집 아저씨같이 너그러운 태도를 보이기 시작했다. 방금 전까지 우악살스레 멱살잡이하고 뺨따귀 올려붙이던 손으로 부용의 어깨를 토닥거리며 엉너리치기도 했다.

"전도유망한 젊은이 장래를 생각해서 당장 유치장에 처넣는 건 보류하지. 그 대신 자네랑 조곤조곤 나눌 얘기가 있네."

사내한테 등덜미 떼밀려 부용은 주춤주춤 하숙집 안으로 발을 들여놓았다. 마당에서 불시에 마주친 사내 보고도 하숙집 아주머니는 약간 당혹스러운 표정만 지을 뿐, 웬 손님이냐고 묻지도 않았다. 자신이 예고도 없이 들이닥친 손님인 것도 까먹은 채 사내는 집주인 행세 다름없는 태도를 보였다. 때문에 부용은 제 방인데도 되레 사내 안내받아 남의 거처 방문하는 손님같이 우스꽝스러운 꼬락서니가 되었다. 주인장인 양 사내는 어둠 속에서 쉽사리 남포등 찾아내 익숙한 솜씨로 심지에 불을 댕겼다.

"아까는 자네를 너무 심하게 다룬 것 같아서 미안하네. 상관 지시대로 따를 수밖에 없는 관헌 입장을 자네가 너그러이 이해하기 바라네."

방안에 좌정한 다음부터 사내 말투가 완연히 달라졌다. 좀전에

등을 쳤으니 이제는 간을 꺼낼 차례인 듯했다.

"처음부터 자네를 거칠게 다룰 생각은 없었네. 이것도 모른다, 저것도 모른다고 자네가 무조건 잡아떼는 바람에 내가 좀 흥분했던 모양이네."

"모르는 걸 모른다고 대답허는 것도 죄가 됩니까?"

"나도 알지. 알고도 남아, 그 심정. 나도 자네같이 젊은 시절이 있었으니까 그 기분 이해하고말고."

"나한티 허고 잪은 말이 뭣인지, 요지만 얼른 얘기허시지요."

"자네가 불순한 목적하에 우리 리노이에 경부님 따님한테 접근한 게 아니라는 사실도 나는 알고 있어."

"이것도 안다, 저것도 안다! 형사님은 참 대단도 허십니다! 달리 허실 말씀은 없습니까?"

"이봐, 기왕 말이 나온 김에 우리 남자 대 남자로서 단도직입적으로 아퀴를 콱 지어버리세. 이 시간 이후부터 이연실 아가씨하고 관계 일체를 깨끗이 청산하겠다고 이 자리에서 나한테 분명히 약속을 해주게."

부용은 천장을 멀뚱히 올려다보았다. 천장 우물반자 와르르 무너져내려와 정(井)자 모양 감옥 안에 자신을 옴짝달싹 못하게 감금하는 기분이었다. 사내가 언필칭 리노이에 경부 들먹일 때부터 이미 예견했던 일이었다. 그런데도 막상 절교를 강요당하자 온몸에서 맥이 좍 풀려나갔다.

"절교 약속을 받어내라고 지시헌 사람은 보나마나 리노이에 경부겄지요?"

두 눈 치뜨고 살펴봐도 아직은 일본식으로 자기 씨명 개비한 조선인은 그리 흔치 않은 시절이었다. 리노이에 경부는 시류의 맨 선두를 달리는 인물일시 분명했다.

"그렇고말고. 귀동딸을 슬하에 둔 아버지가 아니라면 누가 자네한테 그런 요구를 하겠는가. 우리 리노이에 경부님께서는……"

"고만두시지요. 그 양반이 그런 지시를 내린 이유는 구태여 알고 잪지도 않으니깨요."

"어차어피 요번이 마지막일 테니까 자네는 듣기 싫어도 내 말을 들어두게. 그러는 편이 자네 신상에도 득이 될 걸세. 우리 리노이에 경부님께서 왜 그러셨는고 하니……"

안 들어도 유리대롱 속같이 훤히 들여다보이는 내용이었다. 사상 문제로 일찌감치 보호관찰 대상에 올라 있는 최순금 때문일 것이었다. 집안에 불령선인 끼어 있는 출신성분부터 성에 차지 않는 까닭일 것이었다. 자랑스러운 황국신민 리노이에 가문 사윗감으로 최부용은 애당초 자격 미달이었다.

리노이에 경부 입장에서 최부용을 마땅찮게 여길 수밖에 없는 근본적 이유가 밝혀졌다. 조센징인 탓이었다. 어연번듯한 일본인 청년 아니고 주제넘은 조선인 청년이었기 때문이다. 난데없이 돌팔매처럼 날아들어 황국신민 리노이에 가문 유리창 와장창 박살 내면서 평지풍파 일으키는 조센징을 도저히 용납할 수 없는 까닭이었다. 차후로 자기 딸 근처에 얼씬도 못하게끔 수단방법 죄 동원해 분수 모르고 날뛰는 조센징 청년을 경부 나리 눈에 안 띄는 세상으로 멀찌막이 내칠 필요가 있었던 것이다.

리노이에 경부는 금지옥엽 외동딸을 의전에 진학시켜 여의사를 만들 꿈에 부풀어 있었다. 그런 다음 적령기에 출가시킬 계획이었다. 반도에 진출한 내지 출신 청년들 가운데 주문 생산 제품처럼 사개가 딱 맞물리는 사윗감 물색할 작정이었다. 동조동근(同祖同根) 기치 내걸고 내지인과 반도인 통혼을 적극 장려하는 미나미 총독각하 황민화 시책에 보조 맞추기 위해 리노이에 경부는 황은 입은 신민으로서 내선일체(內鮮一體)의 솔선수범을 보이고자 벼르던 참이었다. 그런데 천둥인지 지둥인지도 분간 못하는 웬 조센징이 새중간에 끼어들어 자신의 원대한 포부를 망가뜨릴 작정으로 덤비다니.

"그만한 미모에다 그 정도 배경 업은 규수라면 전도유망한 내지인 신랑 만나는 것도 별로 무리는 아니지. 그러니 우리 경부님께서 근본부터 하자가 있는 조선인 청년한테 호락호락 귀동따님을 내주실 턱이 없지. 내가 경부님 입장이라도 자네 같은 사람한테 무남독녀 귀동자식 뺏기기 싫어할 건 당연지사고 인지상정이지."

사족으로 붙인 마지막 말이 갈팡질팡하던 부용의 마음을 외곬으로 몰아붙이는 구실을 했다. 시초에는 당혹감이나 배반감 수준에 불과하던 것이 종당에는 거대 규모 분노로 바뀌었다. 형편없이 구기박질러진 자존심이 시키는 바에 따라 부용은 아무나 닥치는 대로 두들기고 걷어차고 들이받고 물어뜯고 할퀴고 싶은 심정이었다.

"리노이에 양도 시방 이런 상황을 알고 있습니까?"

"리노이에 양? 거참, 재미있는 호칭이구먼. 역시 자네는 골계미가 뭔지를 아는 청년이야. 현재까지는 경부님 한 분만 개명을 하셨다네. 아가씨는 여전히 이연실이란 이름으로 사시니까 그냥 편하게 리 상이라 불러도 무방하네."

"리노이에 양은 경부 아버지가 자기 부하 시켜서 이런 이면공작을 꾸미고 있다는 사실을 알고 있습니까?"

"이면공작은 당치도 않은 말이네! 사필귀정이라면 몰라도!"

사복형사가 이물스러운 웃음으로 부용을 자극했다.

"이 일은 이연실 아가씨하고는 일절 상관이 없다네. 순진하신 아가씨는 현재까지 자기가 조선 청년이랑 연애하는 걸 부모님이 전연 눈치 못 채고 계신 줄로 착각하고 있지. 만일 아버님께서 당신 부하를 시켜서 지금 어떤 일을 하고 계시는지 아는 날이면, 아가씨 성격에 무슨 일을 저지를지 모르지. 그런 염려 때문에 자네한테 특별히 협조를 부탁하려던 참이네."

잠시 뜸을 들이면서 사복형사는 짓궂은 눈빛으로 부용의 안색을 요모조모 살폈다.

"나를 만난 사실을 누구한테도 발설하지 말게. 아가씨한테는 끝까지 비밀로 해주기 바라네. 쌍방 간에 성격이 안 맞고 인생관이 달라서 부득불 절교해야겠다고 자네가 선수를 쳐서 이별을 통고하는 식이지. 그런 연후에 사나희답게 아가씨하고 관계 일체를 청산해주기 바라네."

"듣자 허니 퍽도 사나희다운 방법이네요. 물론 그것도 리노이에 경부님 지시 사항에 들어 있겄지요?"

"두말하면 잔소리지."

부용은 연이은 심호흡으로 요동치는 가슴 동계를 다독거렸다. 그런 다음 제법 평상심 되찾은 목소리로 말했다.

"리노이에 경부님께 전허십쇼. 시건방진 조센징 청년이 리노이에 양하고 관계를 청산허겄다고 분명허니 약조를 허드라고, 세상없어도 그 약조를 끝까장 지킬 거라고 말이요."

"최부용군, 자네 마음보 한번 잘 먹었네. 어려운 부탁을 선선히 들어줘서 고맙네. 역시 명문 고보생에 유수한 수재고 고매한 인격자가 틀림없네그려. 본시 절교란 게 이만저만 어렵고 복잡한 문제가 아닌데, 자네가 이렇게 자발적으로 협조를 보내줘서 정말 고맙네. 남아답게 용장한 최부용 학생 기백을 리노이에 경부님께 소상히 보고하겠네."

깜짝 반기는 기색으로 사내가 손을 불쑥 내밀었다. 그 손 맞잡을 의사가 없음을 부용은 온몸으로 과장스럽게 표현했다.

"기왕지사 전달허는 짐에 요 말도 전허십쇼. 그 주제넘은 후떼이센징이 황국신민 리노이에 일가한티 동정을 불금허드라고 말이요."

일개 교복짜리한테 퇴박맞은 손 어떻게 처리해야 좋을지 방책이 안 서는 듯 사내는 난감해하는 기색이었다.

"애시당초 리노이에 경부님 사위가 되고 잪은 생각은 참말이지 호리만침도 없었습니다. 아버지가 경찰이란 사실을 리노이에 양이 사전에 귀띔만 혔드라도 번거롭게 미행이나 협박 따우를 주고받는 절차는 얼매든지 피헐 수 있었을 겁니다. 사실이 밝혀진 이상, 인제는 설령 억만금을 준다 허드래도 리노이에 양을 만나는 어리석은 실수는 죽어도 범허지 않을 겁니다."

그렇듯 모지락스럽게 선언함으로써 황국신민 리노이에 일가에 대한 앙갚음은 웬만큼 이루어진 셈일까. 대충 그런 것 같다며 부용은 자신의 언행에 후한 평점을 매겼다. 온 분까지는 몰라도 반분 정도는 얼추 풀리는 기분이었다. 그러나 다음 순간, 그런 식 앙갚음이 요지부동 바윗덩이 상대로 달걀이 벌이는, 얼마나 무기력한 공격인가를 깨닫기 무섭게 자괴감에 사로잡히고 말았다. 치명상 입은 자존심으로 말미암아 치유 불능의 고질병 한 가시 새잡이로 걸머진 듯싶었다. 그러자 부젓가락 같은 통증이 가슴을 무자비하게 단근질하기 시작했다.

"최부용이 이 자식, 무엄하게 언다 대고 감히 그따위 망언을!"

어느새 대일본제국 사법경찰관 본연의 위치로 되돌아온 장년 형사가 퍼르르 소가지를 부렸다. 때마침 방문 밖에서 인기척이 울렸다.

"부용이 학생, 저어 거시기……"

하숙집 아주머니가 잔뜩 주눅든 목소리를 방문 안쪽으로 조심조심 들여보내고 있었다.

"손님 뫼시고 온 모냥인디, 저녁은 으뜷게 헐까?"

"귀헌 손님께서 시방 당장 뽈딱 일어나서 돌아가시겄답니다!"

사복형사 얼굴이 붉으락푸르락 험상으로 일그러졌다. 부용은 이미 어둑발 짙게 물든 방문 창호지 저편에 대고 다시 목청을 드높였다.

"귀헌 손님 떠나신 연후에 저 혼자 독상을 받지요!"

그날 이후부터였다. 사복형사와의 지저분한 맞닥뜨림이 있고 나서 부용의 일상에는 크나큰 변화가 일어났다. 형사와의 약속, 실인즉슨 리노이에 경부와의 약속을 이행하기 위해 자신을 들볶고 홀닦으면서 지나치리만큼 자기관리에 만전을 기했다. 그가 맨 먼저 착수한 것은 새로운 하숙집 구하는 일이었다. 다달이 사십 원이나 되는 큰돈을 하숙비로 치르면서 독방을 고집하던 호사스러운 유학생활을 미련 안 두고 접어버렸다. 학교 근처에 하숙집을 새로 구해 급우 두 명이랑 한방에서 기거하기 시작했다.

학생이라는 본분도 망각한 채 부용은 음주 행위에 빠져들었다. 학업을 거지반 중도이폐하다시피 하면서 고보생 신분에 안 어울리게끔 하숙방 동료들과 더불어 폭음을 일삼았다. 지랄 같은 세월, 똥넉가래같이 지저분한 세상, 축생처럼 견뎌야 하는 조센징 주제에 기를 쓰고 학업에 매달려봤자 말짱 헛수고일 뿐이라고 속삭이는 누군가의 목소리가 노상 귓전에서 떠나지 않았다. 밤마다 충동질하는 체념의 목소리에 단단히 덜미 잡힌 생활이었다. 판검사나 변호사 또는 군수 아들 슬하에 거느릴 날만 학수고대하는 천석꾼 영감님 원대한 꿈을 사발 속에 담아 막걸리와 함께 들이켜는, 파격적 학창생활이 고보를 졸업할 때까지 내처 지속되었다.

"그 무렵에 혹시 책방 주인한티서 무신 소식 못 들었소?"

쓰라린 기억들 골골샅샅 더듬고 왕배덕배 따지던 끝에 부용이 뜬금없이 물었다. 하지만 연실은 일절 대거리하지 않았다. 시선을 다소곳이 내리깐 채 치맛자락을 걸레 삼아 방바닥에 홍건한 탕제만 잠자코 훔칠 따름이었다.

"요새는 왜 연실이 학생이랑 동반으로 댕기지 않느냐고, 그새 무신 일이 있었냐고 아저씨가 귀찮게 물어봅디다. 연실군 체면을 세워줄라고, 여자한티 퇴박을 맞어뿌렀다고, 인제는 피차간에 무관헌 처지가 되야뿌렀다고 말씀을 드렸소. 아저씨는 입을 한일자로 다문 채로 내 눈만 들여다봅디다. 내 말을 안 믿는 눈치길래 연실군이 퇴짜 놓게 된 사연을 그럴듯허게 둘러대고는 그날부로 책방 출입을 싹 끊어뿔고 말었소."

어느 하루, 부용은 학교 주소로 부쳐온 편지를 받았다. 생경한 필체의 글씨들이 겉봉에 적혀 있었다. 정체불명 남성을 발신인으로 한 편지였다. 겉봉을 뜯고서야 진짜 발신인이 이연실임을 알았다. 편지 문면에서 연실은 안타까운 심정을 구구절절이 토로하고 있었다. 자신이 무엇을 잘못했는지 지적해달라고, 잘못이 뭔지 알아야 반성도 가능할 게 아니냐고, 잘못을 일러준다면 각고정려(刻苦精勵) 노력으로 반드시 시정할 것을 맹세하겠노라고, 그러니 제발 연락처만이라도 알려달라고, 경부나리 금지옥엽 외동딸 리노이에 양이 끈적끈적한 목소리로 달라붙고 매달리는 내용이었다. 부용은 편지를 가리가리 찢어발겨 쓰레기통 속에 던져버렸다.

얼마 후, 이번에는 하숙방 동료를 새중간에 넣어 생면부지 웬 여학생이 부용에게 면담을 청해왔다. 이연실과 막역지간 동무라 했다. 연실의 신상에 관련된 막중대사로 긴히 상의하지 않으면 안 되리만큼 비상한 사태가 발생했다는 전갈이었다. 부용은 찰나적이나마 자칫 흔들릴 뻔했던 마음을 모지락스럽게 다잡고 나서 면담 요청을 일언지하에 거절하고 말았다.

"잘난 따님을 슬하에 두신 리노이에 경부님 상대로 내가 도모헐 수 있는 복수는 연실군을 내 기억에서 말끔허니 표백시키는 방법뿐이었소. 연실군이 애시당초 이 세상에 존재헌 적조차 없었든 가공인물맨치로 내 기억에서 추방허는 일이었소. 우여곡절 겪은 연후에 나는 도저헌 내 노력이 드디어 성공을 거뒀다고 믿고 있었소. 최소한 올여름까장은 그렇거니, 믿고 살었소. 죽어가는 동생 소원 풀어준답시고 오지랖 넓은 누님이 과잉 선심 베풀면서 연실군한티 쓰잘디없는 연락을 취허기 전까장은 그러콤 믿고 살었소. 어쩌다가 누님이 그 똘스또이를 옛 주인한티 되돌려줄 작정을 허게 되얏는지, 그 점은 나도 잘 모르겄소. 나는 그냥 유언 삼어서, 나 죽은 연후에 원주인한티 돌려주라고 누님 면전에 한마디 툭 던졌을 뿐이요. 그때까장 내 기억 속에서 이연실이란 존재는 그 빌어먹을 노서아문학전집맨치로, 서가에서 티끌먼지 뒤집어쓰고 귀양살이허든 그 털보 영감맨치로 오래전에 방치된 상태였소. 말허자면, 연실군은 거미줄이 쳐진 고미다락에서 어쩌다가 발견헌 헌털뱅이 액틀이나 다름없는 존재였소. 그림도 없는 액틀 매일반으로 이연실이란 존재는 나한티 텅 빈 액틀 이상도 이하도 아니었단 말이요."

"말씀 잘 들었어요. 이연실이 어떤 존재였는지는 저도 알고 있었어요. 빈 액틀 같은 존재였다는 걸 인정하겠어요."

자못 결기 어린 낯꽃으로 연실이 오랜만에 입을 열었다.

"저를 텅 빈 액틀로 만들려고 여태껏 하고 싶은 대로 다 했으니까 복수극은 그것으로 충분하지 않을까요? 많이 힘드셨을 텐데,

이제는 말을 좀 아끼셔요. 지금부터는 부용씨 대신 제가 이야기 당번을 맡기로 하지요."

이연실 말마따나 해묵은 과거지사 골골샅샅 들그서내 지긋지긋하리만큼 상대방을 공박하는, 끝없는 소모전으로 말미암아 부용은 흠씬 지쳐 있는 상태였다. 그에 비해 연실은 놀라우리만큼 평정심 되찾아 차분히 반격을 꾀하는 중이었다. 상대방 파상공세에 맥없이 무너지기는커녕 오히려 승자만이 누릴 법한 여유와 수상쩍은 생기마저 만면에 떠올리기 시작했다.

"그때 일만 생각할라치면 지금도 몸서리가 쳐지곤 해요."

"연실군이 가해자 아니었소? 가해자 주제에 무신 몸서리가 그러콤 쳐진다는 거요?"

"제발 그 연실군이란 소리 좀 접으셔요. 정말 듣기 거북하니까 이제 그만 좀 쓰셔요."

"오랜 세월 따로 떨어져서 지각각 살어온 관계에서 연실군은 성별이랑 상관없이 기중 중립적이고 제일 어울리는 호칭인지 아시요!"

"부용씨한테는 가해자일지 몰라도, 그때나 지금이나 저는 피해자 입장이 분명하답니다. 부용씨가 과거지사를 일삼아서 옴파고 드니까 저도 요것 한 가지만은 꼭 밝혀두고 싶어요."

연실이 검은 탕제 욕심껏 빨아들여 한층 더 거무튀튀하게 어루러기진 치맛자락 펼쳐 방바닥에 깔면서 미소를 지었다.

"그때 당시 저희 아버지, 부용씨 말마따나 리노이에 경부 때문에 부용씨가 받았던 고통이 훗날 제가 감당할 수밖에 없었던 고통에 비해서 더 크고 무거웠다고 주장할 만한 근거는 이 세상 어디에도 없다고 믿어요."

"뭐요? 그러니깨 시방 누구 모가치 고통이 더 우심혔는지, 그 둘을 저울에다 달어서 무게를 재보자, 이거요?"

부용이 버럭 역정을 냈다. 그러나 연실은 맨 처음 산서 땅 밟을 당시 그 연실이 아니었다. 남자 입에서 떨어지는 호통 한마디에 기급하거나 찔끔 움츠러들지도 않을뿐더러 웬만해서는 쫄쫄 쥐어짜지도 않았다.

"귀에 혹 거슬리더라도 참고 들어주셔요. 모든 게 아버지 때문에 벌어진 사달인 줄 알아차린 것은 부용씨가 저한테 등돌린 뒤로도 한참 더 지나서였어요. 단짝 동무 시켜서 부용씨한테 면회를 애걸했다가 거절당하던 무렵이지요. 그 충격으로 몸져누워 지내던 중에 어머니한테서 청천벽력 같은 이야기를 들었어요. 야심만만한 조선인 고보생이 권력을 이용해서 뭔가를 얻을 목적으로 경찰 간부 딸한테 접근했었다더라, 하는 식이었지요. 그 고보생 속셈을 간파한 아버지가 제때 손을 쓴 덕분에 장차 벌어질 비극을 미연에 방지할 수 있었대요. 아버지한테서 들은 이야기를 어머니는 진실이라고 확신하고 있었어요. 결국에는 저 역시 그렇게 믿을 수밖에 없었지요. 목적 달성이 여의치 않으니까 부용씨가 우리 집안에다 저주를 퍼붓고는 저하고 관계를 단절해버린 줄만 알고 있었어요."

"어쩌면 경부 마나님께서 정곡을 찔렀을지도 모르지!"

"물론 그 이야기를 액면대로 다 믿지는 않았지요. 처음에는 그랬을 리 없다고, 부용씨는 절대로 그럴 사람이 아니라고 생각했다가 나중에는 반신반의하게 되었지요. 그런데, 바늘귀만큼 여지도 안 남기고 철저하게 인연을 끊어버리는 부용씨 처신이 결국 반신반의를 확신으로 굳혀주고 말았지요. 그때부터 저도 달라지기 시작했어요. 그동안 함께 나누고 함께 누린 시간들 속에 일말의 진정이나 진심이 담겨 있었다면 어찌 그리 한 가닥 미련도 없이, 한 뼘 여지도 안 두고 무지막지하게 돌쳐설 수가 있을까 싶었어요. 결국에는 부용씨가 날 헌신짝같이 버린 거라고, 못된 남자한테 배신당한 거라고 단정할 수밖에 없었지요."

하던 말 잠시 멈추면서 연실이 한숨을 푹 쉬었다. 핀잔 한 바가지 구정물처럼 끼얹을 작정이던 부용은 그 한숨 소리에 제동이 걸렸다.

"여고보 졸업하고 의전에 진학해서 여의사가 되겠다던 꿈도 그 무렵에 포기했어요. 폐인을 자초하면서 두문불출로 세월을 삼기 시작했어요. 그러다가 자결 소동으로 집안을 발칵 뒤집어놓은 것은 첫번째 혼담이 오가던 무렵이었지요. 도청에 토목기사로 근무하는, 내지 출신 청년이었대요. 그 청년 사진을 보여주면서, 빨리 맞선 날짜를 잡자고 부모님이 성화를 대곤 했어요."

"일생일대 수지맞을 기회가 굴러든 춘삼월 호시절이었고만!"

"제발 부용씨, 좀 진지하게 들어주셔요. 그다음 자결 소동은 다른 내지인 청년하고 두번째 혼담이 진행중인 때였어요."

"아깝다, 아까워! 리노이에 가문이 일구월심 오매불망허든 황국신민으로 명실상부허게 격상될 수 있는 절호 기회를 번번이 마다허고 연실군은 대관절 뭣 땜시 자결 소동을 일으킨 거요?"

"그걸 지금 몰라서 물으셔요?"

참다못해 연실이 퍼르르 궐기하는 모양새를 취했다. 내내 잔잔한 가락으로 이어지던 연실의 말소리가 느닷없이 가파르게 솟구치면서 부용의 냉소를 깐깐히 응징하려 들었다.

"왜 그랬는지, 어째서 그럴 수밖에 없었는지, 제 입으로 밝혀야만 부용씨 직성이 풀리겠어요?"

"구태여 밝힐 필요 없소! 뭐, 들어보나마나 뻔헌 내용 아니겄소!"

"아니지요. 내친김에 저도 하고 싶은 말들을 다 쏟아내고 말겠어요! 부용씨도 이번만은 제 얘기를 끝까지 경청해야 할 의무가 있어요!"

몬존하고 다소곳하기만 하던 평상시 모습과는 딴판으로 암상 떨고 포달 부림으로써 연실은 상대방 비아냥거림을 단박에 무질러버렸다.

"일평생 한 남자밖에 모르고 살 팔자라서 그랬어요. 이미 한 남자를 수용한 이상 다른 남자를 수용할 자리가 내 흉당에는 없다고 생각했어요! 이제 됐나요?"

"바로 그 한 남자한티 배신당헌 거라고 철석같이 믿었다고 말혔잖소!"

"그래요. 배신당했다고 치를 떠는데도 그 남자가 흉당에서 차지한 면적은 줄어들지 않았어요. 배신자 자리가 너무 넓기 때문에 여백이 없다고 생각했어요. 그러면서 그 배신자를 몰아낼 요량으로 무진장 모질음을 쓰고 죽살이를 치는 것으로 날마다 일과를 삼다시피 했어요. 한 남자를 지독히도 염오하고 저주하려는 노력, 그 오기 덕분에 죽을 고비를 여러 번 넘기고는 지금까지 살아남을 수가 있었어요. 어때요, 이만하면 됐나요?"

입안에 고여 있던 웃음이 기어이 터지고 말았다. 부용은 웃음 끝자락에다 마른기침 서너 토막 얼른 비끄러맸다.

"그 배신자 땜시 연실군이 그러콤 사생관두 험산준령을 여러 고팽이나 왕복허셨다니, 참말로 눈물이 매라울 만침 유정허신 말씀이요."

생각했던 것보다 기침의 정도가 다소 과했던 탓인지, 부용은 실지로 눈물이 찔끔 마려운 조짐을 느꼈다.

"허지만 말이요, 기회는 반다시 또 찾어올 거요. 시방도 때는 늦지 않었소. 결혼 적령기를 쪼깨 넘어선 감은 있지만, 그 정도

흠결이사 타고난 미태로 얼매든지 벌충헐 수 있을 거요. 그러니깨 인제라도 맴자리 곤쳐먹고 자력갱생을 도모헐라고 분발허시요. 연실군이 맴을 곤쳐먹는다면, 당장이라도 내지 출신 신랑감들 한 도라꾸쯤 어렵잖게 찾어낼 거라고 믿소."

"표리부동하고 이율배반에 빠지기 잘하는 부용씨 언행심사를 두고 누님께서 일찌감치 저한테 가르침을 주셨지요. 누님께서 저한테 신신당부하신 말씀이 있어요."

포달 부리고 암상 떨던 방금 전과 달리 연실은 어느덧 녹실녹실하고 말랑말랑한 낯꽃으로 빙싯이 미소까지 지어 보였다. 또랑또랑한 눈빛으로 부용을 말끄러미 바라보며 말했다.

"우리 부용이가 되나 못 되나 함부로 내뱉는 말들을 죄다 반대로 알아듣고 반대로 해석해라. 그러면 그 맞은편짝에 숨어 있는 진심이 눈에 들어올 것이다. 나가라 하면 들어오고, 들어오라 하면 나가거라. 싫다고 하면 좋다는 뜻이고, 당장 떠나라고 소래기 지르면 제발 머물러 있으라고 간청하는 뜻이다. 그렇게 눈치껏 새겨들으면서 우리 부용이가 멀리하면 멀리할수록 외려 더 부용이 곁에 찰싸닥 붙어야 되느니라."

"말 같지도 않은 소리! 똥감태기 같은 소리!"

"그런데 어쩌지요? 유감스럽게도 저는 부용씨보다 누님을 더 신뢰하고 있답니다. 최소한 어떤 것이 말이고 어떤 것이 똥인지 정도는 분별할 만큼 그동안 배우고 익힌 게 많답니다. 판단은 이미 섰고, 결심은 벌써 굳어졌어요. 그러니까 억짓손 휘둘러서 저를 괴롭힐 생각은 이제 그만두시는 게 좋아요. 부용씨가 그런다해서 옛날처럼 치명상 입을 이연실도 아니고, 또 옛날처럼 호락호락 물러설 이연실도 아니거든요. 알맹이도 없는 감정싸움으로 우리 둘 다 아까운 시간만 허비하고, 가뜩이나 부실한 부용씨 기력만 더 축낼 뿐이니까요."

"꼴도 뵈기 싫소! 당장 내 눈앞에서 없어지시요!"

목청껏 고함지르고 나서 부용은 이부자리 위에 벌러덩 누워버렸다. 하지만 연실은 당장 눈앞에서 없어지고 싶은 마음이 눈곱만치도 없는 듯싶었다.

"첫번째 자결 소동 때는 약을 삼켰고, 두번째 자결 소동 때는 면도칼로 손목을 그었지요. 행인지 불행인지 몰라도 어머니 눈에 띄는 바람에 목숨만은 건질 수가 있었지요. 여기 좀 보셔요, 부용씨. 요게 바로 가해자 최부용이 피해자 이연실한테 안겨준 선물이랍니다."

연실이 저고리 소매 걷어붙이며 손목에 실낱처럼 서너 가닥 하얗게 새겨진 주저흔을 보여주고자 서두르는 걸 거니채기 무섭게 부용은 어마뜨거라 눈을 질끈 감아붙였다.

"손목에 찼던 시계 자국은 용케 알아보는 눈총기로 같은 자리에 난 면도칼 자국은 왜 처음부터 외면하려고 하셨는지요?"

"꼴도 뵈기 싫다고 몇 번이나 경을 읽어야 알어듣겄소?"

잠시 후 소리 없이 움직이는 연실의 기척이 희미하게 잡혔다.

"탕제를 다시 올리겠어요. 부엌에 다녀올 때까지 주무시면 안 돼요. 약 드신 다음에 편히 쉬도록 하셔요."

남자가 쏟뜨려 비운 약사발 챙겨 방을 나서면서 연실이 가만가만 타일렀다. 아아, 하고 부용은 속으로 장탄식했다. 주인 의중과 상관없이 남의 집 제멋대로 출입하는 뜨내기손님처럼 두 줄기 눈물이 양쪽 귀빰 타고 흘러내렸다. 차마 못할 짓이었다. 위선도 전문이 아니지만, 위악은 더더군다나 부용의 전문이 아니라서 궁합이 잘 맞지 않았다. 참으로 구역질날 노릇이었다. 연실 상대로 위악에 찬 언행 간단없이 밀어붙이는 짓거리는 사실 노점병자에게 바윗돌 옮기는 땅띔만큼이나 고역이 아닐 수 없었다. 이 무슨 한심한 작태인가. 흐르는 눈물 손등으로 훔치는 대신 부용은 고개를 옆으로 돌림으로써 갈 길 바쁜 눈물 줄기들이 빰을 미끄럼 지치는 수고 없이 곧장 베갯잇으로 곤두박이게끔 자세를 고쳐주었다. 이 얼마나 비열한 행티인가. 하고많은 날을 만만한 여자 붙들고 들들 볶아먹는 재미로 파적거리를 삼다니, 이 얼마나 추저분하고도 살천스러운 작태란 말인가.

산골마을 고샅길 빠져나가는 늦가을 짧은 해의 발걸음이 눈에 뜨일 정도로 다급하고 초조해졌다. 연일연야 똑같은 양상으로 되풀이되는 소모전으로 말미암아 부용은 거의 탈진하리만큼 지쳐 있었다. 짧은 낮 동안에 얻은 피곤의 분량과 비교한다면, 불면에서 불면으로 이어질 기나긴 밤 동안에 축적될 피곤의 분량이 압도적으로 많을 것은 정한 이치였다. 바로 그 피곤을 거느린 야음을 맞이할 일이 부용은 벌써부터 짜장 두렵고 심란하게만 느껴졌다.

그러나 그 우환중에도 부용의 흉당 한구석에는 미세하게나마 변화의 조짐이 일고 있었다. 그 조짐은 흉당 안을 무엇이 스멀스멀 기어가는 것 같은, 매우 수상쩍은 움직임으로 점차 실감을 갖추어가고 있었다. 어떤 요지부동의 몸채와 깃털처럼 가벼운 자신의 존재가 밧줄로 묶여 있음을 확인하는, 안도감 비슷한 감정이었다. 자신은 혼자가 아니라는, 곁에 누군가 항상 머물러 있다는, 제아무리 내치려 해도 이제는 그 누군가를 내칠 수 없게 되었다는, 뿐만 아니라 이제는 그 누군가로부터 도망칠 수도 없게 되었다는, 도망칠 기력도 없을뿐더러 그럴 의욕마저 완전히 잃어버렸다는, 어쩌면 그 요지부동의 커다란 몸채에 빌붙어 한세상 풍파 견디며 그럭저럭 연명하는 것이 깃털 같은 존재로서 운명에 순복하는 길이 될지도 모른다는, 그런 따위 별의별 생각들이 마치 결핵균에 침윤된 폐부 속을 떠도는 공기 입자들처럼 그의 머릿속에서 난분분히 흩날리고 있었다.

졸음이 밤도둑처럼 살금살금 접근하는 중이었다. 지긋지긋한 소모전 끝에 파김치 된 상태에서 맛보는 나른한 권태감은 육신의 피폐를 능히 상쇄하리만큼 언제나 달착지근한 뒷맛을 안겨주곤 했다. 오래지 않아 그 권태감이 제 단짝인 평온지심을 불러온다는 사실을 그는 경험을 통해 알고 있었다. 이를테면, 여태까지 치렀던 그 번다스러운 절차는 평온지심을 구걸하기 위한 동냥질인 셈이었다. 끔찍했던 과거 기억들 시시콜콜히 들그서내 애먼 사람 물어뜯고 할퀴고 꼬집고 후벼파는 행티 부리는 것이 실인즉슨 자해의 몸부림에 지나지 않음을, 그토록 가혹한 채찍질로 엄벌에 처하고자 하는 죄인이 실인즉슨 이연실 아니라 바로 자신임을 부용은 진작부터 깨닫고 있었다.

어디선가 얼빠진 수탉이 기운차게 홰를 치기 시작했다. 새벽 아닌 밤이 닥쳐오고 있음을 동네방네 왜장치고 싶어 초저녁부터 안달이 난 모양이었다. 지각 모자라는 수탉이 득의연하게 뽑아대는 목청에 잠시 귀를 모으다가 어느 겨를에 맥없이 까무러지는 바람에 부용은 결국 연실이 방으로 되돌아오는 낌새를 채지 못했다.

2

경성 행보를 계기로 해서 두 관촌댁 처지는 천양지차로 벌어지고 말았다. 확연히 달라진 각자 처지만큼이나 관촌댁 자매 사이에는 어느덧 좁히려야 좁힐 수 없는, 까마아득한 간극이 생겨나고 말았다. 상곡리 관촌댁이 금세 우화등선이라도 할 것처럼 가볍지도 않은 몸뚱어리 한껏 재게 놀려 최진용 꽁무니 바짝 따라붙는 반면, 오암리 관촌댁은 발목쟁이 거머잡는 어떤 세력에 번번이 이아침을 받듯 제대로 걷기는 고사하고 자꾸만 땅속으로 잦아드는 모습이었다. 읍내 정거장 벗어날 무렵부터 뒤처지기 시작한 낙철이네 발걸음은 일행이 읍내 빠져나와 산서 방면 신작로에 들어선 뒤로는 아예 오암리 집 찾아들기 일찌감치 작파한 여편네처럼 더욱더 느즈러졌다. 앞장서 걷다 말고 동생 기다리느라 번번이 뒤돌아서는 관촌댁 입에서는 연방 한숨이 쏟아져나왔다.

"요로콤 질바닥에서 시방 노량으로 지체만 허다가는 시방 필경 날이 꼴딱 저물고 말겄소!"

굼벵이 시늉으로 마냥 꼼지락거리는 오암리 사돈을 먼발치에서 지켜보던 최진용이 그예 참지 못하고 냅다 한 소래기 날렸다.

"차라리 요로콤 시간이 지체될지 알었드라면 시방 읍내서 한나절 푹 쉬었다가 털털거리는 목탄차라도 읃어 타고는 시방 금의환향허는 편이 훨낀 더 모냥새가 좋을 뻰혔소!"

언중유골이 약여했다. 웃음엣소리 빙자해서 주먹총처럼 내지르는 행짜 다름없는 꾸지람이었다. 작은어머니 면전에서 차마 드러내 성깔 부릴 형편이 못 되니 그런 식으로라도 발놀림 몹시 굼뜬 사돈 에둘러 비아냥거리는 수작일시 분명했다. 관촌댁은 범강장달이 같은 장조카가 풀떼기처럼 묽게 풀어져 송장헤엄치듯 팔다리 흐느적거리는 오암리 사돈 지켜보면서 느꼈을 갑갑증과 불뚝성을 너끈히 헤아릴 수 있었다.

읍내에서 산서 거쳐 산동까지 매일 두 고팽이씩 오가는 버스편이 있긴 했다. 그러나 가뭄에 콩 나듯 어쩌다 한 번씩 다니던 알량한 버스마저 이제는 도무지 믿을 게 못 되었다. 이른바 지나사변 터진 후 군수용 유류 우선적으로 확보하기 위한 총독부 물자 절약 정책에 따라 기름차가 목탄차로 개조되면서 교통 사정은 더욱 엉망진창이 되고 말았다. 기름차에 비해 목탄차는 형편없이 느릴뿐더러 사흘에 피죽 한 그릇 못 얻어먹은 약골 푼수로 기운마저 턱없이 달리는 탓에 야트막한 언덕이라도 만날작시면 승객들이 하차해서 버스란 놈 방둥이 밀어대느라 끙끙 용을 써야만 했다. 엎친 데 덮쳐 고장마저 잦은 탓에 걸핏하면 길가에 세우고 한나절씩 고치기 아니면 애당초 읍내 차부에서부터 아예 결행하기 일쑤였다. 어느 하가에 출발할지, 그리고 중도에 무슨 곤경 치를지 모르는 목탄차 눈치 살피느니 차라리 짱짱한 두 다리 신세 지는 쪽이 이문이겠다는 최진용 제안에 따라 산서까지 걸어가기로 합의하고 읍내를 떠나온 참이었다.

"자네 혼자서 먼첨 가보소, 우리 늙은이들은 세월아 네월아 쉬엄쉬엄 뒤따러갈 모냥이니께."

관촌댁은 한 마장 상거 앞쪽에서 소리 없는 고함질로 채근하는 장조카 향해 신호를 보냈다. 그 말 떨어지기 기다렸다는 듯 낙철이네가 갑자기 길바닥에 퍽석 퍼더버리고 앉았다. 자빠진 김에 아예 쉬어갈 요량인 듯 흙바탕에 벌렁 드러눕다시피 했다.

"집구석에 가봤자 눈깔 짓물르드락 예펜네 지달리는 서방이 있는가, 쑤시고 절리는 사대삭신 알뜰살뜰 주물러줄 자식이 있는가, 서 발 장대 휘둘러봤자 걸거칠 것 없는 뫼이니께 동상 생각헐라 말고 성님이나 싸게 가보시요!"

"동상, 이러면 못쓰는 법이네. 호랭이한티 열두 번 물려가도 정신줄 안 놓치면 살어날 방도가 있다고 옛말에도 그러잖든가."

"안 죽고 살어서 실내끼 같은 목심줄 간당간당 붙어만 있으면

장땅이다요? 그 호랭이 아가리로 내 팔다리 들어가뿔고, 그 호랭이 발톱에 내 앙가심 헝겊때기맨치로 다 찢겨뿌렀는디?"

"동상이 맴을 독허게 먹고 요번 일을 강단 있이 잘 넘어가야 낙철이가 훗날을 기약헐 수 있을 게 아닌가."

"하늘 복판이 폭삭 무너진 마당에 훗날은 무신 얼어 죽을 훗날이다요? 낙철이는 인자 온전허니 죽은목심이요. 그놈한티는 낭중도 훗날도 말짱 다 개발바닥에 주석편자 매일반이요!"

친정언니 위로가 입에 발린 치렛말에 불과하다는 사실 지적하듯 낙철이네는 세차게 도리머리를 해댔다. 경성에서부터 줄곧 길바닥에 흩뿌려댄 눈물로 말미암아 낙철이네 눈자위는 질척질척 물크러져 있었다. 남우세스러운 줄 모르고 기차간에서 펑펑 쏟아낸 눈물로는 성에 덜 찼던지, 그니는 또다시 눈물샘에서 새 두레박을 끌어올리는 참이었다. 치맛자락 끝단 집어들어 양쪽 콧방울 아금받게 감아쥐더니만 팽 소리도 요란하게 코를 풀었다. 관촌댁은 장조카에게, 어서 먼저 가라고 다시 손짓 분부를 내렸다.

"명색이 에미라는 것이 전정이 구만리 같은 자식을 두고 고로코롬 막말을 퍼붓어서야 쓰겄는가. 고만 뽈딱 일어나게!"

관촌댁은 겨드랑이 밑으로 손을 넣어 동생을 부액해 일으키려 했다. 그러자 낙철이네가 그 손 뿌리치며 말했다.

"자식이 아니라 웬수요, 웬수!"

아무렇게나 땅바닥에 퍼벌하고 앉은 채 낙철이네는 몸안에서 장시간에 걸쳐 장만했을 울음보따리를 또다시 몸밖에다 풀어놓기 시작했다.

"내 속으로 퍼질러낸 자식이 그 지경으로 독종인지를 나가 으찌 짐작이나 혔겄소. 입때까장 그런 놈을 세상천지 단 하나뿐인 자식이거니 믿고 살어온 에미 심정이 오죽혔겄소. 불면 널러갈까, 쥐면 터질까, 노심초사허면서 왼갖 정성 다 바쳐서 애지중지 키운 외톨자식이 그 지경으로 살모사보담도 더 독헌 놈이라고 누가 꿈엔들 생각을 혔겄소."

눈물에 콧물 범벅 이룬 추저분한 얼굴 들어 핏덩이 토하듯 뻰질러대는 낙철이네 푸념에 귓불이라도 섬뻑 베인 듯 최진용이 주춤주춤 뒷걸음쳐 순식간에 간격을 벌리기 시작했다.

"설마허니 낙철이가 참말로 모진 맴 먹고 본심으로 즈그 에미를 배척헐라고 생각을 혔겄는가!"

관촌댁은 동생 등덜미 가만가만 다독여주었다.

"원판 속이 짚고 도량이 널룹다보니께 깜냥대로 뭣인가 작정헌 대목이 있어서 역부러 고로코롬 살모사 숭내를 내본 것이겄지. 동상 맴도 쓰리고 아리겄지만, 낙철이 갸는 또 갸대로 모자상면을 거부허고 돌쳐서는 그 심정이 오죽이나 짜안혔겄는가!"

막심불효 자식 문제 끌어안고 동병상련하던 두 자매 처지는 모처럼 큰맘 먹고 도모했던 경성 행보를 분기점으로 해서 극명하리만큼 명암이 엇갈리고 말았다. 지난번 경성 행보가 두 관촌댁 모두에게 동지선달 같은 결과였다면, 이번 경성 행보는 한쪽에는 만화방창 춘삼월 호시절로, 다른 한쪽에는 북풍한설 몰아치는 섣달그믐 강추위로 변한 듯한 결과였다. 상곡리 쪽이 시방 벌건 대낮 안에 들어 있다면, 고개 너머 오암리 쪽은 아직도 캄캄칠야 한복판에 퍼벌하고 앉아 있는 꼴이었다.

특수강도죄라는 속옷 위에 치안유지법 위반이라는 겉옷까지 껴입은 꼬락서니로 배낙철과 최귀용 두 이종지간은 그새 종로경찰서 특별고등계 거쳐 서대문형무소로 이송되어 있었다. 두 관촌댁이 최진용 향도로 세워 면회 갔을 때, 귀용은 학수고대했던 듯 면회소에 곧바로 얼굴을 내비쳤다.

"낙철이 형님한테 한량없이 죄송해요. 죽는 날까지 형님 뵐 면목이 없어요. 형님한테 평생 못 갚을 엄청난 빚을 졌어요……"

소년티 미처 벗지 못한 귀용은 어머니와 대면하기 무섭게 단지 그 말만 줄기차게 되풀이했다. 그러곤 쫄쫄 쥐어짜기만 했다. 모자간에 변변한 대화 한마디 못 나눈 채 금쪽같은 면회 시간 허랑하게 까먹다가 귀용은 끝내 간수한테 이끌려 쇠창살 안쪽으로 자취를 감추고 말았다. 관촌댁은 억장이 무너지는 심정이었다.

하지만 그것은 또 약과였다. 담당 간수 통해 낙철은 면회 거부를 통고했다. 어머니든 누구든 만날 생각 없으니 그냥 돌아가라는 전갈이었다. 수완 좋은 최진용이 첫번째 경성 행보 때 낯을 익혀 둔 간수를 만났다. 호주머니에 인정전(人情錢) 두둑이 챙겨 담은 품앗이로 종로서 특고(特高) 형사가 알선한 인물이었다. 배낙철 목에 밧줄 걸어서라도 기필코 면회소로 끌어내달라고 간수에게 통사정했다. 결국 낙철은 간수들한테 이끌려 면회소로 나왔다.

"애시당초 나 같은 불효자식 잉태헌 적도 없고 생산헌 적도 없거니, 치부허십쇼! 남은 평생 독허게 맘먹고 고단헌 세상 그냥저냥 살어가십쇼!"

눈물이 시야에 차일 치는 바람에 낙철이네는 안타깝게도 아들 얼굴 제대로 구경조차 못했다. 마지못해 간수들한테 끌려온 낙철이 오열하는 어미 면전에서 기껏 한다는 소리가 그 모양으로 험악하기 그지없었다. 아직도 딱지 덜 여문 생채기나 푸르뎅뎅한 피멍 자국, 절뚝거리는 걸음으로 특고계에서 받은 고문 흔적이 신체 곳곳에 덕지덕지 붙어 있어 참혹하기 이를 데 없는 몰골이었다.

"나 역시 내 앞에 있는 여인이 나를 낳아준 어머니라고 생각허지 않을랍니다. 나허고 상관없는 웬 아주머니다, 생각허고 맘을 독허게 먹고는 감옥살이 감당헐 작정입니다. 그러니깨 아주머니도, 저놈은 인제 내 아들 아니다, 치부험시나 의지가지없는 혼잣몸으로 악착같이 자력갱생허시기 바랍니다."

낙철은 고개 돌려 외면한 채 어미한테 끝내 눈길 한번 보내지 않았다. 불을 댕기면 호로록 타 재가 될 듯 바싹 메마른 표정으로 그는 마지막 말을 남기고 나서 뒤도 안 돌아보고 면회소를 후딱 벗어나버렸다.

"서방 복 없는 년 자식 복도 없다는 옛말이 눈꼽만침도 그르들 않어라. 신접살림 재미 붙일 새도 없이 일찌가니 서방 잡어먹고 청상과수 되야서 허구헌 날 독수공방에 애간장 녹으면서도 아들 하나 믿고 오날날까장 왼갖 설움 죄다 무릅쓰고 즘생맨치로 버팅개질헌 예펜네가 바로 나요. 누구보담도 성님이 이 내 심정 제일로 잘 아시잖어라!"

"알다마다……"

"그놈을 으떻게 키우고 으떻게 질렀는지 성님도 잘 아시잖소! 젖 대신 에미 피눈물 빨어먹고, 밥 대신 에미 애간장 깨물어먹고 키가 크고 살이 붙은 덕택으로 오날날 인간 형상 갖춘 놈 아니겄소! 그런 놈이 지 에미한티 되나 못 되나 막말허고, 그것도 모잘라서 모자지간 천륜까장 끊어뿔겄다고 만좌중에 왜장치다니, 이 무신 재변이고 청천벽력이다요?"

"억장이 무너지는 동상 그 심정은 천지신명도 아실 것이고, 산천초목까장 죄다 알고 있을 것이네."

"아녀라! 천만에 말씸이어라! 인정사정없는 천지신명 따우, 그 옘병헐 산천초목 따우 잡살뱅이들이 나 같은 과부 사정을 으찌 다 알 것이요! 동종동복 친동기간인 우리 성님도 과부 동상 처참헌 정상은 아매 반에 반만침도 기늠을 못허실 것이요!"

"인자 고만 우소! 운다고 해결될 일이람사 동상네 부조허는 폭

잡고 슥 달 열흘이라도 덩더꿍이로 같이 울어줄 저 뭣이냐가 있지마는, 설령 우리 성제 눈물 둠벙에 빠져서 목간을 허드래도 애시당초 낙철이 것으로 뭄 지어진 가막소 밥그럭이 줄어들 리 만무허고, 또 연일연야 방성통곡으로 세월을 삼드래도 에미한티 쏟아붓은 막말들이 낙철이 입으로 도로 들어갈 리도 없잖은가. 그러니깨 인자 고만 고정허고 지발 그 눈물 조깨 거두소."

"허기사 그런 놈이 가막소 콩밥 안 처먹으면, 으떤 시레비아들이 처먹겄소. 개미허리 되드락 허리끈 졸라매고 살림살이 줄여감시나 알탕갈탕 한양 유학 보내서 높은 공부 시켰드니만, 학업은 애저녁에 작파허고 지 죽을 구뎅이만 판 놈이요, 그놈이! 지 에미 보고 아주머니, 아주머니, 험시나 인륜에 천륜까장 여반장으로 범허는 인간말짜가 독립운동은 무신 얼어 뒤어질 독립운동! 날겨란으로 백상산 코끼리바우 쌔리기지, 지깟 놈이 마빡에 쇠똥도 안 벳겨진 에린것 두엇 거나리고 거추없이 나분댄다고 조선이 독립될 성부르다요? 지깟 놈이 귀지개로 귓구녁 조깨 깔짝거린다고 청국이나 아라사 같은 대국도 옴짝달싹 못허게코롬 직신직신 깔어뭉개는 대일본제국이 아얏 소리 한마디 흘릴 성부르다요? 독립운동이 그러콤 여반장으로 쉬운 노릇이람사 지놈 안방에 얌전허니 앉혀두고 에미가 대신 나서서 목통이 터지드락 독립만세를 왜장쳤을 것이요. 못된 송아치 응뎅이 뿔 나딧기 분수 벗는 행우를 저질렀으니깨 목구녁에서 메주 뜨는 남새가 펄펄 올라

오드락 가막소 콩밥을 원도 한도 없이 처먹어 백번 마땅헌 놈이지라!"

자식이 갇혀 있을 북녘 겨냥하고 낙철이네는 인절미 같은 푸념 위에 팥고물 같은 저주 얹어 팡개질하듯 멀리 집어던졌다. 그런 다음 뒷전에 밀쳐두었던 울음보따리 허겁지겁 도로 끌어당기며 새롭게 눈물바람을 시작했다.

동생 처지가 워낙 기박한지라 차마 대놓고 모진 소리 건넬 수는 없는 노릇이었다. 하지만 아까부터 자꾸만 독립운동 들먹대는 말본새가 관촌댁 비위에 여간 거슬리는 게 아니었다. 아니, 가소롭기 짝이 없었다. 동생 말마따나 방둥이에 뿔 돋친 못된 송아지 같은 낙철이가 시건방지게 불측한 사상 흉중에 품고 어린것들 몇몇 꼬드겨 벌인 그 몹쓸 짓거리 가리켜 독립운동 운운한다는 건 당최 말도 안 되는 소리였다. 천석꾼 영감 지론에 따르자면, 천하의 개망나니 이질이 저지른 행티는 천인공노할 화적질 바로 그것이었다. 더군다나 낙철이란 놈은 땅마지기깨나 지닌 지주들 모조리 때려잡겠다고 설쳐대는, 그 혁명이라나 뭐라나 하는 대역부도에 더뻑 고부라진 사회주의 불한당임에 틀림없었다. 물론 관촌댁 실력으로는 잃은 나라 되찾자는 독립운동과 소작인이나 머슴 따위 가난뱅이들이 주인 노릇하는 세상 만들자는 혁명운동이 서로 뭐가 다르고 어떤 장단점이 있는지 조목조목 근거 들이대며 설명할 재간은 없었다. 하지만 가까운 혈육지간인 양 꾸밀 요량으로

'운동'이란 항렬자 같이 붙였다 해서 독립운동과 혁명운동이 그 길속이나 알속마저 동복으로 태어난 동종형제일 리 만무하다는 사실쯤 좌우지간 눈치로 때려잡아 대충은 알고 있었다. 다만, 친정언니 입장에서 불난 동생 집에 키질 해대는 거나 진배없는 행동만은 참고 삼갈 따름이었다. 제정신 아닌 동생이 다소 경위에 어긋나는 소리 씨우적대더라도, 그 가긍스러운 정상 참작해 굳이 타박하지 않으려고 관촌댁은 아까부터 애쓰는 중이었다.

이질한테 닥친 곤경은 평지낙상 격으로 급작스레 생겨난 재변도, 청천벽력 같은 횡액도 아니라는 것이 관촌댁 본심이었다. 짜게 먹은 놈이 맹물 들이켜는 것과 다를 바 없는 이치였다. 그것은 첫번째 경성 행보 때 이미 예견된 사태이기도 했다. 경찰서로 찾아갔을 때, 최진용이 찔러주는 인정전 미리감치 처든지른 특고 형사로부터, 사건이 어떤 모양새로 틀거지가 만들어지고 수사가 어느 방향으로 흘러가는 중인지 귀띔을 받았다. 관촌댁 혼자 들은 게 아니라 같은 자리에서 낙철이네도 분명 함께 들은 얘기였다.

"배낙철 피의자는 원체 주범이고 확신범인 탓에 전연 가망이 없는 상태요. 허지만 최귀용 피의자는 약간 다른 경우요. 일이 의외로 잘 풀릴 가능성이 전연 없다고 말할 수는 없는 상태라고 해야 할지 어떨지……"

특고 형사가 조심스레 흘린 아리송한 언질을 확실하게 뒷받침해주듯 낙철은 면회 자리에서 관촌댁 대하자마자 선물 보따리를 덥석 안겨주었다.

"이모님께 심려를 끼쳐서 참말로 면목이 없습니다. 허지만 귀용이 문제는 걱정허지 마십시요. 지은 죄가 별로 없으니께 귀용이가 된통 다치는 일도 아매 없을 겁니다. 하여간에 귀용이한티 불리허지 않게코롬 지가 알어서 요령껏 대처허고 있으니께 이모님은 저를 믿으시고 걱정을 내려놓으십시요."

나불거리는 낙철이 입술 보면서 관촌댁은, 저 혓바닥 길게 늘여 채칼로 자디잘게 채 썰어도 시원찮을 놈, 하고 속으로 욕했다. 그야말로 병 주고 약 주는 격이었다. 세상물정 모르는 제 이종동생 감언이설로 꾀고 우격다짐으로 끌어들여 이모부 멱에 비수 들이대며 화적질 도모했던 장본인 아니던가. 엎친 데 덮쳐 이종동생 데리고 역적질까지 도모함으로써 이모 집안 쑥대밭 만들고 친인척 골병들게 만든 희대의 패륜아 주제에 한다는 소리가, 제가 알아서 요령껏 대처하고 있으니 걱정 내려놓으시란다.

"오냐, 고맙다. 낙철아, 참말로 고맙다. 이모는 그저 우리 낙철이 조카만 꽉 믿고 좋은 소식 당도헐 날만 지달리고 있을란다."

하지만 가슴속에 부글부글 끓어넘치는 그 무엇이 있다 해서 곧이곧대로 내색할 수도 없는 노릇이었다. 이제는 금쪽같은 둘째아들 운명 한 손에 틀어쥐고 좌지우지할 자가 일본 관헌 아니라 악덕한에 불한당인 배낙철로 상황이 급변한 까닭이었다. 관촌댁은 분노를 웃음으로 바꾸어 보드랍게 포장한 채 마치 백상암 본존불

앞에 비손하듯 못된 이질한테 양손바닥 싹싹 비비대면서 거듭거듭 고맙다고 치하의 말을 아끼지 않았다.

"면회 또 오셔봤자 저나 어머니나 신상에 득될 것 하나도 없습니다. 대면헐 적마다 고롭기만 허고, 억장이 무너지기는 매일반일 겁니다. 그러니깨 다시는 면회오실 생각 마십쇼! 배낙철이는 어차어피에 버린 몸이고, 살어 있어도 죽은목심 진배없는 놈입니다. 앞으로는 면회 신청이 오드래도 절대로 응허지 않을 작정이니깨 그리 아시고, 인제 고만 돌아가십시요!"

이모 대하는 태도와는 영 딴판으로 낙철은 정작 제 어미 상대할 때는 몹시도 몰풍스럽게 굴었다. 초동 단계부터 낙철이네는 변변한 말마디 한번 붙여보지 못한 채 눈물바람 하염없이 앞세우느라 한정된 면회 시간만 허투루 까먹고 있다가 어마지두에 자식한테 퇴박맞고 말았다. 낙철이네는 매몰차게 멀어지는 아들 뒷모습 그저 망연자실한 표정으로 바라만 보고 있었다. 경성 유학생활에서 무섭도록 변모한 아들과의 까마아득한 거리감만 골수에 사무치도록 확인한 셈이었다.

이루 형용 못하리만큼 참담한 심경으로 귀갓길에 오른 동생 어르고 달래느라 관촌댁은 첫번째 면회 때도 어지간히 고역을 치러야 했다. 친정언니가 건네는 갖가지 위로와 격려는 번번이 동생이라는 벽에 부딪혀 메아리처럼 공허하게 돌아오곤 했다. 작정하고 건네는 위로의 말 덕분에 정작 쏠쏠하게 재미 보는 사람은 다름아닌 관촌댁 자신이었다. 말들이 날뛸 때는 내 말 먼저 잡고 아버지 말 나중에 잡으라고 옛말에도 이르지 않았던가. 물론 귀용하고 낙철이 둘 다 무죄방면으로 낙착된다면 그 이상 바랄 나위 없겠지만, 혹여 사불여의해서 하나만 풀려난다면 그 하나는 마땅히 자기 아들이어야 했다. 만일 일이 그렇게 풀릴작시면, 이질 녀석 운명이야 어찌 되든 관촌댁으로서는 일단 춤부터 덩실덩실 추고 볼 경사가 아닐 수 없었다. 어쩌면 귀용이 문제가 잘 해결될지도 모른다는 가망이 비로소 어미 눈에 비치는 듯싶었다. 실낱같은 가망 한 가닥 붙잡고 씨름하는 사이, 관촌댁은 악명 높은 고등계에서 받은 악형으로 말미암아 초주검 꼴로 면회소에 나타났던 둘째아들 몰골을 어느덧 뇌리에서 털어낼 수 있었다. 그것이야말로 지난번 경성 행보 때 관촌댁이 손아귀에 거머쥔, 가장 오달진 소득이었다.

"뒷배 든든허니 봐주는 사둔 하나 방짜로 만나서 성님네는 얼매나 흐무지다요? 복 많은 우리 성님은 참말로 여한이 없겄소!"

오매, 이건 또 무슨 귀꿈맞은 잡소리라냐. 관촌댁은 순간적으로 자신의 귀를 의심하지 않을 수 없었다. 남의 선산 명당 혈에 쇠말뚝 질러대는 거나 다름없는 잡설을 대관절 무슨 말로 받아넘겨야 좋단 말인가. 첫번째 경성 행보 당시 기억으로 한참 거슬러 올라가 있던 관촌댁은 갑자기 정신이 번쩍 들었다. 어느새 울음소리 뚝 그친 낙철이네가 한 가닥 실낱같은 가망 좇아 줄달음치던 친정언니 다리에 뚱딴지같은 잡설로 딴죽을 걸어온 까닭이었다.

"그게 시방 뭔 소리여?"

"못 들으셨소? 경부 나리를 사둔으로 뫼신 우리 성님이 겁나게 부럽다고 혔소. 방짜배기 사둔 뒷심 덕분에 죄라는 죄는 몽땅 똘똘 몰아서 우리 낙철이한티 덤테기 씌우고, 성님 아들 빼돌릴 구녁은 읍내 공설운동장만허게 뻥 뚫어놨잖소? 그게 어디 나맨치로 연줄도 없고 돈도 없는 조선 백성이 손 안 대고 코 풀딧기 수월허게 도모헐 수 있는 사업이다요?"

터무니없는 악짓손이었다. 천부당만부당한 오해였다. 관촌댁 낯꽃이 대번에 해쓱하게 질려버렸다.

"니년이 시방 온정신이냐, 반정신이냐? 그러잖어도 모닥불 끌어안고 살어가는 내 가심팍에다 섹유지름 달팍 붓딧기 그따우 악담이나 쏟질러야만 니년 속이 똑 후련허겄냐?"

"내 말이 틀렸소? 마빡에다 누런허니 금테 둘른 사둔 못 만난 죄로 나 같은 예펜네는 죽어 싸지라! 실팍지게 뒷배 봐주는 사둔 못 만난 죄로 두 눈 멀쩡허니 뜨고서 외톨자식 홍수에 떠내려가는 꼴 귀경허게 생긴 에미는 스럽고 웬통혀서 어디 살겄습디여?"

"네 이년!"

참는 데도 한도가 있고, 받자하는 데도 정도가 있는 법이었다.

"뭣이여, 이년아? 말이면 다 말인지 아냐, 이년아?"

관촌댁은 산천초목마저 놀라 떨 만큼 새된 목청을 뽑아대기 시작했다. 경성부터 산서까지 지긋지긋하리만큼 긴긴 시간 동생이 예뻐서 참고 견딘 게 아니었다. 아니꼽살스러운 대목 눈에 띄고 칙살맞은 언행 손에 잡혀도 그 정상이 너무도 가긍해 보여 그저 꾹꾹 눌러 참았을 뿐이었다.

"뚫린 입주뎅이라고 개 소리, 도야지 소리 마구잽이로 게워내냐, 이년아? 같은 말이라도 서당 훈장님 입에서 나오면 공맹이 되고, 개도야지 같은 잡것 주뎅이에서 나오면 도척이 되는 법이여, 이년아!"

"나도 참을 만침 참었소! 그런디 인자 더는 참들 못허겄소! 그동안 입주뎅이 함봉허고 참었다 혀서 성님네 부뚜막에 시방 죽이 끓는가 밥이 끓는가 몰르고 있는지 아셨소? 그 정도 일판 돌아가는 기맥이사 나도 눈치로 쌔려잡을지 안단 말이요!"

"배은도 모잘라서 망덕까장 저질르는 년 조깨 보소이!"

너무도 어이없는 나머지 관촌댁은 말을 더 보태지 못한 채 씨근벌떡 가쁜 숨만 들이쉬고 내쉬었다. 친정언니야 그러거나 말거나 괘념치 않고 낙철이네는 도끼눈 딱 부릅떠 장작이라도 팰 기세로 표독스럽게 노려보는 중이었다. 그에 뒤질세라 관촌댁 또한 똑같은 도끼눈 치켜들어 동생 미간을 내리찍기 시작했다. 다른 운명으로 제각각 길이 엇갈린 죄인 자식 둔 어미들 제각각 다른 입장이 여태껏 아끼고 보듬으며 의초롭게 지내던 친동기 사이를 순식간에 동에서 서로 떼놓고 말았다. 경성 다녀오는 동안 외줄

타듯 아슬아슬하게 유지되던 자매간 우애가 질항아리 깨지듯 와장창 부서져나가는 파열음을 관촌댁은 귀청이 따갑도록 듣고 있었다.

두번째 경성 행보에서 사돈 덕을 본 것은 부인 못할 사실이었다. 낙철이네 말처럼 마빡에 누렇게 금테 두른 경부 밭사돈보다는 안사돈 덕이었다. 여태껏 코빼기조차 구경한 적 없는 경부나리가 몸소 나서서 도와준 결과가 아니었다. 부녀지간 천륜마저 미련 없이 잘라버릴 지경으로 모진 성정 지닌 밭사돈이 만일 자기 이름 팔아 경성에서 뒷구멍 흥정 오간 저간의 내막을 알아차리는 날이면 산서 땅에 또 얼마나 거센 회리바람 몰아닥칠지 누구도 예측하기 어려운 상황이었다.

첫번째 경성 행보 때는 천하의 노랑이요 둘도 없는 자린고비 영감이 뜻밖에도 통머리 크게 활수한 덕을 톡톡히 보았다. 어르신 지시 받들어 급히 변통한 거금 앞세워 최진용이 관헌들 상대로 능갈치게 수완을 발휘함으로써 제법 쏠쏠한 소득 올리는 데 성공했다. 하지만 관헌들 돈으로 구워삶아 얻어낼 수 있는 성과란 당초부터 한계가 빤했다. 더군다나 한 차례 경성 행보만으로 민들레 씨앗처럼 날려버린 억만금 값어치 논마지기 자꾸 눈에 밟히는 바람에 천석꾼 영감이 생병을 앓던 참이었다. 때문에 관촌댁은 영감 눈치 살피느라 두번째 경성 행보에 필요한 가외 지출은 감히 꿈도 못 꾸고 있었다. 그때, 팔소매 걷어붙이고 부조의 손길 자청한 귀인이 다름아닌 이연실, 그러니까 통째로 눈 안에 담아도 쓰리거나 아리지 않을, 바로 그 며느리였다.

경부나리에게 도움 구걸하려는 일체의 움직임에 큰아들과 딸은 무작정 반대만 일삼았다. 사지에서 동생 건져내는 일이라면 시종일관 사돈 관계 인정하지 않는 경부나리한테 빌붙기보다 차라리 가산 한 귀퉁이 헐어 다시 관헌들 상대로 활수하는 편이 낫다는 주장이었다. 한 번도 실체 드러낸 적 없는 유령 같은 사돈한테 무슨 염치로 국사범 구명운동에 나서달라고 청을 넣겠냐는 것이었다. 번듯하게 육례 갖추기도 전에 엉겁결에 시어미 자리에 날름 앉아버린 관촌댁 소견 또한 그것과 별반 다르지 않았다. 그동안 듣고 깨달은 가늠으로 그니는 산서 최씨네를 사돈으로 인정할 의사가 호리만큼도 없는 밭사돈 강팔진 성미를 속속들이 꿰고 있었다. 자식들 문제로 금쪽같은 가산 더는 축내지 않기로 작심한 영감과 곧 죽어도 경부나리 음덕에 기댈 생각 말라는 아들딸 틈바귀에 끼인 채 굽도 젖도 못하리만큼 난경에 처한 그니는 양쪽 눈치 살피느라 넙치눈이가 될 판이었다. 다만, 몹시 서운한 대목 굳이 꼽자면, 동생 살리는 사업에 힘이 되어줄 좋은 연장 두고도 써먹을 생심조차 하지 않고 처음부터 무작정 도리질만 해대는 자식들 소행머리였다.

오로지 천석꾼 영감만이 전주 사돈 쪽에 거는 막중한 기대를 끝내 포기하지 않았다. 자식들 극구반대도 아랑곳없이 영감은 기회 닿을 적마다 가냘픈 며늘아기 어깨 위에 집채만큼 크고 무거운 부담 지우고 싶어 조석으로 관촌댁 면전에 종주먹 들이대며 안달복달했다. 체통도 치신도 돌볼 줄 모르는 시아버지 성화독촉으로 말미암아 시어머니가 연일 감나뭇골에서 곤경 치르는 중임을 재 너머 동천리에 딴살림 차렸다 해서 며느리가 눈치 못 챘을 리 만무했다. 결국 이연실은 딸 만나려는 일념으로 먼 길 마다 않고 산서 땅 밟곤 하는 친정어머니 붙들고 읍소하기에 이르렀다. 끈적끈적 달라붙어 거듭거듭 애원하는 외동딸 앞에서 친정어머니는 그예 마음이 흔들리고 말았다. 마침내 안사돈은 힘닿는 데까지 도와주마고 약속하기에 이르렀다. 때마침 일이 잘 풀리려고 그랬던지, 종로경찰서에 안사돈도 잘 아는 일본인 경찰관이 근무하고 있었다. 지난날 경성에서 남편들이 같은 부서에 근무하던 당시, 집안끼리 서로 내왕하며 흉허물없이 지낸 바 있는 부인 앞으로 안사돈은 장문의 소개장을 써주었다.

밭사돈 몰래 사람들 사이 잇는 다리 놓아준 안사돈 덕분에 최진용은 드디어 난공불락 철옹성으로 까마아득하게 보이던 종로경찰서에 발을 들이는 데 성공했다. 그 다리 최대한 활용해 요긴목마다 인정전 듬뿍듬뿍 뿌려댐으로써 가급적이면 귀용에게 유리한 방향으로 조사가 진행되게끔 손을 쓸 수도 있었다. 또한 그 연줄 덕분에 형무소까지 선이 닿아 미결감에 갇혀 지내는 동안 귀용에게 편의를 봐주게끔 조처할 수도 있었다. 따지고 보면 그 모두가 안사돈 훈김 덕분임을 부인할 도리는 없었다.

"홍수에 떠내려가는 니 새끼 건지고 못 건지는 공사가 마빡에 금테 둘른 사둔 만나고 못 만난 것허고 무신 상관이냐? 니 아들이 지은 죄로 말허자면, 마빡에 금테 아니라 금테 할애비를 열두 바꾸씩 둘른 사둔 만났다 허드래도 말짱 다 헛공사다, 헛공사! 니 아들이 빼도 박도 못헐 대역죄인인지는 조선팔도 백성이 죄다 안다, 이년아!"

정 많고 덕 두텁기로 인근 삼동네에 소문 짜하던 평상시 관촌댁은 이미 부지거처가 되어 있었다.

"그만헌 문리에 그 정도 물정은 빠삭허니 알고 있을 니년 입주뎅이로 그게 시방 헐 소리냐? 금테 둘른 방짜 사둔 뒷심으로 죄를 똘똘 몰아서 낙철이한티 덤테기 씌웠다고? 귀용이 빼돌릴 구녁만 공설운동장만허게 뚫어놓으니깨 스럽고 웬통혀서 못살겄다고?"

여느 경우라면 몰라도 이번 경우만큼은 사정이 영판 달랐다. 제아무리 후덕한 천성 타고난 관촌댁일지라도 제 자식 사활 걸린 막중대사 앞에서 덕성스럽게 처신할 수는 없었다.

"미쳐도 곱게 미치고, 뒤어져도 모냥 있게 뒤어져야 칼산지옥으로 꼰두박히는 신세 모면허는 법이여, 이년아! 니년이 백줴 애먼 소리로 생사람 모함헌다고 니 아들 처먹을 콩밥 내 아들이 대신 먹어줄 성부르냐? 홍수에 둥둥 띠내려가는 니 아들 질농무 삼어서 내 아들도 똑같이 허부적허부적 떠내려가는 꼴 봐야만 니년

직성이 풀리겄냐?"

무섭도록 표변해서 마구 포달 부리는 관촌댁 거조에 낙철이네는 벌어진 입을 다물지 못했다. 그러나 언니와 매한가지로 자신에게도 지켜주고 살려내야 할 자식이 있다는 사실을 새롭게 상기했는지, 낙철이네는 다시금 결기 빳빳이 추스르며 옹골지게 대거리하고 나섰다.

"깰꼬닥 숨넘어가게 생긴 년이 속고쟁이 단속허고 밑구녁 개릴 여가가 어디 있다요? 어째피 이판사판이고, 볼장 다 본 예펜네요! 시방 내 눈에는 성님도 성님으로 뵈들 않으요! 성님맨치로 자식 여럿 둔 것도 아니고, 회오리밤맨치로 달랑 하나뿐인 자식 둥둥 떠내려가는 꼴 속절없이 지켜봐야 허는 에미 처지에 무신 소린들 못허고 무신 짓인들 못 저질르겄소!"

낙철이네는 암상궂게 계속 어깃장을 놓았다. 제 눈에 형님이 형님으로 보이지 않는다는 데야 달리 무슨 말이 필요하겠는가. 작정대로 하자면, 손아귀에 머리끄덩이 욕심껏 휘어잡고 전후좌우 사정없이 흔들어대도 시원찮을 판이었다. 그러나 관촌댁은 이내 생각을 고쳐먹기로 했다. 동생 머리끄덩이 대신 강퍅해지는 자기 마음자락부터 휘어잡는 쪽을 택하는 도리밖에 없었다.

"콩팔칠팔 시비를 개리기로 허자면 나도 허고 잪은 말이 태산 같고 장강 같다마는, 자고로 질이 아니면 가들 말고 말이 아니면 탓허들 말라고 혔으니께 낫살깨나 훔친 나가 참을란다. 오장육부

훌렁 뒤집어졌다 허드래도 오날 보고 다시는 안 볼 처지맨치로 친동기간에 그러콤 개 소리 도야지 소리 마구잽이로 퍼붓다가는 자식 운수까장 덩달어서 부정 타는 법이여, 이년아!"

사태가 그 지경에 이르게끔 앙화 불러들인 장본인이 누구인지 미주알고주알 졸가리 타기로 든다면, 내처 유구무언이어야 마땅한 인간은 낙철이네였다. 천석꾼 영감 말마따나, 철부지 이종제한테 억지로 사회주의 구정물 퍼먹여 되알지게 배탈 나게끔 만든 천하잡놈을 자식으로 둔 어미 주제꼴이라면, 상곡리 쪽에 대고 감히 고개조차 바루지 못할 중죄인 아니던가. 서럽기로 말하자면, 믿었던 이종형한테 속아 보약인 줄 알고 사회주의 구정물 양껏 들이켠 쪽이 몇 곱은 더 서러울 터였다. 원통하기로 말하더라도, 콩죽 네가 먹고 배탈 내가 앓듯 이종형 잘못 만난 죄로 팔자에 없던 관액(官厄) 생짜로 치르는 쪽이 몇 곱은 더 원통할 것은 정한 이치 아니던가. 그런데 적반하장도 유분수지, 백배사죄는 고사하고 오암리 쪽에서 되레 재변의 근원지로 상곡리 지목하면서 손찌검 진배없는 함분 내지르고 서릿발 다름없는 함원 끼얹는 판국이니, 결국 이런 증상들이 다 세상 망할 조짐 아니고 무엇이겠는가.

"자식농사 풍년 들기 바래는 에미일시락 맴보재기 바르게 둘러야 되는 법이니라. 내 농사 망쳤다고 넘에 농사까장 한목에 도매금으로 망허라고 축수허고 고사 지내는 행투가 금수어충이나 허는 짓이지, 그게 어디 염치가 뭔지 아는 인간이 헐 짓이냐?"

"나가 헐 소리 성님이 허니라고 참말로 노고가 많으요! 인자 두고 보시요! 금쪽같은 내 새깽이 무간지옥으로 밀어옇고도 성님네가 질래 무사헐 것 같소? 돈으로 관헌들 목간시키고 권력으로 관헌들 똥구녁 살살 긁어서 귀용이만 살째기 빼돌린다고 두 다리 쭉 뻗고 단잠 잘 성부르요?"

"요런 싹수대가리 없는 년 조깨 보소이!"

그 순간, 상곡리 손바닥이 번개같이 허공을 갈랐다. 그러자 오암리 귀싸대기에서 철써덕 소리가 떡메 치듯 차지게도 울렸다.

"니가 시방 인간이냐? 너 같은 년도 인간 축에 든단 말이냐?"

더 물러설 수 없으리만큼 참을성이 바닥을 드러낸 상태에서 상곡리가 힘껏 쥐어지른 손찌검은 금세 효험이 나타났다. 잠에 흠씬 취해 있다가 뭔가에 화르르 놀라 깬 것처럼 오암리가 흰자위 승한 눈알 희번덕거리며, 방금 무슨 일이 있었느냐고 묻는 투로 어리벙벙한 낯꽃을 지었다.

"예라, 이 축생만도 못헌 년! 징글징글헌 그 낯짝 꿈에 뵐깨미 겁이 더럭더럭 난다! 내 눈앞에 다시는 얼씬도 말거라, 이 도척이 같은 년아!"

상곡리는 잘 벼린 가윗날같이 서슬 퍼런 목청으로 어미끼리의 왈시왈비는 물론 자매지간 혈연마저 싹둑 자르듯 아퀴를 짓자마자 홱 돌아섰다. 시야에서 가뭇없이 사라진 최진용을 따라잡기 위해 상곡리는 조급한 걸음으로 가풀막진 언덕길을 허위허위 오르기 시작했다.

"성님, 내 말도 조깨 들어보시요잉!"

오암리 목소리가 종종걸음으로 뒤쫓아오고 있었다.

"참말로 미안허요, 성님!"

"너 같은 동상년 둔 적도 없으니께 성님이라 불르지도 말어, 이 년아!"

상곡리는 뒤도 안 돌아다보고 소래기만 냅다 질렀다. 울먹울먹 징징거리며 따라오는 목소리가 종종걸음에서 어느 틈에 달음박질로 바뀌어 있었다.

"성님, 지가 본정신으로 그런 말을 혔겄소? 못된 구신한티 달팍 씌어갖고는 이년이 잠시잠간 실성을 혔든개비요!"

"저년이 시방 불지랄에 물지랄 골고루 다 허고 자빠졌네! 사람 쥑여놓고 송장보고 미안허다 말허면 그 송장이 도로 뻘딱 살어날 성부르드냐?"

"참말로 죄송만만이요, 성님! 지가 잘못혔소! 죽을죄를 졌다고 시방 요로콤 싹싹 안 빌으요!"

상곡리는 가던 걸음 멈추고 고무신 벗어 손에 쥐었다. 그 고무신짝 휘둘러 면상 후려갈길 것처럼 오암리를 살벌한 눈초리로 째렸다.

"귓구녁 소제허고 내 말 똑똑허니 잘 들어, 이년아! 금간 도가

지는 철삿줄로 테메워서라도 쓸 수 있지만, 인연이란 물건은 한 번 금가뿔고 나면 무용지물인 법이여, 이년아! 인자부텀 상곡리 허고 오암리 새중간에 해동청 보라매도 못 넘을 만침 높디높은 울짱 둘러치고 죽을 때까장 피차 넘넘지간으로 종신허는 게여, 이년아! 살어생전 아니라 죽은 연후에도 니년은 배가네 구신으로, 나는 최씨네 구신으로 지각각 지냄시나 지삿밥도 겸상 아니라 지각각 독상 받게코롬 지 팔자 지각각 타고난지 알으란 말이여, 이년아!"

오암리 입에서 또다시 울음보따리가 허겁스럽게 풀려나오기 시작했다. 길바닥에서 멈칫거리다 부레풀처럼 끈끈한 그 울음소리 잘못 밟는 날이면 발바닥 들러붙어 오도 가도 못할 듯싶었다. 상곡리는 고무신짝 얼른 발에 꿰고는 팔랑개비 돌리듯 손발 휘저으며 발걸음 씨억씨억 재우치기 시작했다.

"북어포맨치로 짝짝 찢어서 꼬치장독에다 석삼년 장아찌 박어뿔 년!"

기를 쓰고 다리품 판 덕분에 동생과의 간격이 꽤나 벌어지자 관촌댁은 그제야 뱃구레 안에 푸만하게 고인 분노를 욕지거리로 바꾸어 입 밖으로 꾸역꾸역 토해내기 시작했다.

"산적꽂이를 혀서 간짓대에다 대롱대롱 매달고는 비바람 눈서리 맞혀서 얼렸다 녹였다 허기를 슥 달 열흘 계속혀도 시연찮을 년 같으니라고!"

평상시 같으면 천석꾼 마나님 체통 생각해서라도 놀리기 망설였을 험구가 때마침 제철 만난 셈이었다. 욕쟁이 영감 몽학훈장으로 모시고 오랜 세월 부단히 익혀왔던 욕지거리 실력을 말로 퍼내고 섬으로 담아내도 뱃구레 안에 푸만하게 들어찬 분노의 북데기는 여간해서 줄어들 기미조차 안 보였다. 어쩐지 따라오는 기척이 귀에 안 잡힌다 싶었다. 걷다 말고 관촌댁은 뒤쪽을 핼끔 돌아다보았다. 이제는 용서받기 포기했는지, 사람은 따라오지 않았다. 그 대신 사람한테서 떨어져나온 울음 가닥이 스스로 길을 잡아 먼발치에서 끈덕지게 뒤를 밟아오는 중이었다. 주인 못된 심보 영락없이 빼쏜 듯 날카로운 갈고랑이가 달린 울음이었다. 그 울음소리가 갈고랑이 길게 뻗쳐 자꾸만 남의 마음자락에 미늘을 걸려 했다. 울음소리에 잠시 귀를 기울이노라니 문득 짠한 생각이 들었다. 방금 전까지 주고받은 유치한 수작들, 칼 달리고 송곳 돋친 말들을 떠올리자니, 참으로 한심한 기분이 들기도 했다. 관촌댁은 서로 용서를 주고받는 화해 절차 밟기 위해 하마터면 울음소리 만나러 허위단심 달려갈 뻔했다. 하지만 짠한 생각 들면 들수록 도리어 마음을 한층 더 강팔지게 먹기로 작심했다. 그럴수록 오히려 걸쭉한 욕지거리 더욱 뻔질나게 입길에 올림으로써 자칫 물크러지기 쉬운 마음을 쫀쫀히 잡도리했다.

"내리 삼대를 빌어 처먹는 것도 모잘라서 바싹 깨진 쪽박 증손자대 고손자대까장 대물림험시나 동냥질 댕길 집구석 같으니라고!"

감시 눈초리 번뜩이는 영감한테 휘둘려 오금 제대로 펼 날 없이 노상 옴츠려 지내면서도 없이사는 이웃들한테 인정 베풀기를 즐겨 하던 솜씨였다. 백상암 범천스님도 천석꾼 마나님 통큰 시주 없었더라면 벌써 열반에 들었을 거라고 사부중이 이구동성으로 칭송할 정도였다. 산서 일원에서 미리감치 극락왕생 보장받은 우바니라고 소문이 동동 뜰 지경으로 독실한 불심의 소유자였다. 그 관촌댁이 초겨울 곤궁한 햇살 한 뼘밖에 남지 않은 산골 하늘 우러르며 한바탕 장탄식을 뽑아야만 했다.

"휘유우, 그 썩어 문드러질 년이 으쩌다가 멀쩡허든 염통에 누런 고름집은 달고 나타나서 내 속을 요로콤 뒤집고 지랄인고! 으쩌다가 성제간에 몹쓸 맴보를 덜컥 품어뿔고 말었는고! 휘유우!"

상곡리 관촌댁이 천성적으로 타고난 덕성은 오암리 관촌댁의 그것에 비기면 실상 별것도 아니었다. 상곡리가 겨우 인조견 푼수에 지나지 않는다면, 오암리는 깔축없는 본견이었다. 언니가 기껏 놋수저에 불과하다면, 동생은 자그마치 은수저였다. 고갯마루 하나 새중간에 두고 각각 떨어져 살면서도 자매는 됨됨이 어련무던하고 행실 바르기로 선후를 다투는 처지였다. 산서 사람들로부터 다분히 공경의 뜻 담긴 관촌댁이란 택호를 나눠 들으며 자매는 내남없이 부러워하리만큼 의초로운 관계를 유지해나온 터수였다.

"피를 나누고 살을 쪼갠 친동기간에 이 무신 불목이고, 이 무신 추접인고! 으쩌다가 우리 성제가 요로콤 외나무다리 중간에서 딱 마주쳐뿌렀을꼬!"

그처럼 막다른 골까지 내몰릴 수밖에 없었던 전후 사정에 대해 관촌댁은 실인즉슨 잘 알고 있었다. 그것은 시국, 바로 그 시국이란 놈 탓이었다. 험상궂은 시국이 털북숭이 징그러운 손떠퀴 함부로 놀려 자매 사이에 금줄 굵다랗게 쳐놓은 탓이었다. 그야말로 험괴(險怪)를 극한 시국이었다. 비록 넉넉지 못한 과부 살림일망정 마음씨만은 천석꾼 못지않던 낙철이네가 다름아닌 시국이란 놈이 벌이는 분탕질로 말미암아 삽시에 거덜나버린 결과였다.

"지아모리 어질병에 지랄병 겹친 시국을 만났드래도 씨 나누고 배 나눈 친동기간에 헐 소리 못헐 소리 따로 있는 법인디, 지 일신 심들고 다급허다고 물구신맨치로 백줴 무고헌 사람까장 끌고 들어가서 같이 빠져 죽겄다는 심보는 대관절 어느 오랑캐 심보냔 말이여!"

설령 본견 같고 은수저 같던 마음씨가 창졸간에 두억시니 심술에 어덕서니 형상으로 흉물스럽게 변하게 된 저간의 사정을 웬만큼 이해한다 치더라도, 언니 입장에서 제풀에 먼저 동생을 용서할 수는 없는 노릇이었다. 생각하면 생각사록 낙철이네 강팍한 마음씨가 짝없이 괘씸하게 느껴지는 바람에 관촌댁은 새삼스레 또 치를 떨고 몸서리를 쳐야만 했다.

"꾸정물에 초벌 쌂은 연후에 똥물에다 재벌 쌂어도 시연찮을 인간말짜 같으니라고!"

관촌댁은 팔다리 재게 놀려 발걸음을 더욱 채쳤다. 길가 미루나무들 못살게 굴던 초겨울 바람이 내친김에 관촌댁 털목도리에서 올올이 부풀 일으킨 다음 무엄하게도 두루마기 속마저 들치려 했다. 날카로운 손톱 달린 바람이 얼굴을 할퀴는 순간, 관촌댁은 살 속으로 파고드는 쓰라림에 흠칫 놀람과 동시에 볼따구니가 홧홧하게 달아올라 있음을 비로소 알아차렸다. 친정동네 관촌리에서 동기간에 우애 다지며 꿈 많은 소녀 시절 함께 보냈던 그 옛날로 다시는 돌아갈 수 없다는 상실감이 두 다리에서 기운을 앗아버렸다. 동기간에 정은 보태고 흉허물은 덜면서 마냥 의초롭게 지내던 시절은 벌써 지나가버렸다는 깨달음으로 말미암아 관촌댁 걸음새는 마치 나목 끝에 매달려 삭풍의 희영수에 놀아나는 삭정이처럼 연방 위태롭게 허든거리고 있었다.

"자고로 예펜네 팔자는 뒤웅박 팔자라 그러잖든가. 서방 끈 떨어져뿔면 무용지물 되고 마는 것이 예펜네란 물건이여. 애시당초 지 밥그럭 지가 차지허고 내 밥그럭 내가 차지헌다면 피차간에 배탈 나는 일 하나도 없는 법이여. 지각각 지은 죄대로 지각각 지가 벌을 받으면 고만인 법이여."

관촌댁은 출가외인을 숙명으로 지고 태어난 조선 여인들 삶에 관해 길가 미루나무들 들으라고 연방 큰 소리로 구시렁거렸다. 죽은 연후에 당연히 시댁 귀신 되는 것으로 당초부터 팔자가 정해진 이상, 아무리 친동기간일지라도 현세를 살아가는 방도에 대해서는 각자 처지에 걸맞게끔 선택하는 게 너무도 당연했다. 최씨네 귀신 될 여편네가 다따가 배가네 위한답시고 저승길 동무 삼아 동생이랑 함께 죽기를 자청할 수는 없는 노릇이었다.

"참말이지 나는 참을 만침 참었네. 자식놈 땜시 시르죽어 지내는 동상 면전에서 나는 얼씨구절씨구 지화자 좋다, 어깨춤 덩실 덩실 추고 잪은 내색 안 비칠라고 깜냥대로 장근 사흘이나 참고 지내니라고 솔찮이 애썼단 말이네."

미루나무들 상대로 관촌댁은 거듭 자신의 입장을 발명했다.

"그런디 좀이 쑤석거려서 인자 더는 못 참겄네. 명부전 문지방 밟은 줄만 알었든 아들이 도로 뿔딱 살어날 가망을 본 에미가 으떻게 처신혀야 좋겄는가? 에미가 쪼깨 좋아라 내색허는 것도 죄로 갈 짓이라고 어느 연놈이 손가락질을 헌단 말인가?"

신작로 양옆에서 경청하던 미루나무들이 일제히 가지를 흔들어댔다. 아니라고, 결코 그것이 죄로 갈 리 만무하다고 나뭇가지들이 바람의 주둥이 빌려 꼬박꼬박 대꾸를 보내왔다. 그리하여 관촌댁은 천리 귀향길 내내 가슴 깊숙한 곳에 서리서리 갈무리했던 기쁨의 타래를 슬금슬금 풀어내기 시작했다. 오랜 시간 마음의 가막소 안에 기쁨을 가두고 생짜로 징역살이시키느라 하마터면 잘 숙성된 두엄 냄새 온몸으로 풍길 뻔했던 관촌댁은 비로소 귀동자식 사지에서 건져낸 어미로서 느낄 법한 보람을 한바탕 흐무뭇한 웃음으로 토해냈다. 이질까지 암냥해서 두 목숨 한목에 건진다면 오죽이나 좋으랴만, 당초부터 그것은 과남하기 짝이 없는 욕심일시 분명했다. 옛말에도 이르기를, 내 발등 불부터 꺼야 아들 발등 불도 끈다 하지 않았던가.

잃었던 기운 되찾아 관촌댁은 상곡리까지 남은 거리를 부지런히 좁혀나갔다. 한시바삐 영감 만나 이번 경성 행보에서 얻은 값진 소득을 자기 입으로 고하고 싶은 욕심이 발걸음을 한껏 부추기고 있었다. 한 발짝 앞서 상곡리에 당도한 최진용이 곧이어 들이닥칠 작은어머니 몫 염두에 두지 않은 채 경성에서 쌓은 공적을 독차지할까봐 관촌댁은 적잖이 염려스러웠다. 돈에 인색하듯 돈 안 드는 칭찬에도 인색한 영감한테 실로 오랜만에 칭찬 들을 일 생각하면서 관촌댁은 발걸음에 조바심을 덧입히기 시작했다. 바삐 나부대며 먼저 달아나는 마음 도무지 따라잡지 못하고 자꾸만 더 뒤처지는 게을러빠진 몸뚱이를 관촌댁은 연방 꾸짖곤 했다. 그러는 사이 오장 뒤집힌 낙철이네 소행머리로 말미암아 가슴속에 층층이 쌓였던 유감도 말짱 다 잊어버렸다. 평상시 마누라를 부엌어멈과 동격인 양 함부로 취급하던 영감일지라도 이번만큼은 한양천리 원행 다녀온 노고에 후한 상급 내릴 것임에 틀림없다며 관촌댁은 떡 줄 사람한테 물어도 안 보고 미리감치 김칫국부터 양껏 들이켜고 있었다.

제10장

고개 너머 또 고개

1

"아니, 그게 시방 객담이냐, 진담이냐?"

조선인 최명배 차처럼 써먹고 반쪽짜리 일본인 야마니시 아끼라 포처럼 써먹음으로써 세상살이라는 장기판에서 언제나 양수겸장 부르기 즐겨 하는 상곡 어른이었다. 그만큼 능갈치고 배포유한 성격인데도 너무 놀란 나머지 벌어진 입 좀처럼 다물지 못했다. 여간해서 곧이듣기 어려운 이야기인지라 야마니시 영감은 마치 천붕지통에 견줄 만한 비보라도 접한 듯 망연자실에 가까운 기색마저 보일 지경이었다.

"어느 안전이라고 시방 지가 감히 어르신 앞에서 시방 실없는 객담 따우나 벗허고 있겄습니까요."

마치 사또 앞에 자신의 무고함을 극구 발명하는 백성 본새로 최진용은 연방 머리 깊숙이 조아려 선처를 구하는 시늉에 고부라졌다.

"허기사 그건 그려. 진용이 니가 익은 밥 곱게 먹은 입주뎅이로 괘얀시리 설익은 소리나 게워내는 헐렝이가 아닌지는 나가 잘 알지."

이를테면, 야마니시 영감 입에서 나올 수 있는 최상의 칭찬인 셈이었다. 최진용이 누구더냐. 화급을 요하는 긴간사에 파발마처럼 요긴하게 부려먹고, 하는 일 별로 없이 한유할 적에는 하다못해 허수아비 대신 논바닥에 세워놓고 약아빠진 좀도적 같은 참새 떼 쫓는 용처에라도 써먹을 심복지인이었다. 입안의 혀 같은 장조카에 대한 신임을 표시하면서도 야마니시 영감은 워낙 사안이 중차대한지라 보다 확실하게 다짐을 받아둘 필요성을 느꼈다.

"그러니깨 거 뭣이냐, 요짝편에서 청헌 적도 없는디 배낙철이 그 천하잡놈이 지 입주뎅이로 자제자작을 혀서 고로코롬 이왈저왈 씨부렁씨부렁허드라, 요따우 말뽄새냐?"

"그렇습니다요. 저는 시방 경성에서 눈으로 보고 귀로 들은 사실만 시방 고대로 말씀디리는 중입니다요, 어르신."

"허어, 거참…… 니 말이 말짱 다 여부없는 사실이라 허이면, 허어, 그것참…… 역시 사람은 무작정 오래 살고 볼 일이고만. 오래 살다보니깨 불공대천지수 같은 그놈이 뜬금없이 천상에서 하강허신 귀인으로 둔갑을 허는 꼴이고만! 보리깜비기맨치로 시커멓든 낯짝이 하룻밤 새 뽀얀헌 밀가루맨치로 개비될지 누가 짐작이나 혔을꼬!"

"그것뿐만이 아닙니다요, 시방. 담당 형사도 시방 지 귓구녁에 대고는 실무시 연통을 놓는 말이……"

"가만있거라, 가만있어! 같은 물건이라도 편보담 떡이 낫고 건시보담 꽂감이 더 맛나다고 그러드라. 아까막시 그 그짓말 같은 참말이 내 귀에는 참말 같은 그짓말보담 휘낀 더 보들보들허고 낭창낭창허게 들리는고나. 그 천하잡놈이 읊어댔다는 그 그짓말 같은 참말, 어디 한번 유성기판 돌리딧기 일자일언도 어긋남이 없게코롬 한 바꾸 더 빵빵이를 돌리거라."

"예, 어르신! 그러니깨 시방 낙철이 그놈이 시방……"

"시방 소리는 빼고."

"아, 예, 그러니깨 그놈이 시방 즈그 엄니 소 닭 보딧기 외면허고는 시방 요짝에서 물어본 적도 없는디 지놈이 자청혀서 헌다는 소리가 시방……"

"그 빌어먹을 시방 소리 조깨 빼뿔면 동티라도 나냐?"

"아, 예, 그러니깨 시방……"

아닌 게 아니라 유성기 소리판 돌리듯 방금 전에 한 바퀴 돌린 이야기를 고스란히 재탕해 상곡 어른 앞에 한 상 그득 다시 차려 올리느라 진용은 어지간히 흥분해 있었다. 낙철이란 놈이 마치 의붓어미 대하듯 제 친어미 부시하고 박대하던 대목부터 출발해서, 제 어미보다 이모 쪽을 더 위로하고 안심시키던 대목 거쳐,

결국 이번 사건으로 불거진 모든 허물과 잘못을 똘똘 뭉뚱그려 저 혼자 뒤집어쓸 각오임을 스스로 밝히던 대목에 이르기까지 이야기가 일사천리로 뻗어나갔다. 추임새 놓듯 심심찮게 끼어들던 야마니시 영감 감탄성이 드디어 절정을 맞이했다.

"옳거니, 고 대목이다! 바로 고 대목이 절창 중에도 제일 절창이여!"

손바닥 높이 들어 야마니시 영감은 무릎을 탁 내려쳤다. 이를테면 그것은, 춘향이 마침내 어사출또 단행한 이몽룡과 극적으로 해후하는 대목 아니면 심학규가 두 눈 번쩍 떠 잃었던 시력 되찾으면서 그새 인당수에서 살아나 만승황후 자리 꿰차고 앉은 심청을 극적으로 알아보는 대목에나 비견할 만한, 지극히 감동적인 인정가화가 아닐 수 없었다.

"개만도 못헌 놈인지 알었드니만, 나가 함마트라면 실수헐 뻔혔네. 알고 보니께 개보담은 눈꼽만침 낫은 구석이 있고만!"

"저도 시방 낙철이 그놈을 요번참에 시방 실지로 겪어보니께 도깨비바늘맨치로 양심에 까시가 다닥다닥 돋친 놈은 아닙디다요."

"허기사 양심이 있는 놈이라면, 여태까장 흉사란 흉사는 몽땅 내 집 울안에다 떠둥그치고 도망헌 가늠은 있을 것이여. 태산 같은 업인을 지놈이 나 몰라라 헌다면, 세상에 으떤 실없쟁이 인간이 그 업인을 대신 짊어지겄냐. 따지고 보면 그놈은 귀인도 개뿔도 아니여! 거 뭣이냐, 사필귀정이지! 그놈이 허물을 몽땅 짊어지겄다고 나선 건 나한티 적선도 아니고 부조도 아니여! 그냥 사필귀정에 불과헌 노릇이다, 그 말이여!"

"어르신 말씀이 시방 참말로 지당허신 말씀이십니다요!"

"도구통에다 집어옇고는 껍보리 찧딧기 여러 날 박달나무 도굿대로 쿵덕쿵덕 방애를 찧어대도 시연찮을 놈 같으니라고!"

복면한 채 야밤중에 월장해서 목줄띠에 비수 들이대며 화적질 도모한 놈이었다. 그놈 때문에 속절없이 곤욕 치를 수밖에 없었던 지난날 악몽이 아직도 야마니시 영감 뇌리에서 아랫목 상좌를 차지하고 있었다. 강도 핑계하고 관헌들 이목 속이려는 술수 부려 뒷구멍으로 독립운동 자금 제공했다는 혐의까지 뒤집어써야 했다. 읍내 경찰서 끌려가 온갖 고문 고루 당한 끝에 결국 춘풍이 따위 머슴이나 최후 수단 삼아 헐수할수없이 복용하는, 그 냄새 지독하고 역한 매화탕까지 먹어야만 했다. 골수에 번진 맷독 다스리지 않으면 안 되리만큼 만신창이 되었던 기억들이 겹치는 바람에 야마니시 영감은 새퉁빠지게 다시금 치를 떨고 몸서리를 치지 않을 수 없었다.

"그것은 그렇다 치고, 특고계 형사놈이 너한티 뭣이라고 씨불거렸다고?"

"아, 예, 담당 형사도 시방 배낙철 피의자 신문조서에도 시방 그런 내용이 분명허니 적혀 있다고 시방 스리슬쩍 귀뜸을 허드만요. 쿳구넉 짓무를 때까장 시방 꼬춧가리로 뜸질을 허고, 눈깔에 불이 켜질 때까장 시방 사정없이 전깃줄로 지져댐시나 추달을 혀도 배낙철 피의자 진술이 시방 비석에다 정으로 파놓은 글씨맨치로 확연허니깨 낭중에는 시방 형사들도 별수없이 그런 방향으로 시방 수사를 끝낼라고 그러는 중이라고……"

"조오지부쓰오 와즈라우 야쓰 같은 놈 같으니라고! 그 옘병 앓다가 땀도 못 내고 뒤어질 천하잡놈이 대관절 무신 타령을 고로콤 비석 글씨맨치로 종시일관허게 읊어댔다드냐?"

"아, 예, 그러니깨 시방 최귀용이를 위시혀서 따른 피의자들은 시방 죄다 무혐의허고 무죄허다는 타령이지요. 선배 강압에 못 이겨서 시방 혁명운동에 가담허는 숭내만 쪼깨 낼라고 허다가 붙잽힌 후배들이다, 세상물정 몰르는 에린것들이 시방 선배 명령에 불복을 못허고는 물색없이 그냥 시키는 대로 쪼깨 거드는 시늉만 혔을 뿐이다, 그러니깨 최귀용이를 위시혀서 따른 피의자들은 시방 붕어는 고사허고 송사리 푼수도 못 되는 눈큼쟁이들이다, 그러니깨 쥑이든지 살리든지 양단간에 시방 배낙철이만 벌을 주고 따른 피의자들은 시방 무죄방면을 허는 것이 마땅허다……"

"허어, 그것참! 그 천하잡놈 말뽄새 한번 천하일품으로 신통방통허다!"

"신통방통허다마다요. 특고 형사가 시방 저한티 또 스리슬쩍 귀뜸헙디다요. 장차 최귀용 피의자 운명은 시방 즈그 형사들 붓

끝에 달렸다고, 붓대 하나로 죽느냐, 사느냐, 양단간에 시방 결판이 나게 된다고, 희떠운 소리 씨월거립디다요. 붓대를 시방 오른편짝으로 놀리느냐, 오약편짝으로 놀리느냐에 따러서 최귀용이가 시방 기소유예나 선고유예로 개붓허게 풀려날 가망도 있고, 안 그러면 시방 집행유예나……"

"진용이 너, 왕년에 혹시 재판 받어본 적 있냐?"

"예? 무신 말씸이신지……"

"재판 내막을 으찌 그리 빠삭허게 잘도 알고 있느냐 말이다."

"참, 어르신도……"

"무신 유예가 고로콤 사태 나게 와작 쏟아지냐? 앞엣 유예는 대관절 으떻게 생겨먹은 물건이고, 뒤엣 유예는 또 으떻게 생겨먹은 물건이냐?"

"아, 예, 말허자면 시방 기소유예란 놈은 검사 영감 소관사고 선고유예란 놈은 시방 판사 영감 소관사라고 말헐 수가 있는디요, 앞엣놈은 시방 재판이 시작되기 전에 풀려나는 것이고, 뒤엣 놈들은 시방 재판이 끝난 연후에 풀려나는 것이지요."

"원원이 양민이라서 나는 법을 어겨본 적도 없고 재판을 받어본 적도 없기 땜시 그 방면에 쪼깨 공부가 부실허다마는, 너는 그 방면에 이골이 난 놈맨치로 일목요연허니 졸가리를 타서 뜨르르 잘도 엮어대는고나."

제 집구석 드나들듯 가막소 출입 무시로 하는 누범자 대하듯 경홀히 취급하면서도 야마니시 영감은 수완 좋은 장조카 만판 미더워하는 눈빛을 굳이 감추지 않았다. 숙질간에 손발이 척척 맞아 돌아가는 판이었다.

"말허자면, 시방 혐의가 쪼깨 비치기는 허지마는 죄질이 시방 경미헌 편이고, 거그다가 또 개전에 정이 농후헌 전후 사정을 감안헐 적에 최귀용이는 시방 그 정상을 십분 참작허고도 남을 만침……"

"시끄럽다! 알어먹기 수월허게 그냥 한마디로 탁 쌔려잡어서, 우리 귀용이는 가막소 징역살이 시키고 마잘 것도 없는 눈큼쟁이에 불과허다, 그런 잔챙이 괴기한티 나랏돈 처들여서 콩밥 멕여주기 아까우니깨 적당헌 대목에서 그냥저냥 풀어줄 것이다, 요런 따우 말뽄새 아니겄냐? 반면에 화적패 두목 배낙철이는 참붕어나 누치맨치로 월척 대어니깨 오래오래 징역을 살면서 콩밥깨나 나수 장복허게 될 모냥이다, 요런 따우 말뽄새 아니겄냐?"

"아, 예, 어르신께서 시방 지대로 알어맞추셨고만요!"

"고로코롬 일이 술술 풀린다면 얼매나 좋겄냐. 오날부텀 식은 땀 안 흘리고 단잠 자게 생겼고나. 좌우단간 철딱지 덜 떨어진 예펜네들 둘씩이나 부축허고 한양천리 원정 댕겨오니라고 진용이 너 참말로 욕 많이 봤다."

야마니시 영감은 공단조끼 주머니에서 비장의 궐련갑을 꺼냈다. 한 갑에 자그마치 십팔전짜리 시끼시마였다. 과거에는 선비

풍 고졸한 멋 지닌 장죽을 선호했다. 하지만 변화무쌍한 시속(時俗)에서 오연히 외어앉아 길래 청승 떨며 지내기엔 약간 거식한 감이 있다는 판단에 따라 근자 들어 궐련도 과감히 손대기 시작한 터였다.

"아나, 사양 말고 받거라."

문제는 체통이었다. 기다란 장죽 물고 있을 경우, 천석꾼 대지주 위엄에 나우 보탬이 되는 게 사실이었다. 뿐만 아니라 비위에 거슬리거나 성에 안 차는 놈 눈앞에 얼씬거릴 경우, 제때 한 방 후려치는 데 편리하게 사용하는 도구이기도 했다. 그에 비해 궐련은 사용 절차가 간편해서 좋지만, 약략스럽게 생긴 그 물건 입에 물고 빼끔대는 꼬락서니가 상것처럼 근천스러워 보이는 단점 또한 부인할 수 없는 사실이었다.

"아, 아닙니다요, 어르신!"

그래서 궁리 끝에 고안한 것이 때와 곳 가려가며 동양풍과 서양풍을 번차례로 따르는 방법이었다. 밖에서 사람들 만날 때는 장죽 입에 물고 거들먹거림으로써 천석꾼 권위 빳빳이 세우고, 사랑채에 혼자 머물 때는 서양풍 곰방대 격인 상아 빨부리에 궐련개비 끼워 연기 빼끔거리는 식이었다. 그런데 사랑채 안이라 해서 장조카에게 빨부리를 권할 수는 없는 노릇이었다.

"어르신 앞에서 지가 시방 으뜷게 감히……"

난생처음인 파격적 대접에 황감한 나머지 최진용은 어찌할 바

모르고 연방 쩔쩔매는 시늉이었다.

"나가 어느 세월에 또 너한티 비싼 시끼시마를 권허겄냐. 요번으로 끝낼 일이니께, 그런지 알고 어서 받거라. 오날은 우리 문중에 특별헌 경삿날이니께, 숙질간에 잠시잠간 맞댐배질로 상하화순허고 동락태평허는 것도 미상불 가당헌 일이니라."

"어르신께서 참말로 시방 부담시런 말씸을 허십니다요. 지가 시방 으떻게 감히 어르신 존전에서 시방 맞댐배질을……"

끽해야 궐련개비 새중간에 앉혀놓고 마치 무슨 세전지보라도 되는 양, 염려 말고 받으라커니, 죽어도 못 받겠다커니, 숙질간에 한바탕 승강이질 벌이던 참이었다. 그때 싸리비로 소제하듯 마당을 쓸면서 예리성이 다가왔다.

"인자막시 마님께서 당도허셨고만요!"

방정맞기 짝이 없는 부엌어멈 목소리가 겹으로 발린 창호지 뚫고 주먹총 내지르듯 무엄하게 방안으로 틈입했다. 부엌어멈 덕분에 야마니시 영감은 아까운 시끼시마 한 개비 별로 힘 안 들이고 절약하게 되었다.

"댕겨왔고만이라."

며칠 만에 대면하는 관촌댁인지라, 비록 할망구 다 된 마누라 목청일망정 까치 소리만큼이나 제법 상서롭게 들렸다. 야마니시 영감은 깜짝 반색하면서 방문 활짝 열어젖뜨려 관촌댁을 웃는 낯꽃으로 맞이했다.

"천리원행 도모허니라고 얼매나 욕봤는가?"

동구 밖까지 마중나갔던 딸년 치마꼬리에 달고 섬돌 위로 올라서면서 늙정이 마누라는 들입다 한숨부터 푹 내쉬었다.

"와이고, 나 죽겄네! 와하이고, 내 팔다리 등허리 모가지 어깻죽지 가심패기 배아지 물팍이야! 한양천리 한 행보만 더 혔다가는 질래 천수 못다 채우고 황천으로 직행허게 생겼네! 그 나이에 상처헌 홀애비로 재취장개 들고 잪지 않걸랑 요담에는 이녁이 한번 나서보시요! 옴짝달싹 않고 방구석에만 틀어백혀서 촛대 잡고 앉었으면 제절로 옥문이 열리고 우리 귀용이가 방면된다요? 괘얀시 입으로만 육도삼략 풀어내는 방안풍수 시늉 말고 요담에는 이녁이 직접 경성으로 면회 댕겨올 맴이라도 한번 잡솨보시요!"

딸년이랑 함께 듣는 자리였다. 늙정이 마누라가 하늘같은 가장한테 건네는 귀가 인사치고 고약하기 이를 데 없는 말본새였다. 장한 사업 완수했노라고 유세 떨며 공치사하려는 심보가 빤히 들여다보이는 까닭에 속에서 주먹덩이처럼 불쑥 치받치는 그 무엇이 느껴졌지만, 야마니시 영감은 이내 마음을 고쳐먹었다. 원행길에 들인 수고가 암만임을 좀 알아달라는 투정질임에 틀림없었다. 웬만한 투정쯤 너그러이 받자하기로 작정한 다음, 야마니시 영감은 모처럼 만에 해죽해죽 웃는 낯꽃으로 마누라를 괄목상대하기 시작했다.

"배깥 공기가 여간 치웁들 않은디, 싸게 안으로 드소."

영감 입에서 환영사가 미처 끝나기도 전인데, 관촌댁은 벌써 방안에 들어 아랫목을 파고드는 상태였다.

"그간 경과는 진용이한티서 대충 보고를 받었네. 요번 행보에서 사둔댁 은덕을 톡톡허니 봤다메?"

"사둔댁 아니라 우리 메눌애기 은덕이지라!"

말대꾸와 동시에 관촌댁은 윗목으로 고개를 홱 꺾었다.

"우리 메눌애기 은공을 으떻게 말로 다 섬겨댈 수가 있겄소!"

그러면서 무르춤한 자세로 윗목에 서 있는 최진용한테 찢어지게 눈을 흘겨댔다.

"그것은 그것이고, 요번 행보를 두고 진용이 쟈가 어느 대목 무신 사연까장 나불거립디여?"

"들을 가치가 있는 대목은 대충 다 들은 성부르네."

"사나대장부가 그새를 못 참고는 팔랑개비맨치로 입설을 잽싸게 돌려뿌렀는가? 자네 입주뎅이만 장날이고 내 입설은 놀고먹는 무싯날인지 아는가?"

자발머리없는 장조카 향해 재차 눈꼬리 째지게 흘겨댐으로써 되우 서운한 감정 표시한 후, 관촌댁은 갑자기 매가리가 풀린 낯꽃으로 영감을 대했다.

"일트레면, 우리집에 자식 하나 점지헌 삼신할매 영락없는 분이지라. 사부인께서 산 설고 물 설은 경성 땅에다 공굴다리같이 튼튼헌 연줄 놓아준 덕택으로 우리 집안이 요참에 아들 하나 새칠로 얻었거니, 생각허시요."

관촌댁은 목도리와 두루마기서껀 훌훌 벗어 아무렇게나 던지면서 쩔쩔 끓는 아랫목에 아예 질펀하게 터를 잡아버렸다. 늙정이 마누라가 젊은것들 지켜보는 데서 염치가 뭔지도 모르고 영감 엉덩짝 밑으로 곱은 손 불쑥 쑤셔넣었다. 경성 다녀온 유세 삼아 해괴망측한 작태 서슴지 않는 꼴 보고도 야마니시 영감은, 딱 요번만 눈감아주자, 하고 마음을 너그럽게 먹었다.

"안사둔이 써주신 일자서신이 고로콤 영험허게 신통력을 발휘허든가?"

"신통방통헙디다. 핀지 한 장 딸랑 들고 한양 김서방 집 찾딋기 물어물어 경부보 댁을 찾어드니깨 안주인이 깜짝 반가워험시나 칙사 대접을 헙디다. 우리 사부인허고는 친동기 다름없는 의형제로 자별헌 처지라고 안주인이 자청혀서 밝힙디다. 즈그 집안일맨치로 생각허고 요번 일에 자기가 앞갈망 뒷갈망 다 맡어주겄다고 자진혀서 약조를 헙디다. 그 예펜네가 다리 놓아주는 대로 연방이 연줄 잡었디기 저 연줄 잡었다가, 이 보퉁이 놀다가 저 모퉁이 돌다가, 요로콤 미친년 널뛰딋기 한바탕 나부대다가 정신을 채리고 보니깨 시상에나, 원 시상에나, 우리 귀용이가 에미 눈앞에 달덩이맨치로 두둥실 떠올라 있잖겄소. 사부인 은공이 참말로 백골허고도 난망인지를 알겄습디다."

"임자 쇠견이 쪼깨 짤룬 것 같고만. 사부인 핀지는 암행어사 아니라 게우 방자에 불과헌 것이여. 진짜배기 마패는 돈이여. 암행어사가 마패도 없이 그냥 맨손으로 딸랑 방자 한 마리 거나리고 비렁뱅이 행색으로 댕기다가 어느 하가에 남원 관아 쳐들어가서 무신 재주로 어사출또를 부르겄는가!"

늙정이 마누라 거추없는 신명떨음에 찬물 바가지 쫙 끼얹듯 야마니시 영감은 짐짓 어깃장을 놓았다. 그러면서 다른 한편으로는, 권력이란 물건이 참 좋긴 좋은 세상이라고 속으로 거푸 찬탄했다. 안사돈이 겨우 권력의 훈김 스리슬쩍 피웠을 뿐인데도 소대한 강추위같이 꽁꽁 얼어붙었던 옥사(獄事)가 봄눈 녹듯 스르르 풀리려는 판이었다. 그런데 만일 불땀 좋은 모닥불 같은 권력권 밭사돈이 장차 팔소매 걷어붙이고 몸소 전면에 나서서 경부나리 끗발 마패처럼 내보이는 날이면, 얼마나 더 흐벅지고 얼마나 더 옹골찬 결과를 낳게 될 것인가.

"좌우단간 우리가 메눌애기 하나는 방짜로 잘 들인 모냥이네. 요게 다 조상님들 음덕 아니고 뭣이겄는가. 명색이 시애비짜리가 나서기는 쪼깨 거시기허니깨, 임자가 대신 나서서 우리 메눌애기 업고는 동네 고샅 일곱 바꾸 반만 돌고 오소. 그런 연후에 조상님들 법도에 맞게코롬 길일을 잡어서 모냥 좋고 태깔 곱게 육례를 일습으로 갖춰주고 잖으네. 살찐 송아치도 잡고 오동포동헌 도야지도 잡고, 지지고 볶고 꿉고 찌고 부치고 쌂어서, 우리집 지둥뿌리 안 빠지는 한도에서 걸판지게 잔치판 한번 벌려보세."

"한 입으로 두 말 허는 이녁 화상이 참말로 물끄레미 들여다보이요. 남우세시러서 못살겄다고, 집안 폭삭 망쳐먹을 징조라고, 어디서 굴러먹다 들어온 말뼉다군지 쇠뼉다군지도 몰르는 처자를 당장 내쫓아뿔라고 두 눈에 쌍불 매달고는 대갈호령 뻗지를 때는 은제고, 날더러 동네 고샅 일곱 바꾸 반 업고 돌으라고 헐 때는 또 은제다요? 한양천리 원행 댕겨오니라고 진기가 몽땅 빠져 달어나뿌러서 나는 그럴 기력 없으니께, 설령 우리 메눌애기가 날마닥 서 말 닷 되씩 응뎅이로 은금보화를 퐁퐁 낳는다 허드래도 나는 그런 부역꾼 노룻 죽어도 못허겄으니께, 메눌애기 만판 귀애허고 잪거들랑 기운발 뻗치는 시아부지짜리가 열두 바꾸 반을 돌든가, 이왕지사 도는 짐에 백 바꾸를 꽉 채우든가, 좌우지간 이녁 허고 잪은 대로 허시요!"

영감보다 한술 더 떠 사랑채 들뜬 분위기에 찬물 몇 동이 콱콱 퍼붓는 쪽은 오히려 천석꾼 마나님이었다. 관촌댁이 입빠른 소리로 영감 오장 뒤집는 꼴 구경하면서 진용과 순금이 그예 웃음을 못 참고 동시에 킥킥거렸다. 야마니시 영감은 또다시 목구멍 안쪽에서 주먹덩이처럼 불끈 치받쳐 올라오는 그 무엇을 느꼈다. 전주 처자가 내처 산서에 눌러앉게 될 거라고 누가 상상이나 했겠는가. 워낙 별쫑맞은 막말 버릇과 욕설 솜씨로 그 처자 마냥 괄시하고 홀대하던 기억이 뇌리에 아직도 생생했다. 그 기억이 녹사처럼 대가리 꼿꼿이 들고 일어서는 사품에 야마니시 영감은 소태 씹은 표정으로 얼른 말머리를 돌릴 도리밖에 없었다.

"그런디 아까막시 진용이한티 듣자 허니, 임자가 낙철이 에미한티 붙잽혀서 노상에서 한바탕 봉욕을 치뤘다메?"

"하이고, 말도 마시요! 그 썩어 문드러질 것이 물구신맨치로 날 붙잡고는 물속으로 끌고 들어가고 잪어서 개 소리, 도야지 소리 안 개리고 마구잽이로 포달 부리는 바람에 나가 함마트라면 억장이 폭삭 무너져내릴 뻔혔소!"

"이런 넨장맞을! 베룩이란 놈도 낯판대기가 있고 빈대란 놈도 콧잔등이 있는 법인디, 황차 아들놈 화적패 두목으로 키워낸 예펜네가 무신 염치로 임자한티 포달을 부린단 말인가?"

"누가 아니라 그러요!"

"똥 뀐 년이 됩데로 바람독에 선다는 옛말이 있기는 허지만, 이놈에 세상이 으쩌다가 요 모냥 요 지경으로 망조가 들어갖고는 천하만사 인간공도(人間公道)가 죄다 꺼꾸리로만 돌아갈라고 야단들인지, 참말로 그 속내를 알다가도 모르겄네! 그나저나 꺽정이고만! 참말로 꺼억정이여!"

"그 오그라질 것이, 스럽고 웬통혀서 못살겄담시나 애이고대이고 목을 놓아 울읍디다. 세도가 사둔 앞세우고 흔전만전 돈으로 왜놈들 목간시켜서 귀용이만 무죄방면으로 빼돌리는 것은 대관절 어느 나라 경우냐고, 있는 허물 없는 허물 똘똘 몰아서 즈그 자식한티 달팍 덤테기 씌워서 늙어 죽드락 가막소 콩밥 장복허게 맨들고도 성님네가 질래 무탈헐 성부르냐고, 질바닥에서 쿵덕쿵덕 널뛰기를 허다가는 기진혀서 나자빠져뿌립디다."

잠시 잊고 있던 분노가 기승스럽게 되살아나는 모양이었다. 사실 위에 분 바르고 연지곤지 찍어 영감 면전에 실제보다 과장되게 보이려는 관촌댁 속내가 손에 잡힐 듯 느껴지는 언설이었다.

"허어, 갈시락 태산이고 건널시락 장강이네그랴! 요 빌어먹을 세상이 장차 으떻게 망헐라고 그 지랄들을 다 떠는지, 그나저나 참말로 꺼억정이랑깨!"

"부애통 터지는 짐에 그넌 머리끄뎅이 틀어쥐고는 짤짤 흔들어댐시나 한바탕 혼꾸녁을 내주기는 혔지만서도, 자식농사 망친 과부 심사가 얼매나 깝깝허고 배배 틀어졌으면 저 지랄을 떨고 자빠졌겄는가, 생각허니깨 그 정상이 쪼깨 가긍허기도 헙디다."

"뭣이여? 가긍허다고? 그게 시방 말이여, 막걸리여?"

야마니시 영감 눈초리가 단박에 세모꼴로 변했다. 일부러 약점 잡으려 벼른 적도 없는데 옜소, 하고 상대방이 제 약점 한 지게 부려놓는 꼴이었다. 그런데도 관촌댁은 그 실수를 전혀 눈치 못 채고는 영감의 서슬 퍼런 힐문을 예사로이 받아넘기려 했다.

"가긍허다마다요. 차마 눈 뜨고 못 보겄습디다. 그 가긍헌 정상을 굽어보고 있자니깨 속이 짠허고 안씨러워서, 내 수중에 영감 몰르게 여퉈둔 쌈짓돈 암만이 있다면, 이왕시사 우리 귀용이 목심 돈 주고 사는 짐에 낙철이 목심까장 덤으로 흥정허고 잖은 생각이……"

"예에끼 순!"

야마니시 영감은 앉은자리에서 용수철처럼 펄쩍 튀겨 일어섰다. 영감이 갑자기 불뚝심지 불 밝히는 이유를 아직도 이해하지 못한 까닭에 관촌댁은 뜨악해하는 낯꽃이었다.

"이 할망구가 시방 실성헌 거여, 발광헌 거여? 경성 물 두어 모금 먹어보드니만 간뎅이가 짐짝같이 붓어갖고 돌아왔냐? 허풍선이맨치로 서패에다 빵빵허니 바람 집어옇고 돌아왔어? 웬 헐렝이 죽은 구신이 씌어서 감히 내 개비(호주머니)를 넘보고 지랄이여? 내 재물 뒷구녁으로 빼돌려서 그 웬수놈 목심 사는 값으로 홀라당 꼬라박고 잪어 안달이라도 났어?"

실로 오랜만에 사람 냄새 풍기는 듯싶던 사랑채는 목청껏 내지르는 주인장 고함질과 주먹 흔드는 상앗대질로 말미암아 대뜸 파장으로 접어들었다. 경성 행보에서 값진 소득 등에 업고 찾아왔던 화평은 천석꾼 영감 호통 소리에 혼비백산해서 멀리 줄행랑치고 말았다. 잠시나마 가족들 사이에 감돌던 단란한 분위기 또한 순식간에 결딴나버렸다.

"즈그 이모부를 즘생 다루딧기 오랏줄로 포박허고는 며가지에다 비수 들이댐시나 야밤중에 재물 강탈헌 그 화적놈을 시방도 조카로 알고 그 에미를 동상 대접헌답시고 알뜰살뜰 편역들고 자빠졌냐? 그놈에 집구석 땜시 내 자식 신세 쫄딱 망쳐뿔고, 내 재산 관헌들 아갈머리에다 꼬라박은 것만으로는 성에 안 차드냐? 그러니깨 내 재산 암만을 새칠로 풀어서 그 화적놈 목심값까장 우리가 대신 물어줘야 직성이 풀리겄다, 요따우 말뽄새냐?"

바깥 추위에 장작개비처럼 굳어 있다 쩔쩔 끓는 방고래 열기에 녹아 한동안 불그숙숙하게 피어나던 관촌댁 낯꽃이 느닷없는 된서리 맞고는 도로 파르께하게 질려버렸다. 그때까지 윗목 구석자리 잠자코 지키던 진용이 어떤 계제에 저한테 떨어질지 모를 급살 미리감치 피할 요량으로 마치 날쌍날쌍 미어진 삼베바지에 도둑방귀 새듯 소리 없이 자취를 감춰버렸다. 그 대신 차가운 대청마루에서 아버지와 어머니 사이 넘나드는 설왕설래에 귀를 모으고 있던 순금이 사촌오라비하고 순번 바꾸어 슬그머니 방으로 갈마들었다.

"말허라고 달린 입주뎅이로 말도 못허고 산다요? 말로 인심 조깨 쓰는 자리도 영감 개비에서 돈냥깨나 술술 빠져 도망간다요? 나가 객소리 아니라 진담으로 낙철이 목심 돈 주고 사자고 말허는 날이면, 영감은 필시 살인이라도 내고 말겄소!"

"뭣이 워쩌고 워찌여?"

야마니시 영감은 몽둥이 대용으로 휘두를 장죽 찾느라 여기저기 두리번두리번 살피기 시작했다. 경성 행보에서 거둔 크나큰 소득 영치기영차 짊어지고 돌아왔다는 유세 부리느라 한창 기고만장해 있던 관촌댁은 졸지에 부뚜막에서 반찬 훔쳐먹다 들켜 부지깽이에 쫓기는 강아지 꼴이 되고 말았다. 영감 면전에서 도무지 맥을 못 추던 평상시 모습으로 되돌아온 관촌댁이 후줄근히 풀기 바랜 목소리로 중얼거렸다.

"일트레면 그렇드라, 그런 뜻이지라. 낙철이허고 나허고는 생판 넘넘지간도 아니고, 명색이 이모 소리 듣는 처지다보니깨 맴자리 한구퉁이로 짠헌 생각이 설풋 지나가드라, 그런 말이지라. 수중에 피천 한 푼도 없는 나가 무신 재주로 낙철이 목심값을……"

"자발맞은 그 입주뎅이 못 오무리겄냐? 오암리 배가네 집구석이라 허이면, 말만 들어도 어금니가 뽀뽀 갈리고 목구녁에서 쓴 물이 벌컥벌컥 올라오는 사람이여! 그러니깨 차후로 나 듣는 자리서는 배낙철이 배 자도 입초시에 올릴 생각 말란 말이여, 이 할망구야!"

발부리 앞에 거치적거리는 놋재떨이 힘껏 걷어참과 동시에 야마니시 영감은 분기탱천한 모습으로 대청마루 향해 돌진했다.

"아버님, 이 밤중에 어디를 가실라고……"

아비하고 정면충돌 피하기 위해 한 걸음 슬쩍 물러서면서 순금이 조심조심 말을 붙여왔다.

"어디 가시는지 갈쳐주면 늙은 애비 둘러업고 읍내 왕복이라도 결행헐 작정이냐?"

야마니시 영감은 신방돌 위에 널름 올라앉은 구두를 아무렇게나 발에 꿴 다음 상기둥에 기대선 개화장을 움켜잡았다. 순흑색

묵직한 광택이 돋보이는 오목(烏木) 제재 단장이었다. 갓 쓰고 자전거 타는 격으로 조선옷 차림에 서양식 지팡막대가 다소 어울리지 않는 감이 없잖아 있지만, 그래도 천석꾼 대지주로서 위의를 갖추자면 뭔가 농투성이들과 갑부 사이에 엄존하는 신분상 차이를 면민들 뇌리에 각인시킬 휴대물 하나쯤 반드시 필요했다.

"아버님, 밤기운이 꽤나 치울 틴디……"

어느 겨를에 챙겼는지, 순금이 중절모와 두루마기 양손에 나눠 들고 신방돌로 내려섰다. 동저고리 바람으로 바깥출입 도모하는 것이 체통에 도움이 안 되는 줄 알지만, 그렇다고 늙정이 마누라 앞에서 퍼르르 소가지 부리며 분연히 떨치고 나선 걸음인데 한유하게 의관을 일습으로 정제하는 짓 또한 꼴불견에 해당할 것 같았다.

"의관이고 나발이고 다 소용없다! 느그 애비 어느 산몰랭이 넘다가 고드름똥 싸고 죽거들랑 그 송장 선영에다 묻들 말고 반다시 북풍한설 몰아치는 고갯마루에다 뫼를 쓰라고 느그 엄니한티 단단허니 일르거라!"

흑단나무 개화장 휘둘러대며 야마니시 영감은 요란뻑적지근한 걸음걸이로 밤마을 행차에 나섰다. 어느새 날이 완전히 저물어 있었다. 동네 고샅길은 술래 눈길 피하는 조무래기들처럼 짙은 어둠 속에 숨죽여 엎드린 채 감히 천석꾼 어르신 상대로 숨바꼭질 벌이려 들었다. 야마니시 영감은 눈 대신 개화장 끝으로 꼬불꼬불한 고샅길 조심조심 더트고 살피며 왜틀비틀 걸었다. 맨살에 닿는 바람의 기세가 고초 당초 이상으로 맵싸하게 느껴졌다. 겹것이라 해도 핫것보다 별반 나을 게 없는 동저고리 뚫고 뼛속까지 파고드는 산골 밤 추위가 정말 고드름똥 싸고도 남으리만큼 매서웠다. 딸년이 권유하던 방한용 의관이 먼 동네 숨겨놓은 기생첩만큼이나 사무치게 그리워지는 순간이었다. 모자까지는 몰라도 두루마기만은 못 이기는 척 그냥 받을 걸 그랬다고 때늦게 후회했다.

결국 추위에 맞서기 위해 야마니시 영감은 추위를 지나치게 괄목상대하는 태도부터 바로잡기로 마음먹었다. 용광로 같은 가슴에서 쇳물처럼 끓는 그 무엇이 있는데 이까짓 추위가 무슨 대수냐고 생각했다. 핫솜 두둑이 넣은 누비옷인 양 포실하고 따스운 그 무엇을 두루마기 대용으로 껴입고 있다고 생각했다. 그 무엇이 잉걸불 담긴 화로처럼 몸뚱어리를 덥혀줄 것임에 틀림없다고 생각했다. 가슴속 그 무엇은 실인즉슨 신명이었다. 하늘 높은 줄 모르고 한없이 날아오를 것만 같은 신명을 도무지 주체할 재간이 없었다. 그것은 희열이기도 했다. 야망이기도 하고, 탐욕이기도 했다. 푼수 빠진 마누라 자발머리없는 언동 구실 잡아 예정에 없던 밤마을 나선 것은 분심이나 벌떡증 때문이 아니었다. 길래 집안에 얌전히 틀어박혀 있다가는 가슴속 용광로에서 쇳물처럼 끓는 그 신명이나 희열, 야망이나 탐욕 따위 세력에 압도당해 필경

질식할 것만 같은 두려움 때문이었다.

혹시 또 누가 아는가, 가슴 터질 지경으로 기분이 너무 좋은 탓에 멀쩡하던 인간이 창졸간에 북망산 직행하는 변고라도 맞게 될지!

깜냥대로 살아생전 최선을 다했으니 이제 죽더라도 조상신위들 떳떳이 뵈올 면목이 생겼다고 야마니시 영감은 자평했다. 왜놈 관헌들 등쌀에 못 이겨 부득불 창씨개명 단행할 수밖에 없었던, 단 한 가지 허물만 제외한다면 선영 앞에 제법 큰소리칠 수 있으리만큼 후손 된 도리에 충실했노라고 반쪽짜리 일본인 아닌 토종 조선인 최명배는 자부심을 느끼고 있었다.

원원이 똥구멍 찢어지도록 애옥하기 그지없는 살림만 유산으로 물려받은, 엔간히 곤궁하고 고단하게 타고난 사주팔자였다. 그럼에도 거기에 굴하지 않고 적수공권에 필마단기로 사주팔자에 맞서 분투노력한 생애였다. 야마니시 영감은 깜깜한 하늘과 땅을 번차례로 칩떠보고 내립떠보며 천상인지 지하인지 모를 곳에 계시는 조상신위들 똑똑히 보고 들으시라고 주먹으로 자부심에 찬 가슴팍을 퍽퍽 두들겼다. 사실 그럴 만도 했다. 짐승의 모질음과 인간의 억척, 그리고 뼈 깎고 살 도려내는 근면절약으로 누대에 걸쳐 미물처럼 꼼지락거리며 근천스럽게 연명해오던 산서 최문을 벌떡 일으켜 세우는 데 성공했다. 그토록 용장한 과업 수행한 후손이 문중 통틀어 자기 말고 누가 또 있었던가. 수수백년 긴긴 세월 무관(無官)의 설움 소태처럼 씹으며 마냥 쓰디쓰게 영위해온, 참으로 한미하고 약비한 산서 최문에서 광대 노릇 마다 않고 온갖 땅재주, 공중제비 펄쩍펄쩍 넘는 천신만고 끝에 마침내 영락했던 가세 벌쭉하게 넓히고 각종 위선사(爲先事) 전담하다시피 주도해서 문중의 어둠을 대낮같이 밝혔다. 그만큼 또랑또랑한 후손이 문중 족보 다 뒤져본들 자기, 즉 상곡 어른 최명배 말고 누가 더 있을 것인가.

오늘날 산서 일원에서 어느 누구도 감히 괄시하지 못하리만큼 최씨 문중 셈평이 확 펴이도록 도술을 부린 재간꾼 또한 최명배 바로 자기였다. 파리목숨 매일반으로 사람 목숨 하찮게 취급되는 험괴한 시국 견디면서 여태까지 급살 맞아 죽은 놈, 쥐도 새도 모르게 어딘가로 끌려가서 부지거처가 돼버린 놈, 신체 어느 부위 부러지고 잘리고 뚫리고 뽑혀 제구실 못하는 놈 하나 없게끔 최씨 겨레붙이 알뜰살뜰 건사하는 기적 같은 결과로 이끈 인물 또한 '명 자 배 자 그 어르신'으로 뭇사람에게 널리 떠받들리는 최명배 자기, 다름아닌 야마니시 아끼라 상이 아니던가.

자신의 활약상이 영롱하게 아로새겨진 업적들 낱낱이 톺아보던 야마니시 영감은 제풀에 그만 무진장 감동하고 말았다. 그렇듯 집념에 찬 노고와 지극한 위선 사상이 끝내 선영에 모신 조상님들 음영령(陰影靈)을 감동시켰음에 틀림없었다. 울안 터앝에서 동자삼 캐는 요행에나 비견할 천만의외 횡재수가 요번에 집안으로 떽데구루루 굴러든 것도 다 조상님들 덕택 아니겠는가. 자그마치 대일본제국하고도 조선총독부하고도 경무국, 그 위에 한자락 더 두툼히 깔아 경부님이시란다. 자그마치 경부 계급 꿰찬 경찰 간부 딸이, 더군다나 무남하고도 독녀하고도 금지옥엽 귀둥이 여식이 남자 집안 극구 만류도 아랑곳없이 부득부득 고집부리며 자청해서 최씨 가문에 며느리로 들어온 것이었다. 그것은 대동강물 팔아먹은 봉이 김선달식 외목장사에나 견줄 법한 흥정이요 겁나게 수지맞는 거래일시 분명했다.

이제 겨우 개시 단계에 불과했다. 죽은목숨 진배없던 둘째아들 호랑이 아갈머리에서 빼내는 일에 거지반 성공한 거나 다름없는 이번 쾌거는 야마니시 영감 마음속 화선지 위에 광활하게 펼쳐진 밑그림 중 소분지일에 지나지 않았다. 이번 경험으로 사돈댁 막강지세를 재삼 확인할 수 있었던 그 점이야말로 가장 의미심장한 소득이었다. 며느리가 혼수 삼아 바리바리 얹고 싣고 이고 지고 들어온, 그 무궁무진한 이용 가치를 제 허벅살 꼬집듯 얼얼하게 실감할 수 있었던 그 점이야말로 야마니시 영감이 느끼는 가장 큰 보람이었다. 이제부터 안성 유기 같은 방짜 며느리 일삼아 쏘삭질해서 사돈댁을 살살 구워삶을 속셈이었다. 산서 최문 부귀영화 도모하는 사업에 사돈댁을 때로는 종지처럼 자배기처럼, 또 때로는 두멍처럼 다릿골독처럼 필요에 따라 백방으로 요긴하게 써먹을 일만 남아 있었다.

며느리 요긴하게 부리고 써먹을 꿍꿍이셈 미리 놓아보는 것만으로도 벌써 야마니시 영감은 어깻바람이 으쓱으쓱 일기 시작했다. 오장육부에 들끓는 욕심이란 괴물이 달음박질하는 대로 일판을 꾸미자면 산서 최씨 종자들로 온 세상 새까맣게 뒤발한다 해도 성에 덜 찰 위인이었다. 왜놈들 등쌀 못 배겨내고 산서 타성바지들 말짱 다 씨가 마른다 해도 전혀 상관할 바 아니었다. 최씨 가문이 마지막까지 악착같이 살아남아 더욱 번창하고 무성해져서 마침내 조선팔도를 휘덮을 수 있다면 어떤 무리나 억지도 무릅쓸 용의가 있었다. 만일 조선팔도가 최씨 겨레붙이로 새까맣게 뒤발되는 날이 온다면, 나라님 자리가 산서 최문 중시조 격인 자기한테 떨어지지 말라는 법도 없다고 생각했다. 그렇듯 황탄무계한 욕심마저 품고 있으니 가난뱅이 이웃들 비명이나 통곡은 잔칫상머리 권주가쯤으로 들릴 판이었다. 고작 면사무소 서기나 주재소 순사, 분견대 헌병 따위 하잘것없는 벼슬아치나 그 밑에 딸린 구실아치는 이제부터 자신의 적수가 못 되는 건 너무도 당연했다. 야마니시 영감은 사돈댁 막강지세 등에 업은 김에 그까짓 알량꼴량한 산간벽지 울타리를 단숨에 뛰어넘을 작정이었다. 군수 영감 또는 경찰서장 나리와 더불어 맞상대하고 맞담배질하려는 꿈에 잔뜩 고부라져 있었다.

홧김임을 핑계해서 엉겁결에 대문 박차고 나서긴 했지만, 막상 밖에 나오니 어느 방향으로 길을 잡아야 좋을지, 당최 맞춤한 대책이 떠오르지 않았다. 사면팔방 뒨장질해 봤자 밤중에 예고도 없이 불쑥 들이닥치는 천석꾼 영감 흔쾌히맞아줄 위인이 산서에 있을 리 만무했다. 인간들은 말할 나위도 없고, 심지어 축생조차 꼬랑지 살랑살랑 흔들며 반겨줄 턱이 없었다. 평상시 야마니시 영감이 가난한 이웃들 멸시하고 소작 부쳐 애면글면 연명하는 적신들 천대한 것이나, 적신들이 천석꾼 지주 사갈시하는 것이나 결국 피장파장인 셈이었다. 미친개한테 물린 공수병자 물 무서워하듯 소작인들이 천석꾼이라면 질겁하고 기피한다는 사실을 익히 알지만, 그는 전혀 개의치 않았다. 뭔가 출중한 대목 타고난 데다 재물마저 겁나게 많은 인물일수록 하잘것없는 부류로부터 질시당하고 따돌림받으면서 고적한 인생 보낼 수밖에 없는 법이라고 나름대로 일찌감치 문리를 터득한 바 있었다. 야마니시 영감은 누구도 반기지 않고 아무 데도 찾아갈 곳 없는 고적한 팔자를 오히려 즐기면서 발길 미치는 대로 작정 없이 걸었다. 감히 상곡 어르신 야반 행차 몰라보고 어둠 장막 컹컹 물어 찢는 동네 개들 향해 사나운 입정 놀리는 한편, 고르지 못한 땅바닥 흑단나무 개화장 휘둘러 사정없이 무찌르면서 그는 절벽처럼 앞을 막아서는 칠흑의 고샅길을 한 발짝 한 발짝 헤쳐나갔다.

감나뭇골에서 멀찌막이 떨어진 무인지경 호젓한 산길을 노량으로 걷던 야마니시 영감은 가풀막 급한 고개턱 허위허위 타넘을 임시에야 자신이 어디쯤 와 있는지 알아차렸다. 그리고 자신의 발걸음이 시방 어디로 향하고 있는지도 알아차렸다. 상곡리와 동천리 새중간으로 기다랗게 뻗어내린 산자락 퇴침 삼아 베고 만판 게을러빠진 자세로 누워 있는 고개티였다. 눈에 보이지 않는 어떤 강력한 기운에 이끌려 저도 모르게 거기까지 와버린 기분이었다. 깜냥대로 제 고집 지닌 두 다리가 재량껏 판단해서 주인 몸뚱어리를 그곳까지 운반한 꼴이었다. 어쩌다 볼일 생겨 밝은 낮에 고개티 넘을 적에 뾰족지붕과 그보다 더 뾰족한 종탑으로 이루어진 예배당이 손에 잡힐 듯 내려다보이던 지점인 듯했다. 캄캄칠야 한복판에 깊이 잠겨 있어 예배당은 숫제 눈에 띄지도 않았다. 그 대신 식탐 많은 어둠이 거대한 아갈머리 벌려 예배당 건물을 통째로 집어삼키고 나서 그 자리에 토해놓은 가녀린 불빛 하나가 초저녁잠 이기지 못해 깜빡깜빡 졸고 있었다.

실로 오랜만에 밟아보는 예배당 근방이었다. 야소귀신에 더빽 씐 딸년 머리채 끄어들어 밖으로 끌어내기 위해 예배당 안으로 불문곡직 난입하던 일도 이제는 과거지사가 돼버렸다. 아무라도 좋으니 어서 들어오라고 손 까부르는 듯 예배당 주변에는 울타리도 둘려 있지 않았다. 그런데도 야마니시 영감은 예배당으로 다가설 엄두도 못 내고 있었다. 범행 대상 답사하러 몰래 찾아온 밤도둑 본새로 예배당 주위를 하릴없이 바장이기만 했다. 울타리도 없이 예배당을 송두리째 밤도둑 손에 내맡기듯 사면팔방 툭 터놓은 그 점이 오히려 키 넘는 울타리 이상으로 야마니시 영감 범접을 완강히 저지하고 있었다. 예배당 '예' 소리만 들어도 파들파들 경기부터 일으키곤 하던 그였다. 예수를 믿느니 '여수'를 믿으라고 온 고을 떠나가도록 고래고래 시악을 써대곤 하던 그였다. 야소귀신 끌어들여 멀쩡하던 가문 안에 불행의 싹 틔우고 비극의 꽃 피워놓은 몹쓸 딸년 삼단 같은 머리채 싹둑싹둑 가위질해 골방에 가두기까지 한 그였다. 야소귀신이 사나운 눈초리 번뜩이며 지켜보고 있을 예배당 경역으로 발 들여놓는다는 게 결코 만만한 일이 아니었다.

주리를 댈 년, 하고 야마니시 영감은 야소쟁이 딸이 있는 상곡리 겨냥해 욕설을 날렸다. 아무런들 산서 바닥에서 병든 동생 맡길 만한 처소 한 군데 못 찾아낼까. 눈만 크게 뜨면 얼마든지 찾아낼 수 있을 것이었다. 그런데도 마땅하고 편리한 처소 죄 제쳐놓고 하필이면 기중 고약한, 야소귀신 똬리 틀고 있는 예배당을 냉큼 추켜잡다니!

예배당 건물 뒤편에서 불빛이 보였다. 돌올하게 솟은 예배당 덩치에 비해 턱없이 낮은 집채에서 새어나오는 불빛 한 줄기가 주변을 희미하게 밝히고 있었다. 인가들 먼발치에 두고 호젓이 외어앉은 예배당은 천만근 무게 어둠에 지지눌린 채 괴이쩍은 적막감에 휩싸여 있었다. 외롭고 가녀린 불빛 하나 달랑 보초 세운 채 초저녁잠에 빠진 듯 예배당 일대에서는 반 토막 인기척조차 흘려보내지 않았다. 들리는 거라고는 오로지 바람 소리뿐이었다.

휘파람 소리 빼쏜 바람 소리가 물매 급한 예배당 함석지붕 타고 위아래로 연거푸 오르락내리락하고 있었다.

이런 빌어 처먹을, 하고 야마니시 영감은 가래처럼 걸쭉한 욕설 덩어리를 내뱉었다. 예배당에서 개를 키우면 부정 타는 줄 아는가. 예배당에 하릅강아지라도 한 마리 있어 고맙게도 수상한 인기척 알아채고 눈치코치 없이 왈왈거리며 쪼르르 내달아 나온다면, 오목단장 추켜들어 허리통 두 동강으로 작신 꺾이도록 기운껏 내리치련만…… 그런 식으로 왁살스럽게 신호를 보낸다면, 자지러지는 강아지 비명에 놀라 방문 열고 바깥 내다보며 동정 살피는 눈귀가 예배당 경역 안에 한둘쯤은 틀림없이 있으련만……

멀찌막이 물러간 줄 알았던 추위란 놈이 초조감에 싸인 야마니시 영감 약점 노리고 다시금 엄습하기 시작했다. 그는 동저고리 바람으로 와들와들 떨면서 예배당 주위를 서너 바퀴 더 배회했다. 먹었다 하면 백발백중 즉사하게 마련인 비상이나 양잿물처럼 야소교를 끔찍하게 싫어하면서 일삼아 교인들 배척하던 위인이었다. 그런 주제꼴인데, 다따가 천석꾼 체통 길바닥에 내던진 채 의지간 안에 있을 누군가를 소리쳐 불러낸다는 건 사실 이만저만 거식한 노릇이 아니었다.

그토록 고대하고 고대하던 인기척은 전혀 생각지도 못한 방향에서 갑자기 툭 불거졌다. 어둠 뚫고 예배당 쪽으로 다가오는 발소리, 흔들거리며 길바닥에 깔린 어둠자락 약략스레 밝히는 불빛 때문에 야마니시 영감은 순간적으로 몹시 당황했다. 야밤중에 도적놈 본새로 예배당 일대를 일없이 서성이고 바장이는 꼬락서니 혹여 누구한테 들킬 경우, 그동안 야소쟁이 딸년 무섭게 들볶고 홀닦아온 상곡 어르신 체통은 똥 친 막대기 꼴 될 판이었다. 대뜸 숨을 구멍 찾으려 허둥거리는데, 공교롭게도 하필이면 그때 재채기란 놈이 에취 하고 왜장치며 입 밖으로 튀어나왔다. 동저고리 바람으로 한데서 너무 오래 머문 값 치르느라 아무래도 고뿔 한 짐 개평으로 얻을 모양이었다.

"거그 시방 뉘슈?"

사정은 더욱더 낭패스러운 방향으로 급속히 기울었다. 어둠 속에서 우왕좌왕하는 수상쩍은 기척을 향해 상대방이 거칠게 수하를 날렸다.

"시방 거그 섰는 게 누구여, 시방!"

어마지두라서 처음에는 몰랐는데, 다시 들으니 어쩐지 귀에 익은 목소리였다. 좌우지간 이제는 피할 도리 없게 돼버렸다. 상대방이 누구든 맞부딪쳐나갈 수밖에 없는 상황이었다.

"누군지는 알어서 떡 줄라고 묻고 지랄이냐?"

산서 일대에 두루 통하는 상곡 어르신 위엄 앞세워 상대방을 단숨에 제압할 요량으로 야마니시 영감은 목청을 한껏 드높였다. 그러자 상대방 쪽에서 되레 당황하는 기색이 빠르게 건너왔다.

"아, 아버님……"

방금 전 수하는 분명 사내놈이 수행했는데, 정작 알은체하며 나선 것은 엉뚱깽뚱하게도 계집 목소리였다.

"이 밤중에 예배당은 무신 일로……"

다름아닌 야소쟁이 딸이었다. 아따, 그년 밤눈 하나는 올빼미 찜쪄먹게 밝기도 하다고 투덜대면서도 야마니시 영감은 사면초가 속에 가까스로 퇴로를 확보한 밤도둑처럼 반가운 기색을 금치 못했다.

"너랑 같이 있는 놈은 진용이냐?"

그 말 떨어지기 무섭게 딸년하고 번을 바꾸어 장조카가 앞으로 나섰다.

"진용이가 시방 맞고만요. 어르신께서도 시방 부용이 만나보실라고 요로콤 먼 걸음을……"

"예에끼 순!"

채석장에서 남포 터뜨리듯 야마니시 영감은 장조카 면상에 대고 대갈호령을 터뜨렸다.

"미쳤냐, 이놈아? 나가 뭣이 아숩고 뭣이 깝깝혀서 그놈을 만나겄다고 역부러 오밤중에 발품을 팔고 댕기겄냐, 이놈아!"

"아, 예……"

"조상신위 존전에 귀용이 소식이나 조깨 고헐까 허고 선영 찾는다는 풍신이 고만 낫살깨나 줏어먹어서 밤눈 투미헌 죄로 지척을 분간 못허는 바람에 나가 질을 쪼깨 잘못 들었는갑다."

마치 칼산지옥에 첫발 들여놓은 망자와도 같이 연방 쩔쩔매는 시늉인 장조카를 염라대왕 닮은 눈초리로 무시무시하게 노려보면서 야마니시 영감은 혓바닥 굴러가는 대로 아무렇게나 길게 둘러댔다.

"아, 예……"

하기야 동천리에서 그리 멀지 않은 물레봉 기슭에 산서 최문 선영이 자리해 있기는 했다. 같은 조상 모신 장조카가 그 사실을 모를 턱이 없으니, 비록 얼결에 꾸며댄 발명일망정 제법 그럴싸하게 받아들여질 법도 했다.

"너는 이놈아, 경성 물 먹고 왔다고 그새 호주 노릇이 뭔지도 말짱 다 까먹었단 말이냐?"

"무신 말씀이신지……"

야소귀신 본거지인 예배당 근처 일없이 어정거리다 들켜버린, 구린내 풍기는 치사(恥事) 위에 일단 뚜껑부터 탁 덮씌우고 보는 것이 다른 무엇보다 급선무였다. 야마니시 영감은 애꿎은 장조카 상대로 거푸 불량을 떨어댔다.

"이 아둔망태기 같은 놈아, 여러 날 타관 잠을 자고 왔다 허이면 이놈아, 제백사허고 득달같이 집구석으로 달려가서 일착으로 처자식 안위부텀 살피는 것이 호주 된 도리로 바땅허거늘, 니놈은 으쩌자고 요 동네 조 동네 신사 유람 댕김시나 잘난 낯짝 사방

간디 삐주룩허니 내밀고 자빠졌냐? 무신 살판이나 난 것맨치로 오밤중에 음풍야기 홈빡 뒤집어쓰고 배깥으로 짤짤 싸질러댕김시나 지랄을 떨고 자빠졌냔 말이여, 이놈아!"

"아, 예……"

그 막말들 고스란히 먹고 나서야 진용은 손에 들린 조족등을 사촌누이에게 슬쩍 넘겨주었다. 곧이어 꽁지 빠지게 어둠 속으로 줄행랑 놓으려는 장조카를 아마니시 영감이 냉큼 도로 불러 세웠다.

"밤기운이 솔찮이 차운디, 니놈은 옷벌이라도 따숩게 껴입었냐? 나는 총망지간에 동저고리 바람으로 나섰드니만, 고뿔이란 놈이 더부살이헐라고 뎀비는 통에 왼몸이 으실으실허니 떨리고 재채기가 나올라고 그런다."

앞으로도 살날 많고 기운발 뻗치는 젊은 삭신에게 고뿔은 대수롭지 않은 병통임에 틀림없었다. 웬만한 염병 푼수로 늙은 목숨 노략질하는, 아주 고약한 병통이 다름아닌 고뿔이란 사실쯤 장조카도 익히 알고 있을 터였다.

"아, 예, 어르신……"

눈치 하나 비상하게 타고난 장조카가 하늘같이 모시는 작은아버지 말귀 얼른 알아듣고 부랴부랴 양복 윗도리를 벗기 시작했다. 아마니시 영감은 사양하는 기색 눈곱만치도 없이 그걸 낚아채 어깨에 걸쳤다. 비록 구닥다리 양복 윗도리에 불과한 입성일망정 밤 추위에 시달리던 늙은 몸뚱어리를 동저고리 차림보다 몇

배는 더 따스하고 아늑하게 감싸주는 기분이었다.

"춥겄다. 싸게 뜀박질을 놓거라."

우여곡절 거쳐 눈엣가시 같은 두 애물단지 중 하나를 멀찌감치 쫓아버리는 데 성공했다. 하지만 한 애물단지가 아직도 남아 있었다. 야마니시 영감은 다른 무엇보다 그 애물단지 처리하는 일이 얼마나 부담스럽고 고약한 난제인가를 오랜 경험에 비추어 넌덜머리나도록 잘 알고 있었다.

"아버님, 저랑 같이 들어가시지요."

여러 몫 애물단지 노릇 실히 하고도 남을 딸년이 차분히 가라앉은 목소리로 넌지시 권유했다.

"들어가다니? 으디를?"

차마 못 들을 소리라도 들은 것처럼 야마니시 영감은 한 길이나 펄쩍 뛰어오르는 시늉을 했다.

"이왕지사 어려운 발걸음을 허셨으니께 잠시잠간이라도 부용이를 만나보고 가셔야지요."

"나가 미치고 설친지 아나?"

어둠 탓으로 격렬한 반응이 딸년 눈에 잘 띄지 않을 듯싶어 야마니시 영감은 또다시 한 길이나 훌쩍 솟구쳐 모두뜀 동작 선보이면서 자신의 굳센 의지를 재차 피력했다.

"넋신 달어나고 배알 도망간 인간이라면 혹간 또 몰르겄다. 선영 찾어뵙겄다고 질을 나선 나가 말똥말똥헌 정신으로 무단시 왜 조상신위 대신 그놈을 만나봐야 된단 말이냐?"

"생면부지 넘넘지간 초대면허는 것도 아니고 친부랑 친자랑 만나보는 마당에 무신 이유가 달리 필요허겄어요?"

암팡진 지적에 잠시 말문이 막혔다. 생판 모르는 남남지간보다 자기 속으로 낳은 딸자식을 한층 더 버거운 강적으로 꼽아온 야마니시 영감이었다. 더군다나 시방 발 디디고 선 자리가 하필이면 예배당 근처였다. 야소귀신이 뒷배 봐주는 데 힘입어 딸년은 그 어느 때보다 제 아비를 물컹물컹한 상대로 얕잡아볼 것임에 틀림없었다.

"그놈 만나겄다고 야소귀신 사당에 들어가고 잪은 생각 터럭만침도 없으니깨 여러 소리 헐 것도 없다!"

"부용이 처소는 사당이 아니고 그냥 여염집이고만요, 아버님."

"뭣이여? 그냥 여염집이라고?"

"예, 예배당이 아니고요."

"허어, 그러냐? 니 고집이 정 그렇다 허이면……"

야마니시 영감은 호롱불빛 비치는 쪽으로 고개 슬쩍 외틀면서 혼잣말 비슷한 가락으로 중얼거렸다.

"이왕지사 여그까장 온 짐에 부용이란 놈은 그냥 내싸두고 우리 메눌애기나 한번 보고 갈란다. 시애비가 잠시잠간 보고 잪어 허신다고 느그 올케한티 전허거라."

밤의 어둠 속을 외롭게 파수하던 호롱불빛이 어느 틈에 자취를 싹 감춰버렸다. 방금 전까지 바깥세상으로 약략스럽게나마 불빛 한 줄기 적선하던 집채의 윤곽이 어둠 속으로 녹아들어 어느덧 어둠과 몸을 섞고 있었다. 숨어버린 집채 대신 예배당 본채인지 별채인지 분간이 안 되는 다른 집채에서 제법 밝은 불빛 두 줄기가 차례로 밝혀졌다. 덕분에 주변 풍경을 대충 가늠할 수 있으리만큼 집채 윤곽이 어렴풋이 드러났다. 밤중에 엎어지면 코방아 찧을 지근거리에서 수런수런 주고받는 말소리와 움직이는 기척이 결국 이른 잠자리에 들었던 애먼 사람들 초저녁잠만 결딴낸 셈이었다.

"저런 단칼에 물고를 내뿌릴 놈!"

노점병자 큰아들이 시방 어느 방에 들어 있는지 야마니시 영감은 그제야 대충 알아차릴 수 있었다. 방금 전 살아 있는 호롱불 숨통 댕강 끊음과 동시에 어둠 속으로 부리나케 숨어버린, 바로 그 방구석일시 분명했다. 천하 불효자식이 몸담고 있을 방을 야마니시 영감은 험악한 눈초리로 째려보았다. 한밤중에 뜬금없이 나타나 예사롭지 않은 목청으로 시위 벌이는 인물이 제 아비임을 확인하고 일부러 어깃장 놓느라 부리는 행티임에 틀림없었다. 아비 왕림 눈치챈 자식이라면 꺼놓았던 호롱불도 서둘러 밝히는 것이 마땅한 도리거늘, 하고 그는 통탄을 불금했다. 청개구리 찜쪄먹고도 남으리만큼 사사건건 아비한테 잇서기만 하는 불효막심한 놈이었다. 없던 불도 새로 밝혀야 할 놈이 내내 있던 불마저 모지락스럽게 꺼버리는 행티 서슴지 않음으로써 스스로 금수어충만도 못한 인간말짜임을 다시 한번 만천하에 광고 돌린 셈이었다.

"예라, 이 몸뗑이랑 돌절구랑 같이 묶어서 난바다 한복판에다 첨벙 빠쳐뿔 놈 같으니라고!"

순금이 잠든 제 올케 불러내 시아비 분부 전달하는 번거로운 절차는 필요 없게 되었다. 새롭게 불 환히 밝힌 집채에서 방문이 삐거덕 열리더니만, 짜박거리는 발소리와 함께 경황없이 달려오는 그림자가 눈앞에 어른거렸다.

"어서 오셔요, 아버님."

당초에는 단순한 그림자 모양으로 시작되던 것이 순식간에 젊은 여인 형상으로 바뀌는가 싶더니만, 어느새 명실상부한 며늘아기 용모를 일습으로 갖춘 모습이 되었다. 이연실이 빠른 걸음으로 다가와 시아버지 앞에 공손히 절을 올리고 있었다.

"제가 찾아뵙지 못하고 이렇게 아버님께서 힘든 발걸음을 하시게 해서 정말 송구합니다."

며늘아기 목소리가 다소곳하게 들렸다. 귀티 흐르는 얼굴 좀더 자세히 들여다보고 싶어 야마니시 영감은 딸년한테서 조족등을 빼앗아 가까이 비추었다. 과연 아리잠직하고 사랑옵기 그지없는 며늘아기 자태가 늙은 눈을 마냥 호사시켜주었다. 그 사품에 시아비로서 느끼는 자애지정을 도무지 주체할 길 없게 된 그는 치신머리도 없이 며늘아기 야들야들한 손목을 덥석 움켜잡고 말았다.

"아니다, 아니여! 선영 조깨 찾어뵐라고 밤마실 나섰다가 밤눈 어둔 늙은이가 으쩌다가 고만 질을 잘못 드는 통에 예배당 근방까장 와뿔고 말었고나. 그런디 느그 시누 허는 말이, 우리 새애기 처소가 손구락 뻗치면 푹 찔릴 자리니깨 잠시잠간 굽어다보고 가시라고 이 시애비를 마구잽이로 잡어끌고 야단이잖겼냐."

"정말 잘 오셨어요, 아버님. 감기 드시겠어요, 아버님. 어서 안으로 드시지요, 아버님."

"아니다, 아니여! 우리 새애기한티 요 말만 후딱 근넨 연후에 그냥 핑허니 돌아서뿔란다. 새애기 너, 요새 원삼 쪽두리가 눈앞에 어른어른허지야? 이왕지사 지달리는 짐에 쪼깨만 더 참고 지달리거라. 인자 정이월 지나서 꽃 피고 새 우는 춘삼월 가차워진다 허이면, 이 시애비가 만단으로 다 알어서 느그들한티 본때 있이 육례를 갖추게코롬 부쩍 심을 써줄 모냥이니깨!"

"말씀만으로도 고맙습니다마는……"

몹시 당황해 어쩔 줄 모르는 기색으로 며느리가 떠듬떠듬 중얼거렸다. 머잖아 춘삼월이면 머리 얹을 수 있게끔 만단으로 조처하겠다는 시아비 말에 감지덕지해서 그처럼 놀라 자빠지는 시늉이겠거니, 하고 멋대로 넘겨짚으면서 야마니시 영감은 그러잖아도 단단히 움켜쥔 며늘아기 손목에 부쩍 더 힘을 가했다.

"이 시애비가 우리 새애기 맴 다 안다. 그러니깨 너는 암말도 말거라. 암말 안 혀도 시방 우리 새애기가 얼매나 심들어허는지

나가 빠삭허니 다 꿰고 있니라. 새애기야, 못나터진 사나놈을 신랑이라고 만났는디 애로가 어디 한두 가지겄냐."

"저어, 아버님……"

"아니다, 아니여! 금지옥엽 귀둥이 외딸로 태어나서 그저 앉거나 스거나, 들거나 나거나 노상 고임만 받고 살든 우리 새애기가 못나터진 사나놈 땜시 고생살이가 얼매나 우심헐지를 이 시애비가 으찌 몰르겄냐."

며늘아기 손바닥에서 끈끈한 진땀이 묻어나고 있었다. 움켜쥐고 흔드는 그것이 다름아닌 폐병쟁이 아들 껑더리된 몸뚱어리 무시로 매만지며 날마다 병구완에 동원되던 손이라는 사실에 퍼뜩 생각이 미치는 순간, 야마니시 영감은 하마터면 야들야들한 며늘아기 손을 땅바닥에 아무렇게나 패대기칠 뻔했다. 하지만 다른 한편으로 경부님 외동딸 섬섬옥수이기도 하다는 사실을 용케도 상기하면서 제꺼덕 마음을 고쳐먹고는 마치 앙증스러운 노리개라도 되는 양 일삼아 그 손을 조몰락거렸다.

"새애기야, 너 요새 몸에 무신 요상헌 증상이라도 혹시 안 비치드냐? 일트레면 고뿔도 아닌 것이 고뿔 숭내를 내니라고 마른지침이 자꼬만 나온다든지 허는 증상 말이다."

"없어요, 아버님. 고뿔 같은 건 여간해서 잘 걸리지도 않아요, 아버님."

"새애기야, 즘심참 지난 연후에 괘얀시리 삭신이 녹작지근허니 까라앉는 것 같고, 이맛전에서 수상헌 신열이 모락모락 솟는 것 같은 증상은 혹간 안 생기드냐?"

"아버님!"

그때까지 곁에서 참을성 좋게 지켜보고 있던 딸년이 갑자기 새된 소리로 아비 입에 감히 재갈을 물리려 들었다.

"그런 염려는 조금도 마셔요, 아버님. 야소병원 의사한테 알아봤는데요, 폐결핵이라도 그이가 앓고 있는 건 비활성이라서 다른 사람한테 전염될 염려가 별로 없대요, 아버님."

시누이 참견에도 아랑곳없이 며늘아기는 모처럼 만에 주고받는 시아비와의 문답을 고분고분 이어가려 애썼다.

"아니다, 아니여! 그 비활성, 어쩌고저쩌고 씨월거리는 의사 말을 철석같이 곧이듣고 방심허다가는 참말로 큰코다치는 수가 있니라. 뇌점이란 놈이 얼매나 무시무시헌 악증인지를 새애기가 시방 몰라서 허는 소리다. 눈을 살짝 흘기기만 혀도 당장 따른 사람한티 이사를 가는 것이 바로 뇌점 버럭지니깨 각별허니 조심을 혀야 쓴다. 안 그리다가는 참말로 큰코다친다, 큰코다쳐! 새애기야, 내 말 알어듣겄지야?"

아들이야 노점 앓다 내일모레 죽거나 말거나 전혀 상관없다는 투로, 오로지 며늘아기 일신 강건해서 오래오래 곁에 있어만 준다면 시아비로서 그 이상 바랄 게 없다는 투로 야마니시 영감은 아무쪼록 몸조심할 것을 거듭거듭 며늘아기에게 신칙했다.

"아까막시 요짝허고 저짝에서 불빛 두 개가 번차례로 켜졌다 꺼졌다 숨부깍질허는 꼴 보아허니, 느그들 둘이 따니따니로 각방 쓰고 지내는 눈치드라. 거참, 그 방침 한번 참말로 잘 정헌 것 같으다. 뭣이네 뭣이네 혀도 그저 자기 일신 자기가 잘 챙겨서 젊은 혈기 잘 따독거리는 것이 인삼 녹용보담도 훨낀 더 효험 있는 영약이니라."

야마니시 영감은 조금 전 불빛을 삼킨 방과 며늘아기 토해낸 방이 제각각 동떨어진 점에 주목한 나머지 엉뚱깽뚱한 충고마저 마다하지 않았다. 그는 샘솟는 궁금증 가눌 길 없어 젊은 남녀 관계가 시방 어느 선, 어느 대목까지 와 있는지 염탐할 작정으로 어둠 자락에 가려진 며늘아기 아랫배 부위를 치신머리도 없이 자꾸만 힐끔거리는 망발 또한 서슴지 않았다.

"배깥 날씨가 사나워서 아버님이 귀애허시는 며느리 축지겄어요. 아버님이 어서 방안에 드셔야 며느리도 안심을 허지요."

보다못한 순금이 넌지시 훈수했다. 야마니시 영감은 그제야 시아비가 며늘아기 섬섬옥수 치신사납게 너무 오래 조몰락거리고 있었음을 깨달았다.

"아니다, 아니여! 나가 허고 잪은 말은 인자 다 끝냈으니께 이만 핑허니 돌아서 가뿔란다!"

야마니시 영감은 노리개 삼아 한바탕 가지고 놀던 손을 주인한테 돌려주었다. 그런 다음 마치 장조카한테 강탈하다시피 빌려

입은 양복 윗도리처럼 자기가 듣기에도 마냥 생경하고 불편하게 느껴지던, 그 며늘아기 접대용 말투를 곧바로 벗어던졌다.

"너는 질바닥을 본댁 삼어서 한뎃잠을 자기로 작정혔냐?"

애당초 팔자에 없던, 그 낯간지럽고 얄망궂은 말투, 그 자애지정 철철 넘치던 목소리를 툽상스럽기 짝이 없는 본래 목소리로 미련 없이 개비했다.

"젊은 처자 몸땡이 이리 끌고 저리 끌고 겁대가리 없이 야밤중에 배깥으로 싸질러댕기는 못된 버리장머리는 대관절 어느 세월에 끊을 작정이냐? 야소구신 배알허고 예배당에 치성 드리는 그 못되야먹은 행실은 대강대강 끝내고 싸게싸게 집으로 오니라!"

한입에 삼킬 기세로 호되게 을러멘 다음 야마니시 영감은 좀 전에 딸한테서 빼앗아 들었던 조족등을 앞뒤로 가볍게 흔들어 보였다.

"너는 젊으니께 밤눈도 밝어서 좋겄다."

단지 그 말만 슬쩍 흘렸을 따름이었다. 양보하라고 윽박지른 적도 없는데, 딸년 스스로 눈치껏 알아서 조족등을 선선히 포기하는 효심을 발휘했다.

"아버님, 밤길 조심조심 살펴서 가셔요."

"오야, 알었다. 우리 새애기 고뿔들겄다. 싸게 고만 들어가거라!"

야마니시 영감은 검은 윤기 자르르 흐르는 오목 재질 개화장 휘둘러 또다시 애꿎은 땅바닥 마구 족쳐대는 한편 조족등 길라잡이 세워 젊은것들 안 부러우리만큼 활달한 걸음걸이로 어둠 속을 씨억씨억 헤쳐나가기 시작했다. 선영이 있는 물레봉 반대쪽인 상곡리 향해 길을 가다가 문득 뭔가 짚이는 바 있어 뒤쪽을 핼끔 돌아다보았다. 아니나 다르랴, 방금 전까지 예배당 주변 두 군데서만 비치던 불빛이 천석꾼 영감 떠나고 나니 어느 틈에 세 군데로 불어나 있었다. 지척지간에 제 아비 머무는 동안, 기름 아까워 못 밝히고 숨겼던 호롱불을 제 아비 떠나기만 기다렸다가 곧바로 다시 켜는 노점병자 큰아들 못된 심보가 만천하에 드러나는 순간이었다.

"저런 싹수대가리라고는 눈꼽만침도 없는 놈 조깨 보소이! 뇌점 버럭지가 아구아구 파먹어서 필경 그림자도 안 남어날 놈 같으니라고! 저러콤 불효막심헌 패륜자식을 무신 수로 징치혀야 좋을꼬! 그나저나 조오지부쓰오 와즈라우 야쓰 같은 요 옘병헐 놈에 세상이 장차 으떤 모냥으로 으떻게 망헐라고 요 지랄들 다 떨고 자빠졌는지, 참말로 알다가도 몰르겄네! 그나저나 참말로 꺼억정시럽고만!"

야마니시 영감은 칠흑 빛깔 밤하늘 우러르며 여울목 건너는 장마 도깨비 본새로 한바탕 구시렁거렸다.

2

“내가 사람을 혹간 잘못 봤는지도 몰라.”

최부용은 멀뚱멀뚱 천장을 올려다보며 혼잣말 비슷한 가락으로 중얼거렸다. 머리맡에 앉아 뜨거운 물 가득 채운 탕파(湯婆)를 담요로 겹겹이 싸고 있던 이연실이 잠시 손놀림을 멈추었다.

“낙철이 흉당에 그런 일면이 숨어 있으리라고는 여태까장 한 번도 생각헌 적이 없어.”

“다리 좀 올리셔요.”

머리맡에서 발치께로 자리 옮겨 이불 끝자락 들치면서 연실이 명령조에 가깝게 말했다.

“어려서부텀 낙철이가 허는 짓이라면 무조건 탐탁잖게 보고 노상 안 좋은 쪽으로만 판단허는 습관이 있었지. 지 꾀에 지가 넘어가는 놈이고, 과대망상 환자맨치로 노상 실현 가능성 없는 이상 따우나 꿈꾸는 놈이라고 낙철이를 야박하게 평가하는 버릇이 있었어."

연실이 마땅한 자리 찾아 탕파를 집어넣기 용이하도록 다리 두 짝 번쩍 들고 있는 동안에도 부용은 중얼거림을 멈추지 않았다.

"됐어요. 내리셔도 돼요."

"천재들이 대개 그렇듯기 낙철이 역시 재승박덕 본뵈기 같은 인간으로만 알고 있었어."

"다리 내리셔도 괜찮다니까요."

연실의 권유를 무심코 따르던 부용은 갑자기 소스라치게 놀라면서 다리를 도로 들어올렸다. 예상보다 탕파가 훨씬 더 뜨거운 까닭이었다.

"부용씨 마음이 아까부터 계속 딴 동네만 헤매는 것 같아서, 뜨거운 맛 좀 보여주라고 유단뽀한테 주문을 넣었지요."

연실이 가볍게 웃었다.

"어때요, 유단뽀한테 혼나고 나니까 정신이 번쩍 드셔요?"

"발꿈치에 물집 잡힐 뻔혔잖소!"

"벌써 며칠째 배낙철씨 얘기뿐이네요."

"내가 그랬소?"

딴은 그랬던 것 같기도 했다. 누님으로부터 두번째 경성 행보의 성과를 들은 다음부터 왠지 모르게 친동생 귀용보다 이종동생 낙철을 생각하는 시간이 더 잦아지기 시작했다. 무참한 실패와

좌절로 끝나버린 한 열혈청년의 맹목적 반생이 부용의 냉혈에 가까운 마음을 붙들고 좀처럼 놓아주지 않는 것이었다.

"죄책감이 시켜서 허는 소리였을 거요. 그동안 내가 낙철이한티 차마 못 헐 짓을 저질른 것 같은 기분이요. 여적지 내가 잘 안다고 믿었든 낙철이보담도 내가 전연 몰랐든 낙철이 쪽이 어쩌면 더 진면목에 가차울지도 모른다고 생각되는 거요."

연실이 탕파 겉면에 담요자락 몇 겹을 덧씌운 다음 부용의 두 발을 가지런히 올려놓았다. 발 부위에서 시작된 탕파의 온기가 인정처럼 혹은 은총이나 축복처럼 차디찬 육신을 서서히 데우면서 위쪽으로 올라오기 시작했다. 마침내 그 온기가 꽁꽁 얼어붙었던 영혼 깊은 구석까지 번지는 듯했다. 입으로는 배낙철 문제로 말미암아 착잡하기 그지없는 심정이라고 토로하면서도 정작 부용은 실로 오랜만에 되찾은 마음의 평안과 여유를 느긋이 즐기는 중이었다.

"그분은 어떤 분인가요?"

연실이 불쑥 물었다.

"배낙철이 말이요? 나한티는 어릴 적부텀 노상 동생 아닌 형님 맨치로 느껴지든 이종제요. 귀용이한티는 정신적 우상이고."

부용이 대꾸했다.

"그러고 또 오암리에 본가를 둔 미혼 남성이겠지요? 그 정도는 저도 벌써 알고 있어요. 제가 물어본 것은 그게 아니고……"

"훤칠허니 잘생긴 미장부라 생각허면 틀림없을 거요. 코흘리개 시절부텀 산서에서 신동으로 소문이 둥둥 떠댕기든 재주꾼이요. 그러고 내 인생에서 최초로 좌절감을 앵겨준 인물이요. 낙철이가 평지돌출로 두각을 나타내기 전까장은 내가 학교나 동네에서 늘 최고인지만 알고 살었소. 그런디 신동으로 소문난 낙철이가 월반에 월반을 거듭헌 끝에 나허고 동학년이 되면서부텀 내 인생은 급전직하로 내리막을 타기 시작혔소. 두 살이나 터울 진 이종동생한티 학급에서 수석 자리를 내주는 순간부텀 나는 매사에 의욕을 잃고 자신감도 잃고는 소심헌 성격으로 변허기 시작헌 거요. 사촌형을 인정사정없이 추월헌 낙철이를 원망허고 시기허고, 또 열패감에 사로잡힌 채 불우헌 학창시절을 보냈다 혀도 과언이 아닐 지경이요."

"저한테는 참 유감스럽게 들리는 얘기네요. 지금까지 부용씨는 누구보다도 두뇌가 명석하고 박학다식할 뿐 아니라 장점이랑 미덕까지 갖춘 지성인으로 알고 있었는데요."

"연실씨한티 위로나 받자고 엄살떠는 게 아니요."

"위로가 아니라 사실을 말하고 있어요. 많은 사람들이 최부용이란 인물을 최고 인재로 기억하고 있으리라 믿어요."

"그런 식으로 사실을 호도헌다고 진실이 바뀌는 건 아니요. 현재 최부용이는 벼룩이나 빈대 같은 기생충에 불과헐 뿐이요. 주변 사람들 호의에 빌붙어서 무위도식이나 일삼는 반거충이 신세

요. 언제든지 운명이 뒤집어질 수 있는 중증 폐결핵 환자란 말이요."

되도록 감정을 자제하기 위해 부용은 나름대로 무던히 애쓰는 중이었다. 그럼에도 불구하고 무심을 가장한 채 예사로이 지껄이는 어조 뒷전에서 부지불식간에 툭툭 튀어나오는 자조적 언사에 속상했는지, 연실은 더 대거리하려 하지 않았다.

"오랫동안 내가 퍼붓은 저주대로 낙철이는 결국 지 신세 지가 망쳐먹고 말었소. 어린 시절부텀 내가 학수고대허든 결과를 본인 스사로 자초헌 거요. 그런디 말이요, 내 해묵은 소원대로 낙철이 인생에 쫄딱 망조가 들었는디도 웬일인지 나는 시방 눈꼽만침도 기분이 좋아지들 않는 거요. 좋아지기는 고사허고 외려 낙철이한티 엄청난 빚을 진 것만 같은 부채감을 당최 떨쳐뿌릴 수가 없는 거요."

배낙철 행위 일체를 이해하거나 동조한다는 뜻은 아니었다. 사회주의 이념 향한 맹목적 경사나 헌신도, 동화 속 영웅처럼 어린 추종자 몇몇 거느리고 헤이떼이고꼬(병정놀이) 하듯 벌였던 독립운동 또는 혁명운동도 부용에게는 여전히 몽상가의 유희 푼수로만 여겨지는 것이었다.

"여태까장 낙철이가 저 못잖게 영특헌 귀용이를 꽉 휘어잡을 수 있었든 속내가 뭣인지 알 재간이 없었는디, 인제는 대충 알 것 같소. 귀용이가 그 녀석 어떤 면모를 높이 사서 그러콤 지 영웅으로 떠받들게 되얐는지 말이요. 요번 일을 겪으면서 낙철이 진면목을 어렴풋이나마 볼 수가 있게 된 거요."

이념에 심취한 열혈청년의 치기나 영웅심리만으로는 경찰 조사 과정에서 낙철이 보여준 행동들이 납득되지 않았다. 사촌형한테 들은 이야기는 사실 부용의 예상을 뛰어넘는 내용이었다. 사건 관련 모든 책임을 똘똘 몰아 주범인 저한테로 걸터들이면서 종범자 또는 하수인 역할에 불과했던 다른 피의자들에게 관용과 선처를 베풀 것을 당국에 탄원하는 낙철의 모습을 상상하는 것만으로도 벌써 비장미가 느껴졌다. 그만한 그릇이라면 배낙철이란 인물은 규모야 어쨌든 한 결사나 집단 우두머리로서 갖춰야 할 자격을 제법 갖춘 셈이라는 생각이 들었다.

"그분 배려 덕분에 큰도련님이 풀려나시게 된다면 얼마나 다행이겠어요."

"낙철이 그 녀석 낯꽃이 노상 눈에 밟히는 통에 내 양심이 밤낮없이 손찌검을 당허는 것 같은 기분이요."

"그분 얘기는 그 정도에서 접으셔요. 이제부터 우리 문제를 놓고도 진지하게 생각할 시간이 필요하지 않을까요?"

연실의 뜬금없는 말이 갑자기 탕파처럼 뜨겁게 닿는 사품에 부용은 화상이라도 입은 푼수로 흠칫 놀랐다.

"방금 우리 문제라 혔소? 그게 무신 소리요?"

"접때 아버님께서 말씀하시던……"

부용의 눈치를 살피며 연실이 조심조심 운을 뗐다.

"그 냥반이 불쑥불쑥 던지는 말씀이 어디 한두 가지요?"

"혼인 날짜 받으신다던……"

그 말이 한 문장으로 완성되기도 전에 부용은 기탄없이 홍소를 터뜨렸다. 폭발적인 웃음을 통해 뱃속에 푸만하게 고여 있던 체물을 깡그리 토해야만 제대로 숨을 쉴 수 있을 것 같았다.

"그 냥반 의뭉헌 속내를 연실씨가 몰라서 허는 소리요. 그 냥반은 시방 탐욕으로 눈이 멀어서 텍도 없는 망상에 빠져 있는 거요. 그 냥반이 말허는 혼인이란 게 실상은 연실씨랑 내가 주인공 되는 의식이 아니요. 상곡 어른 자신이 주인공 되는 정략혼을 획책허는 술수란 말이요. 일제치하에서 행세깨나 허는 밭사돈 두고 호가호위허고 잪은 거요. 자기 잇속 챙기는 일에 사돈 덕 톡톡허니 보고 잪은 욕심이 그 냥반 복장에 꽉 들어차 있단 말이요. 실상이 이런 판인디, 연실씨나 내가 어릿광대 노릇 자원허고 나서서 그 냥반 망상놀음에 들러리를 설 이유가 뭣이 있겄소?"

말을 마치자마자 부용은 멈추었던 홍소를 다시 이었다.

"아기를 갖고 싶어요."

들릴락 말락 작고 낮은 소리로 연실이 중얼거렸다. 그 순간, 부용의 홍소가 저절로 뚝 끊겼다.

"방금 뭣이라 혔소?"

"아기를 갖고 싶다고요."

"뭣이요?"

"우리 아기를 갖고 싶다고 그랬어요!"

연실이 같은 뜻을 삼세번 다 채워 답했다. 여전히 작고 낮은 목소리였지만, 자신의 의지가 상대방에게 충분히 전달되게끔 일부러 반복 효과를 노리는 듯했다. 결코 잘못 들은 게 아니라는 사실이 확실히 밝혀졌다.

"이연실군!"

몸놀림에 거침새 되는 탕파를 힘껏 걷어참과 동시에 부용은 윗몸을 벌떡 일으켜 세웠다. 경악을 감추지 못하는 연실의 눈방울을 통해 부용은 시방 제 낯판이 얼마만큼 험상으로 일그러져 있는지를 어렵잖게 가늠할 수 있었다.

"방에서 썩 나가시요!"

스스로 통제하기 어려우리만큼 부용의 감정은 극한까지 치달아 있었다. 급한 대로 우선 팔을 쭉 뻗어 일직선으로 방문을 가리켰다. 그런 다음, 해코지에 가까운 감정을 집게손가락 끝에 모아 연실을 찌르는 시늉을 했다.

"당장 나가란 말이요, 연실군!"

3

함박눈이 쏟아져내렸다. 지난여름 지독했던 가뭄 끝자락이 미처 다 빠져나가지 않은 탓인지 여느 해에 비해 강설량 또한 매우 인색한 규모일 것으로 예상되던 참이었다. 그런데 실로 오랜만에 산서에 찾아온 눈이 그냥 풋눈도 아니고 본격적인 함박눈이었다. 전날 초저녁부터 비치기 시작한 눈발은 밤사이 폭설로 변했고, 한번 굵어진 눈발은 아침을 맞은 뒤로도 좀처럼 약해질 기미가 안 보였다. 거의 종지뼈 높이만큼 차오른 잣눈이 땅위의 허다한 남루를 두툼히 휘덮은 채 과연 눈의 본고장으로 알려진 산서의 명성에 걸맞게끔 흐벅진 설경으로 장관을 연출하고 있었다. 심심산골 구석구석까지 극성스럽게 떨치던 군국일제의 서슬 퍼런 기세도 남루한 조선 현실과 더불어 눈더미에 파묻히는 바람에 산서 바닥 그 어디에서도 난세의 흉흉한 징후 따위는 도통 찾을 길이 없었다.

토방 끝에 되똑 서서 눈 덮인 산야를 일삼아 조망중인 최순금의 마음은 마치 가으내 부지런히 도토리 물어다 굴 안에 잔뜩 쌓아놓고 겨울을 맞은 다람쥐 팔자 다름없이 푸근하고 안온했다. 인고의 계절이니, 궁핍의 계절이니, 하면서 사람들은 마치 양식 달랑거리는 집에 눌러앉아 삼시 세끼 밥이나 꼬박꼬박 축내는 객식구 대하듯 흔히 겨울을 반갑잖게 얘기하지만, 순금은 오히려 그 반대였다. 되알진 시집살이에 눈물마저 밭아버린 새색시가 모처럼 만에 찾아온 친정어머니 대하는 심정으로 푸짐한 눈발 이바지처럼 이고 지고 오는 겨울을 살갑게 맞이하곤 했다.

그런데 이번 겨울은 어쩐지 여느 겨울과 다를 것만 같았다. 출생 이후 서른 번 가까이 겪어낸 그 어떤 겨울보다 이번 겨울이 자신의 생애에 가장 심장한 의미를 지니게 될지도 모른다는 예감 속으로 순금은 알게 모르게 시나브로 빠져들고 있었다. 겨울철로 접어들면서 순금의 주변에는 몇 가지 변화가 일어났다. 변화의 중심에는 이연실이라는 변수가 매번 큰 비중을 차지하고 있었다. 사람 하나 새로 들어옴으로써 한 집안 풍경이 얼마나 달라질 수 있는가를 놀랍도록 생생히 보여주는 인물이 연실이었다. 혼전 처자 몸으로 최씨 집안에 들어와 새색시 노릇 시작한 연실은 아직도 출가한 여인으로서 갖추어야 할 절차와 격식을 전연 갖추지 못한 상태였다. 그처럼 망측스러운 처지임에도 불구하고 연실은 집안 분위기를 헌것에서 새것으로 개비하는 작업에 온갖 정성을 기울였다. 연실이 몇 달 사이에 생판 딴사람으로 바꿔놓은 첫번째 대상은 최부용, 바로 제 남정이었다.

고사목 가장귀에서 새 잎사귀 돋아나는 기적 같은 변화가 시방 부용에게 일어나고 있었다. 때맞추어 북을 돋우고 밑거름과 웃거름 듬뿍 주듯 섬세하고 정교하게 보살피는 연실의 헌신에 힘입어 고사 직전이던 부용의 육신은 차츰 활력을 되찾아가는 중이었다. 탱자나무 가시처럼 뾰쪽하게 곤두선 상태에서 아무나 닥치는 대로 찌르고 할퀴려 들던 강퍅한 성정은 여자 치마폭 안에 든 뒤부터 눈에 띄게 누진해지고 흐물흐물 물크러지기 시작했다. 하마터면 사그라질 뻔했던 생명의 불씨를 다시금 의지의 부젓가락으로 헤집으면서 부용은 삶을 향한 소망을 잿더미 같은 현실 속에서 빨긋빨긋 되살려내는 중이었다. 부용의 투병 의지에 접할 적마다 순금은 손의 위아래에 상관없이 이연실이라는 치료자 앞에 넙죽 큰절이라도 올리고 싶으리만큼 감사의 염을 느끼곤 했다.

뿐만이 아니었다. 만일 연실이 없었더라면, 연실이 아니었더라면 귀용의 운명은 또 어찌 될 뻔했던가. 연실은 아버지에 의해 부녀 관계를 부정당하면서 천륜마저 끊기다시피 한 상황이었다. 그런 처지에도 어머니를 궂은일 거드는 부역꾼으로 부려 귀용의 구명운동에 요긴하게 활용함으로써 최대 난제 해결에 수훈갑을 세웠으니, 역시 연실은 괄목상대해 마땅한 인물이었다. 속단하기에는 이른 감이 있지만, 연실의 부조 덕분에 귀용의 문제가 바람직한 방향으로 해결될 가능성은 그새 두어 뼘쯤 키가 더 자란 셈이었다.

이연실이 산서 최문에 몰고 온 변화의 기운은 최순금 신상에도 어김없이 영향을 미쳤다. 오랜 기간 지긋지긋하리만큼 심신을 옥박지르던, 더럽고도 질긴 끈이 스르르 벗겨져나갔다는 사실을 순금은 불현듯 깨달았다. 진드기 같고 거머리 같던 동척농장 기꾸찌의 치근덕거림이 어느 틈에 칼로 도려낸 듯 뚝 떨어져나갔음을 알아차렸다. 허공중으로 날아오를 듯 몸이 홀가분하고, 앓던 이 빠진 듯 속이 후련했다. 도경 간부 마나님이 주재소 순사 앞세우고 맨 처음 상곡리 땅을 밟던 시기와 기꾸찌의 치근덕거림이 사라진 시기가 공교롭게도 일치한다는 사실에 그녀는 한껏 고무되고 있었다.

최순금은 이미 온 세상 하얗게 휘덮고도 양에 덜 찬 듯 아직도 간단없이 눈발 흩뿌리는, 잔뜩 흐린 하늘을 올려다보았다. 그리고 정해진 순서인 양 지난날 눈길 함께 걷던 정세권 모습을 눈앞에 떠올렸다. 신간 편해도 생각나고 처지 궁박해도 생각나는 인물이 바로 그였다. 복잡다기한 집안일에 치이고 휘둘리느라 그동안 경황없는 세월 보내면서도 자주 그를 마음으로 그리곤 했다. 오히려 궁박한 처지에 몰릴수록 그녀는 더욱더 절절한 심정으로 그의 혼백을 부르며 그를 향해 줄달음치는 버릇에 익숙해져 있었다. 성급하게도 마음은 벌써 눈 덮인 산야 가로지르는 지름길 만들면서 읍내를 향해 허위허위 달음박질치고 있었다. 아까부터 그니는 토방 끝에 오도카니 붙박여 미동조차 하지 않으면서, 뜻밖의 폭설로 막혀버린 길이 다시 뚫리기만 하면 곧장 집을 나서야지, 한시도 지체 말고 길을 떠나야지, 하면서 무슨 주문 외우듯 똑같은 다짐을 뇌고 또 되뇌었다.

이제 자신의 신상 문제를 비롯해 집안 제반사까지 얽히고설킨 난제들이 대충 정리 단계에 들어선 셈이었다. 그동안 마음으로 늘 별러대면서도 차일피일 미루고 있었던 읍내행을 이번에는 기필코 결행할 작정이었다. 읍내 변두리에 자리한 정세권 무덤도 찾아가 실로 오랜만에 목을 놓아 애별 울음 푸짐하게 쏟고 나서, 내친김에 죽은 약혼자 집까지 방문해서 고적한 말년 보내고 있을 두 노친 손목 부여잡고 재별 울음 어기차게 터뜨리고 싶었다. 은결든 가슴에 옹이처럼 박힌 서러움의 응어리가 흐물흐물 녹아 몸밖으로 배설될 때까지 한바탕 실컷 울고 나면 자신의 운명 앞으로 할당된 간난신고의 세월을 또다시 그럭저럭 견디어낼 수 있을성싶었다.

"똥은 매랍지요오……"

느닷없는 꼴머슴 타령이 울안으로 입장하기 시작했다. 험궂은 날씨에 무릎까지 푹푹 빠지는 전인미답 숫눈길 헤치며 식전부터 무슨 긴간사 생겨 어디를 그처럼 다녀오는 길일까. 춘복이 아저씨가 어눌하기 짝이 없는 노랫가락 앞세우며 대문간으로 막 들어서는 참이었다.

"쏘내기는 쏟아지지요오……"

함박눈 앞에 두고 뜬금없이 웬 소나기 타령인가. 꼴머슴 타령 귀에 잡히는 순간부터 괜스레 벌렁거리기 시작하는 가슴 동계를 어거할 재간이 없어 순금은 상대방에게 눈치챌 겨를 안 주고 의지간으로 잽싸게 몸을 피했다. 기구망측하게도 근자 들어 춘복이 아저씨 등장하는 악몽에 쫓기느라 부대끼는 밤이 부쩍 잦아졌다. 생시에 실물로 접하는 춘복이 아저씨는 부대한 허우대에 기운만 장사일 뿐, 정작 그 출중한 기운으로 누구를 해치기는 고사하고 쥐며느리나 그리마 따위 미물조차 못 죽이는, 천진난만한 어린애 다름없는 얼간 바보에 지나지 않았다. 하지만 가위눌리는 흉흉한 꿈자리에 등장하는 그는 두 번 다시 상종 못하리만큼 사납기 그지없는 두억시니 형상이기 일쑤였다. 그처럼 악몽에 시달리고 난 후에는 으레 호젓한 고갯길에서 치한하고 정통으로 마주친 푼수로 그와 대면하기 무섭게 가슴이 두방망이질을 쳐대곤 하는 것이었다.

"님은 보고 잖으지요오……"

산서 면민이면 죄 아는 춘복이 아저씨 그 유명짜한 꼴머슴 타령이 무릎 높이 숫눈으로 새하얗게 뒤발한 마당 위에 거룻배만한 발자국 행렬 지빽지빽 찍으면서 사랑채 쪽으로 느럭느럭 걸어가고 있었다.

4

귀용이가 곧 풀려날 예정이다.

귀용이가 방금 형무소에서 풀려났다.

귀용이가 시방 경성을 떠나 산서로 향하는 중이다.

완연한 봄기운에 실려 귀가 번쩍 뜨이는 소식들이 연달아 집으로 날아들었다. 빨간색 자전거 탄 전보배달부가 한 차례씩 감나뭇골 다녀갈 적마다 최순금은 마치 보춘화(報春花) 짙은 향내 탐하는 기분으로 시각이나 청각 아닌 후각을 통해 희소식에 접하는 기분이었다. 결국 그니는 꽃향기 방불한 소식들에 흠씬 취하고 말았다. 꽤나 긴 시차를 두었는데도 마치 다랑논에 배게 꽂은 볏모들처럼 이 소식과 저 소식 사이 간격이 유난히 촘촘하게 느껴졌다. 우수 경칩부터 청명 곡우에 이르기까지 생동감 넘치는 봄철 징후들이 한꺼번에 왁작 불거지는 기현상이라도 목격하는 듯 되우 얼떨떨한 상태에서 그니는 세 통의 전보를 연달아 수령했다.

"오날사 말고 한 날 기럭지가 으째 요다지도 질다랗다냐?"

하지만 관촌댁 마음은 딸이 느끼는 것하고 영판 달랐다.

"일각이 여삼추라 그러드니만, 자식 지달리는 에미 심정이 시방 똑 그 짝이네그랴!"

관촌댁은 틈틈이 딸한테 물어 시방 몇 점이나 되었는지 재삼재사 확인하곤 했다.

"그새 새칠로 배달된 즌보는 더 없다냐?"

그러면서 관촌댁은 경성에서 장소 옮길 적마다 꼬박꼬박 전보 한 통씩 고향으로 띄워 보낼 줄 모르는 장조카의 무신경과 무책임을 성토하고 원망하기를 잊지 않았다.

"내 똥구녁에 불질러라, 허고 만판 겔러터지게 꼼지락대는 느그 사촌오래비를 믿은 나가 애시당초 잘못이지. 자빠진 짐에 쉬어가자, 허고 천하태평으로 해찰질만 허는 그놈을 철석같이 믿고는 덜렁 그 화상만 경성으로 올려 보낸 나가 불찰이여! 파발꾼 걸음발이 요로콤 터덕거릴지 알었드라면 차라리 질바닥에 꺼울러져서 객구 신세가 되는 한이 있드래도 나가 아득바득 그놈 허리춤 붙잡고 따러나서는 것인디……"

그런 점이 어미와 누이의 차이인 듯했다. 똑같은 경우 두고 순금이 안도의 한숨 길게 내쉬는 반면 관촌댁은 한순간도 진드근히 견디지 못하면서 내내 좌불안석이었다. 귀용의 선고공판 앞두고 며칠 전부터 노심초사하던 나머지 관촌댁은 제풀에 몸져눕고 말았다. 일이 의외로 잘 풀릴 것 같다던 당초 예상을 하루아침에 훌러덩 뒤집어버리는, 그 어떤 엉뚱깽뚱한 사태라도 비어질까봐 간이 콩알만하게 졸아붙는 심정을 어미의 명주실 같은 신경망으로는 감당할 재간이 없는 까닭이었다. 때문에 자식의 마지막 공판 과정 지켜보기 위해 정작 상경해야 할 임시에는 촌보조차 옮길 기력이 없어 결국 집안 대표 격으로 장조카만 달랑 파송할 수밖에 없었다.

"뭣이 그렇게도 걱정이셔요? 귀용이는 시방 감옥에서 풀려난 게 분명허고, 믿음직헌 보호자도 옆에 있고, 그 보호자랑 작반허고 시방 고향집으로 돌아오는 참이라고 세 번씩이나 기별도 보냈잖어요. 솜씨 좋은 소목쟁이가 맨든 장롱맨치로 지금까장 모든 절차들이 아귀가 척척 들어맞었어요. 그러니깨 인제는 걱정 근심 다 내려놓고 그냥 조용허니 지달리기만 허시면 되야요. 오래간만에 만나는 두째아들한티 보름달맨치로 훠영청 밝은 낯꽃 뵈야줄 궁리만 허시면 되야요."

이런 걱정 저런 근심 눈앞에 노적가리처럼 잔뜩 쌓아두고 지레 까무러치는 시늉인 어머니를 보다못해 순금이 노골적으로 퉁을 주었다. 하지만 관촌댁 흉당 안에 능구렁이처럼 똬리를 틀어버린 노파심이란 짐승은 도무지 요시부동이었다.

"즌보 쪼가리에 적힌 몇 글자를 너는 왈칵 신용헐랑가 몰라도 나는 아니다. 내 눈으로 내 새끼 몸땡이 골골샅샅 살펴보고 내 손바닥으로 잘생긴 이목구비 만져보기 전까장은 당최 즌보를 못 믿겄다. 중도에 으떤 변동수가 생길지 장담 못허는 시국인디, 나가 즌보 쪼가리에 적힌 소식을 으떻게 곧이듣겄냐. 한 치 앞도 못 내다보는 풍진세상인디, 실물이 내 앞에 떠억허니 나타나서는 내 손 꽉 부여잡음시나 엄니, 허고 목이 메여서 불르는 꼴 실지로 귀경허기 전까장은 우리 귀용이 무죄방면을 당최 믿을 수가 없다."

정확히 말하자면 무죄방면이 아니라고, 징역 일 년 육 개월에 집행유예 삼 년을 언도받은 거라고 귓전에 대고 아무리 경을 읽어줘도 관촌댁은 시종일관 무죄방면만을 무가내하로 고집하는 중이었다. 귀용이가 가막소에서 풀려난 게 사실이라면, 보나마나 틀림없이 무죄로 풀려났을 거라는 주장이었다. 왜놈 관헌들이 어떤 놈들인데, 일껏 쳐놓은 그물에 걸려든 고기를 그처럼 간단히 풀어줄 리가 있겠냐는 이야기였다. 있는 죄는 말할 나위도 없고, 심지어 없는 죄마저 생짜로 만들어서 가막소에 가두지 못해 안달복달하는 일제 총독부가 그 집행 뭐라나 하는, 얄망궂은 딱지 덤으로 붙여 풀어준 것은 결국 '내 새끼 귀용이'는 가막소 콩밥 먹일 건덕지가 도통 없는, 이를테면 무고한 양민이라는 사실이 백일하에 밝혀진 까닭 아니겠느냐는 논리였다. 그렇기 때문에 전후사정을 엎어뜨리고 보나 자빠뜨리고 보나 무죄방면이 맞을 수밖에 없다는 강변이었다.

"섭섭아, 뚜붓모는 나가 시키는 대로 상허들 않게코롬 간수혔지야?"

관촌댁은 부엌어멈 소리쳐 불러 마나님 분부 거행 여부를 재삼 확인하려 들었다.

"마님도 참! 일구월심 한매디도 안 틀리게 똑같은 말씸을 아까막시 여러 벌 깔으시고는 요참에 한 벌 또 새칠로 깔으시누만요."

무심결에 입 밖으로 볼멘소리 불쑥 토해낸 부엌어멈 머리통 과녁 삼아 돌팔매 다름없는 관촌댁 지청구가 득달같이 날아갔다.

"저, 저런 입주뎅이 짝짝 찢어발길 잡보 인간 조깨 보소이! 나가 여러 벌 아니라 여러 백 벌 똑같은 잔소리를 허드래도 섭섭이 니년은 챙길 대답 따복따복 챙겨서 너부죽이 대령허는 게 아랫것 도리거늘, 얻다 대고 가당찮은 말대꾸로 짱알짱알 보채고 자빠졌냐? 원원이 막중헌 사업이다보니깨 나가 당최 맴이 뇌들 않어서 아까막시 물어놓고 새칠로 또 물었다, 요 잡것아!"

"죄송시럽고만요. 마님 분부대로 뚜붓모는 당최 상허들 않게코롬 지가 절치부심을 허고 잘 간수혔고만요."

"그 우환중에도 유식헌 티 내니라고 참말로 욕본다, 욕봐! 절치부심은 그런 대목에 써먹으라고 맨들어진 문자 아니다, 요 잡것아!"

천석꾼 집안 안방마님 자격으로 수많은 아랫것들 앞에서 품위 잃지 않으려고 나름대로 언행에 신경쓰던 평상시 관촌댁이 아니었다. 사나운 입정 예사로이 놀리는 마님 위세에 단박 오금이 빳빳이 굳은 섭섭이네가 자신의 피난처인 부엌으로 도망할 엄두도 못 내고 쩔쩔매기만 했다. 아무 문자든 도나캐나 마구 끌어다 쓰는 고질버릇으로 말미암아 그간 수없이 곤경을 치렀음에도 불구하고 아직도 그 버릇 놓지 못하는 부엌어멈 처지가 곱빼기로 측은하게 느껴지는 참이었다.

둘째아들 이목구비 하나하나 당신 눈으로 직접 보고 당신 손으로 일일이 어루만져 확인할 때까지는 귀용의 무죄방면을 당최 믿지 못하겠노라고 일삼아 되뇌면서도 어머니는 내내 말과 행동에 일관성을 보이지 못하고 있었다. 온갖 고초 겪은 끝에 오랜만에 고향집으로 돌아오는 귀둥이 자식 맞이할 채비에 한 치 소홀함도 없도록 만단으로 채비하라고 식솔들 숨도 못 쉬게끔 볶아대면서 어머니는 좀처럼 흥분을 가누지 못했다. 경성에서 날아든 첫번째 전보 접하기 무섭게 관촌댁이 대뜸 내린 분부는, 고소하게 잘 빚은 두부 한 자배기 우물물에 담가 시원하게 건사하고, 정갈하게 잘 갈무리된 왕소금 한 됫박 미리감치 준비해놓으라는 것이었다. 그리고 두번째 전보 받자마자 내린 분부는, 당장 살진 암퇘지 한 마리하고 씨암탉 여러 마리 한목에 잡으라는 것이었다.

"으떤 잡놈이 시방 허락도 없이 내 도야지를 찔벅찔벅 근디려서 무단시 울리고 지랄들이냐!"

멱 근처로 칼날 다가오기도 전에 미리감치 목청껏 비명 뽑아대며 동네방네 떠나가게끔 비대발괄하는 돼지란 놈 최후 발악에 놀란 천석꾼 영감이 사랑채에서 내달아나오며 오히려 돼지 멱따는 소리보다 훨씬 더 요란한 목청으로 들입다 호통을 놓았다. 그 사품에 혼비백산한 나머지 섭섭이 아범과 춘풍이는 끈으로 묶기 위해 양쪽에서 한 짝씩 나눠 잡고 있던 돼지 다리를 동시에 놓치고 말았다.

"저어, 거시기…… 마님께서 저 뭣이냐…… 귀용이 되린님 잔칫상에 올리시겄다고, 즈이더러 도야지를 잡으라고 시키셔서……"

섭섭이 아범이 쭈뼛쭈뼛 아뢰자 불길 내뿜는 용 형상을 한 야마니시 아끼라 영감 입에서 느닷없이 인간의 말소리 아닌 시뻘건 불길이 마구잡이로 뻗쳐나오기 시작했다.

"뭣이라고? 되린님 잔칫상에 내 도야지를 잡어 올리겄다고? 차라리 내 도야지란 놈 환갑 잔칫상에다 느그 되린님 한 마리 잡어 올리거라, 이 육시럴 놈들아!"

낯가죽에 화상 입힐 지경으로 섭섭이 아범 면상 누린내 풍기도록 지져대던 야마니시 영감 잉걸불 담은 시선이 갑자기 방향을 홱 꺾어 안채를 목표하고 허위단심 내닫기 시작했다. 때마침 천둥 같고 지둥 같은 영감 대갈 호통에 절반쯤 얼이 빠져나간 관촌댁이 부실한 몸뚱어리 어기적어기적 이끌며 안채에서 기신기신 기어나오던 참이었다.

"천상천하에 둘도 없는 그 패륜잡배가 시방 장원급제라도 먹어서 어사화 꽂고 홍패 차고 풍악 잽히고 오는지 알었냐? 당상관 베실살이허다가 금의환향이라도 허는지 알었어? 뒤주 속에 집어옇고는 슥 달 열흘 탈탈 굶겨서 사도세자 꼴 맨들어도 시연찮을 막심불효 잡배한티 잔치는 무신 얼어 뒤어질 잔치냔 말여, 이 늙다리 할망구야!"

기가 꽉 질린 채 선불리 입도 벙끗 못하는 늙정이 마누라 무시무시한 눈초리로 노려보면서 야마니시 영감은 입아귀에 허연 게거품 북적북적 물고 한바탕 길길이 날뛰었다.

"어림도 없다, 어림 반 닷곱도 없어! 언감생심 내 울안에서 내 허가도 없이 도야지 잔치가 어디 당키나 헌 수작이냐! 어느 연놈이건 좌우단간 내 결재 없이는 그 천하잡놈 밥상에다 썩은 멜치 꽁댕이도 못 올려놓는지 알거라, 이 씰개 빠지고 서패에 바람 든 잡살뱅이 인간들아!"

자기 속에서 나온 자식보다 자기가 낳지도 않은 축생 쪽을 더 중히 여기는 별쭝맞은 주인 덕분에 섭섭이 아범과 춘풍이 두 남정 손아귀에서 운수 좋게 방면된 돼지란 놈만 땡땡구리 잡은 꼴이었다. 저승 문턱까지 밟았다가 구사일생으로 귀환했다는 유세 떠느라고 살진 암퇘지는 저승사자 멀찌막이 물러간 뒤로도 우릿간 속을 천방지축 뛰어다니며 온 고을 떠나가게끔 사뭇 멱따는 소리를 질러대고 있었다.

그토록 지엄하신 상곡 어른 분부에도 불구하고 잔치 준비는 은밀한 가운데 별다른 차질 없이 차근차근 진행되었다. 돼지 잡는 큰 공사만 제외하고 여타 자질구레한 준비들은 관촌댁 본래 계획대로 순조롭게 굴러가는 중이었다. 병아리 품는 씨암탉 같은 어미 마음이 심술첨지 영감 분부를 다소 무시하거나 불복하더라도 별 탈 없을 거라고 관촌댁을 연방 부추기는 듯싶었다. 지지고 볶고 굽고 찌고 부치고 튀기고 끓이고 삶는 갖가지 냄새가 사면팔방 멀리멀리 퍼져나가면서 걸신들린 동네 개들을 모조리 천석꾼 대저택 대문간으로 불러모으는가 하면, 때마침 연례행사로 찾아든 궁춘(窮春), 태산보다 높고 장강보다 길다는 그 보릿고개 허청허청 넘느라 오랫동안 부황 들고 소증(素症)에 시달리던 수많은 사람들로 하여금 목젖이 배꼽노리 근처까지 내려앉도록 끔찍스러운 고통을 안겨주기도 했다. 워낙 몸놀림 굼뜨기로 호가 나 있는 춘풍이랑 걸음발 잽싼 씨암탉이랑 뒤란에서 앞마당으로, 앞마당에서 다시 터앝으로 서로 쫓고 쫓기며 요란뻑적지근하게 덧게비장난 벌이느라 한바탕 또 북새를 떨었다. 끝내 춘풍이 손에 붙잡힌 씨암탉이 목 비틀리면서 질러대는 꼬꼬댁 소리가 돼지 멱따는 소리 다음 순번으로 울안을 한바탕 또 시끌벅적 뒤흔들었다.

동네 아낙 몇몇이 부엌 안팎을 연락부절로 드나들면서 부엌데기들 우두머리 섭섭이네 지시 따라 온갖 음식 장만에 눈코 뜰 새 없이 바삐 나부대는 중이었다. 그들 가운데는 이른바 '북해도 과부' 쌍가매네 암팡진 모습도 섞여 있었다. 누가 명토 박아 부른 적도 없는데 쌍가매네는 여줄가리 일감이라도 맡기를 자청하고 제 발로 찾아들어 아무거나 닥치는 대로 허드렛일에 손을 보태고 있었다. 제 어미가 일거리에 매달리는 동안, 언제 봐도 한결같은 때꼽재기 얼굴을 한 쌍가매는 궁둥이 근처에 젖먹이 동생 달랑달랑 매단 채 식탐에 불타는 눈초리로 부엌 내부 끊임없이 기웃거리며 눈치껏 어미 주변을 맴돌고 있었다.

"아나 받어라, 요 빌어 처먹을 년아! 요번이 츰음이자 마즈막 주전부리니깨, 갖고 가서 처먹고는 요 근방에 다시는 얼씬도 허들 말란 말이여, 요 껄떡구신 들린 년아!"

치맛자락으로 가린 채 몰래 가져온 찹쌀부꾸미 한 움큼 딸년 손에 쥐여주던 현장을 순금에게 들키자 쌍가매네는 별안간 언성을 턱없이 드높였다. 겨우 그 정도 욕지거리만으로는 아무래도 성에 안 찬다 싶었던지, 이제 막 딸년에게 건넨 찹쌀부꾸미보다 더 차진 손바닥으로 딸년 볼때기를 찰싹닥 후려갈기기까지 했다.

"뱃구레 속에다 조선팔도 동냥아치를 몽땅 다 들여앉히고 사는 것맨치로 요 빌어도 못 처먹고 뒤어질 년이 아까막시부텀 하도 정주간 속을 찌웃짜웃 들여다보고 지랄을 떨어쌓글래, 아나 딱 요번뿐이다, 허고는 지가 고만 인심 한번 써뿌렀고만요, 헤헤."

쌍가매네는 싸움닭처럼 표독스럽기만 하던 지난날 태도를 싹 바꾸어 실떡실떡 웃기까지 하면서, 맹세코 방금 그것이 처음이자 마지막 뒷손질이었음을 젊은 아씨 앞에 극구 발명하려 들었다. 하지만 아까부터 순금이 우연히 목격한 것만 셈에 넣더라도 그것은 세번째 뒷손질이었다.

"정말 잘허셨어요, 쌍가매 어머님."

일단 어미부터 안심시키고 나서 순금은 새끼를 찾았다.

"쌍가매야, 잠깐 지달리거라."

궁둥이 근처에 위태위태하게 매달린 젖먹이 동생 전후좌우로 덜렁덜렁 흔들어대면서 대문간 쪽으로 팔짝팔짝 뛰어가는 쌍가매를 급히 불러 세웠다. 먹음직스럽고 보암직한 찹쌀부꾸미가 손아귀에 쥐이는 바람에 어미한테 차지게 얻어맞은 볼때기 얼얼한 것도 잊은 듯 희희낙락해 있던 쌍가매 얼굴이 금세 뜨악한 낯꽃으로 바뀌었다. 순금은 뜨거운 번철에서 더금더금 들어낸 부침개를 대접에 소담스럽게 담았다.

"요것 조깨 할아버님 갖다드리거라."

젊은 아씨 손에서 대접째 확 낚아채는 동작으로 부침개 선물 냉큼 받아든 쌍가매는 또다시 물건 다루듯 궁둥이 근처에 매달린 젖먹이 동생 아무렇게나 마구 취급하면서 달음박질 놓기 시작했다. 그러자 어미가 새끼 뒤통수에 대고 소래기를 빽 내질렀다.

"너 이년, 가는 도중에 부침개 한 구텡이라도 지범지범 축내는 날이면 손목쟁이가 온전허들 못헐지 알거라!"

무시무시한 협박으로 제 새끼를 한바탕 을러메고 나서 쌍가매네는 험상을 눈 깜짝할 사이에 웃는 낯꽃으로 솜씨 좋게 개비했다.

"참말로 부처님 가온뎃 토막 같다는 말은 우리 아씨를 두고 맨든 문장이 영축없고만이라!"

어떻게 그처럼 한 목구멍에서 생판 다른 두 목소리가 번차례로 나오는지 의아하리만큼 쌍가매네는 딸년 을러메는 데 썼던 쇠꼬챙이 목소리를 버들가지만큼이나 낭창낭창한 목소리로 바꿔 선보였다.

"쌍가매 아버님한티서는 그새 무신 기별이라도 왔는가요?"

분수에 벗는 공치사 듣기가 차마 거식해서 순금은 얼른 말머리를 딴 동네로 돌렸다. 그러자 모집 광풍에 생때같은 서방 날려보내고 졸지에 과부 아닌 과부 신세 되었노라고 어기차게 울부짖으며 마구 포달 부리던 지난날의 그 쌍가매네가 대뜸 눈물주머니부터 툭 터뜨리기 시작했다.

"하이고, 말도 마시요! 기별이란 게 대관절 무신 물건이다요? 모집 떠나고 메칠 안 되야서 저 뭣이라냐, 실없는 새끼라드냐 시레비자식이라드냐, 허는 요상헌 항구에 당도혔다고, 나는 몸 성히 잘 있으니께 나 걱정헐라 말고 집안일이나 잘 돌봐돌라고 일자 소식 띄운 뒤로는 여적지 반 토막짜리 귀떨어진 소식도 안 비치누만이라. 하매 펄써 죽어뿌렀는지, 시방도 숨줄 깔딱깔딱 붙어 있는지 당최 알 재간이 없고만이라. 조선 산골짝에 옴팍 들어앉은 예펜네 몸땡이로 현해탄 근너편짝 사정을 당최 알 도리가 없으니깨 지는 참말이지 쌍가매 즈그 아부지만 생각헐라치면 날이날마다 억장이 폭삭폭삭 무너져내리는 통에……"

한바탕 넋두리하다 말고 쌍가매네는 눈물에 콧물 범벅 낯판을 소맷부리로 썩썩 훔쳤다. 흡사 욕설로 들리게끔 그니가 얼렁뚱땅 읊어댄 항구 이름은 십상팔구 시모노세끼(下關)를 가리키는 말일 것이었다. 일본의 관문이자 최초 기착지인 그곳에 도착했을 때 쌍가매 아버지는 처음이자 마지막 안부 전한 뒤로 소식이 돈절되어 종내 생사조차 불명한 상태인 듯했다.

"무소식이 희소식이란 말도 있잖어요. 쌍가매 아버님이 편지에다 적으신 대로 몸 성히 잘지내고 계시겄거니, 믿고는 하여튼지 용기를 잃지 마셔요."

"그렇고말고라. 아씨 말씀이 백번 지당허시지라. 암먼요, 서방 잃고 생과부 된 예펜네라고 나까장 덩더꿍이로 같이 밥숟가락 내려놓고 지낼 수는 없들 않겄어라? 암먼요, 밤이면 밤마다 집 떠난 서방 그린답시고 꼼짝달싹 않고 틀어백혀서 식구들 산 입에 거미줄 치게코롬 그냥 내싸둘 수는 없는 노릇 아니겄어라? 암먼요, 사정이 그럴시락 외려 더 새깽이들 데리고 즘생맨치로 악착을 떨음시나 본때 있이 살어남어야 쓰들 않겄어라?"

'암먼요' 한 번에 세찬 고갯장단 한 번씩 어김없이 덧붙이는 동작으로 '북해도 과부' 쌍가매네는 무섭게 결의를 다지고 있었다. 그야말로 짐승처럼 악착 떨며 어떡하든 살아남기 위해 더욱더 삶에 집착하고자 안간힘 쓰는 쌍가매네 모습이 순금의 가슴에 거센 감동의 너울을 일으키기 시작했다.

"동천지감귀신이라는 옛말이 있지요. 본시는 천지를 움즉이고 귀신도 감동시킬 지경으로 문장이 뛰어나다는 뜻이시마는, 저는 그 말을 쌍가매 어머님한티 선물로 드리고 잪은 심정이네요."

"쇤네 같은 판무식 예펜네한티 애시당초 그런 진서 선물은 당치도 않고만이라. 언문도 지대로 못 깨친 비렁뱅이 배창시에 비겟뎅이맨치로 말만 들어도 속이 느글느글 뒤집어지는 그 진서 선물이 들어오는 날이면 쇤네는 대박에 설사가 나서 물깨똥 쭈룩쭈룩 깔기고 말어라."

쌍가매네는 자기 처지하고 도무지 어울리지 않는 진서 선물을 극구 퇴박하기 위해 쌍수 들어 앞을 가로막는 몸짓까지 취했다.

"쌍가매 어머님 그 강인헌 정신력이 종당에는 하늘도 움즉이고 땅도 움즉이고 귀신도 감동시키게 되리라고 믿어요. 쌍가매 어머님이야말로 이 세상 어떤 유식쟁이보담도 진서 선물을 받을 자격이 충분허신 분이라고 저는 믿고 있어요. 이 세상 에미들이 자식 문제를 놓고 간절허게 올리는 기도는 한마디도 땅에 떨어지지 않고 말짱 다 천당으로 상달되는 법이라고, 에미들 기도는 하나님한티서 반다시 응답을 받게 된다고 성경책에 분명허게 적혀 있지요."

"개발바닥에 말편자도 유분수지라. 진서든지 성경책이든지 좌우단간 저 같은 판무식 예펜네한티는 당치도 않은 선물이고만요."

이야기가 슬그머니 야소교 쪽으로 흘러갈 듯싶은 낌새를 보이자 쌍가매네는 대뜸 경계의 빛을 드러냈다. 그쪽 동네 이야기는 아예 귓구멍 꽉 틀어막은 채 숫제 안 듣기로 작정한 사람 같았다.

"아참, 함마트라면 잊어먹을 뻔혔네!"

쌍가매네가 새삼스레 순금의 손을 덥석 움켜잡았다.

"되린님이 호랭이 아그빡 같은 왜놈들 가막소에서 풀려나시게 되야서 얼매나 다행인지 몰르겄어라. 최씨 문중 사람들만 그런게 아니라 산서 사는 타성바지들도 덩달어서 경사났다고 시방 야단들이랑깨요."

"고마워요. 다 이웃분들 염려지덕이고, 내남없이 자기 일맨치로 성원을 보내주신 결과지요."

"즈이 아부님은요, 요게 다 선녀 같고 보살 같으신 우리 아씨 심덕으로 성사된 복덕궁 잔치라고 말씸허심시나, 쇤네더러 당신 대신 아씨한티 치하 인사를 올려드리라고……"

"원, 별말씀을 다……"

이번에는 순금 쪽에서 분수에 넘치는 선물 퇴하기 위해 귀 어두운 시늉을 할 차례였다. 방금 전 쌍가매네처럼 순금 역시 하마터면 잊을 뻔했다는 투로 서둘러 말머리를 돌렸다.

"아참, 쌍가매 할아버님께서 많이 편찮으셨다고 들었는디, 요새는 신수가 조깨 어떠신가요?"

"하이고, 편찮은 게 다 뭣이다요? 접때 아씨한티서 통보를 받자마자, 은제 그 우환 보듬고 살었드냐, 허고는 그날로 탈탈 털고 뽈딱 일어나 앉으셨고만요. 애시당초 밥줄 끊치는 통에 얻은 우환이기 땜시, 끊쳤든 밥줄 도로 붙었다는 소식 들었으니 안 낫고는 배길 수가 없으셨겄지라. 그러니깨 앙가심에 차돌맨치로 딴딴허니 뭉친 어혈 풀어주시고 울화를 말짱허니 낫워주신 우리 아씨는 일트레면 한울님이 내리신 은인이고 활인적덕 행허신 명의라고 즈이 아부님이 노상 경 읽딧기 말씸허시누만요."

소작 문제를 두고 만판 과장하는 얘기였다. 전번에 김영감네 참상 목격한 자리에서 제풀에 건넸던 약속을 순금은 기어이 지킨 셈이었다. 성깔머리 고약한 며느리 탓에 상곡 어르신한테 단단히 밉보임으로써 김영감네가 졸지에 빼앗겨버린 소작권이었다.

"우리 식구 죽은목심 도로 뽈딱 살려서 한 생에 두 세상 살게코롬 심을 써주신 아씨 은공으로 말허자면, 머리터럭 뽑아서 신을 삼어 바쳐도 못다 갚을 만침 크담시나……"

허공중으로 떠버린 소작권 땅으로 다시 끌어내려 김영감에게 되돌려주는 절차가 결코 손쉬운 노릇은 아니었다.

"즈이 아부님은 조석으로 아씨한티 감사를 드림시나……"

김영감네 며느리 못돼먹은 소행머리 생각할작시면 시방도 속에서 열탕이 펄펄 끓어넘친다며, 어림 반 닷곱도 없는 소리 두 번

다시 입길에 올릴 생심조차 말라고 버럭버럭 부아통 터뜨리는 천석꾼 영감 황우고집 누그러뜨리기 위해 순금은 갖은 수단과 방법을 동원해야만 했다.

"우리 아씨만 입초시에 올릴라치면 아부님은 시방도 눈자우가 질퍽질퍽 짓물러터지는 요상시런 병에 걸리셨당깨요."

시아버지 눈자위 들먹이는 사이 쌍가매네 눈자위 또한 질척질척 물크러지기 시작했다. 지난날 상곡 어르신 면전에 대고 입에 담지 못할 온갖 악담 퍼부으며 빠득빠득 대들던 자기 소행을 어느새 깡그리 잊어버린 듯 처신하고 있었다. 강제 모집에 한 사람도 안 걸린 최씨 문중 송두리째 싸잡아 무시무시한 저주 퍼붓던 여자가 누구더냐 싶도록 그니는 감격에 겨워 순금의 손을 더욱 으스러져라 움켜쥐었다.

"쇤네가 자청혀서 아씨 댁에 발걸음헌 것도 실은 아부님이 상곡 얼씬네 부엌살림 조깨 거들어드리라고 말씸을 허셔서……"

"거듭 말씀드리지만, 당최 저한티 감사허실 이유가 없어요."

순금은 붙잡힌 손으로 되레 붙잡은 손 끌어 부엌으로 데려가면서 낮은 소리로 말했다.

"우리 아버님이 어떤 분인지는 쌍가매 어머님도 잘 아시잖어요. 당신이 손해볼 거래는 절대로 안 허시는 분이지요. 산서 천지 죄다 둘러봐도 쌍가매 할아버님 이상으로 그 전답 잘 관리허고 소출 많이 올릴 농사꾼은 없다는 판단이 서니깨 결국 몰수헌 소작권을 돌려주기로 작정허신 것이지요. 쌍가매네 형편이 가긍혀서 적선허신 게 아니라 당신이 장차 취허게 될 이득을 내다보고 내리신 결정이니께 우리 아버님이나 저한티 감사허실 이유도, 부담 가지실 필요도 전연 없는 일이지요."

순금은 완연히 잔칫집 분위기에 휩싸인 울안을 둘러보면서 왠지 모르게 한 가닥 불안감을 떨쳐버릴 수 없었다. 사랑채 쪽 동정이 아무래도 마음에 걸렸다. 천석꾼 영감은 사랑채 안에 틀어박힌 채 한동안 옴짝달싹도 하지 않았다. 소유주 허가 없이 아랫것들이 함부로 돼지 잡는다고 북새놓던 당시, 한바탕 요란뻑적지근하게 뇌성벽력 때린 뒤로는 사랑채 바깥쪽에 코쭝배기도 내비치지 않았다. 지지고 볶는 냄새들이 울안을 떠다니면서 연방 코청을 들쑤셔대는 판인데, 사랑채로 그 냄새가 안 건너갔을 리 만무했다. 솜씨 젬병인데다 행동거지 얼뜬 춘복이 아저씨 투박한 손놀림에 의해 씨암탉 목이 비틀릴 때 한바탕 자지러지던 꼬꼬댁 비명이 상곡 어르신 거처라 해서 일부러 에돌아 지나가지도 않았을 터였다. 그럼에도 불구하고 천석꾼 영감은 어찌된 셈판인지 시다거나 떫다는 반응 한 토막 없이 침묵으로 일관하는 중이었다. 일평생 여일하게 지켜온 천석꾼 영감 생활신조에 견줄 때, 그것은 정녕코 비정상적 거조였다. 요란한 잔치 채비에 어김없이 뒤따를 법한 사랑채 간섭이나 훼방이 숫제 안 보이는 그 점이 오히려 순금을 어리둥절하게 만들고 있었다. 어느 순간 어떤 대목에 그 유난한 불뚝성 또 터뜨릴 작정으로 그처럼 장시간 잔뜩 뜸을 들이는 것일까. 아버지 속내를 당최 종잡을 수 없었다. 그러자 아버지 연치에 문득 생각이 미쳤다. 이제는 아버지도 많이 늙었다는 생각이 새삼스럽게 들었다. 많이 늙고 흠씬 지친 탓이라고 그니는 결론을 내렸다. 경천동지할 고약한 사건들에 연거푸 휘말리면서 뜨거운 맛 골고루 본 탓이라고 나름대로 이해했다. 남들 같으면 평생에 한 번 겪기도 어려운 엄청난 횡액을 불과 한두 해 사이에 잇달아 겪은 다음부터 뻣세고 괄괄하던 지난날 기세가 급작스레 오그라들기 시작했다. 특히나 근자 들어 둘째아들 문제로 이루 형용할 수 없으리만큼 신산고초 겪는 사이에 불꽃같던 성미도, 뻔정다리처럼 도무지 굽힐 줄 모르던 외고집도, 그리고 고래심줄만큼이나 질기디질기던 집착심도 어느 겨를에 눈에 띄게 흐물흐물 노그라지고 말았다.

"순금아!"

마뜩잖은 잔치 준비로 들썩이는 분위기 속에서 보이는 침묵의 반응만 비정상적인 게 아니었나. 시난번 김영감네 소작 문제 둘러싼 부녀간 승강이질도 그랬다. 그것은 분명 정상이 아니었다.

"거그 시방 순금이 없냐?"

아버지 말마따나, 과거 같았으면 정말이지 어림 반 닷곱도 없는 왈시왈비요, 턱도 없는 승강이질이었다. 사랑채 대들보에 큰아들이 목을 맨 사실을 알고도 눈썹 한 올 까딱 않던 양반이었다.

그처럼 강팍하던 아버지가 마침내 딸년 앞에 맥없이 두손들고 말았다. 김영감네가 시방 겪고 있는 참상 조목조목 섬겨대면서 막무가내로 선처를 강청하는 애물단지 딸년 어기찬 기세에 밀린 나머지 아버지는 마침내 고집을 거두기에 이르렀다.

"야가 시방 무신 사무가 그러콤 바뿌다고 대답이 없다냐?"

짜증이 더럭 묻어나는 관촌댁 말소리였다. 순금은 그제야 사랑채 지붕마루 망와(望瓦)에다 비끄러매었던 시선을 거둬들이면서 안방으로 발길을 돌렸다. 앉으나 서나 관촌댁은 그저 매사에 성화였다. 딸이 방안에 있어도 성화요 어미 눈씨 벗어나 밖으로 나돌아도 성화였다. 집 안팎에 잔뜩 벌여놓은 일들이 두루 미덥지 못한 나머지 어디 한 군데 진드근히 좌정하지 못한 채 감나뭇골 집과 읍내 정거장 사이를 연락부절로 오락가락하는 마음 탓이었다.

"잔치 임자가 마수걸이도 허기 전에 음식 그릇에 손 집어옇고 널름널름 걸터먹는 예펜네는 혹 없드냐?"

"걱정은 인제 고만 접으셔요, 어머님. 다들 부엌일 얌전허니 잘 거들고 있다니깨요."

"주인 없는 공사라고 귀헌 음식 이말무지로 다루다가 혹시라도 넘에 경사에 부정 타게코롬 헤살 놓는 못된 손목댕이는 안 뵈드냐?"

"주인이 없기는 왜 없어요? 저도 주인이고, 섭섭이네도 주인이나 매일반이잖어요. 못된 손은 애시당초 불러오지도 않었어요."

"아까막시 언뜻 보니께 쌍가매란 년이 즈그 동상 둘러업고는 부섴 근방을 얼쩡거리는 것 같든디……"

"일 조깨 거들어달라고 제가 역부러 쌍가매네를 불렀어요. 접때 그 싸납쟁이 쌍가매네가 아니라 딴사람맨치로 바뀐 쌍가매네가 시방 우리집에 와 있어요, 어머님."

"잔치 끝낸 연후에 남은 음식으로 집집이 노느매기를 허드래도, 시방은 절대 안 된다. 님에 집안 경사에 흠집이나 내겄다고 뎀비는 헤살꾼은 죽어도 용납을 못헌다!"

"걱정이 반찬이면 상다리가 무너진대요, 어머님."

"당최 맴이 뇌들 않어서 그런다. 나가 시방 요 모냥으로 있을 때가 아닌디, 나가 곧 죽어도 명색이 천석꾼 집안 안방마님인디, 부섴살림을 통짜로 객꾼들 손에 맽겨뿔고는 요 모냥으로 안방에 들앉어서 세월 좋게 아랫목 차지나 허고 있으면 못 쓰는 법인디, 부섴 바닥에 나자빠져 기함을 허는 한이 있드래도 나가 건건이랑 괴깃국이랑 지때지때 간도 보고 물손도 재고 제반사를 낱낱이 다 감찰을 혀야만 잔칫상이 지대로 모냥을 갖춰서 격식대로 채려질 것인디……"

"섭섭이네 음식 솜씨를 어디 한두 해 겪어본 가늠인가요? 상곡리 제일가는 살림꾼인디, 감찰허는 눈 없어도 어련허니 다 알어서 빈틈없이 지휘허고 있겄지요. 어머님은 그저 섭섭이네만 꽉 믿고 몸조리나 잘허셔요. 정작 모자간이 상봉헐 적에 일어나 앉을 기력마자 잃어뿔면 어쩌실라고 그 성화를 다 대셔요?"

묵은 걱정 보따리 마치 새것인 양 새삼스레 다시 들그서내 요모조모 참견하려다 관촌댁은 기어이 또 딸한테 핀잔을 먹고 말았다. 관촌댁은 방고래 내려앉도록 대짜배기 한숨 거푸 토하고 나서 마치 정해진 수순 밟듯 이번에는 다른 쪽으로 또 걱정의 물꼬를 텄다.

"그런디 조선 똑똑새 숭내는 저 혼자 도맡어서 다 내고 유세부리든 느그 사촌오래비란 인간은 대관절 무신 억하심정으로 여적지 요로콤 깜깜무소식이다냐?"

다음 순서로 어머니 입에서 어떤 걱정거리가 쏟아져나올지 순금은 훤히 다 꿰고 있었다.

"필시 그럴 만헌 사정이 있어서 도착 시간을 정확허니 통지헐 수가 없었겄지요."

"찻삯 내고 올라타기만 허면 기차란 놈이 다 알어서 읍내 정거장까장 쪼르르 실어다주게 되야 있는디, 사정은 무신 얼어죽을 사정! 이왕지사 즌보 치는 짐에 경성역은 은제 발행혀서 읍내에는 은제쯤 당도헐 예정이라고 자세자세 적어 보내면 다릿가랭이에 가래톳이라도 솟는단 말이냐?"

"편지허고 달리 짤막헌 전보 안에는 자초지종을 일일이 다 챙겨 담을 수 없다는 걸 어머님도 잘 아시잖어요."

"어느 해가에 당도헐지도 모름시나 요로콤 방구석에 징역 잽힌 채로 내 새깽이 대문간에 들어서기만 하대명년 지달리고 있자니께 내 모가지 기럭지가 한 발은 더 질어나는 것 같어서 그런다, 이것아!"

바싹바싹 타들어가는 어미 심정 눈곱만큼도 몰라주는, 무심하고도 박정한 딸 상대로 또다시 소가지 한 짐 덜컥 부리고 나서 관촌댁은 이부자리 속으로 기신기신 기어들었다.

"자발맞은 귀신은 무랍도 못 얻어먹는 법이라고 어머님이 노상 말씀허셨잖어요. 다른 누구보담도 어머님이 맴을 틀수허게 잡수셔야 온 집안이 평안을 누릴 수가 있어요."

난생처음 간난신고 되알지게 겪은 끝에 살아 돌아오는 둘째아들이 얼마나 보고 싶으면, 그 아들 안위가 오죽이나 염려스러우면 저토록 조바심하면서 안절부절못하랴 싶어 순금은 한편으로 짠한 마음이 들기도 했다.

"원판 못 배와먹은 탓이니께 에미 쇠견은 그렇다 치자. 그렇다면 많이 배운 니 쇠견 구녁으로는 우리 귀용이가 시방 으떤 형편에 으떤 모냥을 허고 있을 것 같으냐?"

일껏 이부자리에 누였던 몸뚱어리 도로 벌떡 일으키면서 관촌댁이 갑자기 정색을 했다.

"무신 말씀이셔요?"

"니 쇠견 구녁으로는 우리 귀용이가 고장난 구석 하나 없이 멀쩡헌 신체에 성성헌 두 다리로 걸어서 불원간에 저 대문턱을 버

것이 넘어올 성불르냐?"

"철부지도 아니고 고등교육 받은 유식잔디, 설마 관촌댁 둘째 아드님이 멀쩡헌 즈그 집 대문간 놔두고 넘에 집 대문간으로 들어갈 리가 있겄어요?"

"내 말은 그게 아니다. 변덕 많고 요사 잘 부리는 왜놈 관헌들 맴보재기가 갑째기 버선목맨치로 훌러덩 뒤집어져서 고상고상 끝에 심들게 풀려난 사람을 도로 붙들어다가 가막소에 새칠로 가두는 지랄버릇 떠는 날이면, 장차 그 재변을 무신 수로 감당허겄냐, 그런 뜻이다."

그야말로 걱정이 반찬이라면 교자상 다리를 와지끈 부러뜨리고도 남으리라. 진수성찬 같은 어머니 걱정 반찬 상차림에 너무 어이없는 나머지 순금은 저도 모르게 그만 실소하고 말았다.

"무단시 왜 웃고 자빠졌냐?"

"어머님, 구사일생헌 생명 도로 알뜰허니 챙겨가는 저승사자는 있어도 일단 방면된 죄수를 이렇다 헐 이유도 없이 감옥에 새칠로 가두는 법은 없어요. 한번 판결이 난 연후에는 어느 누구도 지멋대로 번복헐 수가 없는 것이 바로 재판이니께요. 더군다나 요번 귀용이 경우는 검사나 변호사 양쪽 다, 그 정도면 제법 납득이 가는 판결이다, 허고는 항소를 포기허는 쪽으로 일찌감치 결말이 났기 땜시……"

"항소는 또 으떤 용처에다 부려먹는 축생이라냐?"

"첫 단계 재판 결과에 불복허는 사람이 그보담 한 단계 더 높은 법원에서 재판을 새칠로 받고 잪으다, 허고 신청허는 상급 재판 절차지요."

"그렇다 허이면, 요번참에 우리 귀용이 무죄방면은 당초부텀 요지부동이라서 차후로 바늘구녁만헌 변동수도 없다, 그 말이냐? 하눌이 두 쪽으로 짜개지는 한이 있드래도 허우단심 집으로 달음박질허는 우리 귀용이 발걸음을 중도에서 가로막을 항우장사는 세상천지 없다, 그 말이냐?"

"무죄방면은 아니지만, 좌우지간 귀용이가 일단 방면된 것만은 여부없는 사실이지요."

"누님한티는 사실일지 몰라도 에미한티는 아즉까장 사실이 아니다. 나는 시방도 그 사실을 왈칵 신용을 못허겄다!"

관촌댁은 금간 오지그릇 테메우듯 이맛전 질끈 동이고 있던 머리띠를 갑자기 풀어던졌다. 그런 다음 자리에서 일어서기 위해 어칠비칠 안간힘 쓰기 시작했다. 순금이 깜짝 놀라 어머니를 부액했다.

"왜 이러셔요, 어머님?"

"농 안에 있는 모본단 깨끼옷 조깨 끄내서 입혀도라."

"비단옷은 왜요?"

"나가 요로콤 한유허니 자빠져 지낼 때가 아니다! 암만혀도 읍내 정거장으로 마중을 나가봐야 쓰겄다!"

“또 그런 말씀!”

순금은 그때까지 용케도 잘 붙잡고 있던 참을성의 줄을 그만 놓치고 말았다. 정거장 마중 문제로 모녀간에 식전부터 이미 여러 차례 맞닥뜨린 바 있는 왈시왈비였다. 더 거론할 여지가 없게끔 그 지겨운 말씨름의 밑동을 싹둑 잘라내고 싶었다.

“정 그러시다면, 좋아요! 그 몸으로 읍내까장 마중 나가셨다가 결국 귀용이를 영영 못 보게 되드래도 괭기찮으시겄어요?”

“귀용이를 영영 못 보게 되다니, 그게 시방 무신 소리냐?”

“노상에서 비명횡사라도 허시는 날이면, 귀용이가 집에 돌아온들 그게 다 무신 소용이냐는 뜻이지요!”

그래도 어머니는 여전히 말귀 전혀 못 알아듣는 기색이었다. 순금은 어리둥절한 낯꽂으로 연방 가쁜 숨만 할딱이는 어머니를 양팔로 꽉 보듬었다.

“가만있거라, 가만있어! 배깥에 시방 누가 왔는갑다!”

딸을 떠다밀고 나서 관촌댁은 방문 쪽을 향해 귀 끝을 쫑긋 세웠다. 복구란 놈이 우람찬 목청 뽐내며 요란하게 짖어대는 중이었다.

“귀용이냐?”

관촌댁은 목통을 최대한 쥐어짜면서 거지반 외마디 비명에 가까운 고함을 내질렀다. 짖는 품으로 미루어 짐작건대, 복구가 어떤 생면부지 틈입자 겁박할 요량으로 떨어대는 불량은 아닌 듯했다. 제딴은 낯익은 누군가를 반긴답시고 거추없이 오두발광 떨고 있는 성싶었다.

"내 새깽이가 당도혔다냐?"

방문 쪽으로 황급히 다가가려다 관촌댁은 하마터면 자기 다리에 스스로 딴죽 걸면서 제풀에 폭삭 고꾸라질 뻔했다. 안채 목표 삼아 빠르게 다가오는 누군가의 발소리를 듣고 순금은 방문을 활짝 열어젖뜨렸다.

"저 왔어요, 어머님."

방의 안과 밖이 서로 맞통하는 순간, 사람 형상 앞질러 목소리부터 먼저 마루 위로 올라섰다.

"어서 와, 올케."

곧이어 제 목소리 뒤밟아 총총걸음으로 다가오는 이연실 몸통을 보고 순금은 만면에 웃음을 실었다.

"어서 오니라, 아가!"

관촌댁 또한 방 밖으로 몸뚱이 절반쯤 기웃이 내보내면서 며느리를 웃는 낯꽃으로 맞이했다. 하지만 목이 길어나도록 기다리던 둘째아들이 아닌지라 마치 새알심 삭아버린 동지팥죽같이 멀겋게 풀린 웃음이었다. 토방 위로 오르기 전에 이연실은 두 번에 걸쳐 허리부터 경위지게 접으면서 손윗사람들에게 차례걸음으로 인사를 닦았다.

"아가, 너 혼자만 왔냐?"

대답 대신 연실은 고개 외틀어 뒤쪽을 돌아보았다. 이제 막 대문간으로 발 들여놓는 중인 부용의 모습이 눈에 들어왔다. 산서땅에서 벌건 대낮에 처음 시도한 연실과의 동반 나들이가 아무래도 쑥스럽고 힘에 부치는지, 부용은 마냥 어색스러워하는 기색을 감추지 못하고 있었다.

"늦게 찾아뵈어서 죄송해요, 어머님. 저 사람이 어젯밤부터 상태가 안 좋아지는 바람에 도련님 소식 듣고도 득달같이 달려올 수가 없었어요."

일찌감치 기별받고도 오후나절 들어서야 느지감치 나타날 수밖에 없었던 연유를 연실은 순전히 부용의 건강 탓으로 돌렸다. 지각했다고 누가 꼬집거나 할퀸 적도 없는데, 자격지심이 시키는 대로 지레 변명부터 서두르는 모습 지켜보면서 순금은 손윗사람 도리로 연방 고개 끄덕여주는 시늉을 했다.

"저 혼자라도 먼저 나설까 하다가 저 사람 상태가 좀 우선해지기를 기다려서 늦게라도 이렇게 같이 왔어요."

"아가, 괭기찮다. 쪼깨 지체헌 것 트집 잡어서 우리 메눌애기한티 종지목 들이댈 인간은 우리 집안에 없니라. 느그들이 요로콤 와준 것만도 얼매나 고마운지 몰르겄다."

관촌댁은 한 손으로 며느리 양손 한꺼번에 빼앗아 쥐는 한편, 다른 손으로는 며느리 등덜미 일삼아 쓰다듬기 시작했다.

"정말 죄송해요, 어머님."

연실이 거짓을 고하고 있음이 분명했다. 부용의 건강이 지각 사유가 아니라는 증거는 연실과 부용의 얼굴에 각각 굵은 획으로 새겨져 있었다. 간밤에 된통 앓았던 흔적은 부용의 신체 어느 구석에서도 찾아볼 수 없었다. 울퉁불퉁 고르지 못한 산길과 들길 걸어오느라 무리한 탓에 다소 지친 기색이긴 하지만, 그럼에도 불구하고 부용의 신수는 며칠 전보다 오히려 더 멀끔해 보였다. 순금은 그들의 지각 사유를 육신 아닌 마음의 상태에서 찾고 있었다. 연실이 마음 단단히 먹고 힘겹게 운을 떼어, 아기를 갖고 싶다는 소망을 피력했다가 부용에게 얀정머리없이 퉁바리맞았다는 이야기를 들은 것이 벌써 며칠 전이었다. 꽁생원 부용은 그날부터 연실과의 사이에 높다란 울짱 둘러치고 고립을 자청하다시피 했다. 한번 폭발한 분심 누그리기를 거부하면서 가슴속에 여전히 갈고랑이 품은 채 연실을 대하는 중이었다. 가슴속 그 갈고랑이가 부용으로 하여금 연실의 말에 계속 어깃장 놓도록 만들었으리라. 갈고랑이 진 심정이 동반 나들이 둘러싸고 벌어진 연실과의 신경전에서 자그마치 한나절이나 심통 부리게끔 부용을 내내 부추겼으리라.

"죽어라고 쟁기질 마다허는 찌럭소 끌고 논두렁길 걸어오니라고 얼매나 고생이 많었어?"

어머니 손에 단단히 붙잡힌 연실을 슬그머니 옆으로 빼돌리면서 순금은 장난스럽게 물었다. 그러자 연실의 낯꽃이 확 붉어졌다.

"더 늦기 전에 얼른 댕겨와야겄지?"

순금은 턱짓으로 사랑채 쪽을 가리켰다. 연실이 고개를 끄덕이고 나서 방문 밖으로 고개를 돌렸다. 그때까지 부용은 무르춤한 자세로 토방 아래에서 애써 딴전만 보고 있었다. 연실의 눈총이 따갑게 느껴졌던지, 부용은 머리 흔들어 제 얼굴에 달라붙는 가족들 시선을 훌훌 털어냈다.

"같이 가잔 말은 당최 끄내지도 마시요. 아버님한티 환대받을 사람은 내가 아니요. 사랑채 근처에 얼씬도 허고 잪지 않으니깨, 혼자서 가든가 말든가, 연실군 자의대로……"

마냥 기가 막혀하는 연실을 대신해 순금이 나섰다. 결단코 사랑채 출입에 동행하지 않겠노라 막무가내로 악지 세우는 동생 어르고 달래는 공사에 누이의 입안이 마를 지경이었다. 가까스로 부용을 설득해서 연실의 치마꼬리에 비끄러매 사랑채로 보내고서야 비로소 순금은 한시름 놓을 수 있었다.

"아니, 부용이 너……"

그러나 부용은 가면서 왔다. 둘이서 사랑채로 떠난 것과 동시에 혼자서 발길 돌이켜 안채로 돌아오고 만 것이었다.

"제 머리에 도깨비감투라도 올라앉은 모냥이지요. 눈앞에 없는 사람 대허덧기 처음부텀 제 존재는 숫제 무시헙디다. 연실씨만 방안으로 들이고는 문을 탁 닫어뿌립디다."

으레 그러려니 짐작했다고, 그래서 당초부터 아무것도 기대하지 않았노라고 부용은 쓴웃음으로 뒷말을 마무리했다. 갔던 길 곧장 되짚어 속하게도 돌아온 그 협애성을 꼬집어줄 작정이던 순금은 그만 할말을 잃고 말았다.

"허기사 아버님이 비상맨치로 꺼리고 기피허시는 노점 버럭지를 한 섬이나 짊어지고 올라가서 사랑채 문전 더럽힌 저야말로 죽일 놈이지요."

"아버님은 시방 어떤 모냥으로 계시드냐?"

"의관을 일습으로 정제허시고는 목하 대기중이십디다."

"의관을 정제허시고?"

"건넛마을 혼인집에 상빈으로 초대받은 어른맨치로 머리끝서부텀 발끝까장 의관을 만단으로 갖추시고는 뫼시고 갈 인력거가 도착허기만 지달리시는 분 같습디다."

더는 묻지 말아달라는 듯 노골적으로 성가신 기색 드러내면서 부용은 입을 한일자로 꾹 함봉해버렸다. 정말 알다가도 모를 노릇이었다. 당장 네 난장질로 물고를 내버려도 분이 안 풀릴 거라며 노상 욕감태기로 취급하던 패륜자식이었다. 그 막심불효 둘째 아들을 대관절 어떻게 맞이할 속셈으로 그처럼 의관까지 정제한 채 기나긴 침묵 속에 빠져 있단 말인가. 보면 볼수록 한없이 몸집이 커진다는, 그 전설 속의 어덕서니라도 쉽사리 넘나들지 못할 담벼락 높다랗게 쌓아올리고는 외딴섬 같은 사랑채에 틀어박혀 혼자서 시간 까먹고 지내는 동안 도대체 무슨 바람이 불었단 말인가. 대관절 어떤 작정을 세우고 어떤 결심을 굳힌 것일까. 여느 때 집안에서는 입지 않던 나들잇벌로 특별한 차림을 하고 웬일로 그처럼 불효자 당도하기만 기다리는 것인지, 아버지의 시커먼 속내평을 순금은 당최 헤아릴 재간이 없었다.

어찌됐든지 간에 부용이네 출현 덕분에 집안 분위기가 한결 밝아진 것만은 어김없는 사실이었다. 특히나 연실의 등장을 계기로 온 집안이 아연 활기를 띠기 시작했다. 늦가을 새벽 농무처럼 사랑채 주위에 칙칙하게 드리워져 있던 적막의 너울도 순식간에 걷혔다. 그리고 사랑채와 안채 사이에 알량하게나마 소통 구멍이 뚫렸다. 이연실이라는 협착한 통로 타고 이쪽 집채와 저쪽 집채 사이를 사람다운 생각과 더운 피 도는 감정이 번차례로 내왕하는 동안, 실로 오랜만에 울안 곳곳에 웃음기가 번져나고 있었다.

"아버님이 언제까장 연실씨를 그냥 여염집 규수가 아니라 리노이에 경부 따님 자격으로 괄목상대를 허실지, 저는 그 생각만 헐라치면 참말로 두렵습니다. 기대가 실망으로 바뀌는 순간, 때가 되면 필연적으로 닥쳐올 그날, 아버님이 연실씨한티 어떤 태도를 취허실지 명약관화허기 땜시 벌써부텀 소름이 끼칩니다."

다녀온 지 불과 몇 분 만에 또다시 상곡 어른 부름 받들고 사랑채로 달려가는 연실을 바라보며 부용이 씁쓰레하게 말했다.

"낭중 일은 낭중에 생각허기로 허자. 오날은 집안 경사가 있는 날이니께 매사를 그저 좋은 쪽으로 해석허자. 아버님은 연실이 언행이 마냥 기특허고 대견혀서 그러시는 거다. 아버님이 보시기에, 요번 귀용이 일로 막중헌 역할을 감당헌 며늘애기가 통째로 눈에 담어도 쓰리고 아리지 않을 만침 이뻐게 뵈는 건 당연지사 아니겄냐."

모처럼 만의 집안 경사 목전에 두고 자꾸만 자발없는 소리 불쑥불쑥 들이미는 동생을, 외틀어지고 배배 꼬인 그 심사를 순금은 일삼아 다독거렸다. 따지고 보면, 그것은 덩달아 자꾸만 흔들리려는 제 마음을 안정시키기 위한 노력이기도 했다. 겉으로 흔들리는 동생 다독거리는 체하면서 기실은 동생 것과 모양도 크기도 엇비슷한 두려움에 시달리는 자신을 달래는 일에 순금은 한참 공을 들이고 있던 참이었다.

"아버님께서 진지를 드시고 싶다고 말씀하시네요."

그새 사랑채에서 얼마나 더 괄목상대 은택을 누렸는지, 연실은 안채로 건너오자마자 연방 생글생글 웃는 낯꽃으로 상곡 어른의 뜻을 전했다.

"헹, 시장이 반찬이라 그러드라만, 그 냥반한티는 시장기보담도 우리 메눌애기 웃는 낯꽃이 더 진수성찬인갑다. 밥 생각 눈곱만침도 없담시나 걸게 채려 올린 즘심상 거들떠도 안 보고 앵돌아앉든 냥반이 채신머리사납게 갑짜기 무신 식욕이 발동혀서 메눌애기 붙들고는 뜬금없이 진지 타령이다냐?"

관촌댁이 험한 입정 놀리며 눈앞에 없는 변덕꾸러기 영감 허물을 사정없이 버르집었다. 그러면서도 며늘아기 편에 들려 보낸 영감 분부가 과히 싫지는 않은 기색이었다.

"형님은 그냥 앉아 계셔요. 제가 아버님 진짓상 얼른 봐 올릴게요."

거지반 새참이나 다름없는 늦은 점심상 차리러 부엌으로 나가려는 순금을 연실이 가로막았다.

"상은 부엌살림이 눈에 익은 내가 채리기로 허고, 그 대신 올케는 어머님 말동무 노릇이나 맡고 있어."

연실을 도로 주저앉힌 다음 순금은 부엌으로 향했다. 연실의 출현 덕분에 끝간데 모르게 펼쳐지던 어머니 잔소리와 노파심으로부터 드디어 해방된 셈이었다. 그동안 어머니 뒷수발에 붙잡혀 방안에만 머무느라 들여다볼 겨를 없었던 부엌살림에 일삼아 매달려야 할 판이었다.

"아가, 집 떠난 자식 돌아올 때만 지달리는 에미 심정이 여북이나 깝깝허고 조마조마헌지를 우리 새애기는 짐작도 못헐 것이다."

아니나 다르랴, 딸이 부엌 쪽으로 겨우 두어 발짝 옮기는 그새를 못 참고 며늘아기 상대로 성급하게 펼쳐놓기 시작하는 어머니 잔소리를 순금은 등진 상태에서 들었다.

"경성역 출발헌다는 즌보 받은 것이 은젯적 일이든가 기억이 가물가물헐 지경으로 아시무라헌 옛적인디, 인제는 죽었는가 살었는가 분간도 못허게코롬 즌보마자 뚝 끊쳐뿌렀으니, 휘유우!

호사에 다마라드니만, 혹시 기차 타고 오다가 요것들이 무신 숭칙헌 사달이라도 덜컥 만나서 중도에 발이 꽉 묶여뿌리지나 않았는지……"

이를테면 그 말은, 아무 때라도 귀용이 대문간에 모습 드러내는 순간까지 지칠 줄 모르고 쌓아나갈 만리장성 같은 근심걱정의 장도에서 이제 겨우 초입에 해당하는 대목이었다. 시누하고 번을 바꾸어 어머니 잔소리 두고두고 들어줘야 할 고역 떠맡은 연실의 처지가 퍽이나 딱하게 여겨졌다. 순금은 부엌문 앞에서 잠시 발걸음을 멈추었다. 면소재지와 상곡리를 이어주는 한길 쪽으로 저도 모르게 시선이 달려가고 있었다. 애당초 예상했던 것보다 귀용의 귀가가 지나치게 지체되고 있다는 생각이 가슴을 무지근하게 지지누르기 시작했다. 귓구멍 헐어버릴 지경으로 장시간에 걸쳐 공연한 걱정거리와 근심사 따위 듣고 또 듣다보니, 자식 돌아오기 학수고대하는 어머니 조바심과 노파심이 돌림병인 양 딸에게도 전염되어 어느덧 흉당에 표가 나게 터를 잡아버린 꼴이었다.

제11장

봄은 봄이로되

1

반쪽짜리 일본사람 야마니시 아끼라, 그러니까 천석꾼 대지주 소유 광활한 농토에 목숨 가닥 비끄러매고 살아가는 숱한 소작인들 위에 천황폐하처럼 군림하던 토종 조선사람 최명배 영감에게 닥친 그 하루는 유례없이 더디고도 지겹고도 고단하게만 흘러가는 중이었다. 속도 없고 철도 모르는 식솔들은 무슨 경사라도 맞이하는 양 식전부터 온갖 북새질로 집안을 온통 술렁술렁 흔들며 요란을 떨어댔다. 하지만 야마니시 영감 생각은 그들과 전혀 달랐다. 그것은 피 튀기고 살 찢기는, 이를테면 처절을 극한 전투의 단초에 불과했다. 점심 무렵까지만 하더라도 집으로 돌아올 둘째아들 기다리는 아비 심정은 펄펄 끓어넘치는 가마솥 같기만 했다. 한나절 꼬박이 사랑채 안에 틀어박힌 채 치솟는 분노의 불길 혼자서 고스란히 삭이고 견디자니 명치 부위에서 더운 김이 모락

모락 피어오를 지경이었다.

"오냐, 어서 오니라! 귀용이 네 이놈, 저 대문간으로 발을 들여 놓기만 허거라! 내 손으로 니놈 며가지 훔쳐잡었다 허이면, 나가 오날 중으로 기연시 사생결단을 내고 말어뿔 작정이니께!"

야마니시 영감은 자칫 흐트러지기 쉬운 조선옷 매무새를 수시로 수습하고 단속하는 한편, 둘째아들 한없이 막돼먹은 소행머리 떠오를 적마다 위아래 어금니 맷돌처럼 빠득빠득 갈아붙이던 버릇 또한 잊지 않고 실천했다. 맨 처음 귀용의 방면 소식 접한 직후부터 한 가닥 모진 결심이 야마니시 영감 흉당을 온전히 지배하고 있었다. 불땀 좋은 참나무 장작 같은 그 결심 활활 불살라 가슴속 시커멓게 태워가며 장시간 몸부림치다보니 목구멍 안쪽에서 누린내가 펄펄 올라오는 듯싶었다. 야마니시는 불원간 자기 신상에 들이닥칠 사생관두(死生關頭) 위급 상황에 걸맞게끔 겉과 속을 불문하고 모든 입성을 깨끗한 조선옷으로 갈아입었다. 사랑채에서의 두문불출과 칩거는 이를테면 미구에 불어제칠 어마어마한 태풍을 일찌감치 식솔들 뇌리에 생생히 각인시키기 위한, 그 나름대로 계산된 행동이요 안간힘 다해 유지하는 자제력의 과시인 셈이었다. 야마니시는 아직도 중천에 매달린 채 흥뚱항뚱 해찰하면서 봄날 짧은 하루를 마냥 굼뜬 걸음으로 통과하는 느리광이 햇덩이를 틈틈이 원망하다 말고 도무지 사리에 맞지 않는 소리 예사로이 지껄이기도 했다.

"그런디, 해가 꼴딱 넘어가드락 그놈들은 어째 여적지 깜깜무소식이다냐? 경성 아니라 평양서부텀 질을 잡어 나섰드래도 장정 걸음이면 그새 열두 번은 산서에 당도허고도 남었겄다. 한 번 쥑인 연후에 도로 살려서 새칠로 또 쥑여도 시연찮을 놈들 같으니라고! 조오지부쓰오 와즈라우 야쓰 같은 요 세상이 장차 어쩔라고 요 모냥 요 지경으로 지랄발광을 떨고 자빠졌는지 당최 알다가도 몰를 일이네. 그나저나 걱정시럽고만! 참말로 꺼억정이라니깨!"

내내 앙앙불락으로 시간을 쪼아먹던 야마니시 영감 태도는 눈에 담아도 쓰리지 않고 입에 넣어도 비리지 않을 며늘아기 출현을 계기로 표변하기 시작했다. 은쟁반에 옥구슬, 운운은 다름아닌 며늘아기 음성 비슷한 종류 가리킬 때 쓰는 문자일시 분명했다. 며늘아기가 나긋나긋 올리는 문안 인사는 끓는 가마솥 같던 야마니시 영감 불뚝성을 댓바람에 가라앉힘으로써 재탕 찌개냄비 푼수로 제법 몬존하게 다스려놓았다.

"부르셨어요, 아버님?"

야마니시 영감은 이런 핑계 저런 구실 도나캐나 마구 붙여 툭하면 며늘아기 사랑채로 오너라 가너라 호출하고, 걸핏하면 부엌일 거들거나 시어미 시중드느라 바삐 나부대는 일손을 한 나절씩 사랑채에 묶어두려 했다.

"오야, 오야, 나가 우리 메눌애기한티 허고 잪은 말이 펀뜩 생각나서 또 불렀니라."

과연 빈틈없이 고루 갖추고 떵떵거리며 행세하는 집안 여식답게 매우 음전한 자태로 윗목에 다소곳이 무릎 꿇는 며늘아기 일거수일투족 한순간도 놓치시 않을 요량으로 낱낱이 지켜보다가 야마니시 영감은 그예 더 참지 못하고 또다시 실떡실떡 헤프게 웃음을 흘렸다.

"아가, 우리 새애기야, 귀용이 그놈이 가막소에서 개붓허게 풀려났다는 소식을 인자는 전주 어르신들도 뜨르르 다 알고 기시겄지야?"

"아버님, 제 소견으로는……"

요조하게 내리깔았던 눈꺼풀 살그미 들어올리며 이연실이 대답을 망설거렸다. 시아비 안전에서 입을 발채만하게 벌리고 늘어지게 하품 뽑는다 해도 마냥 예뻐 보일 것만 같고, 방자무기하게 방귀 뽕뽕 뀌어댄다 해도 만판 귀인성스럽게 느껴질 것만 같은 용모였다. 그런 며늘아기 대하는 야마니시 영감 눈가에 자애의 물기가 질름질름 흘러넘치고 있었다.

"요번 일로 사부인한티 겁나게 신세 지는 바람에 나가 시방 되게 염치가 없는 판인디, 고맙다는 표시로 느그 친정에다 변변찮은 성의나마 전달헐 무신 좋은 방도가 없겄냐?"

그러자 연실이 당혹스러운 기색을 감추지 못했다. 난감한 나머지 어찌할 바 모르고 짤짤매는 그 낯꽃 또한 야마니시 영감 눈에는 아드득 깨물어주고 싶으리만큼 그저 사랑스럽게만 비치는 것이었다.

"오야, 오야, 알겄다. 우리 새애기 입장이 정 곤란허다 허이면, 이왕지사 참는 짐에 나가 쪼깨 더 참고 지달릴란다. 나가 우리 새애기 의중을 알었으니깨 그 문제는 요만 막설허기로 허자."

"죄송해요, 아버님."

"아니다, 괭기찮다. 어서 근너가보거라."

바늘방석에 앉아 벌을 받다가 풀려난 표정으로 연실이 조심스레 무릎을 세웠다. 뒷걸음질 비슷한 몸놀림으로 매우 조신하게 무르와가는 며늘아기 발밑을 야마니시 영감은 남포등보다 휘황한 눈웃음으로 줄곧 밝혀주었다.

"아버님, 이왕이면 가벼운 차림으로 갈아입으시고 편안한 자세로 기다리시는 게 낫지 않겠어요?"

방문 닫히기 전, 흐르는 시냇물 소리 비슷한 며늘아기 목소리가 문틈으로 졸졸졸 흘러들었다. 고을 밖 멀리 장기 출타라도 도모하려는 사람처럼 두루마기까지 일습으로 나들잇벌 요란뻑적지근하게 갖춰 입은 채 진종일 그 옷가지가 가하는 중압 때문에 신음하는 듯한 시아비 꼬락서니가 제딴은 무척 딱하게 여겨지는 모양이었다.

"오야, 오야, 알겄다. 시애비 위허고 잪은 우리 새애기 본심만은 고맙게 받겄다마는, 나는 시방 암시랑토 않느니라. 나도 다 뚫린 쇠견 구녁이 있고 세워놓은 작정이 있기 땜시 역부러 큰맴 먹고 채려입은 입성이니께 너는 걱정헐 것 하나도 없다."

차차 멀어져가는 며늘아기 발기척에 잠시 두 귀 쫑긋 세우고 있다가 야마니시 영감은 부지불식간에 장탄식에 가까운 대짜배기 탄성을 토하고 말았다.

"워매, 저 이쁜 것!"

하지만 아직도 안심하기에는 이른 상황이었다. 으레 귀하고 중한 고가품일수록 언제 어디서 어떤 계제에 분실했는지도 모르게 사라지기 십상이었다. 알게 모르게 남의 귀중품 호시탐탐 노리는 혈안들이 주변에 깔린데다 침까지 질질 흘리는 주둥아리들도 쌔고쌘 세상이었다. 어디부터 어디까지 아무개네 땅이다, 하고 일찌감치 소유권 등기 마쳐 땅문서로 말목 콱 질러버리듯 이참에 아주 똑 부러지게 혼인 관계를 정리할 필요가 있었다. 호적에 올리지만 않았을 뿐, 실상은 산서 최부잣집 맏아들이랑 그렇고 그런 관계로 맺어진 여자인 줄 이미 천하가 다 아는 형편이니, 그것으로 얼추 고삐는 매놓은 셈이었다. 하지만 하릅송아지도 무언가에 된통 놀라 길길이 날뛰다보면 그까짓 고삐쯤 간단히 끊고 멀리 달아나버릴 수도 있는 법이었다. 자고로 매사는 불여튼튼이라 했으니, 더 늦기 전에 튼튼한 쇠코뚜레 끼우는 마지막 절차까지 만단으로 끝마쳐놓아야 그 부룩송아지 외양간에 가두든 풀밭에 풀어놓든 간에 주인이 두 다리 쭉 뻗고 지낼 게 아닌가.

야마니시 영감은 옴나위없는 최씨 집안 며느리 자리에 이연실을 퍽석 주저앉혀 산서 바닥에 단단히 붙들어 맨 궁리 속으로 풍덩 자맥질해 들어가기 시작했다. 그가 의도하는 것은 며늘아기를 큰아들한테 붙들어 매는 꾀죄죄한 형식이 아니었다. 리노이에 경부나리 외따님을 단단히 쇠코뚜레해서 어느 겨를에 숨 꼴까닥 넘어갈지 모르는 노점병자 큰아들 아닌 시아비 손아귀에 꼼짝없이 매이게끔 만드는, 참으로 원대한 포부였다.

"내 자랑대로 길일 택혀서 혼인 날짜 잡어논 연후에 미친 치끼허고 사둔댁으로 통지허는 방법은 또 으떨꼬? 좌우단간에 인자는 빼도 박도 못허게코롬 불원간에 아퀴를 콱 지어뿔고 말어야지!"

그래서 사부인에 대한 감사 표시를 기화로 미친 척하고 리노이에 경부 집안에 다리 한 짝 막무가내로 걸쳐볼 속셈이었다. 눈이 번쩍 뜨일 만큼 값비싼 선물로 정성을 표시함으로써 산서 최문이 결코 만홀히 취급당할 가문이 아니라는 사실을 은연중 과시할 작정이었다. 하지만 경부 아버지 철저히 따돌린 채 딸이 어머니하고 의기투합해서 은밀히 벌인 공사인지라 이연실 입장으로는 시댁의 선물 공세가 나우 거식하게 느껴지는 모양이었다. 결국 며늘아기 쪽에서 끙짜놓는 바람에 성의 표시는 유야무야 막설되고 말았지만, 그렇다고 영영 포기할 야마니시 영감은 결코 아니었다. 어디 오늘만 날이더냐. 인생길 가는 동안, 사면팔방에 지천으로 널리고 흔전만전 깔린 것이 바로 그 오늘이란 것 아니던가. 쇠털같이 하고많은 그 오늘들 가운데 어느 한 오늘로 택일해서 기어이 사돈집 대문 안에 한 다리 척 걸쳐놓은 다음, 일마다 때마다 세도가 밭사돈한테 검질기게 지다위 붙을 심산이었다.

둘째아들 집행유예 처분 받은 것으로 일단 급한 불은 끈 셈이었다. 이제는 맏아들과 경부 딸을 한 오라로 묶어 그것들한테 상투 틀어주고 머리 얹어주는 일이 다른 무엇보다 시급한 절차로 불거졌다. 인근 삼동네 남녀노소 모조리 불러모아 한바탕 거방지게 혼인잔치 벌이고 싶었다. 그리하여 육례도 안 갖춘 채 덜컥 어우러지기부터 한 상것들이라고 뭇년뭇놈으로부터 벌써 손가락질당하고 구설수에 올라 있는 맏아들과 며늘아기로 하여금 금수어충 다름없는 불인(不人)의 혐의를 벗어나게끔 만듦은 물론, 당대 세도가 집안과 정식 사돈 관계로 엮인 자신의 위상을 만천하에 광고할 작정이었다.

"조선 법도대로 헌다 허이면, 자식들 혼인지사로 깝깝헌 쪽은 딸자식 가진 부모들이니깨, 나 야마니시 아끼라로 말헐 것 같으면 아들자식 미장가 노총각으로 묵히는 한이 있드래도 밑지고 손해날 일 눈꼽만침도 없는 처지니깨, 혼인 날짜 통지받은 연후에 즈그 딸자식 혼례에 참예허든가 말든가 즈그 자랑껏 알어서 허라지! 험! 험!"

경부 밭사돈이 여태껏 무관심 혹은 오불관언인 척 가장한 채 무남독녀 외동자식 일생을 좌지우지할 인륜대사에 그처럼 비정한 행티로 일관하는 것은 아직도 제 딸이 어느 뉘 말목에도 매이지 않은, 홀가분한 몸이라고 굳게 믿는 까닭일 것이었다. 그러나 그 딸이 이미 쇠코뚜레당하고 고삐까지 매인 채 여부없는 최씨 집안 소유물로 명의 변경된 거나 다름없다는 사실을 알아차리는 순간부터 제아무리 콧대 용마루 같은 경부나리일지라도 별수없이 생각이 바뀌고 주장이 뒤집힐 것임에 틀림없었다.

"애저녁에 흠집이 나뿌린 흔털뱅이 딸년을 오밤중에 스리슬쩍 빼돌려서 친정으로 델꼬 가고 잪으다면, 어디 한번 알뜰허니 잘 챙겨가시라지! 애시당초 한번 구녁이 뚫려뿌린 지집 팔자는 손재간 야무지기로 조선에서 소문난 땜쟁이들이 한목에 떼전으로 달라붙는다 허드래도 새것맨치로 땜질헐 방도는 없는 법이여!"

쇠뿔은 단김에 빼라 하지 않았던가. 때마침 사부인 숨은 공덕으로 죽은목숨 진배없던 둘째아들 사지에서 건져내는 데 성공함으로써 당초부터 삐거덕삐거덕 어긋물리기만 하던 양가 톱니바퀴가 그 어느 때보다 미끈둥하게 잘 돌아가도록 윤활유가 듬뿍 뿌려진 셈이었다. 야마니시 영감은 그 좋은 기회 최대한 활용해서 내친김에 아예 혼사까지 무가내하로 밀어붙일 태세였다.

"산송장 매일반인 뇌점쟁이를 아들로 둔 쪽에서 손해날 공사는 절대로 아니니께, 나사 뭐 밑져봤자 본전이고 잃어봤자 밑천 안 드는 체면뿐이니께, 엎어지나 자빠지나 좌우단간 아숩고 깝깝헌 쪽은 나가 아니고 경부나리가 영축없으니께, 나가 요참에 용

한바탕 뿔끈 써봐? 마구잽이로 왁작 밀어붙일시락 나 야마니시 입장이 휘낀 더 유리허게 바뀌겄지? 암먼, 바뀌고말고! 그런디, 그것은 그것이고……"

야마니시 영감은 마치 키 낮은 침엽수 밑에서 젖은 바랑 끌어안고 비를 긋는 탁발승처럼 중얼중얼 혼잣말 늘어놓다 말고 갑자기 정색을 했다.

"그런디 날날이 모가지를 확확 뽑아서 간짓대 뻑대기에 높직허니 달어맬 그 잡놈들은 왜 여적지 꿩 꾸워 먹은 자리다냐? 그나저나 그 빌어먹을 놈들만 생각헐라치면 꺽정시럽고만! 참말로 꺽정이여, 꺼억정!"

마지막 한탄 소리는 엄살 다분히 섞어 심란한 속내 과장할 때 야마니시 영감이 항용 두고 쓰는 말버릇에 지나지 않았다. 실인즉슨 흉측한 몰골의 그 걱정이란 짐승은 겨우 꼬랑지만 남기고 몸통 대부분 챙겨 이미 영감 머릿속에서 훌쩍 떠나버린 다음이었다. 연한 배같이 사각거리는 며늘아기를 시도 때도 없이 사랑채로 불러들여 한바탕씩 귀애하는 사이에 불밤송이 같던 마음은 농익은 홍시처럼 흐물흐물 물크러져 어느덧 평상심의 바닥으로 가라앉아 있었다.

천하에 둘도 없는 패륜자식 최귀용은 한밤중이 되어서야 집에 돌아왔다. 부엌일 들무새하던 품꾼들 뿔뿔이 흩어져 돌아간 지 이미 오래였고, 고대광실 천석꾼 대저택 안에 상주하는 대소 일꾼들도 기다리다 지쳐 부뚜막에 놓인 엿가락 꼴로 축축 늘어져 있을 무렵이었다. 최귀용은 방패막이 삼아 제 사촌형 앞세운 채 흉가와도 같이 적막감에 휩싸여 고자누룩이 침잠해 있는 집안 분위기 속으로 비틀걸음 위태롭게 옮겨놓고 있었다.

피곤에 겨운 나머지 야마니시 영감은 빳빳이 풀 먹인 나들잇벌 차림인 채 맨방바닥에 모잡이로 쓰러져 잠들었다가 여럿이서 우꾼우꾼하면서 갑자기 들레는 바깥 기척에 퍼뜩 정신이 들었다. 다름아닌 인간말짜 둘째아들 귀가를 알리는 신호임을 알아차리기 무섭게 그는 소스라쳐 일어앉았다.

"각을 떠서 소금단지에 절여도 시연찮을 놈 같으니라고!"

위아래 어금니 맷돌처럼 빠득빠득 갈아붙이면서 야마니시 영감은 동동걸음으로 사랑채를 나섰다. 패륜자식이 나타났구나, 생각하니 그때까지 몬존하게 가라앉아 있던 평상심은 순식간에 가뭇없이 사라져버리는 대신 낭떠러지처럼 강팔진 심사만이 흉당을 그득 메우는 것이었다. 어른스럽지 못하게 처신하려는 자신을 연방 꾸짖고 타일러 속에서 들끓는 분심을 다독이면서 그는 되도록 보폭을 좁혀 안채를 향해 발맘발맘 나아가기 시작했다.

"나가 참어야지. 즘잖으신 체면에 철딱서니 없는 자식놈 붙잡고 부자지간에 난장씨름으로 자웅을 개릴 수는 없지. 암먼, 낫살깨나 나수 훔친 니가 참을 인 사 마빡에다 크막허니 써 붙이고는 그놈을 죄용죄용 다뤄야지."

그야말로 가관 중에서도 상가관이었다. 맑은 정신으로 차마 눈 뜨고 구경할 수 없는 광경이 어두컴컴한 대문간에서 벌어지고 있었다. 늙정이 마누라가 바가지에 담긴 왕소금 한 움큼씩 손에 쥐고는 이제 막 대문턱 넘어서는 패륜자식 대갈통 위로 휙휙 흩뿌리는 중이었다.

"가막소 구신, 철창 구신은 써억 물러가그라! 쉬이!"

다 죽어가는 시늉으로 며칠째 자리보전하고 누워 지내던 몸뚱어리 어느 구석에 그런 기운이 숨어 있었던지, 늙정이 마누라는 소금 흩뿌리는 동작에다 목청 좋게 소래기 빽빽 내지르는 짓으로 장단을 맞추고 있었다.

"어머니, 제발 이러지 좀 마십쇼. 이러시면 정말 곤란합니다."

실로 오랜만에 들어보는 목소리였다. 녀석은 손바닥 펼쳐 머리 위로 쏟아지는 소금 막아내려 하면서 연거푸 볼멘소리 터뜨렸다. 하지만 관촌댁은 들은 척도 않고 소금 계속 흩뿌려 축사(逐邪) 의식을 진지하게 거행하고 있었다. 한밤중에 모자지간이 벌이는 그 해괴망측한 승강이질이 야마니시 영감 가슴에 또다시 모닥불 활활 지피는 구실을 하고 말았다.

"인자부텀 산서면 감나뭇골 최씨댁 둘째아들 근방에는 얼씬도 허들 말그라! 쉬어잇! 앞으로 최귀용이 몸땡이에다가는 터럭손 하나 범접헐 생심도 허들 말그라! 쉬이! 쉬어잇! 가막소 구신, 관재 구신, 그 못되야먹은 사회주의 구신 따우는 몽주리 다 우리 최씨댁 문전에서 써억허니 물러들 가그라! 쉬어이! 쉬어잇!"

"어머니, 제발 이러지 좀 마시라니깐요!"

마침내 귀용이 버럭 역정을 부렸다. 마치 제 어미가 일껏 공들여 내쫓은 사회주의 귀신 도로 끌어들여 또다시 가막소 신세 지고 싶어 몸살이라도 앓는 꼬락서니였다.

"얼씨구절씨구, 자알 놀고 자빠졌고나! 칠씨구팔씨구, 참말로 자알들 떨어쌓는 지랄버릇이다!"

부지불식간에 비아냥거림 한소끔 퍼르르 끓이고 나서 야마니시 영감은 아차차, 하고 곧바로 후회를 느꼈다. 당최 그래서는 안 되는 일이었다. 결코 그런 식으로 다루면 못쓰는 일이었다. 참을 인 자 마빡에다 큼지막하게 써 붙인, 지각 있고 지체 높은 상곡 어르신으로서 그것은 절대로 해서는 안 되는, 아주 경조부박하기 짝이 없는 언행이었다. 하지만 매우 유감스러운 노릇이 아닐 수 없었다. 참아야지, 끝까지 참아야지, 낫살깨나 나우 훔친 어른이 참지 않으면 누가 참겠는가, 하고 속으로 연방 경을 읽어대면서도 입으로는 여전히 토악질하듯 험언을 웩웩 쏟아낼 수밖에 없었다.

"그 에미에 그 자식이고만! 모자지간에 둘이서 덩더꿍이로 굿판 한번 참말로 신명나게 잘들 벌리고 자빠졌고만!"

그 순간, 귀용을 싸고돌며 요란법석 한바탕 떨어대던 식솔들 움직임이 일제히 멈추어졌다. 무리에서 떨어져 이쪽으로 잽싸게 다가오는 시커먼 것 하나가 얼른 눈에 띄었다. 다름아닌 진용이었다.

“어르신께 시방 심려를 끼쳐드려서 참말로 죄송만만이고만요, 시방.”

도착을 알린답시고 귀용이란 놈보다 몇 발짝 먼저 대문간으로 뛰어들었을 것임에 틀림없었다. 그런데도 곧장 사랑채로 직행하지 않은 그놈 고얀 주둥아리 비집으며 중절중절 흘러나오는 변명들을 야마나시 영감은 마빡에 붙인 참을 인 자 횃불처럼 밝혀가며 그저 잠자코 들어주었다.

“해가 둥둥 떠 있는 동안에는 시방 식구들이고 동네 사람들이고 간에 시방 말짱 다 대면헐 염치가 없담시나 귀용이가 시방 읍내서부텀 발걸음을 대고대고 지체허는 통에 시방 지가 고만 어쩔 도리 없이 시방……”

장조카 낯바닥 겨냥하고 잘 삭힌 소마 한 동이 쫙 끼얹듯 마구잡이로 퍼붓고 싶은, 지린내 물씬물씬 풍기는 욕지거리들이 연방 목젖을 간질이고 있었다. 하지만 야마나시 영감은 다시 한번 마빡에 붙인 참을 인 자의 심장한 의미를 소처럼 되새김질하면서 가까스로 감정을 다스렸다.

“오냐, 좌우단간 찌럭소 같은 저 인간 끌고 먼질 오니라고 욕봤다.”

마음에도 없는 칭찬 에멜무지로 던져 일단 장조카부터 처리한 다음, 야마나시 영감은 어둠과 밝음 경계에 양다리 걸친 채 무춤거리는 인간말짜 둘째아들을 한참이나 노려보았다. 그러자 예사롭지 않은 시선에 꺼들림이라도 당한 듯 패륜자식이 갑자기 왜틀비틀 움직이기 시작했다. 아비 가까이 비트적비트적 다가오는가 싶더니만, 짚뭇 넘어지듯 땅바닥에 풀썩 엎드러졌다.

"소자가 고만 죽을죄를 졌습니다, 아버님!"

땅바닥에 이맛전 퍽퍽 찧어대면서 귀용이 약간 어눌한 입놀림으로 냅다 소래기를 질렀다. 자빠뜨리고 들으나 일으켜 세우고 들으나 좌우지간 야마니시 영감 귀에는 그 소리가 당최 사죄의 언사로 들리지 않았다. 사죄는커녕 오히려 여태껏 한 번도 써먹은 적 없는 그 소자라는 말에서 제 아비 함부로 능멸하려는 불순한 의도마저 느껴질 지경이었다.

"지은 죄 태산같이 크고 불효지사 쇠털같이 많아서 소자는 감히 용서를 빌고 싶은 염치도 없습니다, 아버님!"

술내가 물씬 풍겼다. 보통 술내가 아니라 아주 농익은 문뱃내가 코청을 찔러댈 정도였다. 초장부터 어눌하게 흐트러지던 발음이나 어칠비칠 헛놓던 걸음걸이가 어쩐지 수상쩍다 싶더니만, 결국 제 몸뚱이 하나 제대로 어거하기 힘겨우리만큼 되우 취한 채 귀가했음이 확인되는 순간이었다. 야마니시 영감은 마치 소슬바람에 오동잎 흩날리듯 문제의 참을 인 자가 마빡에서 펄렁펄렁 떨어져 달아나고 있음을 속절없이 인정해야만 했다.

"예끼, 이 천하에……"

부모형제가 눈알 짓무르도록 기다리는 줄 번연히 알면서도 읍내에서 술독에 코끝 처박은 채 세월아 네월아 만판 노닥거리다 밤이 이슥해진 연후에야 비틀걸음치며 나타나 문뱃내 펑펑 풍겨대는 소행머리 생각하니 이제 더는 참아낼 도리가 없었다. 야마니시 영감은 그만 참을 인 자 허공중으로 훽 던짐과 동시에 땅바닥에 너부죽이 엎드린 패륜자식 향해 부대한 몸집을 짐짝같이 날렸다.

"이 천하에…… 천하에 둘도 없는…… 호로상놈 같으니라고!"

야마니시 영감은 한 손으로 아들 멱살 움켜쥐는 한편 다른 한 손으로는 으스러지도록 주먹을 뭉쳐 아들 향해 꼬느질했다. 바로 그 순간이었다. 갑자기 머릿속이 하얗게 비어버리는 듯싶은, 묘한 공허감이 엄습했다. 온몸에서 스르르 맥이 풀려나가는 듯싶은, 나른한 기분도 아울러 느꼈다. 거역하기 어려운, 어떤 무시무시한 기운에 휩쓸려들면서 늙은 몸뚱어리가 팽이처럼 사정없이 맴돌림당하고 있음을 어렴풋이 지각했다. 마당 흙바탕으로 벌러덩 나둥그러지기 직전, 야마니시 영감은 누군가의 입에서 새된 가락으로 뽑혀나오는 비명 소리를 얼핏 들은 듯싶기도 했다.

"조깨 어떠셔요, 아버님?"

눈꺼풀 간신히 밀어올려 주변을 두리번두리번 살펴보니, 아직도 맨땅바닥 위였다. 흙바탕에 퍽석 퍼질러 앉은 자신을 딸년과 장조카놈이 양옆에서 단단히 부액하고 있었다. 잠시잠간 정신 가닥 놓치고 기함해 있었단 말인가. 야마니시 영감은 입때껏 쇠뭉치 같은 강단성 자랑하던 몸뚱어리 곳곳에 어느 겨를에 맞창이 숭숭 뚫려 있었음을 그제야 알아차렸다. 아울러 방문 창호지에 나 있는 주먹질 흔적과도 같은 그 맞창들 통해 험난한 시국과 신산스러운 세월이 불러들인, 맵고도 시린 칼바람이 자신의 혼백 깊숙한 구석까지 마구잡이로 쑤시고 들어오기 시작했음을 꼼짝없이 인정할 도리밖에 없었다. 자신의 영혼과 육신을 난장바닥에 덕석처럼 깔아놓고 오가는 장돌림들 아무 연놈이나 직신직신 짓밟아 뭉개버리게끔 결정적 빌미를 제공한 장본인이 슬하 식솔들 가운데 누구누구인지, 야마니시 영감은 그 이름들 목청껏 호명하고 싶은 충동을 느꼈다. 그러자 갑자기 처연한 감회가 무시무시한 기세로 엄습하기 시작했다. 식솔들과 아랫것들 앞에서 추저분한 꼬락서니 더는 구경시키고 싶지 않은지라, 그는 양쪽 겨드랑이 부축하는 손들 거칠게 뿌리치면서 무너진 자세 바루기 위해 안간힘을 다했다.

"요게 뭔 야단이다요, 영가암!"

얼굴이 사색으로 변해 있는 늙정이 마누라하고 눈길이 딱 맞닥뜨렸다. 정신 가닥 놓치기 직전에 보았던, 마누라 손에 들려 있던 소금 바가지가 그새 두부모 소담하게 올라앉은 채반으로 바뀌어 있었다.

“저놈더러 당장 목욕재계 끝낸 연후에 우아래를 조선옷으로 깨깟허니 갈어입고는 지달리고 있으라고 신칙허소.”

야마니시 영감은 큰 가뭄에 밭아버린 논바닥처럼 쩍쩍 금간 목소리로 나직나직 분부했다. 늙정이 마누라는 무턱대고 고갯방아부터 끄떡끄떡 찧어댔다. 뜬금없는 분부가 퍽이나 의아스럽게 들렸을 법한데도, 대관절 어쩔 작정으로 그런 지시를 내리느냐고 밑두리콧두리 캐물을 엄두조차 못 내는 눈치였다. 방금 전 자기를 넘어뜨린 어지럼증이 되레 전화위복으로 작용한 셈이었다. 나간 집구석 문창호처럼 맞창들 숭숭 뚫려버린 가장의 건강 상태가 아무래도 식솔들 모두에게 불안감이나 죄책감 따위 부담들을 고루 떠안기고 있음이 분명했다. 닥치는 대로 가장집물 집어던지며 아무도 못 말릴 불뚝성 여반장으로 터뜨리곤 하던 평상시 천석꾼 영감보다는, 기진한 듯 가만가만 중얼거리는 한 늙은이 처연한 모습 통해 식솔들은 오히려 가장의 권위가 어떤 것인지를 더욱더 실감하는 듯했다.

“지달리고 있을라니께 귀용이 채비 끝나는 대로 기별을 보내소.”

어리둥절한 낯꽃으로 마당에 우부룩이 모여 있는 면면들 뒤로 하고 야마니시 영감은 사랑채로 발걸음 휘청휘청 옮기기 시작했다. 장조카가 재빨리 다가들어 눈치껏 부축을 시도했다. 그 호의를 그는 점잖게 물리쳤다.

"진용아, 괭기찮다. 나는 암시랑토 않다. 젊은것들 조력 없이도 내 심으로 내 처소까장 얼매든지 찾어갈 만헌 그 뭣이 있는 늙은 이니라."

자식들 문제로 하고많은 날들 끌탕하며 지내느라 이미 곪을 대로 곪아버린 사대삭신인데다 이제는 바람구멍마저 숭숭 뚫려버린 늙은 가장이 미처 시야에서 멀어지기도 전이었다. 조금 전하고 똑같은 광경이 식솔들에 의해 마당에서 또다시 연출되기 시작했다. 출옥한 아들 맞으려고 만단으로 준비했던 환영 절차 예정대로 죄 끝마칠 요량인 듯 늙정이 마누라가 솔찮이 무리를 범하고 있었다. 모자지간에 한바탕 또 승강이질이 벌어졌다. 주는 대로 넙죽넙죽 받아먹으라느니, 제발 이러지 좀 마시라느니, 서로 다툼질하면서 어미는 아들 입에 날두부 욱여넣지 못해 생야단이고, 아들은 또 아들대로 제 입을 무시로 넘나드는 어미 손길 퇴하기에 급급했다.

관촌댁이 사랑채로 건너왔다. 야마니시 영감은 벽면 등진 자세로 비단보료 위에 비스듬히 앉아 쇠폐한 육신 힘겹게 가누는 척하다 동동걸음으로 방에 들어서는 늙정이 마누라를 흘게 늦은 시선으로 데면데면하게 대했다.

"인자 기운 조깨 채리셨소?"

늙정이 마누라 문안에 야마니시 영감은 세상만사 죄 시답잖다는 투로 간신히 손만 휘저어 보였다.

"그러매 나가 내둥 뭣이라 그럽디여? 질래 이녁 승깔대로 살다가는 필경 천수 못다 누리고 숭칙헌 꼴 당헐 거라고 나가 도래방석이 멍석 되드락 노상 신칙허지 않습디여?"

영감 기분 따위 전혀 아랑곳없이 관촌댁은 여느 때보다 유난히 더 말수가 불어나 있었다. 아비 눈 밖에 나버린 아들 치마폭에 감싸고 싶은 욕심으로 지나치리만큼 설레발치는 어미 속내평이 빤히 들여다보이는 수작이었다.

"요게 다 잘난 자식들 둔 덕분에 얻은 병이여."

시르죽은 목소리로 간신히 중얼거리고 나서 야마니시 영감은 짐짓 옆으로 기우뚱 넘어지는 시늉을 연출했다.

"왜놈 순사들 손에 물고가 나드락 닦달당헌 것도 모잘라서 잘난 자식들이 허구헌 날 장도칼맨치로 휘둘러대는 막심불효에 노상 뜸베질을 당허다보니깨 나가 오날날 요 모냥 요 지경으로 파철 신세가 되야뿌린 거여. 그것들이 뿜어대는 독기가 왼몸 구석구석 파고드는 바람에 인자는 울화가 고황에 든 모냥이여. 나가 암만혀도 천수 못다 누리게코롬 사주팔자 한번 에지간히 고단허게 타고난 모냥이여."

야마니시 영감은 두 눈 질끈 감아붙인 채 보료 위에 빳빳하게 드러눕는 것으로 영락없는 송장 형상 꾸미는 한편, 사뭇 애조 띤 가락으로 혼잣말처럼 중얼거렸다. 그러자 관촌댁이 영감 곁으로 바투 자리를 옮겼다.

"그런 그짓말, 누가 들으면 참말이라고 곧이듣겄네. 뭔 사나대장부가 게우 어지럼 조깨 타는 것 갖고 고로콤 심약헌 소리만 쏙쏙 골라서 뽑는다요? 보약 한 제만 잡숫고 나면 천수 아니라 만수까장 누릴 만침 기운발이 동서남북 무지갯살맨치로 뻗칠 티니깨 그런 걱정은 당최 비치지도 마시요."

"아니네, 아니여. 나 몸땡이 사정은 임자보담 나가 훨낀 더 빠삭허니 알고 있네. 암만혀도 임자랑 나랑은 껌은 터럭 파뿌렁구되드락 해로허들 못허게코롬 고독단신 팔자로 타고난 모냥이여. 아까막시 보니깨, 귀용이란 놈 출옥 행사 거행허니라고 임자는 기력이 무지갯살맨치로 산지사방 뻗치든디, 혹간 나가 몇 발짝 앞서 황천객 되드래도 임자는 그 잘난 자식들 줄줄이 거나리고 오래오래 살으소. 여한이 없드락 누릴 천수 다 누리고, 호강에 잣죽 쑤는 상팔자 내 몫까장 곱쟁이로 다 챙기소."

기왕지사 어깃장 놓는 김에 푼수덩어리 마누라로부터 기어코 항복을 받아내고야 말 요량으로 야마니시 영감은 금세 숨넘어갈 듯 목구멍 갈그랑거리며 만판 의뭉을 떨어댔다.

"무신 억단에 말씸을 고로콤 우악살시럽게 내지른다요? 참말로 듣기 거북허요, 영감!"

"억단에 말씸인가 명단에 말씸인가는 장차 두고 보면 제절로 알게 될 것이네. 귀용이란 놈 채비 마칠 때까장 쪼깨 쉬어야 쓰겄으니깨 임자는 여러 소리 보탤라 말고 인자 고만 근너가보소."

그러나 관촌댁은 안채로 건너갈 기미를 좀처럼 안 보였다. 건너가기는커녕 되레 영감 곁으로 더욱 바싹 다가붙으면서 질컥질컥 물기 먹은 목소리로 영감 귓전 축축이 적시기에 바빴다.

"잘났거나 못났거나 간에, 그러고 또 효자거나 불효자거나 간에 좌우지간 귀용이 그놈도 이녁 소생이잖소. 지아모리 천하잡놈이라도 이녁 핏줄이고 이녁 살점 아니겄소? 베룩이란 놈도 낯반대기가 있고 빈대란 놈도 콧잔등이가 있는 법인디, 황차 인두겁 덮어쓴 불효자가 무신 보짱으로 뺄건 대낮에 죄 많은 낯짝 쳐들고 집안으로 들어서겄소. 귀용이도 지 나름대로 오즉이나 속이 터지고 심정이 상혔으면 몽매간에 그리든 고향집 지척에 두고 쏘내기술 퍼먹고는 인사불성을 자청혔겄소. 죄지은 가늠으로 따진다면 죽어 마땅허지만, 그 에리고 불쌍헌 것 장래를 봐서래도 고만 너그럽게 이해를 허시고 요번 한 번만 용서를 베풀어주시요."

"아참, 생각난 짐에 다시 말허겄는디, 귀용이 질 떠날 채비 다 갖추고 나면 지체 없이 기별을 허소."

"에잉? 질을 떠나다니요?"

관촌댁이 권척(卷尺)처럼 말려 있던 몸뚱이 기다랗게 펼쳐 영감 옆에 나란히 붙이면서 자기가 느낀 놀라움의 길이를 당장 실측하려 덤볐다.

"참말로 망령이요, 망령! 옥살이 치루니라고 철골되야서 게우게우 목심줄 부지허고 돌아온 아그를 델꼬 대관절 이 밤중에 무신 사무가 고로콤 급허다고 질을 떠난단 말이요?"

"임자가 상관헐 일 아니여. 남정들 소관사여."

"남정 아니라도 상관 조깨 혀야 쓰겄소! 에미도 상관 못허고 예펜네도 상관 못허는 일이라면, 세상천지 으떤 잡살뱅이가 앞에 나서서 넘에 집안일에 상관헌다요?"

"귀용이랑 작반혀서 화급허니 처결헐 사무가 있으니깨 임자는 그리 알고 고만 입 얌전허니 다물고 가만있으소."

심드렁한 어조로 중얼거리고 나서 야마니시 영감은 방고래 꺼지도록 대짜배기 한숨을 쏟뜨렸다. 그런 다음, 두 번 다시 상종하지 않을 사이인 양 늙정이 마누라 본때 있게 등지면서 반대편으로 홱 돌아누웠다.

"그 처결헐 사무가 대관절 무신 사무다요? 예펜네가 아는 날이면 부정이라도 타는 자리다요? 참말로 깝깝시럽고 폭폭혀서 나가 폴딱폴딱 뛰다가 죽겄소! 속시연허니 말이라도 조깨 들어봅시다!"

관촌댁이 영감 어깻죽지 붙잡고 마구 흔들기 시작했다. 한참 흔들어대다 말고 갑자기 손놀림을 뚝 멈추었다.

"애고마니, 오밤중에 뭔 채림새를 요다지도 숭칙시럽게 갖췄다냐!"

무슨 끔찍한 물건에라도 접촉한 듯 관촌댁은 별안간 질겁하고 잔망(殘亡)하면서 냉큼 한 발짝 물러앉았다. 워낙 굼뜨고 더딘 눈총기인지라 진종일 영감 부대한 몸피 둘러싸고 있던 나들잇벌 존재를 그제야 알아차린 모양이었다. 더군다나 심지 낮춘 남포등 희미한 불빛 속에서 저승사자 도포같이 시커먼 두루마기 차림 확인하는 순간, 뭔지 모르게 불길한 조짐이라도 퍼뜩 알아챈 기색이었다.

"열두 대문 규중심처맨치로 의뭉시런 이녁 그 속내를 버선목 뒤집덧기 활딱 뒤집어서 당장 뵈야주시요! 대관절 무신 흉변을 도모허니라고 사람 애간장을 요로콤 뽀짝뽀짝 말린다요? 숨줄 한 가닥 간댕간댕 붙어서 돌아온 자식 끌고 야삼경에 질을 떠나서 화급허니 처결허지 않으면 안 되는 일이 대관절 뭣이다요? 참말로 깝깝시럽고 폭폭혀서 나가 폴딱폴딱 뛰다가……"

"안 말릴랑깨 얼른 뛰다가 뒤어져뿌러, 이 썩어 문드러질 할망구야!"

야마니시 영감 입에서 그예 뇌성벽력이 터져나오고 말았다.

"먹다가 둔 보리개떡 같은 할망구가 으쩌자고 징징 쥐어짜고 지랄이여?"

더 참지 못하고 야마니시 영감은 누운 자리에서 용수철처럼 펄쩍 튀겨 일어났다. 방금 전 야마니시는 결코 진짜배기 야마니시가 아니었다. 생면부지 웬 노회한 가짜배기가 본판 야마니시 밀어내고 그 자리에 대신 들어앉아 제법 교양깨나 인품깨나 갖춘 인물인 양 잠시잠간 변사 노릇을 한 셈이었다.

"남정들찌리 어련허니 다 알어서 처결헐 일인디, 앉어서 오줌 싸는 즘생이 어디라고 감히 천둥에 개 뛰어들딧기 쏙 볼가져나와서는 가장 어르신께서 허시는 일에 따따부따 시비 걸고 지랄이여, 시방?"

어느새 본판으로 돌아온 야마니시 영감은 도끼눈 무시무시하게 지릅떠 늙정이 마누라 정수리를 사정없이 내리찍으면서 언성을 드높였다.

"여러 소리 말고 가장이 시키는 대로 닁큼 거행헐 생각이나 먹으란 말이여, 이 할망탕구야!"

"알겄어라. 알었다니깨요."

일단 부아통 덧들였다 하면 백약이 무효인 줄 익히 아는지라 관촌댁은 성깔 유난한 영감 면전에서 단박에 직수굿해지고 말았다. 고약하기 이를 데 없는 성깔 재차 폭발하기 전에 그니는 허겁지겁 일어섰다. 얄망궂은 영감 입에서 어느 계제에 또다시 쏟아질지 모르는, 능구렁이 아니면 시궁쥐 닮은 그 험언들로부터 멀찌막이 도망치고자 하는 일념으로 그니는 뒤도 안 돌아보고 꽁지 빠지게 달아나버렸다.

낮 동안에는 봄볕이 제법 당양한 편이었다. 하지만 밤이 깊었다 하면 먼 산등성마루로부터 상곡리 야지까지 싸늘한 새벽 기운 운반하느라 온밤을 뜬눈으로 새우곤 하는 바람의 기세가 아직도 고드름 끝처럼 몹시 시리게 느껴지는 계절이었다. 악의 잔뜩 품은 바람이 겹겹이 닫힌 문들 차례로 열어젖뜨리며 방안으로 뛰어들 기회 엿보느라 끊임없이 덜그럭거리고 삐거덕거리는 소리를 냈다. 정절 곧은 청상과부처럼 뒤란에서 음전하게 잠들어 있던 대숲이 소스라치게 놀라 몸부림치곤 했다. 불시에 치한처럼 들이닥쳐 어둠 속에서 엉덩이 더듬고 가슴 주무르는 밤바람의 못된 손버릇에 기겁한 나머지 대숲은 연신 새된 비명을 질러대고 있었다. 이미 해토머리 지나 춘절로 들어선 대지임에도 불구하고, 과연 이런 땅에서 여느 해처럼 또다시 움트고 싹 돋을지 의심이 가리만큼 밤을 맞은 감나뭇골은 겨울철 버금가는 매서운 꽃샘잎샘에 여전히 부대끼는 중이었다.

"아버님, 죄 많은 소자가 돌아왔습니다."

제법 실팍지게 여물어 아람 벌어진 귀용이놈 목청이 불한당처럼 불쑥 뛰어드는 사품에 야마니시 영감은 순간적으로 대경실색하지 않을 수 없었다. 귀밑에 퇴침 괴고 모잡이로 누워 이런 근심 저런 걱정 몽땅 부여안은 채 시간 까먹는 일에 고부라져 있느라 다가오는 인기척 전혀 못 알아차린 야마니시는 마치 담장 너머 남의 집 내실 기웃거리다 주인한테 들킨 푼수로 몹시 당황하고 말았다.

"거그 서서 잠깐 지달리거라!"

만에 일이라도 패륜자식 발자국이 낙인처럼 사랑채 마루에 새겨질까봐 야마니시 영감은 자식과의 새중간에 날카롭고도 빼센 목청 보초로 내세워 어느 누구도 감히 넘나들지 못할 금줄 삼엄히 쳐놓고는 몸놀림을 서두르기 시작했다. 그는 미리감치 헝겊으로 서슬 부위 겹겹이 둘러 문갑 안에 보관했던 담배칼을 꺼냈다. 지난날 몹시 춥고 배곯던 시절, 담뱃잎 잘게 썰어 각연초 만들 적에 자주 써먹던 물건이었다. 낮에 숫돌에다 썩썩 갈아 서슬 퍼렇게 벼려두었던 담배칼을 품안 깊숙이 갈무리하고 씨억씨억 방을 나섰다.

"가자."

야마니시 영감은 자칫 아들 근처로 엇나가지 못하게끔 자신의 눈길을 애써 단속하면서 앞장서서 휘적휘적 걷기 시작했다.

"행선지를 말씀해주시면, 제가 아버님을 앞서 모시겠습니다."

늙은 아비 앞세운 채 젊은 자식이 깜깜한 밤길 어슬렁어슬렁 뒤따르기가 다소 거식했던지, 귀용이란 놈이 조심스럽게 말을 붙여왔다. 그새 취기 싹 가시고 말렸던 혓바닥 곧아졌는지 발음이 제법 똑 부러지게 굴러나왔다.

"이 내 몸은 나가 알어서 잘 뫼실 모냥이니께 너는 니 몸땡이 하나 잘 뫼시면 고만이다. 너는 인자부텀 입설 꾹 함봉허고, 그냥 암말도 허들 말고, 나가 가는 대로 졸졸 따러오면 되느니라."

안채 처마밑에 우부룩이 모인 대소 식솔들이 밤 추위에 떨면서 사뭇 시름겨운 눈초리로 부자 동행 야반 행보를 주시하는 중이었다.

"시간이 얼매가 걸릴지는 나도 몰르고 구신들만 아는 일이니께, 귀가 시간이 쪼깨 지체되드래도 날 찾을라 애쓰들 마소."

야마니시 영감은 늙정이 마누라 앞에 잠시 발걸음 멈추면서 위협적인 언사로 은근슬쩍 겁을 먹였다. 섭섭이 아범이 아무 눈치코치도 없이 문치적문치적 다가와 길 떠나는 도련님 손에 조족등 쥐여주려다 천석꾼 영감 대갈일성에 그만 혼비백산해서 물러서고 말았다.

아비가 앞장서고 자식이 말없이 뒤따랐다. 귀용은 두 번 다시 행선지를 묻지 않았다. 무슨 용무로 가는지도 알려 하지 않았다. 날 잡아 잡수, 하고 배짱 툭 내미는 투로 그저 잠자코 뒤만 따랐다. 아비 분부에 맞춰 조선옷 일습 착실히 몸에 걸친 차림새였다. 귀가 후 시간이 꽤 흘렀으니 그새 아비 지시대로 목욕재계도 끝마쳤을 것이고, 제 어미가 정성껏 차려준 갖가지 기름진 음식들로 허기진 뱃구레도 든든히 채웠을 터였다.

가증스럽기 짝이 없는 놈 같으니라고!

아비한테 마지못해 끌려가다 어느 대목에서 어떤 처분 받게 될지, 그것은 저하고 아무런 상관도 없는 남의 일이라는 듯, 귀용은 내처 태연자약을 유지하고 있었다. 발소리도 심상하게 땅을 디디며 씨억씨억 걷는 불효부제(不孝不悌) 패륜자식 뒤에 두고 야마니시 영감은 새삼스레 치를 떨며 몸서리쳤다. 잔뜩 겁에 질려 온몸 푸들푸들 떨면서, 제발 행선지만이라도 귀띔해달라고, 대관절 어찌할 작정으로 이러시냐고, 아비 두루마기 자락 부여잡고 애걸복걸 매달릴 줄도 모르는 막심불효 소행머리 내심 야속하고 괘씸하게 여기면서 야마니시는 어둠 속을 헤쳐나갔다.

오냐, 좋다! 날이 밝기 전까지 내가 죽든지 네놈이 죽든지 좌우단간 어디 한번 생사가판을 정하도록 하자, 이놈아!

고갯마루 요긴목 지키며 길손들 봇짐 노리는, 덩치 거방진 산적 닮은 어둠이란 놈이 앞길 턱턱 가로막고 나서면서 야마니시 영감에게 걸핏하면 시비 걸고 툭하면 통행세를 요구했다. 그럴 적마다 어둠의 낯짝 겨냥해 박치기를 놓고 발부리로 정강이 걷어차는 등 불량을 떨어댐으로써 산적들에게 통행세 한 닢 물지 않고도 얼마든지 길을 열어 나아갈 수 있었다.

백번 천벌받아 마땅한 놈 같으니라고!

상곡리 고샅길에서부터 따라붙기 시작한 개들 우짖음이 먼 동네까지 꿍무니 다붙어 줄곧 쫓아오고 있었다. 한두 마리가 아니라 여러 마리였다. 산서의 개들 모두가 한목에 왁작 들고일어나 저희끼리만 통하는 군호 같은 것 서로 주고받으며 수상쩍은 인간들이 시방 어디쯤 가고 있는지 사발통문 돌리느라 바삐 나부대는 중이었다. 날카로운 송곳니 허옇게 드러낸 채 걸쭉한 침액 질질 흘리는 듯싶은, 그 사나운 우짖음이 엔간히도 야마니시 영감 귀에 거슬렸다. 거대한 쇠갈퀴 휘두르는 조선총독부가 전쟁 수행에 필요한 물자라고 농삿일에 없어서는 안 될 농우마저 닥치는 대로 걸태질해가는 판국이었다. 그런데, 저 먹음직스러운 전쟁물자를 총독부는 어째서 뱃바닥에 아직도 된장 바르지 않고 저렇게 제멋대로 우짖도록 그냥 내버려둔단 말인가. 저것들이 누구한테 행티부리는지 개들 주인이 아는 날이면 바지에 오줌 지릴 것임에 틀림없었다. 지엄하신 상곡 어르신 행차 몰라보고 거추없이 날뛰는 개들 향해 그는 저주를 퍼부었다. 발칙스럽고 방자무기한 저 짐승들 전쟁물자로 모조리 공출 보냄으로써 씨를 말릴 수만 있다면, 일본군 대본영이 만주사변이나 지나사변뿐만 아니라 미영귀축 따위 서양 대국들 차례걸음으로 들부수는 대규모 사변 서너 개쯤 더 일으킨다 해도 괜찮을 듯싶었다.

오냐, 좋다! 네놈이 언제까지 그렇게 배포 유하게 버팅개질할 것인지, 어디 한번 두고 보자!

앞서고 뒤따르는 두 부자 발걸음이 어느덧 상곡리와 오암리 경계인 고갯마루에 이르렀다. 야마니시 영감은 삐거덕거리는 고물 수레바퀴 같은 다리 힘겹게 놀려 칠흑의 밤길 헤치며 그 먼 데까지 부대한 몸집 무탈하게 운반해온 자신에게 갑과(甲科)에 상당하는 성적을 매기고 싶었다. 그것보다 약간 더 가풀막진 고개 하나 타넘고 나면 곧 물레봉 만나 오랜만에 그것하고 수인사 나눌 판이었다. 산서 최문 선영과 기제사 돌보는 재각은 물레봉 기슭에 예나 이제나 변함없이 어연번듯한 모습으로 들어앉아 있었다.

고르지 못한 밤길 헤치며 그만큼 멀리 왔으니 이제는 대충 눈치챘을 법도 하건만, 귀용이란 놈한테서는 여전히 아무런 반응도 건너오지 않았다. 그쯤 됐으면 조상신위들 뵈올 목적으로 선영 찾아가는 길인 줄 진즉에 깨달았을 텐데, 쓰다든지 달다든지 반 토막짜리 감정조차 흘리지 않는 것이었다.

내가 시방 무슨 과업 도모하려고 이러는지 알아차리는 날이면, 아마 기절하고도 초풍하면서 넉장거리로 나자빠지고 말 것이다, 이놈아!

야마니시 영감은 송곳니가 방석니 되도록 일삼아 빠득빠득 갈아붙이는 한편, 요긴목에 왈칵 쏟아부을 뇌성벽력 넉넉히 장만하자면 앞으로 한참 더 감정을 엄히 다스려야 한다고 자신을 향해 대고 타일렀다. 목적지에 거지반 당도한 셈이었다. 이제는 방귀 한 방 살짝 뀌어도 선영 재각까지 훵허케 옮아갈 수 있으리만큼 지근거리에 이르렀다. 야마니시 영감은 못난 후손으로서 조상님들 뵈올 면목 없다는 이유로 소롯길 왼편짝에 위치한 봉분들 일부러 외면한 채 오른편짝 재각만 바라보고 발걸음을 더욱 재우쳤다.

재각 근처에서 야마니시 영감은 고개 슬쩍 외틀어 언필칭 죄 많은 소자 운운하던 귀용의 기색을 엿봤다. 일정한 간격 유지한 채 고른 숨소리와 규칙적인 발소리가 따라오고 있었다. 동행자 있음을 알려주는 그 기척만으로는 귀용이놈 시커먼 오장육부 안에 시방 어떤 짐승들이 서식하고 있는지 당최 가늠할 수 없었다. 어느 조상님 닮아 그 지경으로 못돼먹은 자식인지, 그야말로 찔러도 핏방울 하나 안 비칠, 참으로 지독을 극한 종자였다. 부모 간섭 벗어나 객지 유학하는 사이 무섭도록 성격이 표변해 전혀 딴사람으로 돌아온 둘째아들이었다. 그런 자식 두고, 아직도 철부지에 지나지 않는다 치부하면서 의심의 눈초리 한번 보내지 않았던 점이 아비로서 범한 일생일대 불찰이었다. 소생들 가운데서도 유독 귀애해 마지않던 둘째아들 신변을 사회주의자 배낙철 손아귀에 맡긴 채 입때껏 믿거라 하면서 만판 신간 편히 살아온 점이야말로 일생일대 실수가 아닐 수 없었다. 돌절구로 가슴팍 쿵쿵 찧어대고 쇠갈퀴로 머리터럭 벅벅 훑어대면서 만판 통탄해 마땅한 결과였다.

예라, 이 스라소니보다 흉물스럽고 까치독사보다 독살스러운 놈아!

마침내 야마니시 영감은 만감이 엇갈리는 심정으로 재각을 마주했다. 여느 사대부 반가 못지않게 허울과 실속 두루 갖춘 재각이 어둠 속에서도 만만찮은 규모를 헌걸스럽게 드러내고 있었다. 나라님 거둥 때 용대기(龍大旗) 세우듯 가문의 위신 깃발 삼아 산서 산하에 드높이 펄럭이고자 안간힘 쓰던, 조상대대 한미한 출신성분에 한이 맺힌 한 후손의 욕망과 집념이 고스란히 스며든 건조물이었다. 야심과 의욕으로 똘똘 뭉친 한 후손의 자부심을 반영하는 상징물이기도 했다. 그것은 죽은 건조물이 아니었다. 시퍼렇게 살아 눈 부릅뜨고 숨 펄떡펄떡 쉬는 생명체인 동시에 그 생명체를 탄생시킨 인물하고 동격이며 동체였다. 지난날 그 생명체를 해산할 당시 있었던 갖가지 일화들이 활동사진처럼 야마니시 영감 뇌리에서 생생히 되살아나기 시작했다.

그 얼마나 엄청난 비용과 물자를 투척했던가. 그 얼마나 극성스럽게 현장에 매달려 침식마저 잊은 채 밤낮으로 공사를 지휘하고, 그 얼마나 호되게 대소 인부들 독려했던가. 그 얼마나 조상신위들 영전에 면목 꼿꼿이 서는 위선지도(爲先之道)를 행했던가. 그 얼마나 대견한 후손임을 만천하에 과시했던가. 그 얼마나 산서 면민들 앞에 자긍심 드러내고, 그 얼마나 천지신명과 일월성신 앞에 말발 반듯하게 세우는 사업이던가……

손에 직접 톱이나 망치 따위 연장만 잡지 않았다뿐이지, 실인즉슨 혼잣손으로 호락질하다시피 고군분투하면서 지은 거나 진배없는 재각이었다. 나뭇조각 하나부터 기왓장 하나에 이르기까지 몸소 흘린 피와 땀이 오롯이 배어 있다 해도 과언이 아니었다. 지난날 한 후손의 남다른 위선봉사 정신과 신분상승 의지가 뭉치고 다져진 끝에 주춧돌과 기둥이 되고, 대들보와 들보와 서까래가 되고, 벽과 지붕이 되어 재각을 구성하고 있었다.

그 얼마나 가슴 뿌듯한 보람과 긍지에 휩싸여 밤잠 설치곤 했던가. 그 얼마나 희망에 부풀어 심신이며 혼백이 풍선처럼 두둥실 건공중을 떠다니곤 했던가. 그 얼마나 휘황찬란한 가문의 미래를 시시때때 꿈꾸었으며, 그 얼마나 꿈을 자기 생전에 현실 속에서 육안으로 목격하기를 갈망했던가……

웬만큼 가산 일구고 나서 야마니시 영감이 작심하고 착수한 사업은 다름아닌 조상치레, 선영치레였다. 선영이 자리잡은 물레봉 기슭을 온통 돈으로 뒤발하고 물량으로 미역을 감기다시피 함으로써 무지렁이 산골고라리들로 하여금 벌어진 입 여간해서 다물지 못하게 할 정도로 선영을 요란뻑적지근하게 꾸미기 시작했다. 내세울 만한 과거라고는 쥐뿔도 없는, 한미하기 짝이 없는 산서 최문 내력을 면민들 뇌리에서 말끔히 지우기 위한 분투노력이었다. 아까운 줄 모르고 거금 투척해 재각을 신축하는 한편, 초라하고 꾀죄죄한 봉분들 왕릉 버금가리만큼 덩치 키우고 북데기 부풀려놓았다. 봉분마다 낱낱이 비석에 상석, 망주석에 문인석 따위 석물 일습으로 갖춰놓음으로써 마침내 산서 일원에서 규모 굉장하고 때깔 호화롭기로 으뜸가는 선영으로 탈바꿈시키는 데 성공했다.

그리하여 야마니시 영감은 산서 땅에 뿌리내리고 살아가는 것들치고 어느 누구도 감히 최씨 문중 무시하거나 하대할 생심도 못하게끔 가세와 족당의 흥왕지세를 만천하에 과시하기에 이르렀다. 수수백년 장구세월 쇠후할 대로 쇠후한 음택으로 푸대접 받던, 참으로 보잘것없는 선영을 하루아침에 명당 푼수로 개비해 놓은 후손의 지극정성과 효행에 조상신위 전체가 감동하지 않고는 못 배기셨을 것임에 틀림없다고 그는 확신했다. 그리하여 심기일전한 조상신위들 도우시고 보살펴주시는 음덕에 힘입어 여태껏 자기 혼잣손으로 어렵사리 쌓아올린 당대발복(當代發福)의 기반이 앞으로 더욱더 공고해짐은 물론, 평지돌출 다름없는 자신을 장차 가문의 중시조로 모시는 새로운 역사가 개창되기를 간절히 바라 마지않았다.

그런데, 오늘날 집안 되어가는 꼬락서니는 어떤가. 건곤일척 마지막 승부 걸다시피 몽땅 쏟뜨렸던 그 모든 수고와 노력이 말짱 다 헛일이요 일장춘몽이요 도로아미타불이 되고 만 셈이었다. 필요 이상 밑거름 웃거름 지나치게 뿌린데다 제때 병충해 방제하지 못한 허물로 말미암아 오랜 세월 다른 어떤 농사보다 공들여 지었던 자식농사가 유례없는 대흉작 이루는 바람에 그동안 자신의 피땀과 맞바꿔 긍지와 자부심으로 쌓아올린 그 공든 탑이 삽시에 물거품으로 변해 이제는 부지거처가 돼버렸다.

재각과 마주서자 야마니시 영감 입에서는 마치 추녀 끝 훑고 지나가는 바람 소리 같은 장탄식이 절로 뽑혀나왔다. 야트막한 담장 새중간에 두고 재각과 이웃한 산지기 집은 먹빛 어둠자락 홀랑 뒤집어쓴 채 선산 기스락에 다소곳이 엎드려 있었다. 산주 어르신께서 그토록 야심한 시각에 아무런 예고도 없이 불쑥 선영 참배에 나서리라고는 꿈에도 짐작할 리 없는 산지기 일가는 먼 마을 외딴집이면 으레 한두 마리 키우게 마련인 개조차 파수꾼으로 세우지 않은 채 혼곤한 잠에 취해 있었다. 야마니시 영감은 불빛 한 줄기 안 비치는 외딴집 바라보면서, 야마리없는 산지기를 깨울까 말까 잠시 고심하다가 얼른 마음을 고쳐먹었다. 차라리 잘된 일인지도 모른다. 만일 가까이 제삼자 이목이 있어 바야흐로 재각 안에서 벌어지려는 사건 전말을 낱낱이 지켜본다면, 그 또한 여간 거식한 노릇이 아닐 터였다.

야마니시 영감은 두어 차례 심호흡으로 각오를 새롭게 다진 다음 재각 문고리를 힘껏 당겼다. 비명 소리 아프게 내지르며 문이 삐거덕 열리는 순간, 등골 오싹 움츠러뜨리는 한축이 엄습했다. 재각 안쪽 어둠 속에 도사리고 있던 조상신위들께서 음습한 바람 형태로 모습을 바꾸어 못난 후손 향해 덮치는 모양새였다. 갑자기 귀기 서린 바람이 온몸을 휘감는 사품에 그는 냉큼 뒷걸음칠 듯 무르춤한 자세로 진저리를 쳤다. 옆에서 누가 코를 베어 가도 모르리만큼 섬뜩한 어둠과 냉기만이 횡행하는 재각 내부 사위스러운 분위기 속에서 애당초 계획대로 거사를 단행하는 건 아무래도 무리일 성싶었다.

"가서 산지기 조깨 죄용허니 깨우거라."

마침내 야마니시 영감은 자물쇠 채웠던 입을 열어 지시를 내렸다.

"예, 아버님."

이를테면, 그것이 길을 나선 이후 부자 사이에 실질적으로 이루어진 첫 대화인 셈이었다.

"양서방더러 재각에다 불 조깨 밝히라고 일르거라."

"예, 아버님."

산주이자 천석꾼 대지주 어르신 분부 전달하기 위해 귀용은 어둠 속으로 휭허케 사라졌다. 웬일로 지나치리만큼 고분고분 순종하는 불효자 처신이 야마니시 영감 비위에 거슬렸다. 하기야 찌러기 황소처럼 뜸베질하든지 하릅강아지처럼 살랑살랑 꼬리 흔들든지 간에 불효자 면모가 아비 눈에 마땅찮아 보이기는 어느 쪽이나 매일반이었다.

산지기 집에서 불빛 한 줄기 화급히 빠져나오더니만, 전후좌우로 마구 흔들리면서 재각 쪽으로 허둥지둥 달려왔다. 선대 때부터 최문하고 주종 관계 맺은 양서방이 그을음깨나 피워올리는 관솔불 손에 잡은 채 우선 아랫것 도리부터 깍듯이 챙기느라 경황없이 굴었다.

"어르신께서 이 야심헌 밤중에 무신 일로……"

콧사배기를 절굿공이처럼 사용해서 땅바닥에 확을 파듯 덮어놓고 큰절부터 요란하게 올린 다음, 양서방은 송진 기름 방울방울 떨어지는 관솔불을 머리 높이로 번쩍 치켜들었다.

"나가 재각 안에다가 훤허니 불을 밝히라고 허잖든가!"

"아, 예, 어르신!"

아직도 잠에서 온전히 깨나지 못하고 비몽사몽간을 헤매는지, 양서방은 짝없이 맹해 보이는 얼굴이었다.

"싸게 불만 밝힌 연후에 자네는 촌각을 지체허들 말고 집구석으로 근너가서 밑진 잠이나 봉창허게!"

어르신 분부 거행하기 위해 서둘러 재각 안으로 들어서는 양서방 목덜미를 야마니시 영감 감때사나운 목청이 홱 낚아챘다.

"도로 나오라는 지시 떨어지지 않는 한은 날이 밝을 때까장 재각 근처에 얼씬도 말게! 혹간 재각에서 웬 천둥이 울고 벼락이 치는 변고가 생기드래도 자네는 그냥 모르는 치끼허고 넘에 일에 상관헐라 말게! 알어들었는가?"

"아, 예! 어느 어르신 분부시라고 지가 감히……"

양서방은 잽싼 손놀림으로 관솔불 댕겨 재각 안에 비치된 등롱을 환히 밝힘으로써 그곳에 상주하던 어둠을 일거에 밖으로 쫓아버렸다. 밤잠 잘 자다 졸지에 끌려나와 상곡 어르신 분부 거행하기 무섭게 양서방은 마치 못된 발길질에 되알지게 배때기 걷어차인 개처럼 산주 부자 눈치 살피며 도망갈 채비 서둘렀다.

"혹간 처자식들이 무신 일이냐고 묻드래도 자네는 입주뎅이 꽉 다물고 눈 질끈 깜고 귓구녁에다 마개 콱 꽂아뿔고는 죽은 딧기 자고 있어야 되네!"

"분부에 한 치도 버그러지지 않게코롬 명심을 허겄습니다요!"

"알어들었으면 고만 가보게!"

장차 재각에서 어떤 불상사가 발생하더라도 이러쿵저러쿵 뒷말 비어지지 않게끔 야마니시 영감은 양서방한테 오목조목 빈틈

없이 오금을 박았다. 연방 쩔쩔매는 시늉으로 산지기는 금세 시야에서 사라져버렸다.

"싸게 욜로 들어오니라."

야마니시 영감이 되우 위엄 있게 말했다. 불효자 들어오기 기다려 우선 문고리부터 안에서 철커덕 걸어 잠갔다.

"거그 앉거라."

휑뎅그렁하고 썰렁한 마루방 한가운데 무르팍 착 꿇으면서 야마니시 영감은 기왕이면 자기 목소리가 더욱 근엄하면서 장중한 가락으로 들리게끔 발성에 최선을 다했다. 불효자는 한마디 토도 달지 않은 채 아비 명령에 직수굿이 따랐다. 양서방과 아비 사이에 심각하게 오가던 말들 곁에서 죄 들었음에도 불구하고 녀석은 동요의 기색 한 점 얼굴에 떠올리지 않았다.

"나가 선창허는 대로 너도 똑같이 복창을 허거라."

제단 양옆 벽면에 걸린 두 개의 등롱이 밝히는 재각 내부 풍경은 그저 삭막하고 을씨년스럽기만 했다. 외풍이 전혀 없는데도 어찌된 셈판인지 불꽃들이 갈기털처럼 세운 그을음 가닥 남실남실 흔들며 까닭 없이 연신 진저리치고 있었다. 등롱에서 뻗어나온 치자색 불빛이 벽 앞에 놓인 제상 위로 한숨처럼 혹은 효심 없는 후손들에 의해 에멜무지로 차려진 싸구려 제수처럼 몹시 군색스럽게 내려앉고 있었다. 산서 최씨 겨레붙이들 시향 모시는 날이 아닌지라 드넓은 재각에서 눈에 띌 만한 기물이라고는 달랑

흑갈색 옻칠 광택 번들거리는 제상뿐이었다. 오래 굶주려 부황난 듯 누렇게 뜬 불빛 외에는 다른 어떤 제물도 올리지 않은 제상에 크게 낙담한 조상신위들이 웅기중기 모여 몹시 못마땅한 눈초리로 정성 모자라는 후손을 호되게 힐난하시는 것만 같았다. 끼니가 간데없어 굶기를 밥 먹듯 하던 시절 살다 돌아가신 조상님들인지라 못마땅해하시는 게 당연하지 싶었다. 야마니시 영감은 죄만스럽기 그지없는 심정으로 제단 위쪽 시렁에 모신 신줏단지 향해 우선 재배부터 올렸다. 덩달아 귀용이란 놈도 마룻바닥에 너부죽이 엎드리면서 두 번에 걸쳐 머리통 꿉적꿉적 쥐어박았다.

그 대목까지는 별다른 차질 없이 계획대로 절차가 진행된 셈이었다. 그다음이 문제였다. 실로 난감한 노릇이 아닐 수 없었다. 조상신위 입회하에 부자간에 생사가판 결정하는 특별행사 치르기 위해서는 어떤 형식절차 밟아야 되는지, 그쪽 분야 따로 공부한 바 없을뿐더러 사전에 궁리해둔 바도 없기 때문에 야마니시 영감은 별안간 당혹감에 휩싸이고 말았다.

"조상신위 존전에 고허나니다……"

재배 다음 순서로 조상신위 영전에 어떤 언설 풀어 올려야 좋을지, 잠시 고민하던 끝에 야마니시 영감은 에라 모르겠다고 막가는 심정으로 도나캐나 읊어대기 시작했다. 아비 선창 받아 자식이 제꺽 복창했다.

"조상신위 존전에 고하나이다."

"만고죄인 야마……"

"만고죄인 야마……"

바로 그 대목이 특히 더 문제였다. 야마니시 영감은 순간적으로 멈칫할 수밖에 없었다. 만일 자기 존재를 창씨개명으로 고할 경우, 최근에 자기 멋대로 자작자급한 일본식 이름 들이대는 후손을 조상님들이 전연 못 알아보는 돌발사가 생김은 물론, 누세에 걸쳐 선대로부터 물려받은 성씨를 일언반사 상의도 없이 일개 후손이 임의로 갈아치운 전대미문의 만행에 조상귀신들이 격분하는 불측지변 또한 발생할 가능성이 있기 때문이었다. 결국 그것은 패륜자식 막심불효보다 몇 곱절 더 고약한 대역부도임을 조상귀신들 앞에 자복하는 짓에 다름아니었다. 일본인 야마니시 아끼라가 조선 출신 조상귀신들 상대로 엉뚱깽뚱한 수작 벌이는 셈이었다. 다른 짓이라면 혹간 또 모르겠다. 그토록 너저분한 짓거리만은 제아무리 배포 유하게 타고난 작자라 할지라도 저지를 용기가 차마 발동하지 않았다.

"오날날 만고죄인에다가 못나터진 무녀리 가장에다가 불충불효헌 후손으로 살어가는 최명배가 조상신위 존전에 요로콤 물팍 꿇고 납작허니 엎드러져서 그동안 알게 몰르게 저질렀든 막심불효를 백배천배 사죄허나니다. 어리석고 주변머리 모잘라는 후손이 못 배와먹은 쇠견 구녁에다가 서툴게 연마헌 솜씨로 자식농사 짓다보니깨 웬 돌씨 같은 못된 종자 하나가 최씨 가문에 뜬금없이 불거져나와서는 생전 듣도 보도 못헌 난잡 행실로 패역무도 만행 저질러서 가문에다가 덕지덕지 똥칠을 허고 조상신위 욕뵈는 바람에 그 돌씨 종자 퍼질러낸 죄 많은 후손이 참말로 여러 뭇 조상님들 뵈올 면목이 눈꼽만침도 없게 되야뿌렀습니다요!"

중도에 숨도 안 쉬고 그 대목까지 내리닫이로 읊어댄 다음 최명배 영감은 잠시 뜸을 들였다. 그리고 곁에 앉은 돌씨 종자 표정을 흘끗 살폈다. 상황이 그 지경에 이르렀는데도, 어느 동네 개가 짖느냐는 투로 여전히 아무런 내색도 안 비치는 그 뇌꼴스러운 면상을 눈으로 확인하기 무섭게 최명배는 목청을 표창 모양으로 더욱더 뾰쪽하게 가다듬어 휙휙 날리기 시작했다.

"조상신위 뵈올 면목이 없기 땜시 천번만번 죽어 마땅헌 막심 불효 후손 두 부자가 시방 너 죽고 나 죽기로 작정을 혔습니다요! 조상신위 존전에 시뻘건 선지피 뿌리고 두 목심 제물로 바쳐서 최씨 가문을 똥 친 막대기로 맨든 대죄를 자복헐라고 야밤중에 허우단심 달려왔습니다요! 여러 뭇 조상신위께서는 지지리도 못 나터진 후손들 일편단심 굽어살피시사 즈이 두 부자 사죄허는 방식이 쪼깨 텀턱시럽고 모냥새가 혹간 숭칙시런 대목 있드래도 징허다, 추허다, 타박허들 마시고 부데 하해 같으신 아량으로 용서허시기를 요로콤 쌍수합장으로 빌고 또 비나니다!"

격식 제대로 갖춘 축문 대신 즉흥적인 사설들 도나캐나 좔좔 읊어가며 최명배 영감은 조상신위 만나려고 부득불 야밤중에 선영을 찾아올 수밖에 없었던 저간의 사정에 관해 장황히 설명했다. 그런 다음, 돌씨 종자 쪽으로 본때 있게 홱 돌아앉으면서 막심불효 패륜자식을 정면으로 상대했다. 천 근 무게의 상심과 분노 아래 지지눌린 탓에 목에서 장끼 울음 방불하게 꺽꺽 쉰 소리가 나오는 걸 그로서는 도무지 어찌할 수 없었다.

"니가 용서 못 받을 만고죄인이 된 연고를 여러 뭇 조상신위 존전에 소상허니 자복헌 연후에 여태까장 니가 저질렀든 왼갖 죄상들을 시방 당장 낱낱이 다 이실직고허거라!"

"예, 아버님! 용서 못 받을 후손이라는 사실을 자복하고, 만고죄인이라는 사실을 조상신위 존전에 이실직고합니다!"

아비 지시 떨어지기 무섭게 돌씨 종자 불효자는 힘 하나 안 들이고 구저분한 주둥아리 가볏하게 놀려 자복 절차를 얼렁뚱땅 해치움으로써 다시 한번 못돼먹은 제 본성을 여실히 드러내고 말았다. 그 행티가 너무도 아니꼽살스럽고 뇌꼴스럽게 느껴지는 바람에 최명배 영감은 갑자기 속이 메슥거릴 지경으로 비위를 확 상우고 말았다.

"느그 애비 아니라 여러 뭇 조상신위 높이 우러러 받듬시나 니 입으로 니 죄상 낱낱이 자복허란 말이여, 이놈아!"

"예, 아버님! 산서 최씨 조상신위시여, 이 불효자손을 부디 용서하소서. 조상님들 법도에 어긋나는 잘못을 그동안 부지기수로 저질렀습니다. 애초부터 부모님이 바라시는 학업에는 별로 뜻이 없었고, 하지 말라는 못된 활동에 고부라져 지내는 동안 비싼 학자금 몽땅 다 까먹고, 저희 아버님 금쪽같은 재산을 무단히 축내기도 했습니다. 일제가 엄금하는 불온사상, 저희 아버님도 불구대천지수로 생각하시는 사상에 빠져서 불령분자들이랑 밤낮으로 같이 어울리기도 했습니다. 강도단을 위장하고 야밤중에 본가에 잠입해서 아버님한테 비수 들이대고 재물을 강탈하는 적도들 행악질에 저도 일원으로 가담해서 망꾼 노릇에 종사하기도 했습니다."

굴렁쇠처럼 매끄럽게 잘도 굴러가는 혓바닥으로 시원스럽게 털어놓던 이실직고의 발걸음이 화적패 사건으로 갑자기 방향을 트는 순간, 최명배 영감은 차마 필설로 형용 못할 곤욕 치렀던 기억이 눈앞의 현실인 양 생생히 되살아나는 바람에 푸르르 진저리 칠 수밖에 없었다.

"다니던 학교에서 퇴학을 맞는 바람에 학업마저 중도이폐하고 말았습니다. 일제가 법으로 엄금하는 사상활동에 고부라졌다가 경찰에 체포되는 바람에 호리만치도 잘못이 없는 저희 아버님께서 모진 고초를 겪게끔 일층 불효 위에 이층 불효를 올리는 대죄를 범했습니다. 그러는 바람에 결국……"

"되았다!"

"결국 적잖은 가산을 날려버린 것은 물론이고, 치안유지법 위반자로 재판까지 받은 끝에……"

"그 정도면 되얐단 말이다, 이놈아!"

마치, 아버님 소원이 이실직고라면 구린내 나는 과거지사 쉬쉬할 게 뭐가 있겠느냐, 기왕지사 자복 절차 밟는 김에 조상신위 앞에 인심이나 팍 써버리겠다, 하고 아비 면전에서 시위라도 벌이는 투였다. 제단 위 시렁에 줄지어 앉은 신줏단지들 응시한 채 죄상자복 빙자하고 조상신위 상대로 방자무기한 말장난을 계속할 작정임에 틀림없었다. 몹쓸 행실 윽박질러 가까스로 주둥아리 닥쳐놓은 다음 최명배 영감은 품안에 감춰둔 담배칼을 꺼내들었다.

"니놈 입주뎅이로 니놈 죄상 주절주절 엮어댔으니께 인자는 니놈 못된 행실 니놈이 책음질 일만 남었다. 가문에다 똥칠허고 조상신위 욕뵌 대역부도를 니놈이 용서받는 질은 딱 외목 한 질이다! 고것이 뭣이겄냐? 자진이다!"

즉각 자진해 마땅한 불효자 앞으로 최명배 영감은 헝겊에 둘둘 감긴 담배칼을 휙 집어던졌다. 마룻바닥에 툭 떨어지는 담배칼 위로 짤막하게 머물던 불효자 시선이 이윽고 아비 얼굴로 꼬물꼬물 옮아오기 시작했다. 적잖이 의아심을 드러내는 눈빛이, 대관절 마루 위의 저것은 얻다가 쓰는 물건이냐고 묻고 있었다.

"요게 무신 연장인지도 몰른단 말이냐, 이놈아? 여러 뭇 조상신위 존전에서 시방 당장 그 칼로 칵 자진을 허거라! 니놈 손모가지로, 거 뭣이라드냐, 사무라이들이 걸핏허면 여반장으로 헌다는, 거 뭣이냐……"

"하라끼리라고도 하고 갓뿌꾸라고도 합니다마는……"

"오냐, 너 잘났다! 참말로 무식은 행방이 묘연허고 유식만 만발혔고나! 그 유식헌 대그빡 잘 궁글려서 하라끼리를 허든지 갓뿌꾸를 허든지 좌우단간 양자택일을 허거라! 칼로 배아지 짝 갈러서 염통 바치는 정성으로 조상신위 존전에 백배사죄를 허란 말이다, 이놈아!"

돌씨 종자 아들이 신중한 손놀림으로 담배칼을 집어들었다. 그리고 칼집 대용으로 둘린 헝겊을 한 켜씩 천천히 벗겨내기 시작했다. 최명배 영감이 낮 동안 식솔들 모르게 사랑채 뒤란에서 숫돌에 썩썩 갈아 담뱃잎 자르듯 철판이라도 자르리만큼 예리하게 벼려놓은 칼날이었다. 휑뎅그렁한 재실 내부 밝히느라 기력이 달리는 기색이던 등롱 불빛도 그 칼날 만나자마자 얼씨구나 하고 내려앉으면서 꽃불 모양의 섬광으로 통통 튀어오르는 듯했다.

"단신으로 도모허는 자진은 아니니깨 겁먹을 것 없다. 니놈이 일차로 가고 나면 애비도 금세 이차로 뒤따를 모냥이니깨 당최 억울허다 생각 말어라."

눈앞에 칼끝 바투 들이대고 칼날 위로 튀는 꽃불만 말없이 응시하는 패륜자식 거동 지켜보면서 최명배 영감은 남몰래 득의의 미소를 흘렸다.

"가문을 똥 친 막대기 맨들고 조상님들 난장바닥에다 눕혀놓고 우세시킨 대역부도도 중허지만, 자식농사 대흉작 맨든 애비 죄 또한 막중허니라. 그러기 땜시 우리 부자 시방 의초롭게 저승질 동무허고 짱짜란허니 구천지하 조상님들 찾어가서 백배사죄올릴 작정이다. 우선 니놈부텀 일차로 거 뭣이냐, 하라뿌꾼지 갓끼린지를 팍 저질러뿔란 말이다!"

정나미 확 떨어져 달아나게끔 살찬 소리 한바탕 퍼붓고 나서 최명배 영감은 비상한 관심으로 극적 순간의 도래를 이제나저제나 기다렸다. 그가 기다리는 것은 진짜배기 자진이 아니었다. 패륜자식 입에서 터져나올 단말마 비명이나 방성대곡 따위였다. 백줘 무죄함에도 불구하고 죄 많은 자식이랑 동반해 자진하겠다는 제 아비 바짓가랑이 붙잡고 매달리기를 기대했다. 다시는 안 그러겠다고, 부디 용서해달라고 애걸복걸 빌어오기만 기다렸다. 제발 요번 한 번만 살려달라고, 두 손바닥 비비대고 싹싹 파리발 드려가며 비대발괄하는 순간이 오기를 그는 애타게 고대하고 있었다.

얼레! 얼레! 저런 발칙헌 놈 조깨 보소이!

그런데 어렵쇼, 이게 무슨 해괴한 수작인가. 아비 기분 싹 잡치게끔 패륜자식이 씨익 미소를 지어 보이는 것이었다.

"아버님, 자진 행위는 저 하나로 충분합니다. 아버님은 마즈막 순간까지 악착같이 살아남으십시오. 모쪼록 본때 있게 살아남으셔서 누릴 천수 죄다 누리시고 부귀영화 양껏 다 누리십시오."

유언 비슷한 악담이었다. 말을 마치고 패륜자식은 마룻바닥에 담배칼을 얌전히 내려놓았다. 그런 다음 걸치고 있던 솜저고리를 활딱 벗어젖혔다. 내친김에 바지춤까지 훌렁 까 내리는 소행머리 지켜보자니 최명배 영감은 별안간 간이 콩알만해졌다. 인간말짜인 줄은 진작부터 알고 있었지만, 그 지경으로 행티가 고약할 줄은 미처 상상도 못했던 터수인지라 무척이나 당혹스러울 수밖에 없었다.

"잠깐만!"

옷자락에 가려져 있던 복부에서 마침내 맨살이 뽀얗게 드러나는 순간, 최명배 영감 인내심은 그예 밑바닥을 드러내고 말았다.

"아니다, 아니여! 찬물도 우아래가 있고, 지렝이란 놈도 앞뒤가 있는 법이다. 차라리 못난 애비가 자식놈 앞질러서 뽄뵈기로 먼첨 자진허는 편이 조선 법도에도 맞는 처신이겄다. 나가 니놈보담 한 발짝 앞서 떠날 모냥이니깨 니놈도 지체 말고 뒤쫓아오니라."

최명배 영감은 늙은 삭신 비호처럼 날려 마룻바닥에서 얌전히 대기중인 담배칼을 잽싸게 낚아챘다. 그러고는 방금 전 눈여겨두었던 불효자식 전철을 고스란히 밟아나가기 시작했다. 와들와들 떨리는 손으로 겹겹이 껴입은 옷가지 차례차례 열어젖혔다. 살쪽으로 철퍼덕 쏟아질 듯 불룩 튀어나온, 둥덩산 같은 배통을 훌러덩 까발렸다.

"천지신명님 전에 비나니다! 일월성신님들께 비나니다! 요 어리석고 부족헌 죄인 최명배를 굽어살피셔서 미물맨치로 측은허니 보시고 거사에 실패허는 일 없게코롬 지발덕분 도와주시옵소사!"

허공중 우러러 한 소리 크게 부르짖고 나서 최명배 영감은 곁눈질로 핼끔 옆을 살폈다. 바로 그쯤에서 화급히 젊은 삭신 날려 아비 손에 들린 흉기 잽싸게 채뜨려가는 것이 자식 된 도리로 마땅할 터였다. 그럼에도 불구하고 죄 많은 불효자식은 여전히 무덤덤한 낯꽃으로 제 아비 하는 양을 멀뚱멀뚱 건너다만 보고 있지 않은가.

"여러 뭇 조상신위 전에 비나니다! 불한당 자식놈이 지은 태산 같은 죄업을 대신 지고 자진허기로 작심헌 무녀리 후손 최명배를 부데 잘 거둬가주시옵소사! 서슬 퍼런 댐배칼로 허이연 뱃가죽 짝 갈르고 시뻘건 선지피 확 뿌려서 자식농사 망친 죗값 치루겄다고 자진을 도모허는 요 판국에 조상신위께서는 못나터진 후손 너그러이 용서허시고 백배사죄로 드리는 정성 부데 가상허게 받어주시옵소사!"

이제는 결코 장난이 아니었다. 애당초 연극 꾸미는 기분으로 가볍게 시작했던 일이 어느새 빼도 박도 못하게끔 심각한 상황으로 바뀌어 있었다. 처음 의도했던 바와는 전혀 딴판으로 고빗사위 향해 치닫는 위기 상황이었다. 무엇의 조화로 말미암아 어느 순간부터 그처럼 상황이 복잡괴기하게 꼬이기 시작했는지, 그리고 어쩌다 그처럼 사태가 천만뜻밖의 양상으로 걷잡을 수 없이 악화했는지, 당최 알다가도 모를 노릇이었다. 진퇴양난의 막다른 골 부닥뜨려 도무지 옴치고 뛸 수조차 없었다. 절박감에 사로잡힌 나머지 최명배 영감은 마냥 초조한 낯꽃으로 재삼재사 불효자식 눈치를 살폈다.

"이놈아, 백줴 무고헌 애비가 시방 요 모냥 요 꼴로 홍수 속에 둥둥 떠내려가는 판인디, 죄라는 죄는 도라꾸로 하나 까뜩 채우고 집에 돌아온 니놈은 애비한티 헐말이 한마디도 없드란 말이냐?"

최명배 영감은 양손 포개어 칼자루 움켜쥐고 칼끝이 뱃가죽 향하게끔 겨눈 채 온몸을 사뭇 부들부들 떨었다.

"만고잡놈 패륜아가 무슨 할말이 있겠습니까. 그저 유구무언입니다."

"허다못혀 이놈아, 잘 가시라든가, 저승에서 다시 만나자든가…… 좌우지간 이놈아, 무신 말이든지 한두 마디 근네는 것이 자식 된 도리고 인간 된 예의범절 아니겄냐, 이놈아?"

"차라리 말을 아끼는 편이 자식 된 도리라고 생각합니다. 제 뜻을 고집하는 것보다는 아버님 뜻을 충실히 따를 작정입니다. 어차어피에 아버님 발자국 밟고 금방 따라갈 몸이니까 불효자는 더 드릴 말씀이 없습니다."

"이, 이런 오살에 육시를 덧보탤 놈 조깨 보소이! 예라, 이 우수마발 속에 들어앉어 목간을 허고도 남을 즘생 같은 놈아! 예라,

이 금수어충보담도 훨낀 더 형편없는 놈아!"

만고 패륜아 주둥아리에서 술술 잘도 빠져나오는, 천연덕스럽기 그지없는 말대꾸 앞에서 최명배 영감은 그때까지 애면글면 붙들고 버티던 이성의 끈을 그만 툭 놓치고 말았다. 아무리 천하제일 불효자로 낙인찍힌 자식이라 할지라도 실지로 자진하도록 만드는 건 애당초 아비 계획이 아니었다. 마치 죄는 막둥이란 놈이 짓고 벼락은 샌님이 대신 맞듯 못된 자식 둔 탓에 그 아비까지 스스로 목숨 끊는 경우는 더더군다나 당초 계획에 들어 있을 리 만무했다. 죽음의 얼굴이랑 실컷 맞대면하도록 최대한 강팔지게 궁지로 몰아넣음으로써 불효자로 하여금 잔뜩 겁에 질려 바짓자락에다 산똥 지릴 지경으로 혼비백산하게 만들자는 의도밖에 없었다. 그리하여 일평생 두고두고 잊지 못할 값비싼 교훈 뼛골에 사무치도록 새기게끔 맹성을 촉구하는 한편, 차제에 제 아비가 얼마나 무섭고도 대단한 인물인지 밝히 깨닫게 만듦으로써 결국 가부장 권위 앞에 백기 흔들며 투항하지 않을 수 없게끔 인정사정없이 겁박하자는 취지였다.

"뭣이여, 이놈아? 애비 뜻을 따르기로 작정을 혔다고?"

당초 계획이 그러했던지라 최명배 영감은 아비더러 한시바삐 죽으라고 재촉하는 거나 다름없는 그 소갈딱지 없는 태도에 격분한 나머지 외양간 박차고 나온 찌러기처럼 길길이 날뛰기 시작했다.

"애비 뜻이 뭔지나 알고 그 지랄발광을 다 떨었냐, 이놈아? 느그 애비가 이놈아, 학업은 중동무이헌 채 사회주의 꾸정물 홈빡 뒤집어써도 괭기찮다고 니놈한티 뜻을 밝힌 적 있드냐, 이놈아? 그러고 이놈아, 사회주의에 코끝 처박은 놈들은 개개일자로 피도 눈물도 없고 인정사정도 몰르는 즘생이드란 말이냐? 즈그 애비 멱통에 비수 꼬느고 재물 강탈헌 것도 모잘라서 인자는 애비더러 먼첨 뒤어지라고 축수허는, 싹수대가리라곤 한 모숨도 없는 고따우 맴보재기가 사회주의 본색이고 진면목이드란 말이냐, 이놈아?"

"아버님, 입은 비뚤어져도 나발은 바로 불라는 옛말도 있잖습니까. 사회주의 자체가 싹수없는 게 아닙니다. 야마니시 아끼라 상, 바로 최 명 자 배 자 아버님 둘째아들 개인한테 문제가 있는 겁니다. 바로 저 최귀용이가 싹수대가리 한 모숨도 없는 놈이란 말입니다. 제가 저지른 과오하고는 전연 상관없는 사상입니다. 저를 야단치실 요량으로 애먼 사회주의를 끌어들일 생각은 제발 접으시지요, 아버님!"

"니놈이 시방 애비한티 겁뎅이를 멕이는 거냐? 화적패 두령 배낙철이란 놈이 니놈 귓구녁에다 대고, 늙은 애비 안전에서 빠득빠득 뎀벼들고 꽁알꽁알 말대꾸허라고 경이라도 읽어주드냐, 이놈아?"

"제발 부탁입니다, 아버님!"

귀용이 별안간 벌떡 일어섰다. 그 사품에 할복 행위에 따른 준비 절차로 허리끈 미리 풀어두었던 아랫도리가 주르르 흘러내렸다.

"아버님, 저를 꾸짖고 죄인 잡도리하시는 건 얼마든지 달게 받겠습니다. 온종일이라도 귓문 활짝 열고 새겨들을 용의가 있습니다. 그렇지만 낙철이 형님을 그런 식으로 비난하지는 말아주십시오. 낙철이 형님을 비난하실 자격이나 권한이 아버님한테 있다고는 생각하지 않습니다. 아버님이 알고 계시는 것만큼 낙철이 형님은 그렇게 나쁜 인간이 아닙니다."

그것으로 결국 사회주의와 배낙철 두 잡것이야말로 모든 불행의 씨앗이고 비극의 밑거름임에 틀림없다는 사실이 명명백백히 밝혀진 셈이었다. 그것들 두 물건이 부자간 시비 속으로 끼어드는 순간부터 귀용이란 놈 태도가 무섭게 표변하기 시작했다. 무덤덤하고 무심한 듯, 간도 쓸개도 다 집구석에 빼놓고 나온 듯 그저 고분고분하게 구는 듯하던 조금 전 태도와는 영 딴판으로 눈딱지 확 지릅뜬 채 어기차게 대드는 그 꼬락서니 지켜보고 있자니 최명배 영감은 기가 꽉 막혀왔다.

"어따, 그놈 말재간 한번 신통방통허고나! 말말이 다 즈그 이종사춘 응뎅이 밑에 애비 몸땡이 퍽석 주저앉히고 직신직신 깔어뭉개게코롬 부추기는 말솜씨고나! 오냐, 좋다! 니놈 눈구녁에는 그 화적패 두령이 애비보담도 할애비보담도 더 높직허니 올려다뵈는 모냥인디, 어림도 없다, 어림 반 닷곱도 없어, 이놈아! 니놈한티는 배낙철이가 하늘같올지 몰라도 나한티는 눈이 오나 비가 오나, 해가 뜨나 달이 지나 그저 사시장철 인피 덮어쓴 즘생이고,

화적패 두령에다 불한당 우듬지고, 히고꾸밍에다 후떼이센징이고, 늙어 뒤어지드락 가막소 콩밥 물리게 처먹어 마땅헌 대역죄인일 뿐이여, 이놈아!"

그 순간, 귀용의 눈에서 불꽃이 번쩍 튀었다. 한나절 좋이 숫돌에 공들여 갈아 떠꺼머리 배코도 능히 칠 만큼 예리하게 벼려놓은 담배칼이 동공 안에 들어앉아 서슬 퍼런 살기를 함부로 내쏘고 있었다.

"그 칼, 이리 주십쇼. 아버님이 어떤 분인지는 제가 잘 압니다. 어차어피에 조상신위 뵈올 면목 없다는 이유로 자진하실 분이 절대로 아닙니다. 저는 아버님하고 다릅니다. 얼마든지 그럴 수 있습니다. 이제는 더 살고 싶은 생각도 없습니다. 아버님 소원대로 조상신위 지켜보시는 요 자리에서 제가 당장 죽어드리겠습니다. 그 칼, 어서 저한테 넘겨주십쇼!"

최명배 영감은 칼자루가 자기 손아귀 벌써 떠나 자식한테 옮아간 줄만 알고 있었다. 그런데 처치곤란 그 물건이 아직도 수중에 남아 자신을 위협하고 있음을 그제야 퍼뜩 깨달았다. 푸들푸들 떨리는 손으로 쥐고 있던 흉기를 그는 허둥지둥 뒷전으로 빼돌렸다.

"얼레, 얼레! 요놈이 으쩌자고 시방 요 지랄을 떨고 자빠졌다냐? 귀용이 네 요노옴, 애비한티 시방 요게 무신 행패냐! 요게 시방 본정신으로 부리는 행패냐, 이놈아?"

퍼런 불꽃 눈구멍 안에 매단 채 발목쟁이까지 흘러내린 바지춤에 이아쳐 고꾸라질 듯 나자빠질 듯 위태위태한 걸음새로 다가오는 만고 패륜아 피하기 위해 최명배 영감은 문치적문치적 뒷걸음치기 시작했다. 그야말로 진퇴유곡이었다. 애당초 계획대로 순조롭게 진척되는 일이라곤 아무것도 없었다. 대역부도 인간말짜를 극적인 방식으로 경책하고 징치할 목적으로 벌인 공사였다. 못된 버르장머리 단단히 바로잡아 비인에다 불인을 하루아침에 인간 형상에 가깝도록 개조할 요량으로 심사숙고 끝에 실행을 서두른 거사였다. 그 거사가 초장부터 벽에 부딪히고 막다른 골 만나 번번이 버그러지는 듯싶더니만, 그에 뒷갈망마저 막연하고 아득한 지경까지 몰리고 만 것이었다.

"네 요노옴, 싸게 저만침 물러가들 못혈꼬!"

바로 그때였다. 잠긴 문고리가 느닷없이 덜커덕덜커덕 흔들거리기 시작했다. 산지기의 출현임에 틀림없었다. 선불리 손쓰다가 위난지경 자초한 산주 어르신을 비세궁색(非勢窮塞)에서 건지려는 일념으로 요긴목 지키며 대기하다가 결정적인 순간 구원의 손길 뻗쳐온 은인은 보나마나 양서방일시 분명했다. 지엄하신 상곡 어르신 신신분부 어겨가며 근처 어둠 속에서 재각 내부 동정 살피던 중 부자 두 목숨 경각간에 달린 듯싶으니까 드디어 새중간에 뛰어들기로 작심한 내력일시 분명했다.

"양가, 네 요노옴!"

최명배 영감은 생명의 은인 진배없는 조력자 출현에 깜짝 반색하는 마음을 되레 툽상스러운 호통으로 바꾸어 문밖으로 내보냈다.

"집구석에 틀어백혀서 입주뎅이 꽉 처닫고 눈뚜껭이 탁 덮고 귓구녁에 마개 콱 꼽고 죽은 딧기 자빠져서 삼이나 자라고 신칙을 허잖드냐? 그런디 으쩌자고 그새를 못 참고는 뽀르르 기어나와서 감히 타성바지가 최씨네 문중지사를 방해허고 지랄을 떤단 말이냐, 이놈아!"

"저, 양서방이 아니고만요, 시방!"

그런데 정작 귓속에 들어온 것은 천만뜻밖에도 장조카 목소리였다.

"뭣이여? 양가가 아니라고?"

자신의 둘도 없는 복심인 장조카가 문밖에 와 있음을 알아차리기 무섭게 최명배 영감이 느끼는 반가움과 안도감은 단박에 갑절로 불어났다. 양서방 따위 너더댓 마리 합친 것보다 든든하고 미더운 우군, 알짜배기 조력자의 출현이었다. 그러나 반가움이 크면 클수록 제삼자에 의해 부자지간 생사가판을 훼방당한 노여움이 만만찮음을 상대방에게 알릴 필요가 있었다.

"양가 그놈이 아니고 진용이 니놈이라 허이면 더군다나 그렇지, 이놈아!"

아비로서, 그리고 상곡 어른으로서 이미 만신창이가 돼버린, 그 알량한 체통이나마 그럭저럭 건사할 마지막 기회거니, 하고 잽싸게 주판알 튀기면서 최명배 영감은 문 너머 애꿎은 장조카 상대로 부아통 터뜨리기 시작했다.

"니놈이 으떻게 알고 여까장 쫓아왔는지는 몰르겄다만, 설령 알고 왔다손 치드래도 그렇지, 이놈아! 천둥인지 지둥인지도 분간 못허는 놈이 으쩌자고 새중간으로 불거져나와서는 어르신 도모허는 사업에 감히 방해를 놓는단 말이냐, 이놈아!"

"순금이 동상이 시방 실무시 귀뜸을 혀줘서 지가 시방 어르신 뒤를 자박자박 밟어 따러왔고만요, 시방."

"허어, 이런 사매난장을 쳐댈 놈을 봤는가! 산 채로 각을 뜨고 포를 말려도 시연찮은 것들 같으니라고! 모다들 한통속으로 작당허고는 이 내 몸을 논바닥에 허새비 꼴로 맨들다니! 잘들 헌다, 참말로 자알들 허는 짓거리여!"

최명배 영감은 지릅뜬 눈으로 문창호 저편을 무시무시하게 노려보았다.

"다 소용없다! 자식놈도 조카놈도 죄다 소용없다! 요 모냥 요 꼴로 욕된 인생 아동바동 연명허느니 차라리 나가 요참에 칵 자진허고 말어뿔란다!"

울부짖기를 마치자마자 최명배 영감은 이얏, 하는 기합 소리와 함께 칼끝으로 뱃가죽 가까이 꼬느질했다. 그러자 문틀 전체가 금세라도 와지끈뚝딱 떨어져나갈 듯 요란하게 덜커덕거리기 시작했다.

"어르신, 시방 그러시면 안 됩니다요, 시방!"

"진용이 네 요노옴, 욜로 한 발짝이라도 들어만 왔다 봐라! 황천행 질동무 삼어서 니놈 목심까장 한목에 다 챙겨갖고 떠나뿌릴 모냥이니깨!"

이를테면 그 말은, 당장 문짝 박살내면서 재각 안으로 짓쳐들지 않고 뭘 그리 꾸물거리느냐는 독촉이었다.

"귀용이는 시방 뭣 허고 자빠졌냐! 싸게 문고리 안 따고, 시방!"

아비 분노 가라앉히려는 노력 일절 없이 그저 싸늘한 눈초리로 구경만 일삼던 패륜아가 사촌형 질책 얻어맞고서야 비로소 궁싯궁싯 몸을 놀리기 시작했다. 담배칼 꼬느질한 채 길길이 날뛰는 척 의뭉 떠는 그 경황에도 최명배 영감은 불효자가 잠긴 문고리 벗겨내는 과정을 놓치지 않고 낱낱이 다 지켜보았다. 문이 벌컥 열림과 동시에 언제 봐도 그저 틀수하고 믿음직스럽게 느껴지는 장조카 모습이 눈앞으로 확 다가들었다.

"시방 이 지경이 되드락 어르신을 내싸둔 채로 뒷짐만 지고 있었단 말이냐, 시방? 에라, 이 천하에 무도막심헌 놈아!"

재각 안에 발 들여놓기 바쁘게 장조카가 맨 먼저 한 일은 제 사촌동생 볼따구니부터 철써덕 올려붙이는 것이었다.

"형님, 그까짓 따귀 한 대로 어르신 위하는 일편단심이 증명되겠습니까? 저는 괜찮으니까 때리고 싶으신 만큼 얼마든지 더 때리십시오."

귀용이 웃는 낯꽃으로 매질을 자청했다. 그 말에 뭐라 대꾸하는 대신 진용은 곧바로 상곡 어른 향해 다가들었다.

"시방 이러시면 안 됩니다요, 어르신!"

"이 내 몸으로 가차이 오들 말란 말이여, 이놈아!"

"집안 사정이 시방 복잡허고 불측지변이 시방 속출허는 때일시락 어르신께서 시방 더 참으시고 더 기운을 뻘깡 채리셔야 됩니다요, 시방!"

진용이 손을 뻗쳐 작은아버지이자 섬기는 주인의 손에서 담배칼을 잽싸게 채뜨려갔다. 한바탕 쥐고 흔들던 칼자루가 장조카 수중으로 넘어가는 순간, 내내 푸들푸들 떨리던 손이 신묘하게도 갑자기 몬존해졌다. 그 대신 다리에서 떡심이 콱 풀리면서 양 무릎이 반으로 착 접어졌다. 결국 최명배 영감은 엉덩방아 쿵 찧으며 마룻바닥에 아무렇게나 주저앉고 말았다.

"시방 나 조께 보자!"

진용이 제 사촌동생 팔 꺼들어 재각 밖으로 질질 끌고 나갔다. 그것으로 사태는 그럭저럭 일단락된 셈이었다. 전연 예상치 못했던 장조카 출현 덕분에 그 이상 볼썽사나운 불상사 없이 그쯤에서 일장 활극이 징 치고 막 내린 것을 그나마 천행만행으로 여겨야 할 판이었다. 천우신조로 구사일생이라도 한 기분이었다. 그럼에도 불구하고 참담하기 이를 데 없는 심정이기는 처음이나 마찬가지였다. 괜스레 참을 인 자 큼지막하게 마빡에 써 붙인 채 잔뜩 점잔 빼며 거드름 부린 것부터가 크나큰 잘못이요 치명적인 실수였다. 평상시 천석꾼 평판에 걸맞게끔 그 소문난 불뚝성 앞세워 초장부터 들입다 우격다짐으로 밀어붙이느니만 못한, 오히려 그보다 훨씬 고약스러운 결과를 자초하고 말았다. 빳빳한 가부장 권위 제아무리 휘둘러봤자 도무지 어찌할 방도가 없으리만큼 애물단지 노릇만 하는 자식 하나 더 늘어난 셈이었다. 대가리 여물 대로 여물어 어디 한 군데 허술하고 만만한 구석 안 드러내는, 전에는 둘뿐이었다가 이제는 자그마치 셋으로 불어난 패륜자식들 상대로 중과부적의 고전 치를 앞날 생각하니 최명배 영감은 벌써부터 목구멍에서 신물이 벌컥벌컥 넘어오려 했다. 원수야 악수야, 언성 높여가며 외나무다리 위에서 삿대질과 드잡이로 날이 밝고 해가 저물 세월 버텨낼 일 생각하니 미리감치 온몸에 소름이 돋고 저절로 진저리가 쳐지는 것이었다.

"이구, 이 빌어 처먹을 놈에 팔자야!"

작년까지만 하더라도 불면 훅 날아갈세라, 쥐면 뺑 터질세라, 노상 물고 떨며 끔찍이도 귀애하던 둘째아들 아닌가. 아비가 잠깐 한눈파는 사이 그 아들이 상종도 못하리만큼 망나니 모습으로 돌변해서 돌아온 것이었다. 그 현실을 이제는 부득불 인정할 수밖에 없어 최명배 영감은 건공중 우러르며 장탄식을 뽑았다. 누세에 걸친 조상신위들 모셔놓은 재각에서 마치 오물 바가지 더백 뒤집어쓴 꼬락서니로 패륜자식한테 꼼짝없이 당할 수밖에 없었던 방금 전 참패가 영락없는 소태맛으로 쓰디썼다. 더군다나 차후에 요번 참패를 봉창할 그 어떤 뾰쪽수가 사면팔방 둘러봐도 전연 안 보이는 점 때문에 그야말로 환심장할 지경이었다.

"밤도 시방 많이 짚었고 야기도 시방 솔찮이 냉헌디, 인자 고만 내려가시지요, 어르신."

활짝 열어젖뜨린 문 앞에 서서 진용이 말했다. 그 뒷전 어둠 속으로 산지기 양서방 모습 짐작게 하는 그림자 하나가 언뜻 지나가는 듯싶었다.

"느그들이나 하산허거라. 나는 조상신위 존전에서 시작만 허고 중도이폐헌 사죄 절차를 다 끝낸 연후에 하산헐 모냥이니께."

"어르신 두고 시방 즈이들찌리 무신 면목으로 시방 하산을 허겄습니까요. 지가 시방 뫼시고 갈 모냥이니께, 그러들 마시고 시방 일어나시지요."

"오냐, 알었다. 금방 뒤따를 티니께, 진용이 니가 선발대 노릇을 맡거라."

더 고집 피우고 말고 할 기력조차 남아 있지 않았다. 최명배 영감은 할복 소동 벌이느라 아무렇게나 풀어헤쳤던 옷가지를 앉은 자리에서 에멜무지로 수습하기 시작했다.

"귀용이한티 시방 정신 버쩍 들게코롬 지가 시방 쫀쫀허니 혼꾸녁을 냈고만요. 앞으로 고따우 행투 두 번 다시 허들 않기로 시방 귀용이한티 딴딴허니 약조를 받어놨으니깨, 어르신께서는 시방 심려를 팍 내려놓으시지요."

상곡 어르신 굼뜬 발걸음 재각 문턱 넘기만 기다려 진용이 귀엣말을 건네왔다. 그러고는 저만큼 앞에서 어둠자락 상대로 숨바꼭질 벌이는 불빛을 좇아 성큼성큼 발걸음 옮겼다. 바야흐로 최명배에서 야마니시 아끼라로 되돌아가야 할 시간이었다. 재각 안에서는 조상신위하고 같은 성바지 후손으로 머물러야 마땅하지만, 재각 벗어나 인간세상으로 들어서는 순간부터 일본식 씨명으로 행세하는 건 너무도 당연지사였다. 야마니시 아끼라 영감은 잔뜩 시르죽은 몸놀림으로 장조카 뒤꽁무니를 터벌터벌 따르기 시작했다.

올 때와는 달리 일행이 셋으로 불어나 있었다. 두 젊은이가 앞장서고 한 늙은이가 그 뒤를 따랐다. 산지기한테 빌린 등불이 길라잡이 구실로 일행에 합세한 덕분에 산길 걷기가 한결 수월해진 귀로였다. 그럼에도 불구하고 일단 떡심이 풀려버린 다리는 울퉁불퉁 고르지 못한 길바닥에 연방 휘둘리고 있었다. 심술 고약한 길바닥이 밤의 어둠과 야합해 느닷없이 쑥 부풀어올랐다 푹 꺼져내리기를 수없이 되풀이하면서 그러잖아도 기진맥진한 늙은이 발걸음을 수단껏 배척하고 제멋대로 훼방하려 들었다. 그 사품에 야마니시 영감은 자칫 넘어지거나 나뒹굴 뻔하기를 몇 차례 반복했고, 그럴 적마다 그는 암담한 밤하늘 우러르며 마치 끈 떨어진 망석중이 꼬락서니로 곤두박질해버린 자신의 처지에 매양 통탄을 불금하곤 했다.

그때였다. 한 줄기 섬광과도 같은 휘황한 영상이 야마니시 영감 뇌리를 투과했다. 다름아닌 셋째아들 덕용의 모습이었다. 아직은 묵정밭같이 방치된 상태인지라 여러모로 부실한 면이 없잖아 있지만, 그럼에도 불구하고 자기한테 한 아들이 또 있다는 사실은 커다란 위안이며 일종의 구원임이 분명했다. 한 가닥 가능성 빠끔히 열어 보여주는, 그 새삼스럽고도 놀라운 발견이 머릿속을 정오의 태양처럼 밝히는 순간, 야마니시 영감 가슴속에서 더운 김과도 같은 희망이 모락모락 피어오르기 시작했다.

옳거니! 본시 나한테는 두 아들 아니라 세 아들이 있었지!

잘난 두 형한테 차례로 치이고 밀린 나머지 어릴 적부터 집안에 있는 둥 없는 둥 흐리마리한 존재로 구어박히는 바람에 실은 인정받을 기회조차 없이 호젓하게 자란 아이였다. 타고난 두뇌로 보나 물려받은 외모로 보나 형들과는 감히 비교할 바도 못 되는 까닭에 어느 자리에 가든 천석꾼 집안 도련님 대접 한번 본때있게 받아보지 못했다. 상곡 어른이 취중에 어쩌다 막걸리로 빚은 아들이란 놀림이 꽁무니를 졸래졸래 따라다닐 정도였다. 그렇지만, 제 어미 어련무던한 심성 가장 많이 빼쏜 자식이 바로 덕용이었다. 삼남 일녀 소생들 통틀어 착실하고 순적하기로 순번 매긴다면 덕용이 맡아놓고 일등이었다. 고집에다 음증(陰症)이나 교만 따위 악성이 지나치게 승해 제 아비 거역하기를 여반장으로 하고, 패륜적 만행에 제각각 한 가락씩 솜씨 뽐내는 윗것들과는 전연 딴판으로 막내는 여태껏 아비 속썩이고 애태운 기억이 도통 없었다. 언제 봐도 보리풀떼기처럼 찰기 없이 멀겋게 풀려 있는 놈이었다. 장차 아무짝에도 쓸모없는 놈이겠거니, 하고 자식 욕심 땅 두께 같은 아비가 일찌감치 기대와 희망 접다시피 한 것도 따지고 보면 얼뜨고 유순하게 타고난 그 품성 탓이었다.

옳거니! 어느 구름장에서 소나기가 쏟아질지 알아내는 공부는 일월성신님도 섣불리 장담 못하시는 고등학문이 틀림없으렷다!

놀라운 깨달음의 경지에 다다르자 야마니시 영감 걸음새가 느닷없이 부산스러워지기 시작했다. 아비 가슴속에 담긴 채 동행하는 막내아들까지 합쳐 어느새 일행이 셋에서 넷으로 불어난 꼴이었다. 떡심 좍 풀려 전후좌우 제멋대로 휘둘리던 다리에도 부쩍 힘이 붙기 시작했다. 한시바삐 집으로 달려가 셋째아들 이목구비 골골샅샅 뜯어보고 싶었다. 곤히 잠든 덕용이란 놈 흔들어 깨워 마치 없던 아들 새로 얻은 것처럼 혹은 오래전 잃어버렸던 아들 기적적으로 되찾은 것처럼 새퉁빠지게 머리통도 쓰다듬고 잠지도 조몰락거리고 싶어 야마니시 영감은 안달복달 조바심할 지경이었다. 그런 절차 거침으로써 여태껏 순둥이 아들 홀대하고 무시했던 아비로서 가질 법한 죄책감이나 자격지심 따위 잡물들을 말끔히 씻어낼 작정이었다.

옳거니! 아무짝에도 쓸모없는 물건일지라도 끄트머리에 끄나풀 길게 매달아서 사방으로 휘휘 휘두르는 용처에다 써먹을 수가 있는 법이지!

마음속으로 '옳거니'를 연발해가며 야마니시 영감은 한층 더 보폭을 넓히고 보속을 빨리했다. 뒤늦게나마 막내아들 재발견하고 괄목상대하는 기쁨으로 말미암아 가슴에서는 불땀 좋은 청솔가지 듬뿍 지핀 아궁이같이 불길이 세차게 뻗치고, 입에서는 기적 소리 울려대는 기차 화통처럼 뜨거운 김이 무더기로 뿜어져나오기 시작했다. 그새 한결 희읍스름해진 어둑새벽 하늘 우러르며 그는 회심의 미소를 높이 날려보냈다. 마침내 기력이 원상으로 회복된 두 다리 재게 놀려 저만치 앞서가는 젊은 발걸음들 단숨에 따라잡기 위해 그는 한바탕 부지런을 떨기 시작했다.

옛말에도 이르기를, 어른 동냥아치는 괄시해도 어린 동냥아치는 괄시하지 말라고 훈수하지 않았던가!

아직은 뚜껑 제대로 열리지 않은 중학생에 불과하니까 그놈 그릇 안에 어떤 보화가 담겨 있을지는 오식 하늘만이 아실 일이었다. 물론 공부 실력으로 따진다면 제 형들하고 비교할 바가 못 되지만, 그렇다고 개천에서 용 나지 말란 법도 없지 않은가. 아까운 줄 모르고 밑거름에 웃거름 듬뿍듬뿍 뿌려주고 때맞추어 북을 돋아준다면 풍년농사까지는 몰라도 최소한 평년작은 실히 거두고도 남을 종자였다. 워낙 한결같이 변통수 모르는 성품이니 제 형들 못된 버르장머리 이어받아 제 아비 대적하는 불측지변(不測之變) 또한 일으키지 않을 것이었다. 제법 쓸 만한 독선생 한 마리 집에 들여앉히는 등 돈으로 칠갑을 시키는 것도 검토할 만한 여러 방법 중 하나였다. 맹꽁이 똥구멍에 보릿대 끼우고 배지가 터지도록 입으로 바람 빵빵히 불어넣는 막중한 역할을 독선생한테 맡기는 방법도 나쁘지 않을 것 같았다. 혹시 또 누가 아는가, 땅바닥만 기던 맹꽁이가 풍선처럼 하늘로 두둥실 떠오르는 기적이라도 생전에 목격하게 될지! 만일 셋째아들 머리에 수단껏 고등학문 욱여넣을 수만 있다면, 판검사나 군수까지는 몰라도 면장자리쯤 너끈히 꿰차고 남으리라!

내가 누군지 아느냐, 요놈들아? 곧 죽어도 나는 야마니시 아끼라, 그러니까 최하고도 명 자, 배 자 어른이시다! 혹간 길바닥에 나자빠지더라도 그냥 맨손으로는 안 일어나는 독종이다, 요놈들아! 하다못해 차돌멩이 한 개라도 손에 쥐어야 일어나는 상곡 어르신이란 말이다!

야마니시 영감은 무슨 일이 금세 이루어질 듯 기대감 마구 부추기는 꿈의 유혹에 따라 턱없이 간덩이 키우는 한편, 건공중에 띄워 목청껏 왜장치고 싶은 충동에 사로잡혔다. 도무지 지칠 줄 모르고 굽힐 줄도 모르는 그 무시무시한 집념이 늙은 흉당 안에 아직도 시퍼렇게 살아 있음을 확인하는 기쁨이야말로 다른 무엇보다 오달지게 그를 흥분시키고 있었다.

야마니시 아끼라 어르신한테 무슨 얼어죽을 하라끼리고 무슨 데어 죽을 갓뿌꾸인가! 왜 멀쩡한 사람이 무단히 죽어야 되는가! 미치고 설쳤다고 담배칼로 제 배지 쩍 갈라 자진한단 말인가! 누구한테 엎어치기당하고 메어꽂음당해 낙담이 우심한 때일수록 외려 더 호시탐탐 되치기 한판 노리는 게 입때까지 일관되게 지켜나온 야마니시 아끼라 방식 처세술 아니던가!

정말 그랬다. 그냥 그대로 곱다시 물러설 수는 없는 노릇이었다. 사상관찰 당하는 후떼이센징 자식들로 못자리판 이룬 집안 때문에 앞으로 일제 관헌들한테 시시때때 시달리고 부대낄 것은 불 보듯 자명한 일이었다. 그렇다고 미리감치 체념하거나 포기하는 자 있다면, 그자는 필시 야마니시 아끼라가 아닐 것이었다. 이미 차포 떨어진데다 불원간 마와 상마저 잃게 될 패색 속에 아쉬운 대로 오졸이나마 동원해 궁단속에 나서는 건 장기판의 상식이었다. 모진 가뭄으로 말미암아 끝내 모내기에 실패했다 해서 하늘 원망하고 눈물 콧물 쥐어짠다고 어느 놈이 내 대신 목구멍에 풀칠해줄 리 만무했다. 앉은 채로 굶어죽느니 하다못해 피나 돼지감자 따위 구황작물이라도 심어 아등바등 목숨 부지하는 소갈머리야말로 배알 있는 인간으로서 의당 지녀야 할 삶의 자세임에 틀림없었다. 풍전등화 같은 위기의 가문을 암흑천지에서 대명천지로 옮겨놓을 수만 있다면, 야마니시 영감은 어느 놈 부자지 틀어쥐는 한이 있더라도 무슨 짓이든 일단 저지르고 볼 각오였다.

“진용아, 일간 읍내로 나가서 소문난 유식쟁이 한 마리 물색을 허거라.”

“시방 무신 말씀이신지……”

“비용이야 고하간에 나는 상관없다. 경성제대 출신이라면 금상첨화고, 전문핵교 출신이라도 덕용이 독선생 깜냥이 될 정도 유식쟁이 한 마리 어디 있는가 지체 말고 수소문을 허거라.”

저만큼 앞서 걷는 패륜자식 귀에 안 닿게끔 야마니시 영감은 목청을 조절하면서 말했다.

“아, 예……”

젊은것들 꽁무니 바람만바람만 뒤따르던 야마니시 영감은 몸보다 훨씬 앞선 마음이 시키는 대로 장조카에게 새로운 임무를 부여했다. 낚싯바늘같이 날카로운 미늘 무수히 거느린 봄밤의 냉기가 몸속으로 파고들면서 살가죽에 자꾸만 갈고랑쇠를 걸려 했다. 어둑새벽 속을 통과하는 동안, 그는 패륜만행 둘째아들이 가문에 끌어들인 불청객들 동구 밖 멀리 몰아내기 위해 모종의 비상조처 강구하는 일에 내내 골몰하고 있었다.

2

예배당 앞 양지바른 자리에 나앉아 해바라기하는 중이었다. 다소 쌀쌀한 날씨지만, 남향판으로 세워진 건물이 물레봉 산자락 내리훑으며 눈사태처럼 쏟아지는 바람의 진로를 막아선 덕분에 최부용은 부실하기 짝이 없는 몸바탕인데도 이제는 제법 늦추위에 맞설 수 있었다. 하루 시간 대부분을 방안풍수 신세로 보낼 수밖에 없는 일상에서 벗어나 낮에 잠깐씩 바깥바람 쐬려는 모험적 시도가 근자 들어 부쩍 잦아졌다.

해바라기하는 동안, 부용은 몸속에 맺히고 뭉켜 있던 온갖 것들 녹작지근히 풀어 헤뜨리는 춘곤 속으로 시나브로 빠져들었다. 낯선 형상을 한 감개가 뜨내기 과객처럼 불쑥 나타나 닫힌 마음을 똑똑 두드리기 시작했다. 여태껏 실지로 겪어본 적 없는 탓에 잘은 모르지만, 아마도 그것을 가리켜 사람들은 행복감 또는 충

일감이라 부르는 듯했다. 난생처음 누리는 은택과도 같이 병든 육신과 함께 젖은 영혼도 햇볕에 널어 말리는 중이었다. 영과 육을 두루 감싸 안는 햇살의 후의에 부용은 각별한 고마움을 느꼈다. 햇볕이 다사로운 손놀림으로 가만가만 이맛전을 매만지고 있었다. 깃털 같은 햇볕이 귓불을 연방 간질이고 있었다. 처녀처럼 보드라운 햇볕이 알게 모르게 외간남자 몸뚱이를 애무하고 있었다. 버릇없는 개구쟁이 닮은 햇볕이 제멋대로 미끄럼 지치며 연방 뺨에서 목덜미 쪽으로 쪼르르 흘러내리곤 했다. 햇볕 속에 녹아 있던 수면제 성분이 체내로 흡수되어 온몸 구석구석으로 퍼지면서 나른한 졸음기를 신체 말단 부위까지 연락부절로 실어 나르고 있었다. 저도 모르는 사이에 눈꺼풀이 스르르 감기기 시작했다.

다가오는 발소리를 들은 기억이 없었다. 그런데도 꿈결인 듯 생시인 듯 어깨 위로 살포시 내려앉는 손길이 느껴지자 부용은 눈을 번쩍 떴다. 눈에 뜨인 순서는 햇살이 먼저고 스웨터가 나중이었다. 눈부신 햇살이 털실로 짠 스웨터를 들고 서 있었다. 아니, 스웨터 한 장이 햇살 호위받으며 눈앞에 버티고 있었다. 마치 털옷감에 딸린 머리통인 양 스웨터 깃고대 위에 동실하게 떠 있는 얼굴이 그제야 눈에 들어왔다.

"이런 데서 한뎃잠 자다가는 입이 옆으로 홱 돌아가는 수가 있대요."

남의 얼굴 무단히 덮어 해가림하는 그림자 피하려고 부용은 옆으로 약간 자리를 옮겼다. 허수아비 형상으로 양팔 넓게 벌린 스웨터가 부용이 움직이는 방향 좇아 함께 움직이며 해바라기를 짓궂게 방해하려 들었다.

"이제 막 끝단속을 마쳤어요."

이연실이 남자용 스웨터를 앞뒤로 돌려가며 몇 차례 큰 원을 그려 보임으로써 부용의 눈을 호강시켜주었다.

"모양이 어때요? 꼭 흥부가 입다가 버린 남루 같지 않나요?"

"첫 솜씨치고는 그럭저럭 합격권에 들 것 같소."

아무리 후하게 점수 매긴다 해도 결코 솜씨 좋게 짰다고 말할 수 없는 스웨터였다. 제가 입던 낡은 스웨터 한 장 해체한 것으로는 분량이 턱없이 모자라는 까닭에 연실은 예서제서 잡다한 털실 나부랭이들 동냥하듯 그러모아야 했다. 그 바람에 굵기가 제각각인 실들을 한 줄로 잇느라 콩알만한 매듭들이 스웨터 얼굴에 왕사마귀처럼 다닥다닥 돋아나 있었다. 색깔 또한 제각각인 여러 종류 털실들이 뒤죽박죽 엉망으로 엇섞여 있어 거지반 총천연색 스웨터가 돼버렸다. 더군다나 목사 사모를 독선생으로 모시고 기초부터 익힌 뜨개질인지라 본판 스웨터라면 마땅히 갖춰야 할 제반 조건들에 턱없이 못 미치는 솜씨였다.

"여학교 때 편물 과목을 갑급 성적으로 이수헌 솜씨 같소."

"먼저 입술에 침부터 바르고 거짓말을 하셔요. 제 솜씨가 합격점인지 낙제점인지는 이 털옷이 웅변하고 있어요. 그렇지만 볼품

없는 솜씨나마 묵은 약속을 지킬 수 있어서 제 스사로 얼마나 대견한지 몰라요."

미상불 흥부가 양식 구걸하러 놀부 집 찾아갈 당시 걸쳤을 법한 누더기 스웨터 선보이는 주제에 연실은 부끄러움이 뭔지도 모르는 어린애처럼 굴었다. 흥부 마누라보다 놀부 마누라 쪽에 가까우리만큼 자신의 뜨개질 솜씨를 거추없이 자랑스러워하는 뻔뻔한 낯꽃이었다.

"지금 바로 입어보셔요."

연실에게 온몸을 통째로 빌려주면서 부용은 나긋나긋한 손결이 스웨터 소매 속에 남의 팔 멋대로 욱여넣는 행위를 너그러이 용서했다. 마지막 단추까지 다 채운 다음, 연실은 하얀 조선옷 위에 알록달록 때깔도 요란한 그 양풍 마고자를 겹쳐 입은 해괴망측한 차림새를 한 바퀴 천천히 둘러보았다. 방금 완성한 자신의 작품을 완상하는 듯한 눈초리로 남자를 덧덮은 외피의 매무새를 찬찬히 살폈다. 그러다 갑자기 손바닥으로 입을 덮으며 낄낄거리기 시작했다.

"방금 전에 흥부 옷 같다고 말한 것, 취소하겠어요."

"그렇다면 누구 옷 같소?"

"다시 보니까 각설이패 옷 같네요."

"흥부면 어떻고 각설이면 또 어떻소."

"미안해요, 제 뜨개질 솜씨가 워낙 젬병이라서. 그래도 품은 얼추 맞는 것 같아서 그나마 다행이네요. 올가을에는 좋은 털실을 구해다가 제대로 된 뜨갯것을 선물할게요."

"그렇게 허시요, 만일 선물 받을 사람이 그때까장 살어 있다면."

부지불식간에 내뱉은 그 말이 급작스레 두 사람 새중간에 침묵의 벽을 높이 쌓아올렸다. 모처럼 만에 만월처럼 피어나는 듯싶던 연실의 낯꽃이 대뜸 굳어져버렸다. 저고리 소맷동으로 얼굴을 가리면서 그니는 옆으로 홱 돌아섰다. 그리고 예배당 폐쇄된 문에 기대선 채 어깨를 들썩이기 시작했다. 여자가 우는 모습을 부용은 한동안 속수무책으로 우두커니 바라만 볼 수밖에 없었다. 이미 엎질러진 물이요 시위 떠난 화살이었다. 도로 주워 담지 못할 말 함부로 내뱉음으로써 여자 눈에서 눈물깨나 찍어낸 것이 그새 어디 한두 번이던가. 연실을 달래야 할지, 울고 싶은 만큼 실컷 울도록 그냥 내버려둬야 좋을지, 빨리 결정하지 않으면 안 되는 순간이었다. 부용은 눈자라기 단계 겨우 벗어난 젖먹이를 연상케 하는 아지랑이가 아장아장 걸음발타고 노는 들판 쪽을 무연히 건너다보다 말고 나지막이 한숨을 내쉬었다.

원원이 지난겨울 혹한기 이전에 짜주기로 약속한 스웨터였다. 그런데 늦가을에야 착수한 뜨개질 솜씨가 워낙 서툰데다 전담 간호부 노릇으로 육장 남자 병구완에 매달리느라 시간이 태부족했다. 결국 된추위 물러가고 봄날 되어서야 선물은 가까스로 완성

되었다. 비록 약속 기일은 지키지 못했지만, 그 엉터리 스웨터에 쏟은 연실의 정성이 얼마나 되는지 부용은 너무도 익히 아는 터였다.

“제법 따땃허고만.”

부용은 스웨터 소맷동 안으로 팔을 넣으면서 중얼거렸다. 상대방 귀까지 건너가라고 혼잣말 빙자해서 공연히 던져보는 치렛말이 아니었다. 스웨터는 실지로 따뜻했다.

“제법이 아니라 솔찮이 따땃허네!”

갖가지 색상이 알록달록 엇섞여 조잡스러운 느낌인데다 좌우 대칭마저 눈에 띄게 어긋나 있었다. 마치 천칭에 달린 두 저울판처럼 한쪽이 내려가면 다른 한쪽은 저절로 올라가는 식이었다. 하지만 우스꽝스러운 겉모양과는 달리 털실 스웨터는 아늑하고도 훈훈한 착용감을 안겨주었다. 스웨터 내부에 미세한 곳간이 무수히 숨겨져 있고, 각 곳간마다 햇볕 알갱이들이 빼곡히 쟁여져 있는 듯싶었다. 그 햇볕 알갱이들이 오랫동안 동장군에 볼모로 잡혀 있던 병자의 어한을 풀어주려고 봄기운을 연락부절로 운반하는 것 같았다.

“삼복더위에도 요 뜨갯것 입은 채로 그냥 여름을 지낼 작정이요.”

밉상에 험상을 겸한 스웨터 한 장이 겨울 닮은 마음과 봄 닮은 마음 사이를 간단없이 오가며 거래가 성사되게끔 부용에게 흥정

부추기는 거간꾼 노릇을 수행하는 중이었다.

"요것은 그냥 보통 뜨갯것이 아니요. 나는 시방 이연실이라는 뜨갯것으로 병든 심신을 감싸고 있소."

예배당 앞 회삼물 바닥에 깔았던 엉덩이를 천천히 들어올리면서 부용은 혼잣말 시늉으로 또다시 중얼거렸다. 일껏 말을 뱉고 나서 그는 제풀에 소스라치게 놀라고 말았다. 그처럼 낯간지러운 말장난으로 여학생 환심 사보려고 끊임없이 잔머리 굴리던 지난날 기억이 퍼뜩 되살아난 까닭이었다. 꼴같잖게 시인 흉내에 고부라지던 한때가 분명히 있었다. 이연실과 연관된 것이라면 뭐든지 다 감상적인 표현으로 치장하고 미화하지 못해 몸살 앓던 시절이었다. 어느 겨를에 그 시절 구상유취 고보생 신분으로 되돌아가 있는 자신을 발견하고 그는 적잖이 당황했다.

"연실씨 본인이 직접 뜨갯것으로 변장허고 나타나서 춥고 배고픈 내 영혼을 요로콤 따땃허니 감싸주는 것만 같소."

하지만 얼치기 시인 흉내를 당장 멈추기엔 이미 너무 늦어버렸다. 일단 내친걸음인데다 사람과 사람 사이 평화를 위해 어쩔 도리 없는 노릇이었다. 어쩌면 인생이란 형형색색 낯간지러운 기억의 헝겊 쪼가리들로 얼룽덜룽 짜깁기된 남루 같은 것일지도 모른다.

"시방 내 말 듣고 있는 거요?"

그러자 얼굴 가리는 용도로 사용하던 소맷동 끌어내리면서 연실이 기연미연하는 눈빛으로 부용을 바라보았다. 지난날 자신이 상대했던 그 고보생 시인이 틀림없는지 눈으로 확인하려는 것 같았다. 어느 날 실낱같은 우연을 동아줄 삼아 옴짝달싹 못하게끔 자신의 운명을 꽁꽁 묶어버린 그 문학청년 어쭙잖은 말주변에 매번 혹하곤 하던 여자였다. 하지만 감상적 표현 남발하는 수법으로 과거 한때 재미를 봤던 남자를 이제는 그다지 신용하지 않는 것 같았다. 그러면서도 다른 한편으로는 과거의 끈에 이끌려 여학생 시절 그 어리석은 맹목 상태로 시나브로 뒷걸음치려 하고 있었다.

"요 털실로 말헐 것 같으면, 보통내기 면양 몸에서 얻은 게 아니요. 말허자면 연실씨 더운 마음이 한 가닥씩 털실 모냥으로 풀려서 내 가슴으로 건너온 거요. 누가 뭐라 허드래도 나는 시방 연실씨 마음을 몸에 두르고 있다고 주장헐 수가 있소."

"입술에 침부터 바르시라고 그랬잖아요."

마침내 연실의 낯꽃 위에 감동의 빛이 연지곤지처럼 진하게 찍혔다. 잠시 물러갔던 흐느낌을 다시 불러들일 작정인지 연실은 연방 입아귀를 쫑긋거렸다. 속눈썹에 그렁그렁 맺힌 눈물방울이 햇빛을 반짝반짝 되쏘고 있었다.

"올가을에 두번째 뜨갯것을 받게 된다면, 이 내 몸이 앞으로 누릴 온기도 틀림없이 두 배로 늘어날 거요."

부용은 팔을 길게 뻗었다. 남자 손끝이 눈자위에 닿자마자 연실의 몸 전체가 갑자기 거대한 함수초로 변하면서 바르르 떨었다.

"가여운 연실이……"

부용은 마치 농익은 과일이라도 거두듯 연실의 속눈썹에 열린 눈물방울을 손끝으로 똑 따냈다. 상투적인 수작질을 계속하기에는 주변을 삼엄하게 파수하는 하오의 햇살이 너무도 눈부셨다. 그럼에도 불구하고 손끝을 입으로 가져갔다. 짭조름한 맛이 잠시 혀끝을 맴돌다 사라졌다. 교복짜리 여학생 아닌 완숙한 여인의 눈물 맛은 전연 청순하지도, 향기롭지도 않았다. 다만, 병든 사내 황막하고 강팍한 마음에 간을 맞추는 소금 구실만은 그럭저럭 수행하고 있었다. 그동안 가슴 저 밑바닥 깊이 가라앉아 있던 회한이란 놈이 때마침 기회를 만나 꿈틀꿈틀 기어오르기 시작했다.

"철딱서니 없는 연실이……"

"제발 그런 식으로 부르지 마셔요. 부용씨가 비수같이 들이대는 폭언에 굴한 적이 없는 연실이, 담대한 연실이, 강인한 연실이라고 불러주셔요."

연실이 세차게 도리머리를 했다. 그러거나 말거나 상관 않고 부용은 앞엣것과 엇비슷한 타령을 되풀이했다.

"어리석기 짝이 없는 연실이……"

남자 하나 잘못 만난 죄 때문에 극형에 처해지듯 가시밭길로 내몰린 여자였다. 애당초 운명으로 타고난 유족한 미래 스스로 걷어찬 채 신산스러운 인생행로 택함으로써 불행을 자초한 여자였다. 그런 여자 가리킬 때 사용할 표현은 부지기수였다. 모든 흥정이나 거래에서 이문은커녕 본전도 못 건지는, 졸지에 사고무친 고아 신세로 곤두박질한, 야마니시 아끼라 영감 분수없는 탐욕에 볼모로 잡힌 채 노상 이용만 당하는, 바보에 맹꽁이에 얼간이에 멍텅구리에 아둔패기 연실이……

"아이고!"

짤막한 부르짖음과 동시에 연실이 별안간 가슴팍을 힘껏 떠박지르는 바람에 부용은 하마터면 엉덩방아 쿵 찧을 뻔했다. 무엇인가에 된통 놀란 기색으로 그니는 남자 어깨 너머에다 눈길을 두고 있었다. 그 눈길이 달리는 방향 따라 부용은 고개를 외틀었다.

"춘삼월 날씨가 그저 그만이지요?"

언제 나타났을까. 그리고 얼마 동안이나 두 남녀 사이에 오가는 낯뜨거운 수작질을 지켜보고 있었을까. 다름아닌 귀용이었다. 귀용이 예배당 앞 층층다리 맨 위쪽 단에 서서 매우 짓궂은 웃음을 새알심 모양으로 동글동글 뭉쳐 대굴대굴 굴려 보내는 중이었다.

"청춘남녀끼리 진지하게 인생을 논하기엔 그야말로 안성맞춤 날씨지요?"

경성에서 특고계 형사들한테 되알지게 고초 겪은 뒤로 귀용은 생판 딴사람인 양 몰라보게 변모해 있었다. 몇 개월 사이에 철부지 소년에서 어연번듯한 청년으로 훌쩍 자라난 모습이었다. 표정이나 말투뿐만 아니라 사람 자체에서 풍기는 느낌 등 전반적인 인상이 그러했다. 아이를 어른으로 변모시키는 데는 아무래도 학식이나 교양보다 몽둥이 쪽이 훨씬 제격인 듯싶었다.

"왔다는 표시 삼어 헛기침이라도 한두 방 놓으면 동티가 난다드냐?"

"그렇게 말씀하시는 형님은 층계 초입에다 경고 팻말 하나쯤 세워놓는 예절도 모르십니까? 청춘남녀 접순현장 접근금지, 이런 식으로 말입니다. 본의 아니게도 제가 엿들은 것은 웬 추남이 웬 미녀한테 연방 허튼수작 부리는 말들이지요. 그러다가 두 입술이 포개지는 접순 현장을 우연히 목격하게 된 겁니다. 어때요? 제 말이 틀렸습니까, 형수님?"

"정확하게 틀리셨네요. 접순 운운은 당치도 않은 말씀이셔요. 틀리시긴 했어도 여기 오신 건 환영합니다, 도련님."

"방금 두 눈으로 목격한 장면도 있고 하니까, 제가 형수님이라 불러도 별로 실례는 안 되겠지요? 인사가 너무 늦어서 죄송합니다, 형수님. 하도 경황없이 지내다보니까 형수님한테 인사고 뭐고 드릴 여유가 없었습니다. 제 문제로 이번에 힘을 써주셔서 정말 고맙습니다. 얼굴도 모르고 인사도 없는 형수님한테 겁나게 신세를 졌다는 걸 나중에야 알았습니다."

"신세는 무슨……"

감나뭇골 집에서부터 미리감치 챙겨온 듯싶은 말들을 귀용이 속사포처럼 쏟아내자 연실은 차마 못 들을 소리 들은 푼수로 목덜미까지 발개지면서 슬금슬금 뒷걸음치는 몸짓을 취했다. 젊은 사돈 구명운동에 나서지 않을 수 없게끔 경부 마나님 설득하는 중대한 역할 수행한 데 대한 고마움의 표시였다. 그러나 귀용은 입으로만 그렇듯 반지랍게 떠벌릴 뿐, 정작 얼굴에 진정으로 고마워하는 기색 담아내는 일에는 매우 인색했다.

"그만침 놀려먹었으니 인제는 되았다. 억설 내세워서 괘얀시리 생사람 잡는 건 별로 너답지 않은 장난이다."

부용은 언제 또 엉뚱한 소리 불거져나올지 모르는 입에 서둘러 재갈 물릴 필요성을 느꼈다. 왠지 모르게 비정상으로 느껴지는 동생의 다변에 일말의 불안감을 느끼면서 연실에게 눈짓으로 끔벅끔벅 신호를 보냈다.

"도련님 모시고 얼른 들어오셔요."

그 신호 접수한 연실이 발개진 낯꽃 수습할 겨를 없이 허둥지둥 물러갈 채비를 했다. 그동안 감나뭇골 본가에서 오면가면 길이 서로 엇갈리는 틈에 잠깐 얼굴 마주친 적은 있지만, 연실이랑 귀용이 정식으로 인사 나누고 피차간에 형수와 도련님으로 대접하기는 그게 처음이었다. 그런 탓인지, 연실은 스스로 도련님 소리 들먹이는 데는 별다른 저항을 안 느끼면서 귀용으로부터 다따가 귀에 선 형수님 소리 듣는 데는 부담깨나 느끼는 눈치였다.

"암만해도 형님은 여복을 타고나신 것 같습니다."

연실이 시야를 벗어나기 기다려 귀용이 표정을 싹 바꾸었다.

밝고 활달한 척 연실 앞에서 허세 부리던 태도를 갑자기 허물면서 귀용은 방금 전 형이 앉아 있던 자리에 엉덩이를 털썩 부렸다. 피곤한 기색이 찌든 얼굴이었다.

"그렇게 뵈드냐? 실은 나도 그렇게 알고 있다."

"그 대신 형수님은 크게 손해 보는 인생을 사시게 되겠지요."

"어쩐 일이냐, 요 동네까장 찾어오고?"

"제가 출입하면 안 되는 무슨 금원이라도 됩니까?"

"내 말은 그게 아니다. 말 갈 동네 소가 가고, 소 갈 동네 말이 가딧기 백주에 요로콤 활보허고 댕겨도 신상에 불이익이 없겄냐는 뜻이다."

"산서 경계만 벗어나지 않으면 무방하답니다. 담당 순사랑 벌써 두 번이나 만났습니다. 사실 저는 법규 위반으로 집행유예 처분이 취소되기를 바라고 있습니다. 차라리 실형을 살았더라면, 하는 것이 제 솔직한 심정이지요."

"말이 씨 되는 법이다. 어디 가서 그런 말 함부로 허지 마라."

부용은 대여섯 발짝 상거를 두고 동생으로부터 멀찌막이 떨어져 앉았다. 폐결핵 진단 받은 뒤부터 비롯된, 그다지 임의롭지 않은 처지의 누군가를 상대할 때 습관적으로 취하곤 하는 몸가짐이었다.

"방금 백상암을 다녀오는 길입니다."

귀용의 입에서 저절로 한숨이 흘러나왔다. 몸뚱이 전체를 입처럼 동원해 토해내는 한숨 같았다.

"백상암은 무슨 일로?"

"머리 깎고 중이나 될까 해서요. 하하, 이건 농담이고…… 실은 주지스님이랑 급히 상의할 일이 생겨서 찾아간 겁니다."

부용은 걸핏하면 '허나 허되' 하고 특유의 말투로 자신이 제기할 반론에다 큼직하게 방점 찍는 버릇이 있는, 그러면서도 늘 온화한 낯꽃에 어련무던한 말솜씨로 상대방을 편하게 만들던 범천스님 모습을 눈앞에 떠올렸다. 그리고 그런 스님 가리켜, 인민대중에 백해무익한 반동이며 종교를 빙자해 혹세무민하고 무위도식 일삼는 식충이 같은 존재라고 입에 거품 물고 매도하던 귀용의 지난날 육성을 상기했다.

"그 밥버럭지 스님께서는 안녕허시드냐?"

엎드러지면 절간 일주문 앞에 코방아 찧을 곳에 살면서도 범천스님 만난 지는 퍽이나 오래되었다.

"동자승은 안녕한데, 노장스님은 안녕치가 못하십디다."

노환 탓이리라. 고로롱팔십 노구 이끌고 애옥한 암자 살림으로 혹한의 겨우살이 견디느라 그 고생이 이만저만 아니었으리라.

"무슨 일인지는 몰라도, 상의헌다는 일은 잘 되얐고?"

"암자 구석에다 방을 얻기로 했습니다."

하기야 집행유예 상태의 죄인 신분으로 귀용이 부러 백상암 찾아가 범천스님하고 상의할 일이 그것 외에 달리 뭐가 또 있겠는가.

"백해무익헌 중이 끙짜놓지 않고 불령선인한티 방을 순순히 내주드냐?"

부용은 먼산 바라보는 척, 그리고 먼산을 말상대로 삼는 척 들창눈이 시늉을 하면서 말했다. 형제의 간격은 대여섯 발짝에 불과했다. 하지만 형제 사이 마음의 간격은 축지법 도사일지라도 한 세월 좋이 걸려야 닿을 수 있으리만큼 소원해진 상태임을 뼈아프게 확인하는 순간이었다.

"한 가지 조건을 붙이던데요."

귀용은 숫제 귓구멍 꽉 틀어막은 것처럼 노골적인 비아냥거림도 개의치 않고 심상한 어조로 대꾸했다.

"칼 찬 순사가 불령선인 감시한답시고 풀방구리 드나드는 쥐새끼같이 절간 들락날락하면서 기력 달리고 법력 모자라는 늙은 땡추 귀찮고 성가시게 하지만 않는다면, 하고 기다랗게 전제조건을 달더군요."

바로 그 대목에서 범천스님은 헛기침 대신 틀림없이 '허나 허되'를 끼워넣고는 잠깐 뜸을 들였으리라. 암자에 오래 머물다 하산할 임시에, 부디 축생을 살지 말고 인생을 살라고 손에다 신신당부 쥐여주던 노장스님 목소리가 아직도 귓바퀴에 감겨 있는 듯했다.

"니 생각에는 그 전제조건이 제대로 충족될 것 같으냐?"

"먼저 주재소에다 거소 변경부터 신청하는 게 순서겠지요. 만약에 신청을 안 받아줄 경우, 날마다 백상암으로 통근하면서 낮에는 독서로 소일하고 밤에는 집에 돌아올 생각입니다."

"노점병자 장남은 예배당 구석에 똬리를 틀고, 집행유예 차남은 암자 구석에 둥지를 틀고…… 집안 꼴이 점점 더 가관으로 변허는 것 같으다."

그러지 말라고, 그러면 못쓴다고 머리가 만류하는데도 정작 입은 정나미 떨어지는 비아냥거림으로 일관하려 했다.

"그러잖아도 야마니시 영감님한테 백상암 얘길 슬쩍 비쳐봤더니 대뜸 형님하고 똑같은 투로 말씀하십디다. 웬수 같은 두 아들 야소귀신하고 부처귀신이 의초롭게 한 마리씩 노느매기로 챙겨 담게 생겼으니 참말로 잘들 하는 짓거리라고 말입니다."

"어차어피에 나는 요 모냥 요 꼴로 출망(出亡)을 자원헌 몸이니께 말헐 자격도 없다마는, 너만이라도 남어서 집을 지켰으면 좋겄다."

"형님, 제발 저를 야박하게 대접하지 마십쇼! 이건 절대로 엄살떠는 게 아닙니다!"

마침내 귀용은 참새떼 들끓는 가을 논 향해 팡개 휘둘러 흙덩이 날리듯 그새 아껴두었던 인내심을 미련 없이 던지기로 작심한 모양이었다.

"정말 미칠 지경입니다. 머리가 깨질 것 같은 두통에 시달리면서 하루하루 죽지 못해 사는 실정입니다. 이런 상태로 집구석에 발목이 묶여 지내다가는 필경 발광하고 말 겁니다. 앞으로도 장장 삼 년 세월을 창살 없는 감옥에서 보내느니 차라리 진짜 감옥에서 실형을 사는 편이 훨씬 더 신간 편할 겁니다. 날마다 조석으로 야마나시 영감님 안색 살펴가며 눈칫밥 얻어먹는 일 없이 외진 동네로 제금 나서 독립생활 누리는 형님 처지를 제가 얼마나 부러워하는지, 형님은 짐작이나 하실 수 있습니까?"

느닷없이 격해진 목소리에 이끌려 부용은 먼산에 꽂아두었던 시선을 뽑아 옆자리로 급히 옮겼다. 간격을 좁히며 귀용이 문치적문치적 다가왔다.

"그대로 있거라! 가차이 오면 안 된다!"

부용은 즉각 경고를 발했다. 몹쓸 전염병 앓는 형의 도리로 마땅히 그래야 된다고 생각했다. 하지만 귀용은 그런 경고 따위 아랑곳하지 않고 몇 뼘 남은 간격마저 단숨에 좁혀버렸다.

"제발 그런 식으로 저를 기피하지 마십쇼. 저한테는 형님이 마지막 피란처고 유일한 의지간입니다. 형님마저 외면하신다면 제가 기댈 언턱은 이 세상 어디에도 없습니다."

"난생처음 겪는 일이니깨 물론 힘들고 고롭겄지. 허나 허되, 시방 부닥치고 있는 현실을 그냥 순리로 받어들이거라. 자중자애허면서 힘든 세월 인내허다보면 낭중에 전화위복이 될지도 모른다. 워낙에 너는 출중헌 바탕을 타고난 인재잖냐. 나허고 너는 출발

점부텀 차하져서 비교 대상도 안 되잖냐."

"무슨 말씀을 하시는 겁니까? 제 인생에 바늘귀만한 가능성이라도 남아 있다고 생각하십니까? 그래서 그 가능성에다 밀가루 뒤집어쓴 됫박같이 허옇게 분칠하고 연지곤지 찍고 색동옷 입혀서 사랑채에 선뵈면 지난날 야마니시 영감님 자애지정을 되찾을 수 있다고 격려하시는 겁니까?"

남의 밥그릇에 든 콩알 더 굵어 보이는 이치 때문일까. 제아무리 우는소리 늘어놓더라도 저한테 비하면 동생 처지는 그래도 양반이라는, 여전히 우월한 위치에 있다는, 훗날 훨씬 유리한 여건에서 훨씬 선미한 방향으로 재기할 수 있을 거라는 생각을 부용은 좀처럼 지우지 못하고 있었다.

"아버님이 그동안 너한티 쏟으신 사랑은 참말로 유난허고 각별헌 것이다. 그 점을 명심허거라. 기대를 저버린 자식일망정 아버님은 여전허니 너를 속정으로 귀애허고 계시는지 알거라."

"면전에서 당장 하라끼리를 하라고 저한테 명령하셨습니다. 그 명령 받들어서 하마터면 실제로 배를 가를 뻔했습니다. 그런 것도 귀애 축에 듭니까? 세상에 그런 따위 기괴망측한 귀애도 있습니까?"

귀용이 아득바득 대드는 기세로 더욱더 바투 다가앉았다.

"진용이 형님한티 다 들어서 나도 그 일은 대충 알고 있다."

계속 외면하기 거식해서 부용은 고개를 동생 쪽으로 외틀었다.

"다 들으셨다면서 어떻게 저한테 그런 식으로 말씀하실 수가 있습니까?"

"귀용아, 너는 자결을 명령허신 아버님만 알고 다른 아버님은 모른단 말이냐? 니가 진짜배기로 하라끼리를 헐까봐서 불고체면 허고 중도에 칼을 채뜨려가시는 아버님은 못 봤단 말이냐? 아버님이 그때 보고 잪으셨던 건 실제로 자결허는 아들이 아니라 가부장 권위에 복종허는 시늉이라도 허는 아들이었다. 허나 허되, 너는 가부장 자존심이 걸린 싸움판에서 아버님을 끝내 이겨먹는 행동으로 치명적인 불효를 범허고 말었다. 누가 누구를 원망허기로 헌다면, 그 사람은 최귀용이가 아니라 외려 아버님이어야 옳다."

거지반 코끝 맞닿으리만큼 얼굴 바싹 들이대면서 부용은 결연한 어조로 성토했다. 귀용이 어리둥절한 낯꽃인 채로 잠시 우두커니 앉아 있었다.

"나 최부용이는 당최 니가 생각허는 피란처도 의지간도 될 자격이 없는 놈이다. 니가 비빌 언턱은 못난 형이 아니라 다른 누구일 것이다."

통행로에 깔린 자갈 밟는 소리가 자박자박 다가왔다. 골라도 하필이면 가장 부적절한 순간 골라 연실이 아무 눈치코치 없이 예배당 앞에 다시 모습을 드러냈다.

"어서 같이 들어오시잖고……"

당장 멈춰 서라는 뜻으로 부용은 장풍 날리듯 성급히 손사랫짓을 했다. 그러자 그 장풍에 실제로 얻어맞은 것처럼 연실이 갑자기 주춤거렸다.

"형제간에 시방 고담준론을 나누는 중이요."

연실이 형제의 안색을 번갈아 핼끔핼끔 살폈다. 형제 사이에 깊게 파인 감정의 골이 그제야 봇도랑만큼 확연하게 드러나는 모양이었다. 질겁한 낯꽃으로 연실은 왔던 길 후딱 되짚어 허둥지둥 돌아가기 시작했다.

사촌형으로부터 그날 밤 자결 소동에 관해 얘기 들었을 때, 부용이 맨 처음 느낀 것은 놀랍게도 부러움과 시새움이었다. 아버지의 분별없는 편애로 말미암아 미성년 시절부터 싹트기 시작한 그 부러움과 시새움의 감정은 세월이 흐름에 따라 어느덧 거무죽죽한 해감으로 변해 가슴 밑바닥에 개펄처럼 퇴적되어 있었다. 고약하기 짝이 없는 그 감정의 퇴적층은 가슴속에서 해감내 펑펑 풍기면서 간단없이 그를 괴롭혀대곤 했다. 어엿한 성년이 된 이후로도 아버지한테서 받았던 갖가지 불공평한 처사들은 줄곧 그에게서 떠나지 않고 상주했다. 언뜻 보기에는 형제가 다 똑같이 막다른 골에 들어선 것 같을지 몰라도, 실인즉슨 형에 비해 월등히 유리한 여건에서 동생은 시방 꽃놀이패 같은 피란살이 보내고 있음에 틀림없었다.

만약에 강도단 향도 역할 말아 집안에 잠입해서 당신 재물 강탈한 장본인이 둘째아들 아닌 큰아들이었다면, 그 놀라운 사실을 알아차린 아버지는 과연 어떤 조치를 취했을까. 만약에 사회주의 이념 받들다 체포되어 집안을 온통 쑥대밭으로 만들고 패가망신 위기로 몰아넣은 장본인이 둘째아들 아닌 큰아들이었다면, 그런 불측지변 겪은 아버지는 과연 당신 소생 사회주의자한테 어떤 처분을 내렸을까. 만약에 둘째아들 아닌 큰아들이 조상신위 앞에서 실제로 할복자살 결행하려 했다면, 그 상황에서도 아버지는 스스로 어릿광대 노릇 마다하지 않으면서 큰아들 잃을까봐 그처럼 노심초사했을까. 만약에 큰아들 아닌 둘째아들이 몹쓸 노점질환 앓고 있다면, 아버지는 과연……

"미안허다, 나도 모르게 고만 큰소리를 내서."

"형님 붙잡고 시비곡직 가리려고 찾아온 게 아닙니다."

그새 좀 감정을 가라앉혔는지, 귀용이 무춤한 태도로 중얼거렸다.

"나 역시 고생고생 끝에 돌아온 동생 상대로 콩팔칠팔 따지고 다툴 생각은 추호도 없었다. 단지, 니가 사실을 사실대로 받어들이기를……"

"형님 입에서 야마니시 아끼라 영감 변론하는 말이 나올 줄은 상상도 못했습니다."

"애시당초 최부용이같이 용잔헌 위인을 아버님 변호인으로 선임헌 사람은 아버님이 아니고 최귀용이 바로 너다. 아버님이 당신 둘째아들한티 여일허게 품고 계시는 무한자애를 역설적으로 증명허신 것이 그 신파극 자결 소동이다. 그런디 아버님 당초 계산이 삐끗 어그러지는 바람에 결과적으로 큰 실수를 범허셨고, 그 실수 땜시 둘째아들한티 약점을 잽히시고 말었다. 너는 인제부텀 아버님 약점 꽉 움켜쥐고 활용허면 된다. 아버님이 너한티서 미처 거둬들이지 못허신 마지막 구명줄 한 가닥 끈덕지게 붙잡고 늘어지기만 헌다면, 너는 반다시 훗날을 기약헐 수 있을 것이다."

그러자 귀용이 픽 하고 실소했다. 형 아닌 아버지 겨냥한 비웃음일시 분명했다. 비웃음과 맞닥뜨리는 순간, 부용은 온몸에서 맥이 쫙 풀려나가는 허탈감을 맛보았다.

"그 사건, 물론 형님도 알고 계시겠지요?"

산서 면민들치고 그 사건 모르는 사람 누가 있을까. 그것은 사건이란 명칭 앞에 꽤나 긴 수식어를 붙여 마땅한 특별사건이었다. 백쇄 면민과 관헌 등 중인환시 리에 벌어진, 야마니시 아끼라 영감의 동방요배 및 만세삼창 행위를 간결하게 줄여 귀용은 그냥 사건이라 표현했다. 아직도 인구에 회자중인 아버지의 기행과 관련된 언급이 때가 되면 동생 입에서 필연코 튀어나올 거라고 부용은 미리감치 예상하고 있었다.

"알다마다."

잠시 뜸들이고 나서 부용은 통명스럽게 대꾸했다. 그것은 이만

저만 요란뻑적지근한 사건이 아니었다. 연일 그 해괴망측한 사건을 입에서 입으로 옮겨 나르느라 면내 전체가 왁시글덕시글 들끓다시피 하는 판국이었다.

"소문 들으시고서 형님은 무슨 생각을 하셨습니까?"

귀용이 감옥에서 풀려나 고향집으로 돌아온 그 이튿날부터, 그러니까 벌써 열흘 전부터 나돌기 시작한 소문이었다. 그 열흘 기간도 짧다 하고 천석꾼 영감 기행에 얽힌 소문은 공일이나 반공일도 없이 여전히 산서 땅 구석구석 휘젓고 다니는 중이었다. 입 달려 세상에 나온 인간치고 산서 바닥에서 그 소문 입길에 올리지 않는 자가 단 한 명도 없을 정도였다.

"내괘로다, 과연 우리 아버님이시로다, 생각혔다. 역시 아마니시 아끼라 영감님답게 기상천외헌 발상이고 오사바사헌 처신이고나, 생각혔다."

열흘 새 부용이 문제의 소문에 접한 건 도합 세 차례였다. 맨 처음 바깥소문을 귀띔해준 사람은 예배당 사찰이었다. 두번째는 사촌형, 세번째가 누님이었다. 하지만 말하는 입과 듣는 귀와의 친소 관계에 따라 소문의 질량은 매번 달라졌다. 사찰집사가 우수마발 이상 지린내와 구린내 진동하는 소문을 바지게로 한 짐 그득 져 나른 꼴이라면, 사촌형은 한 소쿠리 넘치도록 썩은 감자 담아온 셈이고, 누님은 노점 앓는 동생 독촉에 못 이겨 비린 생선 한 토막 에멜무지로 내놓는 식이었다. 그렇지만, 소문의 충격을 견디는 게 고역이기는 세 차례 모두 똑같았다.

"사상범 아들은 감옥에서 콩밥이나 먹다 나오고, 천석꾼 아버지는 난장바닥에서 날마다 덴노헤이까 반자이 삼창이나 하고, 세상에 이런 비극이 어디 또 있겠습니까!"

"비극이 아니라 희극이겄지."

"희극이든 비극이든 좌우지간에 저는 기가 꽉 막혀서 숫제 말이 안 나올 지경입니다!"

"그런 일을 오약눈 한번 깜작 않고 식은 죽 가장자리 둘러 먹딧기 해치우는 점이야말로 제일 아버님다운 행동 아니겄냐?"

"그 소문 처음 접하는 순간에 저는 대뜸 죽음을 생각했습니다."

"누구 죽음 말이냐?"

"누구긴 누구겠습니까, 최귀용이 죽음이지!"

오만상 잔뜩 지으며 귀용이 끌 또는 정 모양의 뾰쪽한 한숨으로 회삼물 바닥에 옴팍옴팍 확을 팠다. 이 세상 어떤 것으로도 위로받지 못할 낙담의 생채기가 초췌한 몰골 위에 확 모양으로 아로새겨지고 있었다.

"저 때문에 생긴 소동이다, 싶으니까 살고 싶은 마음이 안 듭니다. 더 살아야겠다는 의욕도, 더 살아갈 수 있다는 용기도 이젠 다 없어졌습니다. 욕된 인생 견뎌보겠다고 아등바등 매달린다는 게 그저 치욕스럽고 구차해서 당장이라도 콱 죽어버리고 싶은 심정입니다. 내 한 몸 죽어 없어지면, 야마니시 영감이 덴노헤이까 반자이를 삼창하든 최명배 영감이 대한독립만세를 삼창하든 좌우지간 그 광대 짓거리하고 나하고 무슨 상관이겠습니까!"

괜히 한번 늘어놓는 푸념만은 아닌 듯했다. 속새로 진짜배기 죽음을 획책하는지도 모를 일이었다. 그 어조나 태도에서 절망의 진액이 방울방울 떨어지는 듯했다. 어쩌면 귀용의 귀에 들어간 소문의 낯짝이 유독 더 지저분하고 험상궂었던 탓일지도 모른다. 똑같은 소문에 접하고도 부용은 동생만큼 도저한 절망을 맛보지는 않았었다. 물론 소문을 치욕으로 받아들이기는 동생이나 매일반이었다. 하지만 소문의 주인공이 다름아닌 아버지라는 이유로, 최명배보다 야마니시 아끼라로 대접받기 갈망하는 사람에 의해 저질러진 행동이라는 이유로 그는 오히려 더 쉽사리 체념 속으로 자맥질할 수 있었다. 그 양반 말고 산서 바닥에서 그토록 해괴망측한 짓거리 여반장으로 도모할 위인이 누가 또 있을 것인가.

"자식들 땜시 가문 전체가 시방 풍비박산헐 지경이라고 생각허셨겠지. 절체절명 위기를 그럭저럭 넘기자면, 앞으로는 일제 관헌들 눈 밖에 나는 일 없게코롬 뭔가 보호색으로 가문을 덮어야 된다고 당신 나름대로 판단을 내리셨겠지. 그런 끝에 궁여지책으로 짜낸 묘방이 그 엉뚱깽뚱헌 소동이겠지."

그 말에 귀용은 아무런 대척도 하지 않았다. 친동기간에 아버지와 관련된 화젯거리로 낯뜨겁게 다툼질 벌인다는 게 사실 여간 거식한 노릇이 아닌지라 부용은 되도록 동생 쪽을 외면하고 싶었다.

"누구도 공감 못헐 망발 중에 망발인 것만은 분명허지만……"

하마터면 또, 허나 허되, 하는 범천스님 말투가 섞여들 뻔했다. 들을 적마다 몹시 귀에 설게 느껴지던 그 말이 실인즉슨 요긴목에 써먹기 가장 임의로운 명구 중의 명구라는 사실을 부용은 그제야 깨달았다.

"그렇다고 시방 우리가 어쩌겄냐. 잘나섰거나 못나섰거나 간에 그분은 우리 아버님이 틀림없으시다. 그런 비상 수단이 아니고는 난국을 타개헐 묘방이 없다고 판단허셨을 아버님 입장을 우리가 쪼깨 이해허면 안 되겄냐?"

"형님이나 많이많이 이해하시지요!"

회삼물 바닥으로 퉁방울 같은 볼멘소리 떽데구루루 굴리고 나서 귀용이 벌떡 일어섰다.

"형님처럼 홀가분한 처지라면 얼마나 좋겠습니까. 만세 소동에 원인을 제공한 허물 때문에 제 처지는 형님처럼 홀가분하지가 않습니다. 모든 사람들 앞에서, 심지어는 동네 조무래기들 앞에서도 차마 고개를 들 수가 없습니다. 방법만 안다면 쥐구멍 속으로 들어가고 싶은 심정입니다."

"왜 일어서냐? 벌써 갈라고?"

"일찌감치 집구석으로 기어들어가야지요. 열성적으로 근신하는 척하면서 부지런히 또 영감님을 속이고 눈치를 살펴야지요.

그런 수고라도 들여야 백상암에 바칠 쌀가마 타내서 삼시 세끼 공양할 수 있을 게 아닙니까!"

부용은 덩달아 허둥지둥 일어섰다.

"자리를 욍겨서 못다 개린 시시비비 밑두리콧두리 캐고 끝장을 내뿔자."

동생 퇴로 몸으로 막으면서 부용은 간곡히 종용했다.

"할 얘기는 벌써 끝났습니다."

"너는 끝났을지 몰라도 나는 안 끝났다. 큰맴 먹고 야소꾼 소굴까장 찾어온 동생인디, 뒤보고 미주알 안 딲은 것맨치로 껄쩍지근허게 돌려보낸다면 내 맴자리가 두고두고 편찮을 것 같다."

"떠나기 전에 고백할 게 있습니다."

귀용이 갑자기 정색을 했다.

"아까 야마니시 아끼라 영감 때문에 죽고 싶다는 말은 거짓말입니다. 실은 낙철이 형님 때문입니다."

"낙철이가 어째서?"

"낙철이 형님한테 큰 빚을 졌습니다. 살아생전에는 절대로 못다 갚을 빚이지요. 죽어야만 갚을까 말까 한, 실로 어마어마한 빚을 진 죄인입니다."

아예 안 들었다면 모를까, 이미 말을 들어버린 이상 동생을 그대로 떠나보낼 수는 더더욱 없는 일이었다. 부용은 멀어지려는 팔소매를 욕심껏 거머잡았다. 하지만 귀용은 비리비리한 병골 압도하는 아귀힘으로 거머잡은 손 거뜬히 뿌리치면서 그예 발길을 돌려버렸다.

"형수님께 죄송하다고 전해주십쇼. 진정으로 형수님께 고마워하고 있다고 형님이 저 대신 말씀해주십쇼."

부용은 엉덩짝 부위에 흙먼지 자국 누렇게 찍힌 뒷모습을 그저 우두커니 바라보았다. 검정 두루마기 자락 펄럭거리며 귀용은 예배당 앞마당을 빠른 걸음으로 질러갔다. 층층다리 내려가다 말고 갑자기 멈춰 서면서 귀용이 뒤를 홱 돌아보았다.

"형수님이 보기 드문 미인이라고 제가 얘기했던가요? 형수님 같은 배필 만난 것이 가뭄 타는 형님 전답에 단비로 내린 천복인 줄 아십쇼. 형님한테는 백번 과남한 배필이라는 뜻이지요."

결국 이런 모양새로 헤어질 수밖에 없는 것일까. 친동기간 혈연을 등에 업고 있음에도 불구하고 원상회복이 불가능할 정도로 형제를 이간시키는 생각의 차이는 도무지 요지부동이란 말인가.

마치 영이별이라도 나누듯 부용은 자못 처연한 심정인 채 점점 멀어지는 동생 모습을 눈으로 쓸어안고 있었다. 때마침 길목 지키던 잡목숲이 길손 노리는 산적처럼 불시에 덤벼들어 구불텅구불텅 돌아서 가는 오솔길을 덮치는 중이었다. 잡목숲이 흉기처럼 날카롭게 뻗친 수관(樹冠)들 휘둘러 오솔길을 싹둑싹둑 토막 쳐 함부로 동강을 내고 있었다. 그 사품에 귀용의 모습 또한 중동이 잘려나간 오솔길과 더불어 시야에서 사라졌다 나타나기를 되풀이하고 있었다. 시장기처럼 혹은 어지럼증처럼 구체적으로 엄습하는 허탈감을 견딜 수 없어 부용은 회삼물 바닥에 퍽석 주저앉고 말았다.

"도련님은요?"

통로 자갈들 자박자박 밟으며 연실이 다시 나타났다.

"가뿌렀소."

이제나저제나 하고 기다려도 내처 감감무소식인지라, 웬일인가 해서 나온 참인 듯했다. 연실은 말귀 엔간히 못 알아듣는 솔봉이처럼, 방금 그게 무슨 뜻이냐고 눈으로 묻고 있었다.

"저 죽을 자리 찾어서 떠나뿌렀소."

연실이 더욱더 뜨악해하는 기색을 감추지 못했다.

"형제끼리 다투셨어요?"

"연실씨한티 고맙다는 인사 전허라고 그럽디다. 유언 삼어서 그 말만 던져놓고는 고만 훌쩍 가뿌렀소."

부용은 자조 어린 웃음을 입아귀에 그득 물었다.

"이제부터는 도련님이랑 제발 다투지 좀 마셔요. 형제간에 의초롭게 지내는 연습 좀 하셔요."

이른바 골육상전이야말로 최씨 가문의 전통이요 항다반사라고 지적하듯 연실은 심각한 낯꽃으로 형제 우애를 거듭 당부했다.

"날더러 여자 잘못 만난 것 같다고, 다른 건 몰라도 형수님 뜨개질 솜씨만은 절대로 신용허들 말라고 재차 유언을 남깁디다."

실없쟁이 농지거리가 작금의 상황을 눅치는 데 아무런 구실도 못한다는 것쯤 부용도 물론 익히 알고 있었다. 그럼에도 입에서는 헤식은 농설이 연방 비어졌다. 그렇게라도 하지 않으면, 동생이 예배당 앞에 바지게로 한 짐 그득 부리고 간 골칫덩이들을 도무지 어찌할 방도가 없을 것 같았다.

"설마 뜨갯것이 원인은 아닐 테고, 대관절 무슨 일로 다투셨어요?"

"다퉜다기보담은…… 실은 아버님 문제를 놓고 평론허는 중이었소."

그 소리 나오기 무섭게 연실의 얼굴에 짙은 그늘이 드리워졌다. 면 소재지 신사 앞에서 벌어진다는, 그 유명짜한 만세 소동을 두고 서로 의견을 나눈 적은 한 번도 없었다. 하지만 연실 역시 그 내용을 소상히 알고 있었다.

"아버님은 요번 일로 당신이 놓은 올무에 발목이 묶이는 패가망신을 자초허실 것 같소. 아버님이 과도허게 무리를 범허시는 것만 같소."

패가망신이 곧 현실로 나타날 조짐이었다. 야마니시 영감님이 둘째아들을 충량한 황국신민으로 개조해놓겠다고 일본제국 개국시조 아마데라스 오오미까미 앞에서 맹세한다지만, 문제의 아들은 아버지 몰래 사람들 이목 뒷전으로 뱅뱅 돌면서 더욱더 충격적인 모반을 꾀하고 있음이 분명해 보였다.

뿐만이 아니었다. 면사무소와 주재소를 차례로 방문한 야마니시 영감님이 대역부도 죄인에게 개과천선 기회 하사하신 황은에 감사하는 뜻으로 각각 금일봉씩 헌납을 약속했다는 후문이었다. 두메산골 농투성이들은 금일봉이란 게 문자 그대로 누런 황금이 한 봉지 분량이나 되는, 실로 어마어마한 재물이라고 굳게들 믿는 눈치였다. 불원간에 천석꾼 영감한테서 나올 황금 두 덩이를 화젯거리의 상석에 모신 가운데 면민들 사이에 왕배덕배 말들이 참 많다는 것이었다. 피눈물 맺힌 가산 결딴내지 않고 알뜰살뜰 건사하는 동시에 위기 상황도 타개할 수 있는 묘방 물색하던 끝에 마침내 밑천 안 드는 만세삼창을 찾아냈을 것이었다. 하지만 그 영악스러운 계산속은 되레 앙화를 불러들일 것임에 틀림없었다. 결과적으로 막대한 재물을 관공서 아가리에 뻰질나게 진상할 수밖에 없게끔 영감님 스스로 빌미를 제공한 셈이었다.

"그 소동하고 연관해서 도련님이 혹시 리노이에 경부를 언급하지는 않으시던가요?"

연실이 별안간 엉뚱깽뚱한 질문을 들고 나왔다.

"친아버지를 그런 식으로 칭허지 마시요. 그런 궂은 말투는 입초시에 올리는 게 아니요. 리노이에 경부가 어쩌고저쩌고 허는 못된 말버릇은 최부용이 한 놈으로 족허잖소."

연실의 집안을 비난하거나 빈정거릴 필요가 생길 적마다 곧잘 리노이에 경부 들먹이던 부용의 악성 세균 같은 말버릇이 예방주사 안 맞은 연실을 어느 틈에 감염시킨 모양이었다.

"저한테 솔직하게 말씀해주셔요. 아버님 문제를 거론하던 중에 틀림없이 리노이에 경부 얘기도 딸려 나왔겠지요? 안 그래요?"

가련한 연실이, 하고 속으로 탄식하면서 부용은 길게 한숨을 내쉬었다. 고위급 경찰관을 아버지로 둔 데서 비롯되는 자격지심 때문에 말로 표현 못하리만큼 엄청난 고통에 내내 시달려왔음이 분명했다. 그동안 경부나리 염두에 두고 도나캐나 내뱉었던 온갖 흠구덕이 낱낱이 비수로 변해 연실의 육신을 상우고 영혼에 내출혈을 일으켰음이 분명했다.

"연실씨가 지성으로 섬기는 그 여호와 하나님을 두고 맹세할 수 있소. 형제간 평론은 연실씨 아버님 근처에도 못 가봤소. 그러고 귀용이가 지난번 경성 건으로 형수님한티 고마움을 표헌 것은 여부없는 사실이요."

"그렇다면 왜 형님네 거처도 안 들여다보고, 또 간다는 인사 한마디 없이 그냥 떠나셨지요?"

문목사 사모와 누님의 영향으로 연실은 어느새 절반쯤 예수쟁이로 변모해 있었다. 그래서 연실의 신뢰를 얻으려고 신까지 들먹여봤지만, 역시 역부족이었다. 여간해서 의심을 거두려 하지 않았다. 모처럼 큰맘 먹고 난생처음 형의 처소를 방문한 도련님을 곧바로 돌아서게끔 상황을 그르친 모든 원인과 책임이 자기한테 있다고 굳게 믿는 눈치였다. 도련님이 자기를 형의 여자 아닌 경부 딸로만 볼까봐 심히 저어하는 기색이었다. 그리하여 경부 딸과는 같은 방에서 겸상하고 싶지 않은 까닭에 그처럼 매정하게 발길을 돌려버린 거라고 단정하는 듯싶었다.

"참말로 미안허요. 그동안 연실씨한티 내가 너무 지각없이 처신헌 탓인 것 같소. 앞으로 다시는 내 입에서 리노이에 경부란 말이 안 나올 거요. 연실씨 아버님을 연실씨가 싫어허는 소리로 거론허지 않을 거요. 그러니께 연실씨도 그런 자격지심 따우 인제는 뒷간에다 던지고 오시요."

멀리서 찬송가 소리가 걸어오고 있었다. 춘풍이 꼴머슴 타령이나 어금지금한 솜씨로 육자배기 엇비슷이 흥얼거리는, 엉터리 곡조였다. 사찰집사가 오르막 비탈 타고 층층다리 쪽으로 꺼떡꺼떡 올라오는 중이었다. 그의 음치 목청이 산기슭에 풀어놓은 염소떼처럼 사방으로 이리저리 내닫고 있었다. 면 소재지에서 장을 보아 오는 듯 그는 배불뚝이 망태기를 한쪽 어깨에 휘우듬히 메고 있었다.

"슨남슨녀가 고로콤 짱짜란허니 앉어서 도란도란 정담을 나누시는 모냥을 보니께 늙은이 맴까장 훈짐이 근너오는 것 같고만요."

오는 길에 무슨 흐무뭇한 장면이라도 본 것일까. 사찰집사는 입에 달고 있던 엉터리 찬송가를 접는 대신 턱없이 밝고 큰 목소리를 층층다리 위로 힘껏 밀어올렸다.

"장에 다녀오셔요?"

한동안 옴츠러져 있던 낯꽃을 활짝 펴면서 연실도 덩달아 밝은 목소리로 화답했다. 곧이어 늙고 젊은 두 예수쟁이끼리 집사님, 자매님, 하고 서로 상대방 높여가며 한나절 만에 재회하는 반가움을 요란뻑적지근하게 교환하기 시작했다. 사찰집사는 당자한테 물어도 안 보고 제멋대로 무신론자를 가리켜 성도님이라 불러버릇했다. 때로는 형제님이라 부르기도 했다. 성도나 형제나 다 호감을 나타내는 표현일 테지만, 그래도 두름성 좋은 예수쟁이 술수에 말려들지 않으려면 초장부터 간격을 일정하게 유지한 채 냉연한 태도로 일관하는 것이 득책이었다.

"오다가 저 아래편짝에서 성도님 동상분을 만났고만이라."

"그러셨어요?"

"반가운 짐에 얼른 알은체를 허니깨, 그냥 일언반구도 없이 찬바람만 쌩쌩 풍겨댐시나 질이 엇갈려서 가뿔드만요."

"죄송헙니다. 그 녀석이 워낙에 버르장머리가 쪼깨 없어놔서요."

결국 몇 고팽이 더 대화가 오간 다음에야 부용은 사찰집사 관심권에서 놓여날 수 있었다. 예수쟁이끼리 담소하는 사이에 일없이 회삼물 바닥 헤매던 부용의 시야에 언뜻 비치는 게 있었다. 희고 기름한 물건이 제 주장 고집스레 내세우듯 바닥에 발랑 누운 채 눈길을 강하게 끄는 중이었다. 부용은 동생이 앉았던 자리에서 궐련개비를 주워들었다. 불붙인 흔적 없는, 멀쩡한 새 궐련이었다. 어쩌다 이게 여기 떨어졌을까. 주장할 게 있으면 얼른 주장해보라고 부용은 그 물건 손바닥에 올려놓고 일삼아 들여다보았다. 아직도 미성년에 속하는 귀용이 언제부터 담배에 손대기 시작했을까. 애당초 피우지 않을 거라면 무엇 때문에 주머니에서 꺼냈을까. 일껏 꺼낸 물건을 왜 여봐란듯이 회삼물 바닥에 떨어뜨리고 갔을까. 어쩌면 자신이 어른들 종속물 아니라 어엿이 독립된 인격체임을 형 앞에 시위하고 싶어 담배를 도구로 사용했을지도 모른다. 하지만 장소가 예배당 앞인데다 노점질환 앓는 형이 마음에 걸려 끽연 욕구를 접었을지도…… 결국 부용은 희고 기름한 궐련개비가 내세우고자 했던 주장이 무엇인지 알아내는 데 실패하고 말았다.

"고것이 뭣이지요?"

갑자기 연실이 눈을 회동그랗게 떴다. 결코 몰라서 묻는 게 아니었다. 노점병자에게 맹독 진배없는 그 물건을 어째서 손으로 다루고 있느냐는 힐난일시 분명했다.

"이 늙은 눈구녁에는 영락없이 댐배로 뵈는 것 같은디……"

신심 깊은 사찰집사도 힐난하는 대열에 슬그머니 합류했다.

"별것 아니요. 이쑤시개로 쓸 나뭇개비를 찾다보니께 어쩌다가 요놈이 걸려들었을 뿐이요."

말을 마치고 부용은 궐련개비 짓눌러 내용물을 바닥에 흩뿌렸다. 그런 다음 한층 더 눈이 회동그라진 예수쟁이들 향해 빙긋이 웃어 보였다.

"한 대 피우고 잪었든 게 절대로 아니요. 요놈으로 말헐 것 같으면, 실은 내 둘도 없는 친구고 대화 상대요. 인생 문제를 놓고 방금 전까장 요 친구랑 심각헌 대화를 주고받고 있든 참이었소."

그러자 사찰집사와 연실이 동시에 웃음을 터뜨렸다. 그 정도면 이제 방에 들어가 쉬어도 무방하리만큼 충분히 분위기가 갖추어진 셈이었다.

제12장

아이고, 내 새끼

1

마침내 날이 밝는다. 천하장사 같은 우환질고의 샅바 붙잡고 일방적으로 밀리는 씨름 벌이느라 숫제 뜬눈으로 밤을 꼴딱 새우다시피 한 야마니시 아끼라 영감은 날이 밝도록 골머리 싸매가며 궁리에서 궁리로 이어지는 만리장성 쌓던 끝에 마침내, 옳거니, 바로 요렇게 기막힌 방책이 있을 줄 꿈에도 몰랐네, 하는 대오각성의 경지에 이른다. 야마니시 영감은 간난신고 끝에 찾아낸 그 묘책 당장 실천에 옮기려는 일념으로 동트기 무섭게 길 떠날 채비 서두른다. 파리란 놈이 실수로 내려앉았다가 다리가 붙어 날지 못하리만큼 하이칼라 머리에 부레풀 같은 지꾸 기름 듬뿍 처바른다. 평상시 거의 안 입던 검정색 양복으로 신사 복색 꾸민 다음, 다시 한번 마음 독하게 다잡으면서 마치 전쟁터로 나가는 장병 기세로 용약 장도에 오른다.

대충 그런 과정 밟아 결행한 일종의 거사였다. 둘째아들 감옥에서 풀려난 다음 바로 그 이튿날부터 시작했으니 이제 웬만큼 익숙해질 법도 하건만, 보름 다 되도록 그 일은 마치 할아비 감투 손자가 빌려 쓴 것처럼 여전히 생경하고 거북살스럽게만 느껴졌다. 하지만 야마니시 영감은 소기의 목적 달성하는 그날까지 어떤 희생과 대가 치르더라도 가문의 안위와 자신의 보신지책 위해 어기차게 밀어붙이려는 결의에 불타고 있었다.

이른 아침부터 들일에 나서 땀방울 쏟던 동네 사람들이 요즘 정해진 일과인 양 면 소재지로 행차하는 천석꾼 영감 보고 저마다 기급해 어쩔 줄 모르는 시늉으로 코가 땅에 닿는 이른바 극진지두 인사에 고부라졌다. 하얀 입쌀 속에 어쩌다 섞인 붉은 앵미 같은 자작농 빼고 나면 거개가 천석꾼 소유 농토에 명줄 달아매고 애면글면 살아가는 소작농이었다. 그들은 근자 천석꾼 집안에 찾아든 경사 입길에 올려가며 야마니시 영감 면전에다 밑천 안 드는 치하의 말들 경쟁적으로 진상하는 무리도 서슴지 않았다. 그러나 둘째아들 무사귀환을 오히려 두통거리이자 보다 더 심각한 불상사 집안에 끌어들일 화근으로 치부하는 야마니시 영감 눈에 그들이 뀌어대는 알랑방귀가 결코 합당하게 들릴 리 만무했다. 그는 뇌성벽력 같은 반응으로 앰한 소작인들 혼백 쑥 뽑아 어르신 심기가 시방 얼마나 불편한지 동네방네 광고함으로써 쉬파리떼처럼 검질기게 달라붙는 아랫것들 아첨 경쟁을 일거에 물리쳐버렸다. 황황망극한 나머지 쩔쩔매는 중인 농투성이들 개개일자로 논둑에다 말뚝 박아 세워둔 채 그는 면 소재지 향해 발걸음 또다시 씨억씨억 재우쳤다.

한두 채씩 드문드문 흩어져 있던 인가들이 면 소재지에 가까울수록 눈에 띄게 불어나더니만, 이내 사정리 마을 풍경이 눈앞에 좍 펼쳐졌다. 사정리에서 면사무소가 자리한 좌평리까지는 이제 뼘치 푼수로 거리가 부쩍 짧아진 셈이었다. 사정리에서 방귀 한 방 살짝 뀌면 좌평리에서 구린내 물씬 맡을 수 있으리만큼 두 마을은 그야말로 지호지간이었다.

산서의 중심이자 두메산골 깜냥으로 기중 번화한 곳인지라 좌평리는 여느 마을에 비해 한결 넓고 시원하게 한길이 잘 닦여 있었다. 길가에는 더러 일본인이 사는 이층집도 보이고, 아침나절부터 길거리 바삐 오가는 행인들도 부쩍 눈에 띄기 시작했다. 어찌나 정신없이 걸음을 서둘렀던지 숨이 턱에 닿고 온몸에 끈적끈적 진땀이 배어나왔다. 야마니시 영감은 좌평리 길거리 한바퀴 둘러보면서 연이은 심호흡으로 결기를 새롭게 다졌다. 그러고는 마치 적진 깊숙이 침투하는 척탄병처럼 매우 신중한 몸놀림으로 좌평리 경역 안에 자신의 부대한 몸피를 욱여넣기 시작했다.

목적 달성을 위해서는 불가불 면사무소 앞을 통과해야 했다. 면 단위 소규모 신사(神社)로서 산서에 세워진 신사(神祠)는 공평하게도 면사무소와 주재소 새중간에 자리잡고 있었다. 그 점이야말로 야마니시 영감에게는 정말 다행스러운 노릇이었다. 일거리 하나를 둘로 나누어 각각 다른 장소에서 거푸 치러야 하는 수고와 번거로움을 한 번으로 덜어주기 때문이었다.

오이 껍질처럼 낯바닥에 여드름 오톨도톨 깔린 소사 녀석이 싸리비 들고 면사무소 정문 앞을 소제하느라 흙먼지 상대로 힘겹게 씨름하는 중이었다. 갈기털 곧추세운 짐승같이 사납게 덤비는 먼지구름 피해 달아나는 동안, 야마니시 영감은 혹시라도 알 만한 얼굴 마주칠까 싶어 면소 쪽을 잽싸게 기웃거렸다. 하나같이 국민복 차림을 한 직원들 몇몇이 사무 개시를 준비하느라 바삐 움직일 뿐, 안면치레 할 인물은 도통 눈에 띄지 않았다. 하기야 여태껏 야마니시 영감이 사사로이 접촉했던 면소 직원이래야 고작 노무계장 시라야마 주사 정도였다. 소사 총각이 먼저 면내 화젯거리 인물 알아보고는 싯누런 흙먼지 속에서 반색인지 비아냥거림인지 모를, 흙먼지만큼이나 싯누런 웃음을 풀썩풀썩 날렸다. 소사 쪽을 외면하면서 야마니시 영감은 면소 직원들이랑 똑같은 복색으로 미리감치 국방색 국민복 한 벌 장만하지 않은 자신의 불찰을 꾸짖었다. 양복에 비해 한결 간편하고 실용적인데다 총후(銃後) 황국신민으로서의 만만찮은 절도와 결기마저 느껴질뿐더러, 일제 총독부 위엄까지 대변하는 듯싶은 국민복 차림이야말로 이제 곧 도모하려는 자신의 행동에 더욱더 제격일 성싶었다.

일본 민족 시조신이자 우주 창조신으로 한껏 떠받들리는 아마데라스 오오미까미가 진좌(鎭座)한 신사 앞에서 마침내 반쪽짜리 일본인 야마니시 아끼라의 발걸음이 멎었다. 신사 앞에 세워진 비석과 그 옆에 설치된 수수대(手水臺)를 바라보면서 그는 잠시 뜸을 들였다. 아무래도 지나치게 이른 시각에 길을 나선 듯싶었다. 아직은 정규 일과 시간이 아니라서 면사무소와 마찬가지로 주재소 쪽 분위기 또한 한산하게 느껴졌다. 득의의 거사를 단번에 해치우자면, 때를 잘 골라 기회란 놈 멱살 꽉 틀어쥐어야 된다는 걸 그는 지난날 경험 통해 익히 알고 있었다. 면장이나 주재소장 또는 차석이 자리 지키는 적시적기 노려 최대한 생색나게끔 거사를 단행할 필요가 있었다. 그는 아마데라스 오오미까미 주변을 어슬렁어슬렁 일없이 바장이기 시작했다.

기왕지사 내친걸음에 야마니시 영감은 아예 작심하고 부여신궁, 더 나아가 경성부 남산에 세워졌다는 조선신궁까지 참배하는 게 좋을 것 같았다. 하다못해 산서보다 격이 높고 규모 또한 큰 읍내 신사라도 우선 찾아가 아쉬운 대로 내선일체의 감격을 표시하는 것도 나쁘지 않을 것 같았다. 그러나 다른 한편으로는, 궁촌벽지에서 끄덕끄덕 올라온 무명의 참배객을 알아볼 까닭이 없는 타관대처 아마데라스 오오미까미 상대로 아무리 알랑수 부려봤자 무슨 잇속이 얼마나 있겠는가 싶기도 했다. 같은 지랄버릇이라도 시간과 장소를 어떻게 골라 떠느냐에 따라 천양지차 결과로 나타나는 법이었다. 저놈이 시방 어디 사는 아무개인지, 무슨 사연으로 미쳐서 시방 저 지랄 다 떨고 자빠졌는지 댓바람에 알아차릴 수 있는, 피차간에 오래 낯익히며 지내온 제 고향 신사 아마데라스 오오미까미 앞이라야 일부러 작심하고 떠는 지랄버릇도 효험이 있고, 노력에 상응하는 보람도 뒤따를 게 아닌가.

야마니시 영감은 정처를 안 두고 짐짓 먼길 에돌아 좌평리와 사정리 외곽을 배회하면서 담배 몇 대참 좋이 까먹은 연후에야 신사 앞에 다시 모습을 드러냈다. 그새 국민복 차림 숫자가 면소재지 안에 표나게 늘어난 것 같다. 작년까지만 해도 국민복은 무력한 백성과 확연히 구분되게끔 유력 관원들이나 걸치던 입성이었다. 그런데 일제 당국에 의해 국민복령(國民服令)이라나 뭐라나 하는 이상야릇한 법규가 제정된 다음부터 그 색다른 입성이 슬금슬금 조선옷 상전 자리에 올라앉기 시작하더니만, 이제는 관헌이나 일반인 불문하고 개나 걸이나 모두 그걸 걸치고 다녀야 행세하는 줄 아는, 망측한 풍조가 산서 같은 궁벽한 고장까지 급속도로 번지는 추세였다.

드디어 오전 사무가 개시되었는지 면사무소와 주재소 양쪽 분위기가 아연 활기 넘치고 부산스러워지기 시작했다. 그 정도 분위기라면 기회의 열매는 대충 알맞게 여문 셈이었다. 야마니시 영감은 대일본제국 우두머리 귀신이 진좌한 신사 앞에서 한바탕 심호흡으로 결기를 새로이 가다듬은 다음, 두 손 모아 가슴에 붙이며 비석과 마주했다.

맨 첫날 거사 때는 뭘 어찌해야 좋을지 몰라 몹시 난감했었다. 매달 초하루마다 어김없이 면소 앞 공터에서 거행되는 애국일 행사에 한 번이라도 참석해서 관원들이나 학생들과 함께 황군의 무운장구를 빌어본 적 있다면, 그때 익힌 눈썰미로 엇비슷하게나마 흉내낼 수 있으련만, 그동안 천석꾼 어르신 체면 돌본답시고 몸을 사리다보니 그럴 겨를이 도통 없었다. 지은 죄에 비해 집행유예로 가붓하게 풀려난 자식 가진 아비 처지에서 대일본제국이 베푼 아량과 선처에 감사하고 충성 다짐하는 마당이니까 아무래도 그에 걸맞은 의식 절차가 따로 있을 법했다. 그런데 근본이 맞통하는 조선 귀신이라면 혹간 몰라도 난생처음 생면부지 일본 귀신 상대하려니 참신(參神) 방법부터 사신(辭神) 요령까지 도무지 방책이 떠오르지 않는 것이었다. 그 바람에 야마니시 영감은 그야말로 환심장할 지경이었다.

하지만 야마니시 영감 참배 실력은 며칠 새 깜짝 놀라리만큼 발전했다. 독선생 옆에 끼고 배운 적은 없어도, 다행히 귀동냥이 있고 또 들은풍월이 있어 그럭저럭 형식과 절차를 흉내내는 정도가 되었다. 우선 몸가짐과 마음가짐부터 단속하고 나서 양복 매무새도 정돈했다. 수수대로 다가가 왼손에서 오른손 순서로 세상때 덕지덕지 묻은 손을 맑은 물에 정갈하게 씻었다. 입에 물 가득 물고 부글부글 입가심을 했다. 준비가 끝나자 신사 안쪽 구석, 그러니까 바깥쪽 양달에서 볼 때는 눈에 잘 띄지도 않는 응달 안에 진좌한 아마데라스 오오미까미 향해 허리를 경위지게 꺾으며 두 차례 거푸 절을 올렸다. 이어서 손바닥 얼얼하고 손목 시큰거릴 지경으로 손뼉 두 차례 힘껏 쳤다. 또다시 허리 작신 꺾어 절 한 차례 추가하는 것으로 절차를 제법 매끄럽게 밟아나갔다.

거사 첫날에는 조상신위 앞에 하던 방식대로 그냥 덮어놓고 조선식 큰절부터 올렸었다. 주눅 잔뜩 든 나머지 사방을 두리번거리며 길거리 분위기 쭈뼛쭈뼛 살피다가 에라 모르겠다, 하고 신사 앞에 그들먹한 몸뚱어리 덤턱스럽게 엎어뜨렸다. 아무리 일본의 주신이라 할지라도 여느 귀신들과 무슨 차이가 얼마나 있을 것인가. 일본이든 조선이든 간에 출신 따지고 우열 가려 귀신들 저울질할 필요가 뭣이 있겠는가. 생시에는 혹간 몰라도 죽어 귀신 된 연후에는 모두 동등한 자격에 동등한 신분으로 저세상에 머물지 않겠는가. 공교롭게도 패륜자식 대동하고 재각으로 조상신위 찾아뵈었던 경험이 아마니시 영감에게 한 가닥 영감을 안겨주었다. 종중 시제나 방안 제사 모실 적마다 항용 했던 방식대로 무작정 읍(揖) 자세에 돌입했다. 몸에 익숙지 않은 양복 차림이 떠안기는 거북스러움 무릅써가며 땅바닥에 너부죽이 엎드려 조선식 큰절로 재배를 마쳤다. 그러나 두 차례 큰절만으로는 왠지 모르게 미흡감이 느껴졌다. 아무 귀신이나 다 똑같이 받는 그 큰절을, 그 흔하디흔한 재배를 자그마치 일억 인구의 시조신 입장에서 흥감스레 받아들일 리 만무할 듯싶었다. 그래서 미운 아이떡 하나 더 주는 격으로, 이왕지사 인심 쓰는 김에 아낌없이 팍 써버리는 기분으로 얼른 재배를 추가함으로써 왕시에 나라님에게나 올렸다는 사배의 예를 엉겁결에 꽉 채워버렸다.

"조선 땅 산서 고을 상곡리허고도 감나뭇골 사는 야마니시 아끼라가 감히 아마데라스 오오미까미 신위께 고허나니다!"

맨땅에 경위지게 무릎 꿇은 채 퉁방울만큼 두 눈알 키워 신사 내부 뚫어져라 응시하면서 야마니시 영감은 목청껏 왜장치기 시작했다.

"미물만도 못허고 즘생만도 못헌 늙은 신민 불쌍허니 보시고 요번참에 즈이 자식 목심 살려주셔서 참말로 감지허고도 덕지헙니다요! 백번 죽어 마땅헌 놈을 너그러이 용서허시고 오랏줄 풀어 방면허셔서 즈이 집구석으로 무탈허니 돌려보내시니깨 그 은혜가 참말로 백골허고도 난망입니다요! 차후로는 그놈이 그따우 불미시런 경거망동 당최 저질르들 못허게코롬 이 늙은 신민이 책음지고 단속헐 것을 아마데라스 오오미까미 신위께 맹서허고 또 맹서헙니다요! 이 늙은 신민이 두 눈깔에다 쌍심지 밝히고 그저 자나 깨나 그놈 일거일동을 감찰허고, 또 안팎 출입도 낱낱이 감시혀서 그놈을 기연시 충량헌 황국신민으로 개과천선을 시키고야 말겄습니다요! 이 늙은 신민 불쌍허니 보시고 측은지심으로 굽어살피시사 자식을 죄인으로 잘못 키운 애비 죄를 부데 용서혀 주십소사 허고 요로콤 쌍수합장으로 절원허나니다!"

난데없는 울부짖음에 놀란 행인들 예서제서 발걸음을 멈추었다. 이게 웬 굿판인가 하고 삽시에 몰려든 구경꾼들이 야마니시 영감 뒷전에 울타리 둘러치고 겹겹이 에워싼 채 끼리끼리 쑤군덕거림을 주고받기 시작했다. 자기 신변 싸고도는 시끌시끌한 기척에도 그는 짐짓 오불관언에 가까운 태도를 취했다. 마지막 순서로 또다시 덤턱스럽게 땅바닥에 엎드러지면서 인심 한번 더 쓰고 사배를 올렸다. 아마데라스 오오미까미에게 드리는 치성 절차 마치자마자 뒤로 홱 돌아섰다. 얼핏 보니 구경꾼들 틈바구니에는 순사복과 국민복 차림도 더러 섞여 있는 듯했다. 뭇 시선 끌어당겨 온몸으로 받아내면서 그는 자못 엄숙한 표정마저 지어 보였다.

"덴노헤이까 반자이!"

야마니시 영감은 느닷없이 허공중으로 두 팔 힘차게 치켜들었다.

"덴노헤이까 반자이!"

야마니시 영감은 목젖 덜컥 내려앉도록 냅다 고함을 뽑았다. 불시에 터져나온 만세 소리에 기급한 나머지 구경꾼이건 관헌이건 내남없이 모두 부동자세 취하느라 몹시 분주해졌다. 대일본제국 신민치고 천황폐하 만세 소리 그냥 못 들은 척하고 목석처럼 가만히 버틸 강심장이 어디 있겠는가. 야마니시 아끼라 영감 선창에 따라 느닷없는 만세 물결이 사면팔방으로 일렁일렁 퍼져나가기 시작했다.

"덴노헤이까 반자이!"

첫번째 거사 이후 늘 그래왔듯이 야마니시 아끼라 영감 신사참배는 멀리 황궁이 자리한 방위 향해 올리는 동방요배와 천황폐하 만세삼창으로 대미를 장식했다. 참배 절차 일습으로 마친 다음, 그는 사뭇 흥감스러운 낯꽃으로 신사를 등졌다. 누군가 구둣발 소리 뚜벅뚜벅 울리며 다가왔다.

"과장된 소문인 줄 알았는데, 사실이었군요."

구둣발이 불쑥 말을 붙여왔다. 야마니시 영감은 고개 짯짯이 쳐들어 구둣발 임자를 올려다보았다. 얼레, 이건 또 어디서 굴러먹던 웬 잡놈인가.

"정말 보기 드물 정도로 감동적이었습니다."

맞다, 동척농장 기꾸찌 잡놈이구나. 퍽이나 오랜만에 구경하는 잡놈 낯짝이었다. 야밤중에 더러 불시에 맞닥뜨린 적은 있어도 그처럼 밝은 날 난장 바닥 같은 면 소재지 길거리에서 재수 없이 되놈이랑 겸상하듯 본의 아닌 대면이 이루어진 적은 없는 까닭에 어쩐지 낯설게 느껴지는 인상이었다. 깜깜한 오밤중이든 눈부신 대낮이든 좌우지간 몹시 증상맞게 느껴지고 개운치 않은 뒷맛 남기는 낯짝이기는 양쪽 다 매일반이었다. 내지 출신으로 젊은 나이에 현해탄 건너와 조선 땅에 발붙이고 살면서 잔뼈가 굵어진 잡놈인지라 배냇적부터 달달 익히고 나온 듯 토종 조선사람 찜쪄 먹고도 남으리만큼 조선말을 유창하게 하는 위인이었다. 오래전부터 동척농장 관리인 노릇 하면서 관공서 권력이나 관헌들 위세 등에 업고 한껏 세도를 부려온 작자였다. 산서 바닥에서 천석꾼 대지주 권위 음으로 양으로 흔들거나 지엄하신 상곡 어르신 명성 야금야금 갉작거리기 일삼는 잡놈이었다. 뿐만이 아니었다. 천석꾼 외동딸 미태에 혹한 나머지 날이면 날마다 남의 집 대문간에 목매달다시피 하면서 누구한테 물어도 안 보고 제 모가치로 점찍어버린 그 처자 여차하면 보쌈질도 불사할 기세로 호시탐탐 기회만 엿보는 호래자식이었다.

"정말로 장하십니다. 면민들 앞에 황국신민 모범을 보이시느라 상곡 어르신께서 연일 수고가 많다고 들었습니다."

바로 그 기꾸찌 잡놈이 수상쩍은 웃음기를 물찌똥처럼 찍찍 깔겨대고 있었다. 그것도 모자라 남의 양복 팔소매를 은근슬쩍 잡아당기기까지 했다.

"기왕 소재지까지 발걸음을 하신 김에 저랑 같이 면장님을 찾아뵙는 게 어떨까요? 면장님도 어르신 요번 장거를 높게 평가하고 계십니다."

"평가는 무신……"

야마니시 영감은 거지반 새것 진배없는 비싼 양복 소맷자락 무단히 잡아끄는 터럭손 점잖게 뿌리치면서 대꾸했다.

"면장님 눈에 잘 뵈고 잪어서 공력 들이는 게 아니요. 황은을 입은 신민이 당연지사로 챙겨야 될 도리 챙길라고 그러는 거요."

"그러시겠지요. 그렇기 때문에 주재소장님도 어르신을 한번 뵙고 싶으신 것 같습니다."

손바닥보다 약간 넓은 산서 땅에서 무소불위 권력 휘두르는 관공서들이랑, 그리고 그곳에서 우듬지 노릇하는 기관장들이랑 두루두루 잘 통한다는 자랑이었다. 읍내 공설운동장만큼이나 넓은 제 오지랖을 차제에 만판 과시하려는 심산일시 분명했다. 하지만 제깟 놈 아무리 그래봤자 말짱 헛노릇일 뿐이었다. 만세삼창 소문에는 어찌어찌 접했을지 몰라도 천석꾼 영감이 그동안 밤 쥐도 낮 새도 모르게 양쪽 관공서에 은밀히 바친 암만의 금일봉에 관해서는 여직 소식불통 상태임에 틀림없었다.

"일전에 면장님이랑 주재소장님이랑 한목에 일습으로 찾어뵙고는 감사를 표시헌 적이 있소."

야마니시 영감은 사뭇 점잖은 어조로 슬쩍 실정을 똥겨주었다. 그러자 천만의외라는 듯 기꾸찌 잡놈이 당혹스러워하는 기색을 감추지 못했다. 그것으로 기꾸찌 잡놈과의 맞배지기 씨름을 한판승으로 깨끗이 매조진 셈이었다. 그런데도 무슨 미련이 아직도 남았는지 그 잡놈은 앰한 사람을 곱다시 놓아 보내지 않았다. 이렇다 할 용무도 없는 주제에 사정리 초입까지 그림자처럼 곁을 끈덕지게 따라붙는 것이었다. 이미 결판난 승부를 무효로 돌려 삼판양승으로 다시 자웅을 가리자고 떼쓰는 꼬락서니였다.

물론 일제치하에서 한편으로 관가 권력 절절히 사모하면서 다른 한편으로 내지 출신 실력자 달갑잖게 여기고 배척하는 태도가 일종의 이율배반에 해당한다는 사실을 야마니시 영감도 십분 의식하고 있었다. 돌이켜보건대, 기꾸찌 잡놈을 시종일관 배척하기만 한 것은 아니었다. 너무도 사세 곤궁한 나머지 지푸라기라도 붙잡고 싶은 심정일 때, 관공서 쪽하고 맞창 뚫어 소통하며 지내는 내지인 유력자 염두에 둔 적 전혀 없노라 주장한다면, 그것은 명백한 거짓말일 것이었다. 사윗감으로 그자를 셈에 넣었던 시절이 분명 있었다. 변호사 시험이나 고등문관 시험 합격으로 아들들이 입신양명하는 그날까지 한동안 임시변통 대용품 삼아 그자를 방패로 내세우고 싶었다. 산서 바닥에서 날이 가고 달이 갈수록 점점 더 흔들거리는 천석꾼 위엄과 기득권 떠받치는 공사에 그 잡놈을 받침대처럼 혹은 동바리처럼 써먹을 작정을 한 적도 기실은 여러 번 있었다. 그러나 정작 기꾸찌 잡놈에게 시집갈 당자가 자신이 아니라 딸년인 점이 문제였다. 잠자는 대일본제국 코털 잡아채는 짓거리로 여학교에서 퇴학당하고 불령선인 화인 맞아 집에 돌아온 딸년은 그렇게 호락호락 취급해도 무방하리만큼 만만한 상대가 결코 아니었다. 쇠코뚜레 단단히 해서 이러이러, 채찍 휘두르며 축생 다루듯 마구잡이로 끌고 간다고 될 일도 아니었다. 기꾸찌인지, 싱건지 짠지인지, 하는 잡놈이 제아무리 천석꾼 대문간에 목매단다 한들 고집스럽기가 벽창우 같은 딸년 우격다짐으로 동척농장에 보내는 일은 애당초 불가능에 가까운 노릇이 분명했다.

"아참, 기꾸찌 상도 혹 아실랑가 모르겄네. 우리 메눌애기 친정이 으떤 집안인지, 소문 들어본 적 있소?"

천석꾼 어르신 앞에서 공연히 따따부따 찍자 부리고 길래 까불대다 된통 큰코다치는 수도 있다고 따끔하게 경고하는 의도로 야마니시 영감은 드디어 회심의 일격을 날렸다. 그것으로 탁목조처럼 끊임없이 딱딱거리며 귓구멍 쪼아대는 기꾸찌 주둥이에 재갈을 물리고 싶었다. 찰거머리처럼 들러붙어 도무지 떨어질 줄 모르던 잡놈이 그 말 듣기 무섭게 어마뜨거라 줄행랑칠 줄 알았다. 그런데 어럽쇼, 빌어먹을 놈이 그냥 히죽히죽 웃는 게 아닌가.

"물론 들었지요. 그런데 가네무라 순사 말로는, 리노이에 경부께서 상곡 어르신을 사돈으로 인정하실 의향이 전연 없으신 것 같다던데요?"

순간, 야마니시 영감 얼굴에서 댓바람에 핏기가 싹 가셔버렸다. 치미는 분노와 모멸감으로 말미암아 머릿속 모든 사고가 일시에 정지되는 기분이었다. 그는 기꾸찌 잡놈 면상에 바람구멍 숭숭 뚫리도록 무시무시한 눈초리로 쏘아보면서 속으로 이를 갈았다. 일본말과 조선말을 한 솥에 넣어 푹 삶아낸 욕설이 목구멍에서 욕지기처럼 맹렬한 기세로 치받쳐 올라오는 중이었다.

예라, 이 오살에 육시를 헐, 조오지부쓰오 와즈라우 야쓰 같은 호로잡놈 같으니라고!

2

목탁 소리가 점점 가까워졌다. 담장 옆 고샅길 타고 대문간 쪽으로 다가오는 소리에 최순금은 토끼처럼 두 귀를 쫑긋 세웠다. 신심 깊은 기독교인 귀에도 아침나절 동네 고샅길에 울려퍼지는 목탁 소리가 과히 싫지 않게 들렸다. 웬일로 염불을 동반하지 않은 채 목탁 홀로 외롭게 길을 나선 듯했다.

"아이고, 큰시님!"

같은 시각에 같이 들었는데도 목탁 소리 마중하러 나가는 발걸음은 젊은 딸보다 늙은 어미 쪽이 단연 잽쌌다.

"어서 오시기라우!"

손 큰 선덕으로 소문난 관촌댁이 어느 겨를에 쏜살같이 달려나가 범천스님을 대문 안으로 맞아들였다. 입안엣 소리로 나무아미타불만 가만가만 읊조리면서 노장스님이 불심 깊은 우바이에

게 합장으로 배례했다. 등에 바랑이 안 보이는 점으로 미루어 짐작건대, 탁발 목적으로 출타한 길이 아닌 듯했다. 하기야 이제는 굽고 휜 등허리에 바랑 지고 이 마을 저 마을 떠돌아다니기 버거우리만큼 워낙 고령인데다, 설령 또 바랑 지고 발싸심하며 다닌다 한들 목구멍이 포도청 꼴인 산서 주민들 가운데 빈 바랑 속에 뭔가 채워줄 시주 만나기란 결코 쉬운 노릇이 아니었다. 한동안 못 보는 사이 한층 더 폭삭 늙어버려 껑더리되고 철골된 노장스님한테서 순금은 갈수록 야박해지는 세상인심과 날로 애옥해지는 암자 살림을 너끈히 헤아릴 수 있었다.

"어서 안으로 드시지요."

"아니요. 작은 최처사는 그새 잘지내고 있소?"

관촌댁 호의를 사절함과 동시에 노장스님은 눈짓으로 안채 쪽을 가리켰다. 만일 작은 최처사가 귀용을 가리키는 말이라면, 마땅히 이쪽에서 물어야 할 안부를 도리어 스님 쪽에서 번지수 잘못 찾아 묻는 형국이었다. 그 순간, 순금은 뭔가 잘못되어도 단단히 잘못되었음을 직감했다.

"아니, 시방 암자에 있는 우리 귀용이 안부를 저한티 물으시면……"

관촌댁이 마냥 뜨악해하는 눈초리로 노장스님 안색을 살폈다. 매달 숙식비 조로 백미 한 가마 템의 시주를 약정하고 진즉에 백상암으로 보낸 둘째아들이었다. 한숨 소리에 이어 노장스님 입에서 관세음보살 애타게 찾는 읊조림이 흘러나왔다.

"실은 최처사가 마즈막으로 절밥 먹은 것이 사흘 전이요. 온다 간다 말도 없이 밤새 행방이 묘연허길래 불편헌 절간생활 못 참고는 집으로 돌아간 줄만 알고 있었는디……"

"아이고, 요게 무신 재변이다냐!"

관촌댁이 한 손으로 이맛전 짚는가 싶더니만, 이내 고주망태처럼 왜틀비틀 발을 헛놓았다. 순금이 한쪽으로 기우뚱 넘어가려는 어머니를 얼결에 부액해 가까스로 균형을 잡아주었다. 노장스님이 관촌댁 모녀 번갈아 돌아다보며 난처한 기색을 감추지 못했다.

"최처사가 집 아니고 어디 또 갔을 법헌 디라도 있소?"

순금은 잠자코 도리머리만 흔들어 보였다. 노장스님 합죽한 입술에서 또다시 관세음보살이 나지막이 흘러나왔다.

"요게 다 늙은 땡추 불찰이요. 최처사가 끼니 공양 근너뛰는 경우가 잦었소. 밤이면 밤마닥 불면에 시달리고 부대끼는 눈치였소. 허나 허되 이 늙은 땡추는, 젊은 처사가 젊어진 자기 업장 무게를 못 이겨서 저러겄지, 한동안 저런 모냥으로 몸부림을 허고 죽살이를 치다가 시일이 지나면 차차로 안정을 찾게 되겄지, 허고는 별로 심각허게 생각허들 않었소. 요게 다 법력 부족허고 기력 딸리는 이 땡추가 불민허고 무심혔던 탓이요."

집안 식구들 가운데 귀용의 행방 아는 사람 아무도 없음을 알고 범천스님은 어지간히 충격을 받은 기색이었다. 오히려 속인들

쪽에서 망연자실해 있는 노장스님을 위로해야 할 판이었다.

"설마 무슨 일이야 있겄어요. 젊은 삭신이 절간에서 지내기가 하도 무료허니께 바람이라도 조깨 쐴라고 나섰겄지요. 노장스님 불찰로 생긴 일은 아니니께 그러콤 자책허실 필요 없고만요."

"우리 보살님이 평생 쌓으신 공덕을 봐서래도 최처사가 무탈허리라 믿고는 있소. 싸게 토굴로 돌아가서 암자 일대를 새칠로 또 뒤져봐야 쓰겄소."

범천스님이 작별을 서둘렀다. 한편으로 무탈할 거라 말하면서 다른 한편으로 암자 일대를 다시금 새로 뒤진다는 게 당최 앞뒤 안 맞는 말인 줄 스님은 미처 깨닫지 못하는 눈치였다. 속으로는 최악의 경우까지 상상하면서 겉으로는 가족들 안심시킬 요량으로 내뱉은 말이기 십상이었다. 붙잡을 겨를도 안 주고 범천스님은 노구에 어울리지 않게끔 잽싼 몸놀림으로 돌아섰다. 먹장삼 자락 펄럭이며 휭허케 멀어지는 노장스님 뒤태를 멍하니 바라보다말고 순금은 총망지간에 그를 빈손으로 보냈음을 뒤늦게 깨달았다. 첫 달 치 숙식비 조로 귀용과 함께 묶어 보낸 식량으로는 동자승 포함해 백상암에 상주하는 세 목구멍 풀칠하기도 빠듯한 실정일 것이었다. 평상시 같으면 쌀자루 묵직하게 채워 시주했을 어머니가 절반쯤 넋이 달아난 상태에서 딸이라도 잊지 않고 스님을 챙겼어야 마땅한 일이었다.

칠분도(七分搗) 이상 도정을 일제가 법으로 엄금하는 바람에 백미는 이제 어느 곳에서나 품귀 상태였다. 아니, 백미든 현미든 좌우지간 쌀 모양으로 생긴 것들 전부가 조선 천지에서 아주 귀해졌다. 일만(日滿) 자족정책이 시행됨에 따라 연전부터 일본으로 공출되던 조선 미곡 자리를 콩깻묵이 포함된 만주 잡곡이 밀고 들어와 차지하기 시작했다. 육십 년래 최악이라는 혹독한 가뭄, 쇼와 14년(1939년) 대흉작에 연이은 흉년 속에서도 조선에서 일본으로 공출되는 쌀은 해마다 천만 석을 훨씬 웃돈다는 소문이었다. 일제 총독부는 공출미 할당량을 더욱더 늘리기 위해 조선인 일인당 연간 쌀 소비량을 아홉 두에서 석 두 여덟 승 여덟 홉으로, 또한 하루 소비량을 두 홉 다섯 작으로 가혹하게 제한해버렸다. 엎친 데 덮쳐 자가소비용 외의 나머지 쌀은 시세에 훨씬 못 미치는 헐값으로 공출에 응할 수밖에 없게끔 강제하는 살인적 미곡정책을 일방적으로 밀어붙였다. 가을걷이 끝낸 농촌에서 어떠하든 공출 모면하기 위해 집집마다 관원들 상대로 숨바꼭질 벌여가며 쌀가마 빼돌리고 쌀자루 감추기에 급급한 실정이었다. 천석꾼 집안도 예외 없이 총독부 지정 가격에 소출의 삼 분의 이 이상 미곡을 강제 공출당했지만, 그래도 명색이 대지주인지라 가용에 당하고도 충분히 남을 만큼 아직은 여유가 있는 형편이었다.

"아이고, 내 새꺵이!"

방에 들자마자 관촌댁은 사태지게 쏟아내는 근심걱정들로 방구들 폭삭 무너뜨릴 기세였다. 근자 들어 입버릇으로 굳어져버린 한탄이요 한숨이었다.

"그 에린것이 사흘씩이나 으디 가서 죽었는가 살었는가도 몰르는 주제에 먹성 좋게 밥도 잘 처먹고, 잠도 잘 처자고, 똥도 잘 처싸고, 만고강산 유람 댕기딧기 만판 신간 편허게 지냄시나 그새 금쪽같은 시간 홍뚱항뚱 다 까먹고 자빠졌었네그랴!"

"어머님, 제발 일을 키울라 마셔요. 귀용이한티 무슨 일이 생겼는지 밝혀질 때까장 어머님은 그냥 입 꽉 다물고 제발 가만히 계셔요. 만일 아버님이 아시는 날이면, 온 집안이 또 벌컥 뒤집어질게 뻔허잖어요."

때마침 범같이 무서운 가장 집에 없는 게 그나마 다행이었다. 천석꾼 영감은 아침부터 검정 양복 쪽 빼입은 채 천황폐하 만세 삼창 부르짖기 위해 또다시 면 소재지로 출타한 다음이었다.

"아이고, 대처나 이 노릇을 워찌혀야 좋단 말이냐! 순금아, 섭섭이네 시켜서 싸게 느그 사촌오래비 조깨 불러오니라!"

"섭섭이 어머님보담 제가 다녀오는 편이 낫겄어요. 다녀올 동안, 아버님이 절대 눈치 못 채시게코롬 어머님은 입도 벙끗 말고 그냥 지달리셔요."

마을 갈 채비 서두르면서 순금은 다시 한번 어머니에게 엄포를 놓았다. 그랬음에도 불구하고 꼬랑지 긴 관촌댁 한탄 소리가 집을 나서는 순금을 뒤쫓아 대문간까지 배웅을 나오고 있었다.

사촌오라비 만날 경우, 폭발탄처럼 가슴에 노상 불뚝성 품은 채 살아가는 아버지에게도, 근심걱정이 병구에 맹독으로 작용하는 부용에게도 일절 알려지지 않도록 문제를 주도면밀하게 처리해달라고 당부할 생각이었다. 입 무겁고 심성 곧은 삯꾼들 산지사방 풀어 귀용의 행방을 은밀히 수소문해달라고 신신부탁하고 싶었다. 하지만, 제아무리 능수능란하고 능소능대한 사촌오라비라도 벌써 사흘째 오리무중인 귀용의 행방을 대관절 무슨 수로 알아낸단 말인가. 어린 나이에 고향집 떠나 객지 생활로 잔뼈가 굵어진 귀용인지라 며칠씩 신세 져도 무방하리만큼 임의로운 사람이 애당초 산서에 있을 턱이 없었다. 알 만한 사람 없으니 결국 찾아갈 의지간 또한 숫제 없는 셈이었다.

사촌오라비가 사는 이웃 마을 향해 걸음을 한껏 채치다 말고 순금은 돌올한 모습으로 솟은 백상산을 잠시 망연한 눈빛으로 올려다보았다. 산 정상에 덤턱스레 올라앉은 코끼리바위가 뻗쳐오는 아침 햇살 사방으로 되쏘면서 눈부시게 빛나고 있었다. 영물 같은 거암괴석 먼빛으로 보면서, 암자 일대를 새로 또 뒤져보겠다던 범천스님 언질을 새삼스럽게 상기했다. 어쩌면 인간보다는 바위나 동식물 따위 비인간 붙잡고 귀용의 행방을 묻는 편이 차라리 더 효과적일지도 모른다는, 매우 자발머리없는 생각이 슬금슬금 고개를 들기 시작했다. 아무래도 다람쥐처럼 잽싼, 부엌어멈 손자 덕기란 놈 앞장세워 자신도 숲속을 이 잡듯 골골샅샅 뒨장질하면서 수색 작업에 일손 보태는 편이 좋을 성싶었다. 백상산에서 만나는 아무 소나무나 아무 바위 닥치는 대로 붙들고, 혹시 이러저러한 인간 못 봤느냐고 묻고 다니는 제 꼬락서니 상상하다가 순금은 저도 모르게 한숨을 푹 쉬고 말았다.

바로 그때였다. 정세권의 본가를 여태껏 방문하지 못했다는 자각이 섬광처럼 뇌리를 스쳤다. 가야지, 곧 찾아가 뵈어야지, 하고 노상 별러대면서도 이런저런 집안일에 발목 잡혀 차일피일 읍내 행보 미루다보니, 여태까지 그 해묵은 숙제가 미결로 남아 있는 것이었다. 근자 들어 집안에서 꼬리 물고 일어나는 불측지변들이 전적으로 제 탓인 성만 싶은, 인생에서 가장 중차대하고 화급한 숙제를 끝마치지 않은 채 계속 미루적거리고만 있는 자신한테 결정적 허물이 있는 성부른, 참으로 엉뚱깽뚱한 자괴감이 엄습했다. 그 사품에 순금은 다시 한번 대짜배기 한숨을 길바닥에 걸쭉하게 토하고 말았다.

3

“장에 다녀오는 길이셔요?”

이연실이 해맑은 목청으로 한 나절 못 본 사찰집사를 마치 몇 년 만에 해후하는 혈육처럼 반겼다.

“나갔다가 들어만 오면 노상 똑같은 걸 물으시네. 농담 아니고 참말로 성도님은 날이면 날마다 읍내에 장이 서는지 알고 있소?”

춘풍이 꼴머슴 타령하고 어금버금한 실력으로 읊조리던 찬송가 가락 슬그머니 접으면서 사찰집사가 응수했다.

“장뵈기 헌 게 아니고만요. 노느니 찬송허드라고, 그냥 심심헌 짐에 칡뿌렁구 조깨 캐볼까 허고 저 아랫말 사는 집사님이랑 산에 올랐다가 돌아오는 챔이고만요.”

“그래서 칡뿌리는 많이 캐셨어요?”

“많이는요! 들판은 봄이라도 산중은 여적지 시안(겨울) 속인

고로 꽝꽝 굳은 땅 파기가 이만저만 심든 노릇이 아니드만요. 칡뿌렁구 비슷헌 것 캐는 숭내만 쪼깨 내다가 일찌가니 작파허고 말어뿌렀지라."

최부용은 집사님과 성도님 사이를 연락부절로 오가는 예수쟁이들 대화에 잠시 귀를 기울이는 척했다. 달랑거리는 양식 벌충하기 위해 구황식물이라도 구하려고 한나절 산속 헤매다 허탕 치고 돌아오는 가난뱅이 주제에 그토록 기쁨에 겨운 목소리를 낼 수 있다는 사실이 퍽이나 기이하게 느껴졌다.

"어머나, 말씀은 시답잖게 하셨어도 칡은 꽤나 많이 캐셨네요!"

보나마나 뻔했다. 설령 땅 파기 수월한 계절이라 해도, 나 여기 있소, 하고 왜장치면서 어서 캐라고 성화댈 칡뿌리가 아직도 산속에 지천으로 깔려 있을 리 만무했다. 남녀노소 가릴 것 없이 하고많은 사람들이 틈만 나면 떼 뭉쳐 산자락 더트며 오르내리는 건 어제오늘 비롯된 행사가 아니었다. 농한기는 말할 나위도 없고, 심지어 농번기에도 집집마다 모자라는 인력에서 일손 하나씩 여투어 이 기슭 저 등성이로 보내기 일쑤였다. 먹어도 죽지만 않는다면 뭐가 됐든 무작정 뜯고 캐고 벗겨 허한 뱃구레 채우기에 내남없이 급급한 판이었다. 해마다 춘궁기만 닥치면 일찌감치 곡기가 자취를 감춰버리는, 절량의 고통과 설움을 사람들은 초근목피로 간신히 달래는 형편이었다.

그런데, 그렇듯 구차한 연명 수단마저 여의치 않게 돼버렸다. 조선 산야에 흔전만전 널린 잡초마저 남아나지 않을 지경으로 시국이 더욱 각박해지고 세월이 하 수상해진 까닭이었다. 일제 총독부는 군마용 사료 확보한답시고 매달 초하루 애국일마다 마을 단위로 풀베기 행사를 벌이곤 했다. 각 마을 애국반 조직이 총동원된 가운데 서슬 퍼런 일제 관헌들 삼엄한 지휘 감독 아래 수많은 농투성이들이 들로 산으로 몰려다니며 민머리에 다시 배코를 치다시피 땅거죽에 돋아난 풀이란 풀들 모조리 삭발하는 바람에 농사에 없어서는 안 될 퇴비 재료가 동나는 건 말할 나위 없을 뿐더러, 심지어 인간들 목구멍 적실 구황식물마저 덩달아 동나는 판국이었다. 가난뱅이 농투성이들은 연이어 반도 전체를 휩쓸어버린 대흉으로 말미암아 애벌 죽음 당한 다음, 엎친 데 덮쳐 엄혹한 전시체제 속에서 일본군 기마부대 먹성 좋은 마필들이 조선사람 모가치로 조선 산야에 나고 자란 잡초마저 아귀아귀 죄 먹어치우는 바람에 결국 재벌 죽음까지 당하는 꼴이었다.

"참말로 알다가도 모를 노릇이고만요. 엊그저께 다르고 오날 다르게 최선상님 신수가 춘삼월 두견화맨치로 화사허니 펴진 것은 대관절 무신 조홧속이다요?"

사찰집사가 가벼운 농지거리로 예수쟁이 아닌 여느 사람에게 뒤늦게 알은체를 했다. 최부용 쪽에서 생각할 때 '참으로 알다가도 모를 노릇'이기는 야소꾼들 정신세계였다. 일제에 의해 일반인들보다 더 궁박한 처지로 구기박지름당하는 야소꾼들 거개의 얼굴에서 찌든 흔적 따위는 좀처럼 찾아볼 수 없었다. 사정이 궁박하면 할수록 오히려 더 살맛 더럭더럭 난다고 주장하듯 웃는 낯꽃 환히 두르고 다니는, 참으로 괴이쩍기 짝이 없는 종자들이 바로 샛냇골에서 자주 목격하곤 하는 예수쟁이 집단이었다.

"두견화 정도로 뵈든가요? 제 신수가 그런 모냥새로 비쳤다면, 요샛날 넘들은 구경도 못허는 허연 이밥에다 기름진 반찬으로 삼시 세끼 장복허는 덕분이겄지요."

어기뚱하게 말대꾸하는 부용을 겨냥하고 연실이 하얗게 눈을 흘겨댔다. 언중유골인 줄 빤히 알 터인데도 사찰집사는 그저 사람 좋게 웃어만 보였다. 근자 들어 목사관에 딸린 목구멍들 사정 또한 도무지 말이 아니라는 걸 부용은 익히 알고 있었다. 예배당이 강제 폐문 당하고 문목사가 붙잡혀간 이후 교인들 발길이 거의 끊기다시피 했으니 전처럼 연보전이나 성미가 제대로 들어올 까닭이 없었다. 그렇다고 목구멍 풀칠이나마 가능하게끔 땅뙈기를 부치는 것도 아니었다. 동생네 식구들 돌봐줘 고맙다는 구실로 최순금 성도가 무시로 예배당 출입하면서 연실에게 곡식 자루 건네기 전에 일부를 덜어 목사관에 떨어뜨리고 오는 눈치였다. 그러나 그것이 먹고사는 문제 해결에는 턱없이 모자라는 분량인 줄 빤히 어림하는지라, 부용은 예배당 신세 지고 사는 주제에 매끼마다 제법 걸게 차린 밥상 따로 받기가 여간 민망스러운 노릇이 아니었다.

"성신께서 최선상님 내외분허고 함께허시기를!"

무슨 비밀결사 단원들 암구어(暗口語)인 양 헤어질 적마다 기독교인들끼리 서로 주고받곤 하는 인사말을 커다란 목소리로 외치고 나서 사찰집사는 내려놓았던 망태기를 도로 들어올렸다. 망태기 안에 갇힌 칡뿌리들이 마치 살아 숨쉬는 동물과도 같이 바깥쪽 세상 향해 울룩불룩 발길질과 주먹질을 해대고 있었다.

"아멘! 성신께서 집사님 댁내에도 항상 함께하시기를!"

"아메엔!"

제법 익숙한 솜씨로 연실이 예수쟁이 흉내 그럴싸하게 내는 바람에 부용은 하마터면 웃음소리 낄낄낄 내깔길 뻔했다.

"아참, 오는 질에 최선상님을 산중에서 만났지라. 무신 연고로 그런지는 몰라도, 그쪽 최선상님 신수가 참말로 처참허니 고장이 나뿌렀습디다."

사찰집사는 천석꾼 집안 자식들 전부를 '최선상님'이란 한 가지 말로 뭉뚱그려 불러 버릇했다. 비가 오나 눈이 오나 그저 최순금도 최선상님이고, 바람 부나 서리 내리나 그저 최부용도 최선상님이었다. 그런데 세번째 최선상님으로 어느새 새로운 인물이 슬그머니 추가되었다.

"그런디 한참 내려오다가 펀득 요상헌 생각이 들어서 돌아보니깨, 최선상님이 사람 지나댕기라고 맨든 멀쩡헌 질 놔두고 해필이면 산즘생들 지나댕기는 멧갓 속으로 허위허위 들어가고 있드만요."

허텅지거리 삼아 그냥 흘려보는 객소리인 양 심상한 어조로 중얼거리면서 사찰집사는 휘적휘적 목사관으로 향했다. 하지만 부용은 심상한 기분일 수 없었다. 사찰 말이 별안간 체물처럼 명치끝에 턱 걸리는 바람에 부용은 가슴에 통증을 느꼈다.

"잠깐만요, 집사님!"

왠지 모르게 불길한 예감에 싸인 채 부용은 사찰집사한테 성큼성큼 다가갔다.

"그애가 어느 쪽 멧갓으로 들어가든가요?"

사납게 다그치는 듯한 부용의 어세에 놀란 나머지 사찰집사와 연실 모두 별안간 어안이 벙벙해진 표정이었다.

"어느 쪽 멧갓이냐고요!"

사찰집사가 맹한 표정을 지으며 팔을 길게 뻗었다.

"저그 저 물레봉 산자락 근너편짝 멧갓, 그러니께 크다란 노송낭구가 떡 버티고 있는 고 근방 멧갓인디……"

사찰집사가 손짓으로 안내해주는 길을 부용은 부릅뜬 두 눈으로 디디고 밟기 시작했다. 조급한 마음이 어느새 노송나무 향해 허둥지둥 달음박질치고 있었다. 오솔길 하나 사이에 두고 양쪽으로 사이좋게 이웃해 있는 솔수펑이였다. 지난날 선영 오가는 길에 물레봉 쪽 울창한 솔수펑이 안에 우뚝 선 낙락장송 한 그루 더러 눈여겨보았던 기억이 되살아났다. 부용은 전후 사정 누구한테 설명할 겨를이 없었다. 이번에는 눈 아닌 몸뚱이 전체를 움직여 냅다 달음박질을 놓기 시작했다.

"왜 그러셔요? 무슨 일인데요?"

연실의 목소리가 다급히 쫓아오면서 내리막 층계를 타는 부용의 허리통을 뒤에서 답삭 보듬으려 했다.

"그러다 넘어지겠어요! 잠깐만 멈춰보셔요!"

부용은 갑자기 달음박질을 멈추고 홱 돌아섰다. 연실 향해 허연 목자 사납게 부라려대면서 그는 버럭 고함을 내질렀다.

"형제간 일에 함부로 간섭헐라 마시요! 그냥 모르는 치끼 외면허시요!"

서로 앞서거니 뒤서거니 달려오던 연실과 사찰집사가 움직임을 잃고 한목에 망두석으로 붙박여 서버렸다. 이윽고 삼지창 같은 부용의 시선에 찔린 두 기독교인은 주춤주춤 물러서기 시작했다.

"귀용아!"

노점환자 폐활량으로 최대한 운동 능력 발휘해 최단 시간에 사찰집사가 일러준 솔수펑이에 다다랐다. 부용은 가쁜 숨결 다스리는 틈틈이 손나발 만들어 연방 입에 갖다붙이며 애타게 동생을 불러댔다. 결코 쉽지 않을 거라 예상했던 동생 찾기는 나무들 빽빽이 들어찬 솔수펑이 안에서 의외로 쉽게 해결되었다. 울음소리가 사람을 부르고 있었다. 실인즉슨 울음인지 웃음인지 분간이 안 되는, 몹시 괴까다로운 소리가 이제 막 겨울 잔재 털어내고 봄철 초입에 들어선 솔수평이를 어흐 어흐흐 을씨년스럽게 뒤흔드는 중이었다.

"나다, 귀용아! 형이다!"

울음소리 향방 좇아 부용은 소나무들 틈새기 도나캐나 헤집으며 곧바로 동생한테 접근하고자 기를 썼다. 그러자 울음소리가 종적을 싹 감춰버렸다.

"너 도와줄라고 내가 왔다. 어리석은 짓거리는 당최 생각도 말거라."

"가까이 오지 말아요! 아무리 형제간이라도 상관할 일, 상관못할 일 따로 있는 법이니까요!"

언제 울었더냐 싶게 어느 틈에 가지런히 정돈을 끝낸 목소리였다. 정녕코 그것은 친동생 목소리가 아니었다. 생판 모르는 어떤 무뢰배가 악의 그득 담아 내지르는 고함이 이 나무 저 나무 함부로 들이받으며 득달같이 달려오더니만, 다짜고짜 부용의 멱살을 거머잡는 것이었다.

"도움 따위는 필요 없어요! 애시당초 어느 누구한테도, 형님한테도 날 도와줄 능력은 없어요! 당장 돌아가시요!"

귀용이 재차 경고를 발했다. 부용은 동생의 그 말을, 어서 와서 제발 좀 도와달라는 뜻으로 제꺼닥 해석했다. 동생의 경고를 통해 오히려 구조선 나타나기 애타게 갈망하는 뱃사람 조난신호 같은, 조난자가 옷자락 찢어 흔들어대는 구조 요청 같은, 목숨이 경각에 달린 자의 단말마와도 같은 비명을 귀가 따갑도록 듣고 있었다.

"귀용아, 형이다! 하나뿐인 니 형이란 말이다!"

불길한 기운으로 엄습했던 당초 예감과는 달리 귀용의 상태는 양호한 편이었다. 솔수펑이 한복판 공터에 네 활개 쭉 펼친 채 벌러덩 드러누운 모습이었다. 그런 자세로 하늘 똑바로 올려다보며 그처럼 내내 흐드러지게 목을 놓고 있었던 듯했다. 산서 일대에 소문 무성하던 미장부 얼굴이 온통 눈물범벅을 이루고 있었다. 사찰집사 말마따나 처참하게 고장이 나버린 신수였다. 불과 며칠 전 마지막으로 봤을 때와는 전혀 다른, 딴사람 같은 모습이었다.

"내 앞가림도 지대로 못허는 못난 형이다마는, 하여간에 너를 도와주고 잪은 것만은 내 충심이고 충정이다."

부용은 몹시 성마르게 다그치는 가쁜 숨결 가만가만 달래가며 조용조용 말했다.

"몇 가지 물어봐도 될까요?"

여전히 맨바닥에 벌렁 드러누운 채 귀용은 냉혹한 눈빛으로 형을 빤히 올려다보았다.

"물어봐라."

"죽은목숨 도로 살려내는 무슨 신통력이라도 형님한테 있다는 겁니까? 애당초 있지도 않았던 일같이 과거지사를 말짱 다 깨끗이 지워버리는 무슨 마술이라도 부릴 줄 아십니까? 불행을 행으로 둔갑시키고, 비극을 희극으로 개비하는 무슨 묘방이라도 형님은 알고 계십니까?"

"그중에서 내가 헐 수 있는 일은 하나도 없고나. 참말로 유감천만이다."

"그렇지요? 신통력도 없고, 마술이나 묘방도 당최 모르지요? 그렇다면 됐습니다. 더는 말씀을 마시고 그냥 조용히 물러가는 것이 동생을 충심충정으로 도와주는 길인 줄 아십쇼."

말을 마치자마자 귀용은 고개 외틀어 형의 시야에서 제 얼굴을 빼돌렸다. 부용은 잠시 우두커니 서 있다가 불시에 자세를 바싹 낮추었다. 마치 그렇게 행동하는 것이 동생을 도울 수 있는 유일한 마술 또는 묘방이라도 된다는 듯 동생 곁에, 동생과 똑같은 모양새로 벌러덩 드러눕고 말았다.

"다른 일이라면 몰라도, 너랑 같이 울어주는 일은 얼매든지 가능허다."

"형님 혼자 우십쇼. 실컷 울었으니까 저는 이제 더 울 필요가 없습니다."

"한배에서 태어난 짐승들이 그러딧기 니 상처를 내 혓바닥으로 싹싹 핥어줄 수도 있다."

"제발 그 유치한 수작 좀 집어치우십쇼!"

"오냐, 알었다. 그냥 송장맨치로 동생 옆에 꼼짝도 않고 누워만 있을란다."

말 그대로 부용은 실천했다. 형이 근질거리는 입 단속하면서 언제까지고 그냥 죽은 듯이 누워 있을 기미를 보이자 이번에는 동생 쪽에서 오히려 조바심을 드러내기 시작했다.

"실인즉 야마니시 영감님 말이 옳았습니다. 저야말로 삼시 세끼 꼬박꼬박 축내는 밥술마저도 아까운 놈이지요. 식충이 같은, 야마니시 영감님 말마따나 밥버럭지 같은 미물 영락없지요."

귀용이 갈수록 더욱더 몸을 꿈지럭거리면서 초조한 기색을 감추지 못했다.

"형님, 저는 정말 살아 있을 가치가 없는 놈입니다!"

귀용의 입에서 가느다란 노끈 모양의 흐느낌이 슬금슬금 비어지기 시작했다. 흐느낌은 이내 새끼줄처럼 길고 거친 울음으로 바뀌었다. 울음은 오래지 않아 여러 가닥 겹겹으로 꼬아 만든 동아줄만큼이나 굵다랗고 튼튼한 통곡으로 변해 산지사방하기 시작했다. 통곡의 가닥들이 저희끼리 편 가르고 길 나누어 솔수펑이 속을 연락부절로 횡행하면서 나무와 나무를 포박하듯 얼키설키 엮어놓는, 그 어지럽고도 부산스러운 광경을 부용은 한동안 속수무책으로 지켜볼 수밖에 없었다.

"영감님 말마따나 짐승만도 못한 놈입니다! 미물만도 못한 놈입니다! 벌써 죽어 없어졌어야 마땅한 놈입니다! 애당초 이 세상에, 더군다나 산서 최씨 집안에 태어나지 말았어야 할 놈입니다!"

갑자기 울음 뚝 그치더니 귀용이 숨도 안 쉬고 내리닫이로 주워섬겼다. 부용은 슬며시 손을 뻗어 동생 팔을 잡았다.

"인간으로 태어나고 안 태어나고, 인생 살어갈 가치나 자격이 있고 없고를 판별허는 기준은 본시 자기 스사로 정허는 게 아니잖냐."

"저를 제발 방해하지 말란 말입니다!"

"알었다, 알었어."

손을 홱 뿌리침과 동시에 귀용이 벌떡 일어앉았다.

"어리숙한 처신으로 조직을 송두리째 망쳐먹는 치명적 과오를 저지른 겁니다. 고문이 두려워서 동생공사하기로 혈맹까지 맺은 동지들을 특별고등계 형사들한테 팔아넘긴 겁니다. 전도양양한 동지들 미래랑 최귀용이 몫으로 할당된 고문이랑 모개흥정을 해서 그것들을 맞바꿔버린 겁니다. 그 덕분에 호된 고문 그럭저럭 모면하고 유치장에서도 미결감에서도 편의하게 지내다가 저 혼자만 풀려난 겁니다. 지금까지 당한 것만으로 부족해서 앞으로 두고두고 더 당해야 될 고역들을 순전히 배반자 변심 때문에, 비열하기 짝이 없는 최귀용이 때문에 혈맹 동지들이 시방 치르고 있는 겁니다. 제 입장이 좀 이해가 되십니까?"

앉은키를 이용해 험악한 눈초리로 형을 내립떠보며 귀용이 한바탕 또 폭포수처럼 말들을 좍좍 쏟뜨렸다. 땅바닥에 드러누운 자세로 올려다본 동생 모습은 생면부지 인물같이 되우 생경하게 느껴졌다. 부용은 매섭게 꼬느질하는 동생 시선을 굳이 피하려 하지 않고 그저 담담하게 받았다.

"이해가 쪼깨 될 것 같기도 허고……"

동생이 처한 저간의 사정에 대해 부용은 이미 알고 있었다. 경성으로 면회 다녀올 적마다 사촌형이 경찰서나 형무소 안팎에서 얻어들은 여러 이야기를, 이런저런 소식이나 소문을 때로는 까마귀 자격으로, 때로는 까치 자격으로 부지런히 물어 날랐다. 덕분에 부용은 산서 한구석에 국으로 처박혀 지내는 동안에도 사건 굴러가는 판세를 뜨르르 꿰고 있었다.

"형사대에 체포당할 때 혓바닥이라도 작신 깨물어서 자결을 했더라면 지금 제 입장이 얼마나 떳떳하고 당당하겠습니까!"

마치 저희들 조직체에 붕괴의 단초를 제공한 장본인이기나 한 듯이 귀용은 자신의 과오와 죄책감을 무던히도 과장하고 있었다. 하지만 두목인 배낙철의 지시로 연락 사항 적힌 쪽지와 삐라 제작에 사용할 등사 원지를 다른 조직체에 건네는 전령 임무는 워낙에 귀용이 아니라 다른 조직원 소관사였다. 지게꾼으로 변장하고 비밀 아지트 출발해 지정된 연락 장소로 향하던 전령이 사복형사한테 꼬리를 밟혔다. 조직원들이 미행과 감시를 눈치챘을 때는 이미 모든 기회가 사라진 다음이었다. 해외 탈출은 아예 준비조차 갖추지 못한 상태였다. 다급한 김에 배낙철은 전문학교 동문 선배가 빨치산 간부로 활동중인 지리산을 은신처로 정하고 조직원들과 함께 부랴사랴 도피행에 올랐다. 결국 배낙철 일행은 급파된 형사대에 의해 지리산 입산 직전에 일망타진되고 말았다. 그게 바로 부용이 알고 있는 진상의 대략이었다.

"손톱 한 개도 뽑힌 적이 없습니다. 고춧물을 양동이째 콧구멍으로 마신 적도 없고, 손샅을 고압전기로 뜸질당한 적도 없습니다. 형사들 구둣발에 몇 번 걷어차이고, 목검으로 몇 대 맞았을 뿐입니다. 그런데 겨우 그 정도 매질에도 저는 고문 이상으로 무섭고 고통스러웠습니다. 바지에다 생똥 싸는 바람에 취조실에 구린내가 동천할 지경으로 공포감에 시달렸습니다. 그러다가 그만 판단력을 잃고 말았습니다. 눈치 봐가면서 일원어치만 불어도 될 자백을 무려 오원어치, 십원어치나 자진해서 술술 불어대는 우를 범하고 만 겁니다. 애시당초 최귀용이란 겁쟁이 소년한테는 형사들이 수고스럽게 물고문 전기고문을 가할 필요조차 없었던 겁니다. 고문 도구를 하나씩 눈앞에 들이대면서 세 치 혓바닥으로 위협하는 것으로도 충분했으니까요. 아마 저 같은 피의자만 만난다면 코흘리개 어린애를 고등계 의자에 앉혀놓더라도 형사질 얼마든지 해먹을 수 있을 겁니다."

귀신마저도 산똥 싸고 오줌 지린다는 특별고등계에서 귀용이 기를 쓰고 버틸 수 있었던 기간은 고작 하루 아니면 이틀 어간에 불과했다. 잔뜩 겁에 질린 한 피의자의 성마른 자백으로 말미암아 배낙철 조직은 허망하리만큼 속하게 전모가 속속들이 드러나고 말았다.

"형님은 낙철이 형님을 소싯적부터 미워하셨지요? 형님이 세상에서 제일 싫어하시는 인물이 바로 낙철이 형님이잖습니까? 최귀용이란 놈이 비열한에다 배신자 노릇 자청하고 있을 때 형님이 미워하고 싫어하는 낙철이 형님은 취조 과정에서 어떻게 처신하고 계셨는지, 형님은 아십니까?"

"나도 알고는 있다."

"아신다고요? 그럴 리가 없습니다. 그런 엄청난 내막을 형님은 절대로 이해하지 못하실 겁니다. 겉으로 드러난 사실만 갖고는 낙철이 형님 도량을 제대로 측정할 수가 없습니다!"

형은 절대로 이해 못할 거라 주장하는 그 내막에 관해서도 부용은 제법 소상히 알고 있었다. 이를테면 영웅 탄생설화였다. 바야흐로 한 인물의 영웅적 활약상이 영사막 가득히 활동사진으로 펼쳐지려 하고 있었다. 영웅 단계 건너뛰어 한 인간을 거지반 신과 같은 반열에 세우지 못해 한바탕 몸살 앓는 듯한 귀용의 모습이었다.

"그렇게 용맹하고 정의로운 인물을 저는 생전 처음 종로경찰서에서 목격한 겁니다. 그렇게 고매한 인격자는 이 세상에 아마 둘도 없을 겁니다. 산전수전 다 겪은 민완형사들까지 혀를 내두를 정도였습니다. 천상천하에 무소기탄하고 무소불위한 일제 경찰도 그 조선 청년 하나만은 도무지 어쩔 도리가 없었습니다. 연일연야 살인적 고문으로 빈사지경을 헤매면서도 낙철이 형님은 자기 일신 돌볼 생각은 추호도 품은 적이 없습니다. 오로지 동지들 안위만을 노상 염려하셨지요. 동지들 고통을 반 뼘이라도 줄여보겠다는 일념으로 마지막 순간까지 바위처럼 묵중하게 견디고 버티시던 낙철이 형님 모습이 지금도 제 눈에 선합니다."

동생처럼 숭배자 시각은 아닐지라도, 부용 또한 취조실 안에서 낙철이 행한 처신에 대해 경탄을 느낀 것은 사실이었다. 낙철의 태도와 행동에는 한 조직의 지도자로 떠받들릴 만한 요소가 다분히 있었다. 낙철은 줄곧 되풀이되는 악형으로 말미암아 몸뚱어리 어느 한 군데 성한 구석 찾아볼 수 없을 지경으로 완전히 결딴나다시피 피폐해진 상태였다. 하지만 육신은 망가졌어도 정신만은 형형하게 살아 있었다. 만신창이 상태에서도 그는 수하 조직원들 고통을 혼자 도맡아 짊어질 작정으로 필사적인 노력을 기울였다. 기회 닿는 대로 그는 제각각 격리된 채 따로 조사받는 조직원들 귀에 들어가게끔 수단과 방법 다해 은밀히 연락망을 가동했다. 사건의 모든 책임을 똘똘 몰아 지도자인 자기한테 몽땅 덮씌우라는 명령이었다. 조직과 관련해 알고 있는 사실들을 일찌감치 다 털어놓은 후 홀가분한 상태로 각자도생을 모색하라는 지시였다. 고문당할 경우, 당하는 만큼 손해니까 의리 따지고 신념 고수할 필요가 없다는 충고이기도 했다.

"낙철이가 범상치 않은 인물이라는 주장에는 나도 물론 공감을 헌다. 허나 허되……"

"낙철이 형님한테 저는 허다한 빚을 졌습니다. 평생 갚아도 다는 못 갚을 어마어마한 빚을 진 겁니다. 원금은 고사하고 이자도 제대로 못 갚는 사이에 빚은 날마다 달마다 눈덩이처럼 불어나서 기어이 제 인생을 파산으로, 파국으로, 파멸로 몰아넣고 말 겁니다."

귀용을 비롯한 조직원 모두는 낙철의 지시에 고분고분 따랐다. 고등계 형사들 앞에서 그들은 앞서거니 뒤서거니 제가 속한 비밀결사에 관해 술술 자백했다. 하지만 그 자백 내용은 낙철이 이끄는 세포조직에 국한될 수밖에 없었다. 워낙 빈틈없는 성격인 낙철이 당초부터 극비 사항 한 손에 틀어쥔 채 주도면밀하게 점조직으로 관리해왔기 때문에 조직원들은 외부와의 연계 활동에 대해 실제로 아는 바가 전연 없었다. 그 바람에 적색 노조와 손잡고 혁명을 획책할 목적으로 결성된 불온세력의 수직 구조와 수평 관계를 파악하고자 혈안이 되었던 형사들도 주범인 배낙철한테 온통 취조를 집중할 수밖에 없었다. 결국 낙철은 정식 기소되어 재판정에 서기까지 목숨 붙은 인간으로서 차마 감당하기 힘든, 무시무시한 대가를 치르지 않으면 안 되었다.

"그 시간 그 자리에서 낙철이 형님이 제 얼굴에다 가래침이라도 탁 뱉어주셨더라면, 얼마나 좋았을까요. 상장 받은 소학생같이 저는 진심으로 감사했을 겁니다. 입에 담지 못할 저주라도 한바탕 퍼부어주셨더라면, 지금쯤 저는 얼마나 행복할까요. 선고공판을 마치고 형무소로 돌아가는 길에 낙철이 형님이 간수들 감시에도 불구하고, 미안하다고, 면목이 없다고 큰 소리로 저한테 말씀을 건네십디다. 비열한 배신자 얼굴에 가래침 뱉는 대신 외려 자기를 용서하라고 말씀하신 겁니다. 도대체 그게 말이나 되는 얘깁니까?"

먼산에 걸린 무지개라도 바라보듯 귀용은 잠시 묘한 눈빛을 보이고 있었다. 어쩌면 건공중에 태양처럼 떠 있을 낙철의 존재를 우러러보는 눈빛이었는지도 모른다. 너무도 부신 탓에 그 존재차마 눈 바로 뜨고 볼 수조차 없음을 고백하는 눈빛 같기도 했다. 점점 더 외곬으로 빠져드는 귀용의 생각에 어떤 식으로든 제동을 걸 필요가 있는, 매우 심각하고도 엄중한 상황이 아닐 수 없었다. 부용은 윗몸 벌떡 일으킴과 동시에 동생을 정면으로 상대하는 데 편리하게끔 자리를 고쳐 앉았다.

"이념가나 사나희 대장부 자격으로 따지자면, 배낙철이 칭송받어 마땅헌 인물이라는 주장에 나도 동의헌다. 허나 허되, 누구한티나 개성이란 게 있고, 개인차라는 게 있는 법이다. 잘난 인간이 있는가 허면 못난 인간도 있는 법이고, 신념이 무쇠같이 단단헌 인간이 있는가 허면 두부같이 물렁물렁헌 인간도 있는 법이다. 세상에서 신념에 투철헌 인간만 사람대접 받을 권리가 있는건 아니다. 구태여 비교허자면, 나는 모든 면에서 낙철이한티 족

탈불급이란 사실을 인정헌다. 두뇌로도 낙철이 수준에는 한참 못 미친다. 신념이라고는 먹고 죽을라 혀도 찾어볼 수 없는, 무색무취 인간이 바로 나다. 더군다나 시방 몹쓸 병까장 앓고 있다. 허나 허되, 그런 약점들 땜시 나는 인생 더 살고 잪지 않다고, 당장이 세상 하직허겠다고 선언헐 생각은 없다. 잘난 인간은 지 잘난 맛으로, 또 못난 인간은 지 못난 맛으로 세상 살면서 지 나름대로 삶을 누릴 권리가 있다고 믿는다. 그런 평등사회 건설헐 혁명운동에 인민대중이 총궐기허라고 부르짖는 이념이 낙철이나 니가 신봉허는……"

급한 김에 아무 말이나 마구 끌어들여 제 논리 꿰들다 말고 부용은 갑자기 입을 다물었다. 제 얼굴 빤히 들여다보는 요상한 시선에 제동이 걸린 까닭이었다. 무슨 헛소리 지껄이고 있느냐고 힐난하는 기색이 다분한 시선이었다. 어쩌다 오면가면 어깨 맞부딪친 금시초면 타인 향해, 대관절 당신은 어디 사는 누구냐고 추궁하는 눈초리 같기도 했다. 제풀에 맥이 탁 풀리는 바람에 부용은 위기에 처한 동생 설득하고 격려할 의욕을 댓바람에 상실하고 말았다. 형제는 서로 상대편 얼굴을 물끄럼말끄럼 바라보기만 했다.

"그런 속셈이었습니까?"

한참 후 귀용이 먼저 입을 열었다.

"저를 시방 죽음 문턱에서 건져올릴 목적으로 그렇게 사명감에 불타서 병구 이끌고 허위단심 달려오신 겁니까?"

귀용이 천천히 허리를 펴면서 키를 높였다.

"만약에 그런 속셈이었다면, 대단히 고맙습니다. 눈물이 앞을 가릴 지경으로 감동적입니다. 고맙긴 합니다만, 당최 그런 염려는 하지 마십쇼. 당장 죽지는 않을 겁니다. 만약에 죽을 결심이 굳어질 경우, 그때는 다른 사람이면 몰라도 형님한테는 어떤 경로를 통해서라도 꼭 기별을 하겠습니다. 아무 날 아무 시 아무 곳에서 아무 모양으로 죽을 예정이라고, 천기누설 특전을 형님한테 약속하겠습니다."

제 말만 일방적으로 앞세우고 나서 귀용은 오연히 등을 돌려버렸다. 간다는 인사도 없이 그냥 훌쩍 떠나려는 동생 더 붙잡고 늘어질 만한 기력이 이제는 수중에 한 줌도 남아 있지 않았다. 동생 뒷모습이 나무들 사이를 빠져나가 솔수펑이 안쪽 그늘진 곳으로 완전히 파묻힐 때까지 부용은 그저 속절없이 바라만 볼 수밖에 없었다.

부용은 절체절명 위기에 부닥뜨린 동생에게 아무런 격려도 위안도 주지 못하는, 참으로 무력하기 짝이 없는 자신에 치가 떨렸다. 그 무참한 심경을 통곡으로 바꾸어 토악질하듯 웩웩 게워내고 싶은 심정이었다. 느닷없는 형의 출현으로 말미암아 미처 못다 울었던 동생 모가치 울음까지, 오히려 동생보다 더욱 옹골찬 목청으로 형이 대신 울어주고 싶었다. 그렇게 여한이 없도록 마지막 눈물방울까지 꼭꼭 쥐어짜 동생 몫을 울어주고도 기력이 남을 경우, 내친김에 이번에는 가슴속 뻥 뚫릴 때까지 제 모가치로 차례지어진 울음을 몽땅 떨이로 쏟아내고 말 작정이었다. 하지만 가문 날씨처럼 몹시도 인색한 부용의 울음은 여간해서 밖으로 나오려 하지 않았다. 먹장구름처럼 가슴속 그득 휘덮은 안타까움과 서러움이 작달비같이 굵다란 울음 가닥으로 변해 입 밖으로 좍좍 쏟아지지 않는 것이었다. 돌멩이같이 딱딱하게 굳은 감정 뭉치가 목젖 부위에 되똑 얹혀 옴짝달싹도 않는 바람에 부용은 정상적인 호흡마저 몹시 거북할 지경이었다.

"최선상님! 최선상님!"

난데없이 부르는 소리가 들렸다. 적어도 한 사람 이상 어림되는 인기척이 방금 전 사라진 귀용하고 순번을 갈마들어 솔수펑이 바닥에 살평상처럼 깔린 적막을 쪼개면서 발소리도 요란하게 달려오는 중이었다.

4

뭔지 몰라도 참으로 요상하게 들리는 소리였다. 그 소리가 팔소매 붙잡고 마구 흔드는 바람에 관촌댁은 퍼뜩 잠에서 깨어났다. 죽으면 죽었지 절대로 졸지는 않겠다는 비상한 각오 아래 무진 애를 썼음에도 불구하고 어느새 또 어미로서 분수 까먹은 채 깜빡 잠에 떨어진 모양이었다. 그니는 두 귀 쫑긋 세우고 등촉 대신 두 눈 화등잔같이 키워 불 밝힌 채 먹물에 미역감는 캄캄한 방에서 소리의 향방을 면밀히 추적하기 시작했다. 하지만 남의 잠 함부로 헤살 놓던 그 이상한 소리는 다시 안 들렸다. 다만, 놓쳐버린 소리의 여운으로 말미암아 가슴팍에 새겨진, 그 어떤 불길한 느낌만은 아직도 생생히 살아남아 만지면 젖멍울처럼 딱딱하게 손끝에 잡힐 성만 싶었다.

그새를 못 참고는 자식 지키는 파수꾼 노릇에 소홀했던 어미

벌하기 위해 관촌댁은 허벅지를 되알지게 꼬집고 또 꼬집었다. 부젓가락으로 지지는 듯한 아픔이 다리를 타고 온몸 구석구석으로 홧홧이 퍼지자 한동안 먼 동네 밤마을 나가 있던 정신머리란 놈이 황급히 본래 자리로 되돌아왔다. 남의 염병이 내 고뿔만 못하다는 옛말이 있긴 하지만, 아무리 그렇기로서니 무심할 게 따로 있지, 이 위중한 판국에 한유하게 잠이나 처자고 자빠졌다니! 더군다나 어미와 자식이 소 닭 보듯 서로 데면데면하게 지내도 배탈 안 날 남남지간이던가. 천하를 통째로 준다 해도 절대로 바꾸지 않을, 그 천하보다 무거운 귀동자식이 염병보다 고약한 악증에 시달리느라 목숨이 시방 경각에 달려 있는 판인데, 그 어미되는 여편네가 저승사자 내 집안 출입 단속하는 파수꾼 노릇을 그처럼 게을리한다는 게 도대체 있을 법이나 한 일이던가.

샛냇골에 따로나 사는 큰아들로부터 맨 처음 기별받을 당시만 해도 관촌댁은 장장 사흘간 행방이 묘연했던 둘째아들이 무탈하게 귀가한 것으로 문제가 다 해결된 줄만 알았다. 그러나 큰아들이 제 사촌형 시켜, 귀용의 일거수일투족 자나 깨나 노상 감시하지 않으면 큰일날 거라고 노골적으로 경고해왔을 때, 그니는 새잡이로 가슴 철퍼덕 내려앉는 충격을 맛봐야 했다. 주재소 순사 관찰 감시에 시달리는 것도 지긋지긋할 텐데, 엎친 데 덮쳐 집안 식구들마저 얼싸절싸 합세해서 그 불쌍한 것 겹겹이 에워싸고 올빼미같이 지켜보고 감시를 하다니! 당분간은 백상암으로 보내지 말고 발목에 차꼬 채우듯 집에 단단히 붙잡아두어라. 혼자서는 절대로 문밖출입 못하게끔 식구들이 밤낮으로 노상 귀용이를 옆구리에 꿰차고 지내듯 행동을 철저히 단속하거라. 대충 그런 내용의 충고였다. 만약의 불상사에 대비해 인명을 해할 우려가 있는 물건, 이를테면 쇠붙이로 된 각종 연장, 빨랫줄이나 허리끈 또는 옷고름 따위 기다랗고 질긴 물건, 그리고 양잿물 따위 독극물 등속이 눈에 띄지 않게끔 말끔히 치워놓는 게 좋을 거라는 훈수마저 뒤따랐다. 심지어 뒤란 우물 설비에도 두껍고 무겁고 튼튼한 뚜껑 새로 만들어 확실하게 덮어둘 필요가 있다는, 거지반 협박에 가까운 조언을 접하고 너무도 큰 충격을 받은 나머지 관촌댁은 하마터면 까무러칠 뻔했다.

어미가 보기에 둘째아들은 지극히 정상인 듯했다. 오랫동안 잠 제대로 못 자고 며칠씩 생으로 굶어가며 깊은 산속 헤매고 다니느라 피골이 상접하긴 했지만, 그래도 집에 돌아온 뒤로는 거르는 법 없이 삼시 세끼 밥그릇도 꼬박꼬박 비웠고, 또 해만 설핏 기울었다 싶으면 누가 시키기 전에 스스로 알아서 일찌거니 잠자리에 들곤 했다. 누가 나무칼로 제 귀때기 베어 가도 눈치 못 채리만큼 밤마다 세상모르게 곯아떨어지곤 했다. 동굴 속에서 겨울잠에 든 곰처럼 해가 중천에 걸릴 때까지 오랜 시간 숙면을 취하곤 했다. 어미가 기름진 음식과 몸에 이로운 약제들로 공들여 조섭한 보람이 있어 며칠 사이에 영판 딴 인물인 양 신수도 몰라보게 훤해졌다.

다만 한 가지 까탈 잡을 건더기를 든다면, 마치 주둥이 안 그린 상태로 논바닥에 세워놓은 허수아비처럼 진종일 숫제 침묵으로 일관하는 점이었다. 집안 대소사에 검다든지 희다든지, 쓰다든지 달다든지, 좌우지간 뭐라고 한두 마디쯤 제 의사를 드러낼 법도 하건만, 귀용은 일절 말이 없었다. 절반쯤 얼빠지고 넋나간 표정으로 어쩌다 집안에서 마주치는 식구들도 그냥 건성건성 지나쳐 버릇하는 것이었다. 그렇지만 관촌댁은 그런 아들을 일삼아 탓하고 싶지 않았다. 옛날 같았으면 허리춤에 호패 차고 진즉부터 어른 행세할 나이였다. 그런데 그 나이에 불장난 즐기는 철부지처럼 엉뚱깽뚱한 주의주장 붙좇아 사상놀음에 고부라짐으로써 자칫 잘못했으면 집채를 송두리째 홀라당 살라먹을 뻔했다. 그런 말썽꾼 주제에, 그리고 백상암에서 가뭇없이 사라짐으로써 식구들을 또다시 초주검으로 몰아넣었던 사고뭉치 주제에 뭐가 그리 장한 사업 도모했다고 울안에서 얼굴 마주치는 족족 아무한테나 실떡실떡 헤픈 웃음 흘리고 자빠졌겠는가. 일단 초상이 나면 적어도 사흘 동안은 곡소리 입에서 놓지 않는 것이 망인에 대한 도리요 예의 아니겠는가. 말하자면, 요 며칠 어간이야말로 귀용에게는 상중이나 진배없는 기간이었다. 굴건제복 갖춰 입고 상장막대 짚은 채 매사에 그저 삼가고 근신하지 않으면 안 되는 상주와도 같은 입장임에 틀림없었다.

"넋빠진 놈!"

마침내 관촌댁은 결론에 도달했다. 제 앞가림도 제대로 못하는 주제에 공연히 제 동생과 관련된 근심걱정 한 짐 그득 장만해서 인편으로 본가에 실어 보낸 큰아들을 노골적으로 비웃지 않을 수 없었다.

"미친개 눈에는 몽딩이만 뵌다드니만!"

다름아닌 자기 큰아들이 똑 그 짝이었다. 지난날 제 손으로 제 모가지 사랑채 대들보에 직접 매달아본 경험으로 미루어 다른 사람들도 심심파적으로 한 번씩 겪어보는 것이 자결놀음인 줄 아는 모양이었다. 하지만 천천만만의 말씀이었다. 어림 반 닷곱도 없는 수작일시 분명했다. 아무리 한배에서 나온 친동기간이라 할지라도 타고난 성정은 워낙 각출인지라, 애당초 귀용에게는 제 형처럼 독살스러운 구석이 전혀 안 보였다. 그토록 유순하고 겁 많은 둘째아들이 제 목숨 가지고 장난치는 몹쓸 짓거리로 어미보다 먼저 세상 등지는 경우를 관촌댁은 도무지 상상조차 할 수 없었다.

애고매나, 저게 시방 뭔 소리다냐!

기급한 나머지 관촌댁은 마치 떨어지는 간덩이 잽싸게 받으려는 몸짓인 양 엉겁결에 아랫배를 양손으로 꽉 움켜잡았다. 결코 그것은 환청이 아니었다. 비명 같기도 하고, 호통 같기도 했다. 방금 전 꿈결에 어렴풋이 들었던 그 소리임에 틀림없었다. 그니는 몸뚱어리 전체를 하나의 거대한 청각기관으로 동원해 주변에 떠도는 미세한 소리 한 낱 놓치는 법 없이 모조리 귓속에 주워담으려 했다.

하지만 소리는 그것으로 그만이었다. 외마디로 짧게 한 차례 다녀간 다음 문제의 소리는 어디론지 가뭇없이 사라져버렸다. 깜깜한 방에서 들리는 거라고는 팔자소관으로 자식들 근심걱정 태산같이 짊어지고 살아가는, 죄 많은 어미 입에서 나오는, 풀무질 비슷한 한숨 버릇과 가슴속에서 정체불명의 것들이 쿵덕쿵덕 널뛰기하는 소리밖에 없었다. 문득 딸년 자발머리없는 예언이 어쩌면 딱 맞아떨어질지도 모른다는 불길한 예감이 찾아들었다. 관촌댁이 의논 상대로 순금을 택한 것은 많이 배운 딸년 빵끗 뚫린 소견 구멍에 힘입기 위함이었다. 못 배운 어미 입장에서 비록 자라콧구멍같이 좁은 소견일망정 과히 틀린 건 아니라는 사실을 딸년한테 확인받고 싶었다. 그런데 일껏 말 끄집어냈다가 결국 본전도 못 건지고 말았다. 마치, 명색이 어머니라는 사람이 여태껏 그만한 눈치도 못 챘었느냐고 쫀쫀히 나무라는 투로 딸년은 대뜸 이맛살부터 으등거려 보이는 것이었다.

"부용이 생각이 백번 옳아요. 귀용이 문제는 끝난 게 아니라 인제부텀이 시작이라고 보시면 틀림없어요. 말씀드리기 차마 거식혀서 그동안 어머님한티 쉬쉬허고 지냈는디, 실은 귀용이가 돌아온 날부텀 저는 변고를 막어볼 요량으로 귀용이 주변을 노상 감시허고 있었어요."

변고를 암시하는 불길한 징조로 순금은 선산 재각에서 부자간에 벌였던 자결 소동을 거론했다. 딸년은 거기에 한술 더 얹어, 요 며칠 어간이야말로 특히 귀용의 생사를 좌우할 고빗사위에 해당하는 엄중한 기간이라고 단단히 못을 박기까지 했다. 혹 떼러 갔다 외려 다른 혹까지 주렁주렁 덤터기 쓰고 돌아온 꼴이었다.

한밤중에 천석꾼 부자가 재각 조상신위 앞에서 벌였다는, 그 해괴망측한 활극에 대해서는 관촌댁도 일찍이 들은 바가 있었다. 하지만 그날 귀용의 행동은 막무가내로 자결을 강요하는 아버지한테 자식으로서 의당 보일 법한 반발심의 표현이라 생각했다. 이를테면 식은 피 빨아먹고 모기란 놈 배탈이나 나버리라고 일부러 홀딱 벗고 춥게 자는 얼간이 같은 짓거리임에 틀림없다 생각하면서 그 일을 대수롭지 않게 치부해버렸다. 아버지 앞에서 아들이 실제로 자결하려 했다고는 꿈에도 생각한 적 없는지라, 어떻게 똑같은 사안 두고 모녀간 생각이 그처럼 동과 서로 확연히 갈릴 수 있나 싶어 관촌댁은 한동안 어리둥절할 정도였다. 아무튼지 간에 어미가 몸소 파수꾼 노릇 자청하면서 둘째아들 언행심사를 낱낱이 감찰하기로 작심하고 나선 것은 딸년 통해 시방이야말로 생과 사를 가르는 고빗사위 상황임을 깨닫게 된 그 직후부터였다.

나가 시방 요러콤 방구석에 자빠져 빈둥거릴 때가 아니지, 하고 속으로 부르짖으며 관촌댁은 서둘러 방문 밖으로 나섰다. 그 어떤 소리란 놈이 잠복하고 은신해 있을 법한 뒤란 쪽으로 허둥지둥 발걸음 재촉하는 그니를 두억시니 같은 어둠이 거대한 아가리 한껏 벌려 가차없이 삼키려 들었다. 유난히도 먹성 좋은 어둠이란 놈이, 젊은 목숨 하나로는 간에 기별도 안 간다며 또다른 목숨 찾아 집안 곳곳을 뒨장질하는 성싶어 그니는 캄캄칠야 속에서 팔랑개비 돌리듯 두 다리 한껏 재게 놀렸다.

"쉿!"

웬 시커먼 것이 난데없이 눈앞을 떡 가로막는 사품에 관촌댁은 하마터면 또 기함해 쓰러질 뻔했다.

"애고매나, 간 떨어지겄네!"

"쉬잇, 제발 조용조용 말씀허셔요."

새중간에 가로놓인 어둠장벽을 손바닥으로 떠다밀면서 순금이 마치 속속곳 안에서 가랑니 살금살금 기어다니는 소리로 들릴락 말락 소곤거렸다.

"요게 대관절 뭔 일이라냐?"

딸년이 그 시각에 그 자리 지키고 있는 것부터 벌써 예사로운 징후가 아닌지라, 관촌댁은 새삼스럽게 또 가슴 복판이 철퍼덕 내려앉는 기분이었다.

"별일 아니고만요."

순금이 어미 팔 잡아끌며 속삭였다.

"너도 들었냐, 그 소리?"

귀용이 따로나 사는 형 대신 사용중인 구석방과는 반대 방향이었다. 딸년 손에 붙들려 엉뚱한 곳으로 지척지척 끌려가는 동안, 관촌댁은 너무도 애가 타서 입안이 온통 쩍쩍 갈라지는 느낌이었다.

"잠짓이었어요. 흉몽을 꾸는 것 같었어요."

"무신 놈에 잠짓이 그 모냥으로 덤턱시럽다냐? 멱통에 칼날 받은 즘생맨치로 끔찍헌 소리를 질러대는 바람에 나는 함마트라면 십년감수 헐 뻔혔다."

깜냥대로 조심한답시고 신경쓰는데도 목청이 지나치게 컸던가 보다. 갑자기 구석방에 불이 밝혀졌다. 보면 볼수록 더욱더 몸집이 커진다는 그 어덕서니 형상을 연상케 하는, 시커멓고 장대한 그림자 하나가 문창호를 그득 뒤덮는가 싶더니만, 곧이어 방문이 벌컥 열렸다.

"아무 일도 없으니까 이제 그만들 들어가 주무시지요!"

불빛 그들먹이 등진 자세로 그림자가 입을 열어 볼멘소리 내뱉었다. 그 말을, 방안에 들어와도 좋다는 뜻으로 재량껏 해석하면서 관촌댁은 냉큼 구석방으로 달려갔다. 장승처럼 문 앞을 막아선 몸뚱이 옆으로 밀치면서 어미가 방으로 들어가자, 그 기회 놓칠세라 딸년 또한 잽싸게 뒤따라 들어왔다.

"아이고, 내 새깽이!"

마치 저승사자한테 덜미 꺼들려 황천 문턱 넘어섰다가 어찌어찌 구사일생으로 생환한 자식 반기듯 관촌댁은 둘째아들 볼때기를 연신 쓰다듬고 어루만졌다. 밝은 대낮에 보나 캄캄칠야에 보나 한결같은 낯꽃이었다. 양달에 나앉아 있어도, 응달에 들어앉아 있어도 역시나 매한가지 낯꽃이었다. 딸자식 가진 부모라면 누구나 한 번쯤 사윗감으로 점찍을 법한, 마냥 준수하고 훤칠하게 타고난 미용이었다. 자기 속으로 조성해 세상에 내놓은 소출이랍시고 객스레 늘어놓는 자화자찬이 아니었다. 장터 네거리에서 길을 막고 물어보더라도 열이면 열, 백이면 백 모두 이구동성으로 한결같은 대답을 보내올 것이었다. 그토록 출중한 용모에 두뇌마저 영특하게 타고난 귀동아들이 어쩌다 더러운 세월 만나, 어지럽게 배배 꼬인 시국 속에 휘말려 제 인물값은 고사하고 남은 평생 두더지 신세로 햇빛 등진 채 캄캄한 세상 살아가게 되었는지, 참으로 알다가도 모를 노릇이었다.

"아이고, 내 새깽이야! 으째 꿈자리가 뒤숭숭허디야? 으떤 무랍도 못 줏어먹을 잡살뱅이 구신들이 시망시럽게 내 새깽이 꿈속으로 쳐들어와서는 넘에 귀헌 잠에다가 함부로 터럭손 대고 지랄을 떨었다냐?"

"꿈을 꾼 게 아닙니다."

고개 홱 뒤틀어 쓰다듬고 어루만지는 어미 손길 모지락스럽게 물리치면서 귀용이 마냥 불퉁스럽게 대꾸했다.

"아니, 꿈도 안 꿨담시나 잠짓은 무단시 왜 고로콤 가새눌리는 사람맨치로 요란시럽게 혔다냐?"

"당최 잠이 안 와서 맑은 정신으로 그냥 누워 있었습니다."

"뭣이여? 그렇다 허이면, 초저녁부텀 구들장 질펀허게 짊어지고 죽은 딧기 둔눠서 여태까장 말똥말똥헌 눈으로 천자방 무늬만 요모조모 연구허고 있었단 말이여?"

곁에서 딸년이 옆구리 쿡 찔렀다. 그 사품에 흠칫 놀라 관촌댁은 얼른 입을 다물었다. 그제야 비로소 둘째아들 차림새가 눈에 들어오기 시작했다. 출감 기일에 맞춰 지어놓았던 나들잇벌로 한밤중에 한껏 맵시를 낸 별쭝맞은 모습이었다. 멀리 출타했다 방금 전 집에 돌아온 사람 복색 영락없었다. 아니, 먼길 떠날 채비 마치고 이제 막 집을 나서기 직전 복색 같기도 했다. 오밤중 잠자리에 도무지 어울리지 않는, 그 심상찮은 차림새가 관촌댁 마음자락 꽉 움켜쥔 채 사납게 쿨렁쿨렁 흔들어대기 시작했다.

"암만해도 낙철이 형님한테 그새 무슨 일이 생긴 것 같습니다."

어미 얼굴 외면한 채 귀용은 제 말상대로 나울나울 춤추는 호롱불을 지목하면서 나지막이 중얼거렸다. 아들 입에서 느닷없이 낙철이란 이름 툭 불거지는 순간, 관촌댁은 마치 맨발로 능구렁이라도 밟은 푼수로 질겁했다. 낙철의 낙 소리만 들어도 푸들푸들 경기를 일으킬 판이었다.

"낙철이 형님 모습이 지금도 대고대고 눈에 밟혀요. 피투성이 몸으로 찾아와서는 자꾸만 저를 손가락질하면서 무슨 말인가를 하려고 애쓰는데, 제 귀에는 한마디도 안 들려요. 낙철이 형님 신상에 뭔가 좋지 않은 일이 생긴 게 분명합니다."

방안에서 자신의 유일한 말상대는 바로 저것이라고 주장하듯 귀용은 정색한 채 또다시 호롱불에게 말했다.

'그놈한티 무신 일이 생긴 것 같으다고? 설령 그 웬수 놈이 급살을 맞어 꼬꾸라지드래도 덩싯덩싯 어깨춤을 추었으면 추었지, 그놈 낯짝 꿈에 나타난다고 뜬눈으로 밤을 샘시나 애통허고 복통헐 일은 당최 아니겄다, 이놈아!'

목젖까지 치올라오는 험담이 부지기수로 많았지만, 관촌댁은 걸쭉한 침과 함께 그것들을 도로 꿀꺽 삼키고 말았다. 그러자 귀용이 호롱불에 비끄러매었던 시선을 싹 거두면서 갑자기 제 어미를 짯짯이 노려보았다.

"방금 뭐라고 그러셨어요?"

"어따, 그놈 귀 한번 밝기도 허다! 아까막시는 가막소에 있는 낙철이 화상을 방에서 봤노라고 벅벅 우기드니만, 요참에는 에미 입설에서 나오지도 않은 말소리까장 척척 알어듣는 신통술 자랑허고 자빠졌냐?"

"어머님이 시방 무슨 생각을 하시는지 다 알아요. 어머님은 낙철이 형님을 욕하고 계셨어요!"

"알기는 칠월 귀뚜리맨치로 잘도 아는고나!"

겉으로는 태연한 척 받아넘기면서도, 복장 안에 품고 있던 시꺼먼 마음을 자식한테 고스란히 들킨 성만 싶어 관촌댁은 가슴이 뜨끔했다. 곁에서 딸년이 옆구리 쿡 찌르는 짓거리로 다시 한번 주의를 주었다.

"낙철이 형님 욕할 자격이 있는 인간은 조선 천지에 한 명도 없습니다. 어머님, 제발 낙철이 형님한테 그러지 마십쇼. 그러면 그럴수록 저는 더 살고 싶은 마음이 멀리 달아나버립니다. 우리 식구들이 낙철이 형님을 두고 죽일 놈, 급살 맞을 놈이라고 욕하는 것은 저더러 어서 죽으라고 재촉하는 거나 매일반입니다."

"오냐, 무신 뜻인지 잘 알겄다! 듣고 보니깨 니 말이 제법 이치에 합당헌 것 같기도 허다!"

갑자기 관촌댁 목소리가 커지고 높아졌다.

"만약에 낙철이 그놈이 그날 새복에 화적단 몰고 쳐들어와서는 비수로 느그 아부지 멱통을 싹둑 따서 사방에 선지피라도 뿌렸드라면, 그 징헌 노릇을 대처나 으찌헐 뻔혔냐! 만약에 낙철이 그놈이 재판받을 적에 물구신맨치로 끝까장 우리 아들 잡어 끌고 흙탕물 속으로 자맥질을 혔드라면, 그 깝깝헌 노릇을 대처나 으찌헐 뻔혔냐! 낙철이 그놈이 불보살맨치로 자비심 쌓고 적선지덕 베풀어서 우리 영감 아들 두 목심 번차례로 살려준 은인이고 귀인인지 아는 판국에, 쪽제비도 낯짝이 있고 빈대도 콧잔등이 있는 법인디, 이 에미가 무신 염치로, 무신 자격으로 낙철이 그놈을 욕헐 것이냐!"

관촌댁 말상대가 '아이고, 내 새깽이'에서 어느 틈에 '이구구, 저 웬수'로 급격히 바뀌는 중이었다.

"어머님은 여태 그걸 모르고 계십니까?"

거듭되는 딸년 경고 아니더라도 관촌댁은, 코가 석 자하고도 네 치 닷 푼이나 빠져 집에 돌아와 노상 죽을 궁리로 세월 보내는 둘째아들 어떻게 대하는 것이 어미 도리에 합당한지, 이론적으로는 훤히 알고 있었다. 그렇지만 자투리 헝겊 다루듯 생살 가죽 조각조각 오리고 대짜배기 돗바늘로 땀땀이 누벼 방석으로 깔고 뭉개도 시원찮을 그 이질 녀석이 대고 눈에 거치적거리게끔 어미 자식 새중간에 끼어들어 사사건건 제 주장 펴면서 건방을 떨어대는 데야 달리 어쩔 도리가 없었다. 관촌댁은 친어미로서의 도리도 잠시 접어둔 채 의붓어미처럼 자꾸만 삐딱하게 엇나갈 수밖에 없었다.

"아즉도 어머님은 그때 그 일을 이해 못하시겠습니까?"

어느새 질척질척 젖은 눈매 어미 면전에 바싹 들이대면서 귀용이 안타깝게 소리쳤다.

"네 이놈, 까막눈에 무식쟁이라고 느그 에미 시삐 보고 함부로 대허다가는 죄로 가는 법이다! 나가 고등과는 못 댕겼어도, 머리 우에 있는 것이 하늘이고 발바닥 아래 있는 것이 땅인지, 천지 분간허는 이치 정도는 지대로 가닥 잡고 살어가는 사람이다, 이놈아!”

혹여 자식놈 기세에 밀릴세라 관촌댁도 지지 않고 깐깐한 어조로 암팡지게 대거리했다.

“어머님, 그 무렵에 저희들은 쫓기고 있었습니다. 경찰에서 냄새를 맡고는 바짝바짝 숨통을 조여오는 상황이었어요. 그래서 화급히 도피자금이 필요했습니다. 그때 낙철이 형님이 저한테 이렇게 제안했어요. 우리가 알 만한 사람들 중에 돈 많은 부자는 이모부뿐이니까 한번 방법을 찾아보는 게 어떻겠냐고요. 이모부 쌈지에서 도피자금 못 끌어낼 경우, 우리 모두 꼼짝없이 앉아서 죽기 기다리는 일만 남았다고요.”

“허든 공부 말짱 다 중도이폐헌 연후에 화적패 맨들어서 화적질 연습이나 허고 왜경들한티 추급당헐 짓이나 저질르고 댕기라고 느그 아부지가 시키디야, 느그 엄니가 시키디야?”

“사정이 이러저러해서 시방 급전이 필요하다고 말씀드리면, 오냐, 알았다, 염려 말고 필요한 만큼 얼마든지 갖다 쓰거라, 하시면서 흔연하게 돈궤를 넘겨주실 아버님입니까? 아버님 수중에서 돈을 빼내자면 우리집 사랑채를 터는 것 외에 달리 방법이 없다고 제가 먼저 낙철이 형님한테 제안을 한 겁니다. 그래서 결국 강도 사건을 꾸미게 된 것이지요. 죽일 놈은 낙철이 형님이 아니라 최귀용, 바로 어머님 아버님 둘째아들이란 말입니다.”

“가막소 풀려날 적에 낙철이 그놈 신세 조깨 졌다고 요참에는 니가 원도 한도 없이 그놈을 두둔혀서 품앗이를 허고 잪은 모냥인디, 아서라 말어라, 고따우 잡소리는 에미 앞에서 당최 벙끗도 허들 말어라, 이놈아! 낙철이 그놈을 하눌맨치로 떠받들고 성현맨치로 위혀 바친답시고 에미 앞에서 괘얀시 변사 숭내를 낼 필요 없다, 이놈아! 애시당초 세상물정 깜깜속인 즈그 사촌동상 살살 얼르고 돌라서 화적패 꾸며갖고는 패역질에다 이모부 털어먹는 행악질에 끌어들인 웬수 중에 철천지웬수가 바로 낙철이 그 오사리잡놈인지는 삼척동자도 알고 동네 강아지도 죄다 아는 지식이다, 이놈아!"

"어머님이 말씀하시는 그 패역질이나 행악질이 대관절 뭣이지요?"

"니가 시방 몰라서 무식쟁이 에미한티 묻고 자빠졌냐? 날겨란으로 바웃돌 쌔린다고 그 바웃돌이 쩌억 갈러지는 꼴 봤냐, 이놈아? 아라사나 청나라 같은 대국도 침 먹은 지네요 댓진 먹은 구렝이맨치로 옴짝달싹을 못허게코롬 마구잽이로 닦달질허는 대일본제국을 느그들 책상물림 몇몇이서 대적헌다는 게 으디 당키나 헌 수작이냐? 안방샌님 대여섯이 작당을 혀서 용을 쓴다고 호랭이 아굿발 같은 대일본제국이 꿀떡 집어생킨 이씨 조선을 얼른 도로 토해낼 성불르드냐, 이놈아?"

"예를 들어서 말입니다, 아버님이 춘풍이 같은 거한이랑 맞붙어서 생사존망을 다툰다고 칩시다. 춘풍이 밑에 깔려서 아버님이 금세 숨넘어갈 것 같은 위태위태한 상황입니다. 그럼에도 불구하고 어머님은 당초부터 승산이 없으니까 절대로 싸움판에 끼어들지 말라고, 아버님이 당장 돌아가시는 한이 있더라도 그냥 눈 딱 감고 모르쇠만 잡으라고 자식들한테 신칙하실 겁니까? 나라하고 백성은 부자지간같이 천륜으로 맺어진 관계라서 때로는 날계란으로 바위를 치는 무모한 짓인 줄 번연히 알면서도 자식 된 도리로, 백성 된 의무로 마땅히 해야 할 일이 있는 법입니다, 어머님."

"따른 지랄이라면 혹간 또 몰르겄다! 이 지랄 저 지랄 안 따지고 무신 지랄이든지 다 떨드래도 이놈아, 천석꾼 아부지 처지를 돌봐서래도 이놈아, 니놈은 그 옘병헐 사회주의 근방에는 애시당초 얼씬도 허들 말었어야지!"

"허어 참……"

눈물 자국 허옇게 말라붙은 눈자위 치켜 천장으로 띄우면서 귀용이 마냥 어이없어했다.

"사회주의가 어떤 건지 아신다는 말씀입니까?"

"알다마다, 이놈아! 월사금 바쳐감시나 공부헌 적은 없어도 눈치로 대충 쌔려잡어서 이 에미도 알 만침 알고 있다, 이놈아! 작인이나 머심 같은 아랫것들이 죽창 꼬나들고 낫자루 휘둘러댐시나 무데기로 들이닥쳐서 여태까장 즈그들 멕여주고 입혀주고 재워준 지주들 싸그리 다 없애뿔고 농지랑 재물이랑 즈그들찌리 노나 갖는 무법천지 맨들고 패륜망덕 도모허자는 불한당 사상 아니고 뭣이겄냐, 이놈아!"

걸핏하면 어미 옆구리 쿡쿡 찔러 버릇하던 순금이 이번에는 못된 손버릇 대신 헛기침을 두어 방 놓았다. 아까부터 엔간히 마땅찮게 구는 딸년 그 태도가 마침내 관촌댁 성깔 부쩍 덧들이는 구실을 했다.

"그 입주뎅이는 애껴뒀다 얻다가 써먹을라고 고로콤 상전맨치로 뫼시고 얌전허니 앉어만 있냐? 가타부타 한마디도 안 거달고 버꾸맨치로 은제까장 우두거니 촛대만 잡고 자빠졌을 작정이냐?"

모자라는 말주변 쥐어짜가며 똑똑한 둘째아들 상대로 팔자에 없던 변설 풀어내느라 진땀 쪽쪽 빼는 어미 처지 감안해서 곁다리로 약간 거들어주면 구창(口瘡)이라도 나는가. 이렇게 요긴목 만났을 때, 많이 배운 딸년 곁에서 쏙 볼가져나와 한두 마디 훈수 놓는다면 오죽이나 고마울까. 관촌댁은 초장부터 꾸어다 놓은 보릿자루같이 내내 국으로 앉아 있으면서 무언거사 흉내로 일관하는 딸년 소행머리가 야속하다못해 괘씸하게 느껴지기까지 했다.

"누님도 그렇게 생각하십니까? 어머님 주장에 누님도 동의하십니까?"

어미한테 겨누었던 귀용의 화살이 새로운 과녁 찾아 순금 쪽으로 이동했다. 그러자 순금은 보일락 말락 미소 머금은 채 잠자코 고개만 흔들어 보일 따름이었다. 어느 쪽을 역성드는지 좀처럼 분간이 안 되는, 매우 어정쩡한 태도였다. 어미 주장에 일리가 있다는 건지, 동생 주장이 이치에 합당하다는 건지 당최 짐작이 안 가는, 참으로 매작지근한 반응이었다.

"이런 문제로 어머님이랑 시야비야 다투는 행위 자체가 어리석은 짓이지요. 애당초 눈앞에 계시는 어머님만 보고, 그 뒷전에 도사리고 계신 천석꾼 대지주 마나님은 미처 못 알아본 제가 어리석기 짝이 없는 놈이지요."

천장을 무대 삼아 나울나울 춤추는 호롱불 그을음 그림자 올려다보며 귀용이 또다시 탄식을 금치 못했다.

"어머님 면전에 대고 그따우 몰상식헌 폭언을 들먹이면 못쓴다!"

숫제 입 안 달린 종자인 줄 알았던 딸년이 드디어 비장의 입을 사용해 왈시왈비 속으로 뛰어드는 걸 보고 관촌댁은 속으로 쾌재를 불렀다.

"부앗김에 쪼깨 듣기 거북허게 말씀허신 것이지, 어머님 본심이사 절대로 그렇지 않다는 걸 누구보담도 니가 잘 알고 있잖냐. 어머님이야말로 니가 시방 세상에서 제일로 믿고 의지헐 수 있는 후견인이고 조력자시다. 너한티는 제일로 든든헌 우군이란 말이다."

"도대체 왜들 이러시는 겁니까? 대관절 뭣이 잘못인가요? 모든 인간이 골고루 다 잘사는 세상 만들자는 주장이 어째서 틀린 생각입니까? 나라야 있건 없건, 인민들이야 굶어 죽건 말건 나 혼자 배부르고 등 따습게 지내기만 하면 그저 만사태평이라는 말입니까?"

"사상 문제를 두고 동생이랑 시비곡직을 가릴 생각은 추호도 없다."

"일본인이라면 혹간 또 모르겠습니다. 같은 조선인들끼리 어째서 한 밥상에 오른 두 반찬을 놓고, 이쪽은 먹어도 무방하고 저쪽은 먹으면 큰일 나는 반찬, 이런 식으로 독립운동하고 혁명운동을 차별대우하는겁니까? 그 둘은 서로 별개가 아니라 똑같은 하나란 말입니다. 흉년에 부황이 나서 누렇게 뜬 조선 백성이 먹고 소화시킬 수 있는 거라면 무슨 반찬이든지 다 먹어야 합니다. 흡혈마 대일본제국한테 피를 빨리는 빈혈증 조선한테는 사회주의야말로 최상의 보약이고 최고의 영양식이란 말입니다!"

"귀용아, 논쟁이나 헐 작정으로 이 밤중에 널 찾어온 게 아니란다. 어머님이나 나나 곤경에 빠진 너를 도와주고 잪은 일념으로 초저녁서부텀 니 신변을 내동 지키고 있었단다."

"사회주의를 지렛대로 활용해서 독립을 쟁취하고 무너진 나라를 다시 일으켜 세우자는 운동이 왜 나쁘다는 겁니까? 피식민 백성으로 군국일제 밑구멍이나 핥아주면서 천년만년 이민족 엉덩이 밑에 깔리고 눌려 살아도 괜찮다는 얘깁니까? 그게 아니라면, 나라가 독립되더라도 사회주의는 절대로 용납할 수 없고, 이씨 왕조 시대로 되돌아가서 무능하고 유약한 왕손을 임금님으로 다시 받들어 모시면서 옛날처럼 비루하게 살자는 얘깁니까? 이도 저도 아니라면, 그럼 뭡니까? 양반이나 선비 같은 구라파식 자본주의에 비하자면 사회주의는 상놈이나 머슴 푼수에 불과한 거니까 선비연하기 좋아하는 우리 조선에서는 그 상것들 사상 감히 범접을 못하게끔 사방에다 금줄 쳐놓고 성벽을 높이 쌓자, 이런 얘깁니까?"

"귀용아, 인제 고만 진정을 허고, 내 말도 조깨 들어봐라."

"시방 우리 조선 백성 앞에는 사통오달 대로가 쫙 깔려 있습니다. 반만년 역사를 통틀어서 입때껏 조선이 한 번도 밟아본 적 없는 신천지로 통하는 길이지요. 과거에 그 길을 걸어서 실제로 내왕했던 경험이 없다 해서, 그 길 중간에 험한 고개나 깊은 골짝이 있을지도 모른다 해서, 그 길 끄트머리에서 우리를 기다리는 것이 무엇인지 증명할 사람을 아직 못 만났다 해서 지레 겁먹고 떨 필요는 없지 않습니까? 신천지로 통하는 길이 빤히 뵈는데도 애당초 통행할 생심조차 하지 않는다면, 그게 대관절 말이나 되는 얘깁니까? 그러고 또 자기가 배척하는 길이라 해서 다른 사람이 걸어보려고 시도하는 것마저도 무조건 죄악으로 규정하고 철벽같이 가로막는 작금의 작태가 어떻게 정당화될 수 있다는 겁니까?"

"너더러 그 길 밟지 말라고 발목 붙잡을 생각 없다. 그 길이 최상이고 최선이라고 우기는 니 주장에 동조헌다는 뜻이 아니다. 내가 말려서 니가 맘을 바꿀 단계는 벌써 지나간 것 같기 때문이다. 다만 한 가지, 내가 요참에 너한티 꼭 허고 잪은 말은……"

"용기 있는 자들은 전진을 망설이지 않는 법입니다. 그 구체적인 사례가 바로 노서아 혁명이지요. 쏘비에뜨 인민들은 웃으면서 붉은 깃발 높이 들고 적군가를 고창하면서 시방도 행진을 계속하고 있잖습니까. 이상세계 건설에 동참하라고 전 세계 인류를 향해서 손짓하고 있습니다. 지구상에 그 어떤 나라도, 그 어떤 세력도 노서아가 가는 길을 막을 수는 없습니다. 그것이야말로 역사의 필연이기 때문입니다."

"귀용아, 제발 자중자애허기 바란다. 오뉴월 장대비 쏟아질 적에는 넘에 집 처마밑에라도 들어서 우선 비부텀 긋고 봐야 되는 법이다. 반다시 그렇게 혀야만 장대비 물러간 연후에 의관 갖춰입고 잔치마당에 참예헐 수가 있게 된다. 니가 품고 있는 이상을 생각허드래도 지금은 절대로 경거망동헐 시기가 아닌 줄 안다. 평상시에 심신을 강건허게 유지허고 매사에 지혜롭게 처신허는 것이 바로 니가 꿈꾸는 그 이상세계에 도달허는 첩경이고 훗날을 기약허는 보증서라고 믿는다."

"낙철이 형님으로 말할 것 같으면, 참으로 용기 있는 조선 청년이지요. 수단은 엉성하고 허점이 많았을지 몰라도 목적만은 누구 못지않게 정당했다고 저는 확신합니다. 그래서 낙철이 형님을 심복하고 추종했던 저 자신이 조금도 부끄럽지 않습니다. 경성에서 낙철이 형님이랑 같이 보냈던 시간을 저는 절대로 후회하지 않습니다. 후회하는 게 있다면, 낙철이 형님한테 저지른 배신행위지요. 최귀용이라는 비열한을 용서할 수가 없습니다. 하루에도 열두 번씩 그 벌레만도 못한 비열한을 애벌 죽이고 재벌 죽이고, 그러고도 모자라서 재삼재사 죽이기를 한없이 되풀이합니다. 때려서도 죽이고, 찔러서도 죽입니다. 목을 졸라서도 죽이고, 가마솥에 삶아서도 죽입니다."

"제발 귀용아……"

"절벽에서 떠밀어서도 죽이고, 독극물을 먹여서도 죽입니다."

날을 꼬박이 밝힐 작정인 듯 오누이는 전혀 아퀴가 안 맞는 말들을 끝없이 주고받고 있었다. 딱하게도 관촌댁은 대화 뒷전으로 멀찌막이 밀려나 그들하고 아무 상관도 없는 객꾼인 양 하릴없이 수수방관만 할 수밖에 없었다. 오누이 사이를 연락부절로 오가는 말들은 이미 산골 아낙네가 소화할 만한 범위를 훌쩍 넘어버렸다. 귓구멍 아닌 콧구멍으로 듣는 거나 다를 바 없는, 요령부득의 대화였다. 딸보다는 아들 입에서 나오는 말들이 특히 더 그랬다. 마치 동지섣달 처마밑에서 제비 새끼 만난 듯 생경하고 괴이하게만 느껴졌다. 그것은 언문도 깨우치지 못한 무식쟁이 앞으로 배달된 진서 일색의 서찰과도 같아서 식자깨나 든 선비 수소문해 글동냥이라도 하지 않는다면, 설령 그 안에 친정어머니 부음 알리는 내용이 남겨 있다 할지라도 사십구일재 지나도록 까맣게 모르고 지낼 판이었다.

관촌댁은 아까부터 숫제 못 알아들을 소리만 폭포수처럼 쏟아내는 둘째아들을 위로 칩떠보고 아래로 내립떠보면서 도무지 자기 속으로 조성하고 생산한 자식 같지 않다는 느낌 때문에 무척 당황하고 있었다. 제가 애지중지하는 주의주장에다 갑옷 입히고 투구 씌워 기마병처럼 풀어놓고는 허허벌판 내닫듯 방안을 종횡무진 휘젓고 다니며 장도칼 휘두르게끔 부추기는 동안, 귀용의 말본새며 표정이며 몸짓 모두에 정나미가 확확 떨어지곤 했다. 암만 봐도 그것은 제 어미나 누이 상대하는 말투가 아니었다. 졸업식 날 소학교 운동장에서 학동들 상대로 일장연설에 고부라지는 늙은 교장을 연상케 했다. 애국일 행사 때 면민들 상대로 입아귀에 게거품 북적북적 매단 채 목청껏 충군애국 부르짖는 면장 영감 말투하고 어금지금한 형세였다.

정녕코 그것은 이날 입때 관촌댁이 알고 있던, 자신의 둘째아들 최귀용의 진면목이 아니었다. 아들은 가뭇없이 사라져 이미 부지거처가 돼버린 대신, 그 자리에 금시초면 웬 작자가 들어앉아 저 혼자만 아는 소리를 일삼아 씨우적거리고 있는 것이었다. 경성 유학 떠나보낼 당시만 하더라도 귀용은 절대 그런 모습이 아니었다. 음지에서 햇볕 못 받고 자란 고사리 순처럼 워낙 유순하고 숫접게 타고난 성품이라서 달밤 같은 산서에서 대낮 같은 경성으로 갑자기 자리 옮겨 기르면 단박에 오가리가 들어 배틀어지게 마련이었다. 변변한 사람 구실 못하고 누렇게 떠 시들부들 말라죽기 십상일 거라는 근심걱정으로 말미암아 어미는 아들 보내고 밤마다 잠을 설칠 수밖에 없었다.

그렇던 아들이 불과 몇 년 사이에 천양지판으로 달라져 집에 돌아왔다. 세찬 여울물 속에서 이리 구르고 저리 구르며 수수만 년 닳고 깎인 끝에 매끌매끌 다져진 자갈돌 같았다. 그처럼 경성물 먹고 뺀질뺀질 닳아진 형상으로 산서에 나타난 작자 가리켜 관촌댁은 감히 자기 소생이라 주장할 근거를 못 찾겠을 뿐만 아니라 실은 그럴 염치마저도 없었다. 그런 작자는 필시 이 빌어먹을 세상이 어쩌다 실수로 퍼질러놓은, 실떡실떡 실성기 보이다가 날 궂을 징조 만나면 장마당에 나타나 길길이 뛰며 히득거리는 그 시국이란 놈 소생일시 분명했다. 관촌댁은 사상의 호적부에 오른 사상의 의붓자식으로서 오로지 새로운 조상인 사상한테 효심 바치기 위해 산서 최씨 혈통으로부터 자꾸만 천리만리 달아나려 몸부림치는 듯싶은 둘째아들 앞에서 결국 할말을 잃고 말았다. 금쪽같은 귀동자식 아스라히 멀어지는 꼴 빤히 지켜보면서도 도무지 어떻게 손을 써볼 방도가 없어 그저 발만 동동 구를 따름이었다.

"귀용아, 너한티 꼭 부탁허고 잪은 게 있다."

한참 침묵 끝에 순금이 입을 열었다. 좀처럼 화내는 일도, 여간해서 서두르거나 조바심하는 법도 없이 언제나 강단 있게 조백을 가려 처신할 줄 아는 딸년이었다. 그 딸년이 제 동생 연설 제풀에 잦아들기까지 참을성 좋게 기다리던 끝에 마침내 말을 건넸다.

"혹시 내 대신 니가 덕용이를 맡어서 가르쳐볼 생각 없냐?"

관촌댁 눈이 별안간 홉떠졌다. 그것은 이만저만 뜻밖의 제안이 아니었다. 한 집안 운명이 걸리다시피 매우 중대한 사안인 고로 관촌댁으로서는 귓구멍 소제하고 정신 바싹 차려 새겨듣지 않으면 안 되었다.

"지금 농담하시는 겁니까?"

비단보자기같이 보들보들한 말씨로 포장된 그 제안 속에 혹 감추어져 있을지도 모르는, 비수 같은 흉계를 그예 찾아내려는 듯 귀용은 잔뜩 의심 어린 눈초리로 제 누님을 쏘아보았다.

"농담 아니고 진담이다. 어느 모로 보나 나보담도 더 적격이라고 믿기 땜시 너한티 부탁허는 거다."

"도둑괭이한테 어물전 맡기는 일을 아버님이 허락하실 것 같습니까?"

"너만 승낙헌다면, 내가 무슨 수단을 써서든지 아버님을 설득허마."

"어림도 없습니다. 그런 애길랑은 당최 꺼내지도 마십쇼."

아버지한테 고슴도치처럼 미운털 촘촘히 박혀버린 귀용을 막냇동생 독선생 자리에 앉히려 들다니, 그것이야말로 어림 반 닷곱도 없는 수작일시 분명했다. 그것은 섶 지고 불구덩이로 들어가는 거나 다름없는 짓거리였다.

"니가 시방 온정신이냐, 반정신이냐? 벼랑박 타고 보꾹 뚫고 지붕 용마루까장 뿌르르 올라서는 느그 아부지 그 불뚝성을 몰라서 그러냐? 잘 주무시는 산군님 콧쉬염 괘얀시 근디려서 왼 집안에 한바탕 또 호환 불러들일 생각은 애시당초 허들 말거라!"

참다못한 관촌댁은 마침내 쌍지팡이 짚고 나서며 극구 반대했다. 언제 어느 계제에 또다시 집안 전체를 들었다 놓는 지진명동이 사랑채에서 시작될지 몰라 그러잖아도 노상 노심초사하던 중이었다. 아무 눈치코치 없는 딸년이 장차 집안에 불러일으킬 평지풍파를 그냥 모르는 척 오불관언만 할 수는 없는 노릇이었다.

"저를 믿고 이 문제는 저한티 맽겨주셔요, 어머님."

"없든 신통력이 뜬금없이 불거져서 니가 호풍환우허는 조화를 부린다 허드래도 그것만은 절대로 받자헐 수 없다!"

"제가 책임지고 아버님 허락을 받어낼 작정이니께 어머님은 당최 염려 마시고 그냥 지켜보기만 허셔요."

순금이 자신만만한 낯꽃으로 시퍼렇게 장담했다.

"니가 책음을 지겄다니께 에미 눈에서 눈물이 찔끔 삐져나올 지경으로 고맙기는 허다만……"

잠자는 산군님 콧수염 뽑아오겠노라고 딸년이 그처럼 희떠운 소리 뻥뻥 놓는 데야 관촌댁도 달리 더 고집부릴 건더기가 없었다.

"그 일이 엿장시 가새질대로 숭덩숭덩 짤러지는 엿가락 같은 것이냐? 옷고름 뜯어지면 언진가는 젓가심 제절로 불거질 날도

오는 법이니라."

이를테면 그 말은, 자식이 불집 건드리면 그 불똥이 자연히 어미한테 튀게 마련이라는, 매우 의미심장한 경고인 셈이었다. 그럼에도 불구하고 딸년은 어미 경고 따위 아예 들은 시늉조차 하지 않으면서 제 동생 쪽으로 한 걸음 더 바싹 다가앉는 것이었다.

"귀용아, 내가 요로콤 사정헌다. 누님 부탁 조깨 들어주지 않을래?"

"그런 일은 저보다도 누님이 훨씬 더 적임자 아닙니까?"

"무슨 소리! 나는 공부에서 손을 놓은 지도 오래되얐고, 그나마 배운 지식도 그새 다 엿 바꿔 먹어뿌러서 덕용이를 지도허기엔 내 학문 기럭지가 텍도 없이 짧은 실정이다."

"겸손이 지나치십니다."

"참말이다. 산서 일대 다 뒤져봐도 너 말고는 그 일을 아금받게 감당헐 재목이 없다고 믿는다."

"허기사 그건 그려! 느그 누님 말이 맞기는 허다!"

엉겁결에 관촌댁은 제꺽 맞장구를 치고 말았다. 딸년이 뀌어대는 방귀는 낱낱이 다 옳은 방귀 일색이었다. 잘난 둘째아들에 대한 관촌댁의 자부심 면적은 참으로 광활한 것이었다. 타고난 두뇌로 보나 쌓아올린 학문의 높이로 보나 귀용은 단연 산서에서 으뜸가는 인물임에 틀림없었다. 면내는 물론이고 심지어 군내까지 통틀어 실지로 최귀용 덮어먹을 유식자는 없는 것으로 그녀는 철석같이 믿고 있었다. 매우 유감스러운 노릇이긴 하지만, 단 하나 예외의 경우를 꼽을 수는 있었다. 가막소에서 시방 날이면 날마다 삼시 세끼 콩밥으로 장복하고 있을 배낙철, 그러니까 친정동생 외아들이자 자신의 이질인 그 오사리잡놈이 바로 그런 경우였다.

"엎드러지면 코방아 찧을 자리에 수재로 소문난 형님도 계시잖습니까."

꿩 대신 닭이라고, 천석꾼 영감은 맏이와 둘째에 걸었던 기대가 물거품이 돼버리자 마지막 안간힘으로 느닷없이 막내아들에게 죽자사자 매달리기 시작했다.

"물론 식자로 따지자면 부용이도 무던허기는 허지. 그렇기는 허다만, 당장 자기 몸땡이 부지허고 자기 앞가림 감당허는 것도 힘에 부칠 지경으로 형은 시방 궁박헌 처지잖냐."

여차하면 똥구멍 훅훅 불어 배가 터지도록 바람을 채워 담아서라도 마지막 희망인 막내아들 기필코 풍선처럼 하늘 높이 두둥실 띄워올릴 작정이라고 천석꾼 영감은 걸핏하면 큰소리 뻥뻥 치곤 했다. 그리하여 세상 모든 인간들이 고개 발라당 넘어가도록 한껏 우러러보면서 내남없이 부러워하고 괄목상대할 아들, 더럭더럭 겁나게 출세하는 자식 기어이 만들고야 말겠노라고 별러대곤 했다. 영감은 막내아들 학업 훌륭히 길라잡이해줄 독선생 서둘러 물색하느라 눈에 핏발 세운 채 읍내 여기저기 정신없이 발싸심하고 다니게끔 장조카 진용을 한동안 무섭게 채근하곤 했다.

"좌우지간에 저는 싫습니다. 일제 관공리 되는 걸 세상에 둘도 없는 출세로 알고 식민통치 하수인으로 키우고 싶어서 맏아들 때부터 생병을 앓으시던 아버님 아닙니까. 그런 아버님을 저는 처음부터 도통 이해할 수가 없었습니다. 제가 옳지 않다고, 틀렸다고 믿었던 그 길을 이제 와서 동생더러 걸으라고 옆구리에 끼고 앉아 가르칠 수는 없는 노릇입니다. 그런 식으로 동생 출세시키려는 울력다짐에 가세해서 밥값을 버느니 차라리 아버님이 언필칭 들먹이시는 그 밥버러지 신세로 그냥 남겠습니다."

하지만 애면글면 소학교만 마쳤어도 문장으로 대접받는 산골 오지에서 믿고 덕용을 맡길 독선생감이 그리 쉽사리 장조카 눈에 띌 턱이 만무했다. 아무리 동과 서로, 남과 북으로 발싸심하고 다니며 백방으로 수소문해봐야 일본 유학생이나 경성제대 출신은 고사하고 고등과 이상 나온 유자격자마저 군내에서는 좀처럼 만나기 어려웠다.

"귀용아, 제발 곡해허지 말고 듣거라. 너더러 밥값 대신 덕용이 가르치라는 뜻 아니다. 나도 겪어본 가늠이 있어서 지금 니 처지를 십분 이해헌다. 사대육신 멀쩡헌 청년이 허구헌 날 허는 일도 없이 그냥 우두거니로 허송세월헌다는 게 스사로 얼매나 거연허고 볼썽사납게 생각되겄냐. 여러 날 궁리 끝에 너한티 기중 잘 어울리는 일감은 바로 덕용이 독선생 노릇이라고 결론을 내린 것이다."

액수야 고하간에 다달이 비싼 사례금 바쳐가며 깍듯이 모실 독선생 물색할 가망이 안 보이자 천석꾼 영감은 며칠간 생병 앓던 끝에 결국 꿩 대신 닭으로 여학교 중퇴짜리 딸년을 지목하기에 이르렀다. 말하자면, 땅 짚고 헤엄치고 수양딸로 며느리 삼는 격이었다. 어딘지 모를 곳에서 누군지 모를 독선생 애타게 찾느라 수고하느니 차라리 코앞에 있는 딸년 보국대 징발하듯 독선생으로 뽑음으로써 문제를 수월하게 해결하자는 심산이었다. 물론 딸년이 천석꾼 영감 의중에 썩 합당한 독선생감은 아니었다. 하지만 워낙 다급하고 초조한 상황인지라 상대방 미운 결 고운 결 따질 계제가 아니었다. 때마침 애물단지 딸년이라도 곁에 있는 것을 영감은 그나마 다행으로 여기는 눈치였다. 내처 독선생 자리 비워둠으로써 차돌멩이처럼 굳어지기 십상인 막내아들 대갈통 일없이 놀리기보다는 아쉬운 대로 깔밋잖은 딸년 원조라도 받는 편이 훨씬 더 이문일 성싶었다. 뿐만 아니라, 독선생 따로 모실 경우 다달이 자기 수중에서 빠져나갈 수밖에 없는, 그 소홀찮은 월사금도 저절로 아낄 수 있게 되니, 천석꾼 영감으로서는 말하자면 도랑 치고 가재 잡기요 활시위 당기는 김에 콧물 훔치는 격이나 다름없는 일거양득이라고 믿을 것임에 틀림없었다.

"만약에 제가 학습 지도를 빙자하고 덕용이 머릿속에다 불온 사상이라도 주입하는 날이면, 누님은 그 결과를 무슨 수로 감당하실 작정입니까?"

육장 손샅에 성경책과 찬송가책 끼고 지내다시피 하면서 삼시 세끼 밥이나 꼬박꼬박 축내는 막심불효 딸년 대할 적마다 눈에서 불똥이 뚝뚝 떨어지고 배알이 꼿꼿이 곤두서는 바람에 천석꾼 영감은 천수 제대로 못다 누릴까봐 그러잖아도 걱정이 태산 같던 참이었다. 그러던 차에 뒤늦게나마 딸년을 독선생으로 앉히게 된 것은 어쩌면 천수 제대로 누리라는 하늘의 뜻인지도 모른다고 자위했다. 쇠뿔은 단김에 빼랬다고, 당장 요번 반공일에 읍내 하숙집에서 본가로 돌아오는 덕용을 옆구리에 끼고 가르칠 것을 딸년에게 단단히 이르라고 천석꾼 영감은 마누라에게 지시했다. 그리하여 한바탕 우여곡절 끝에 독선생 문제는 내부에서 자급자족하는 것으로 낙착을 본 상태였다.

"사랑허는 동생 머릿속에 불온사상 주입허고 안 허는 결정권은 최귀용 훈도 양심에다 맽길란다."

"누님 생각에 아버님 반응은 어느 쪽일 것 같습니까?"

마침내 귀용이 독선생 노릇에 관심을 보이기 시작했다.

"아버님 반응이 문제가 아니라 최귀용 생각이 문제다. 하나뿐인 자기 동생을 사회주의로 세뇌시켜서 자기가 경험헌 낭패를 동생도 똑같이 경험허라고 부추길 만침 최귀용이 불출이라고는 생각허지 않는다. 그러콤 분별없는 사람이 아니라는 걸 잘 알고 있다. 나는 어느 누구보담도 내 동생 최귀용을 전폭적으로 신뢰허고 지지헌다."

"좋아요. 누님 뜻이 정 그렇다면, 제가 맡도록 하겠습니다. 지금까지 낙철이 형님이 저한테 하셨던 것처럼 이번에는 제가 덕용이를 본때 있게 망가뜨리고 재기 불능으로 만들어서 아버님을 다시 절망에 빠뜨리겠습니다."

"얼레, 얼레, 요 잡것들이 시방 으디서 구신 씻나락 까먹는 소리만 씨월거리고 자빠졌다냐!"

관촌댁은 대경실색한 나머지 소래기 빽 내지르며 황급히 새중간으로 끼어들었다. 오누이 사이를 연락부절로 오가는 이야기들이 자기하고는 사돈의 팔촌만큼도 인연이 안 닿는, 별세계에 사는 별종인간들 대화인 양 아까부터 그냥 벌로 듣고 있었다. 그런데 몽매간에도 잊지 못할, 그 끔찍한 사회주의란 말이 귓전에 자꾸만 턱턱 얹어걸리는 게 아닌가. 알고 보니 아주 고약한 것들끼리 시방 역적모의에 한창 고부라지는 중이었다.

"느그 아부지 숨 꼴까닥 넘어가는 꼴 기연시 보고 잪어서 남매찌리 시방 모사를 꾸미고 자빠졌냐? 덕용이란 놈 똥멍청이로 키워서 출셋길 막었으면 막었지, 나는 곧 죽어도 그런 꼴 절대로 못 본다! 차라리 덕용이란 놈 그냥저냥 땅이나 깨지락깨지락 파먹고 살게코롬 헐란다! 한평생 농투산이로 두엄자리 우에다 주저앉히는 한이 있드래도 나는 우리 막둥이한티 그 빌어먹을 사회주의 안 시킬란다! 암짝에도 쓸모없는 잡살뱅이들 같으니라고!"

언다 대고 감히 그 개도 안 물어갈 사회주의를 들먹이는가. 분기탱천한 나머지 관촌댁은 초학 앓듯 온몸을 사뭇 떨기 시작했다. 사회주의 말만 들어도 목구멍에서 신물이 벌컥벌컥 넘어오고, 눈망울에 빨갛게 삼이 서는 판이었다. 사회주의 앞마당에 털썩 엉덩방아 찧은 자식 하나만으로도 애간장 바싹바싹 졸아붙던 참인데, 그 위에 다른 자식 덤으로 얹혀 형제끼리 겹으로 싸이고 층으로 포개진 채 흙바탕에서 버르적거리는 꼴불견을 어찌 어미로서 눈 번히 뜨고 지켜봐야 된단 말인가.

"생각만 혀도 치가 떨리고 심장이 벌렁거린다! 나가 전생에 무신 죄업을 등허리 작신 휘어지게 짊어지고 태어났길래 내 속으로 조성헌 내 자식들 땜시 이 업보를 고시란허니 당허고 살어야 쓴단 말이냐. 요 모냥 요 꼴로 날이면 날마닥 에미 앙가심에 통낭구 말목 쿵쿵 박어대느니 차라리 적선허는 폭 잡고 소리 안 나는 총으로 에미를 팍 쥑여도라! 느그 에미부텀 일착으로 잡어먹은 연후에 사회주의를 허든가 육갑칠갑을 떨든가 느그들 맴대로 허란 말이다, 요 잡상맞은 것들아!"

역신마마 같은 사랑채 후환 겁낼 단계는 벌써 넘어서 있었다. 관촌댁은 야심한 시각에 영감 잠들어 있을 사랑채 눈치보느라 오랫동안 재갈 물려 단속해 나온 목청을 마치 길들이지 않은 망아지떼처럼 방안에 가득 풀어 제멋대로 내닫도록 방치했다. 못된 이질 녀석이 보약이라고 속여 사회주의 구정물 양껏 먹이는 바람에 일찌감치 토사곽란에 걸려버린 둘째아들이었다. 금쪽같은 아들이 위로 뿜고 밑으로 쏟뜨리며 배앓이하는 참경 보는 것만으로도 벌써 어미 가슴 미어진 판인데, 이참에는 그 아들이 사촌도 아닌 친동생한테 뱃구레 터지도록 똑같은 구정물 처먹이기로 작심한 기색이었다. 너무도 기가 막혀 정수리가 천장에 닿도록 펄쩍펄쩍 뛰다 죽을 노릇이었다.

"저 하나 죽어 없어지는 것으로 다 끝나는 일 아니겠습니까!"

부젓가락같이 벌겋게 달아 있는 어미 시선 은근슬쩍 회피하면서 귀용이 나지막이 불퉁거렸다.

"귀용아, 설령 죽을 때 죽드래도 어머님 앞에서 자식이 그런 소리 함부로 입초시에 올리는 법 아니다!"

순금이 엄격한 표정에 날카로운 목청으로 동생을 쫀쫀히 나무랐다.

"오냐, 그 노래 한번 참말로 절창이고나! 자식놈 먼첨 앞세워 보내뿔면, 에미 맴자리가 편안헐 것 같으냐? 요놈에 집구석 줄초상 나서 송장 두셋은 한목에 들려 나가야 터줏구신 노염이 풀릴 모냥이다. 그러니깨 이놈아, 너 죽고 나 죽자! 우리 둘이서 한목에 짱짜란허니 죽어뿔기로 허자!"

평상시 사리 분별 반듯하게 하기로 둘째가라면 서러워할 관촌댁 입에서 악에 바친 막말들이 거침없이 쏟아져나왔다.

"어머님마저 이러시면 우리 집안에서 되는 일 하나도 없어요!"

순금이 손바닥으로 입이라도 틀어막을 기세로 관촌댁을 붙들었다.

"놔라, 이 잡것아! 집안이사 망허거나 말거나 니년은 그저 야소구신 바짓가랭이 붙잡고 일천정성 다 바쳐 치성만 드리고 자빠졌으면 장땡이겄지만, 가심속에 고름주머니 깝북 담은 느그 에미한티는 믿고 치성드릴 신불님 한 분도 안 남어 있다!"

목숨이 경각에 달린 여편네가 생사 갈리는 고빗사위 만났는데 삼가고 꺼릴 게 뭐가 있겠는가. 어떡하든 죽음만은 모면하겠다고 스스로 볼기짝 까발리고 미주알 드러내듯 관촌댁은 체통도 면목도 깡그리 다 팽개친 채 씨근벌떡 가쁜 숨 몰아쉬며 한바탕 암상을 떨어댔다. 귀용은 시선을 잔뜩 내리깔고 그저 묵묵히 앉아만 있었다. 그런 노력으로 깊은 확이라도 팔 작정인 듯, 끌 또는 정을 닮은 시선으로 방바닥 한곳만 뚫어져라 쪼아대고 있었다.

선불리 입 열려는 사람 아무도 없었다. 천근같은 정적이 방안의 가장집물도 사람도 모두 넙치포가 되도록 납작하게 지지누르고 있었다. 그 정적 갑자기 쪼개면서 후드득 소리가 울렸다. 여름날 장독대 때리는 소낙비의 시작을 알리는 첫 빗방울이 내는 것 같은 소리였다. 곧이어 굵다란 눈물방울이 방바닥으로 후두두 떨어져내리기 시작했다. 그 눈물 접하는 순간, 관촌댁은 너무도 짠하고 안쓰러운 나머지 또다시 가슴이 미어지려 했다. 자식 눈에서 나온 눈물이 방바닥 안 거치고 곧장 어미 가슴팍에 떨어져 마음을 적시듯 명치끝이 시리디시린 느낌이었다. 후드득후드득 비명 지르며 떨어지는 자식의 눈물방울이 어느새 어미 가슴팍에 흥건히 고이고 있었다. 아, 하고 신음 소리 크게 토하면서 관촌댁은 마구 옥죄어드는 가슴팍을 주먹으로 퍽퍽 두드려대기 시작했다.

본시 그런 아이였다. 어릴 적부터 오뉴월 장마철 애호박같이 워낙 속이 무르고 눈물이 흔했던 까닭에 어쩌다 밖에서 무슨 일 저지르고 들어와도 함부로 야단치기 겁날 지경이었다. 어미가 틀린 눈꼴 살짝만 내보여도 단박에 눈자위가 질척질척 물크러지면서 비죽비죽 울음부터 장만하던 아이였다. 그처럼 섬약한 천성 타고난 것이 설령 잘못을 저지른들 얼마나 데억지게 저지르겠는가. 뭔가 사람들 입길에 오르내릴 만한 저지레 소문을 혹 누구한테 전해 듣더라도 관촌댁은 회초리 잡는 대신 잔뜩 겁에 질린 채 참새처럼 할딱거리는 어린것을 그냥 말없이 보듬어주는 것으로 모자간에 용서 주고받는 절차를 대충대충 얼버무리기 일쑤였다.

눈물과 울음이 좀처럼 잦아들 기미를 안 보이자 관촌댁은 심히 난감한 기색으로 슬며시 딸년을 돌아보았다. 그러자 어미 시선 드나드는 길목 미리감치 지키고 있던 순금이 기다렸다는 듯 한쪽 눈을 연방 째긋거리며 신호를 보내왔다. 어머니로서 마땅히 해야 될 도리를 어서 행하라는, 무언의 재촉인 셈이었다. 관촌댁은 아들 쪽으로 급히 시선을 옮겼다. 방금 물에서 건져 올린 솜뭉치처럼 눈물 콧물로 질컥하게 젖어 있는 아들 모습 잠시 눈여겨보다 말고 숨을 깊게 들이마셨다. 그런 다음, 에라 모르겠다는 심정으로 아들을 향해 돌진했다.

"아이고, 불쌍헌 내 새깽이!"

한 소리 크게 외침과 동시에 관촌댁은 와락 덮치는 기세로 아들을 꽉 보듬어버렸다. 자신보다 몸피 훨씬 실한 아들을 작은 품안에 비좁게 가둔 채 부르르 진저리를 쳐댔다.

"무신 일이 있드래도…… 장차 집안에서 무신 사달이 벌어지드래도……"

인명 먼저, 재물 나중이 바른 순서였다. 만일 자식 놓치고 재물 지킨다면, 그까짓 재물이 어느 소용에 닿고 무슨 의미가 있겠는가. 재물 없이는 살아도 자식 놓치고는 못 사는 것이 바로 이 세상 모든 어미들 본색 아니던가.

"어느 자발머리없는 입주뎅이가 내 새깽이 두고 무신 잡소리를 씨부렁거린다 허드래도……"

천석꾼 대지주 관점으로는 몹시 거식한 노릇일 테지만, 설령 자식이 바라던 대로 작인들과 머슴들 제멋대로 활개치고 다니는 사회주의 천지가 어느 날 명화적같이 들이닥친다 할지라도, 관촌댁 입장에서는 힘들면 힘든 대로 한세상 그럭저럭 견디면서 살아갈 수 있을 성싶기도 했다. 자식 없는 세상에서 그 자식 목숨하고 맞바꾼 천석꾼 마나님 자리에 비단방석 깔고 질펀히 앉아 길래 호의호식 누리며 장수하느니 차라리 비렁뱅이 처지로 지내더라도 귀애하는 자식과 끈끈한 정 나누며 고락간에 도탑게 지내는 편이 훨씬 더 살맛나는 인생일 거라는 결론에 다다랐다.

"어디까장이나 너는 내 새깽이고, 언지까장이나 나는 니 에미니라."

관촌댁은 천석꾼 마나님 자리 고수하려고 잠시 밤마을 내보냈던 모성을 본래의 자리로 황급히 불러들였다. 새끼 낳아 젖 빨리던 예전 모습 허둥지둥 되찾으면서 똑 부러진 어조로 선언했다.

"발바닥 밑맨치로 깜깜허고 꽉 맥힌 에미 쇠견 구녁으로 내 새깽이가 도모허는 것이 옳은지 그른지 나는 당최 분간헐 재간이 없다. 설령 옳고 그른 이치를 빠삭허니 분간허는 예펜네라 허드래도, 명색이 에미 처지에 으짤 것이냐. 옳아도 내 새깽이, 영판 글러먹어도 내 새깽이인 것을!"

한 번 잃었다 두 번 되찾은 거나 진배없는 귀둥이 자식 등덜미를 가만가만 토닥거리는 동안, 관촌댁은 매우 파격적인 결심 한 가지를 회삼물 바닥처럼 단단히 굳혀버렸다.

"에미가 끝까장 나 몰라라 외면헌다면, 그 자식은 장차 뭣이 될 것이며 어디로 갈 것이냐. 적막강산에 외톨백이 인생이 얼매나 허망허고 얼매나 웬통에다 절통헐 것이냐. 그 스럽고 고단헌 심사를 언다 대고 어느 연놈 붙잡고 원정을 허고 넋두리를 헐 것이냐. 오냐, 좋다! 인자서부텀 니가 허고 잪은 대로 죄다 허고 살어라. 장개 가고 잪으다면 장개를 보내주고, 중이 되고 잪으다면 에미가 요 손에 삭도 잡고 머리터럭 배코를 쳐주마. 무신 일이든지 좌우지간 물리고 신물 날 때꺼장 너 허고 잪은 대로 여한 없이 실컨 험시나 살거라. 에미가 심당는 대목꺼장 든든허니 새깽이 뒷배를 봐줄 모냥이니깨!"

관촌댁이 스스로 입 열어 허락한 일들 가운데는 물론 그니가 비상처럼 혹은 양잿물처럼 끔찍한 물건으로 여겨오던, 그 사회주의라는 상놈들 사상도 은근슬쩍 포함되어 있었다.

"그 대신, 죽는 짓만은 절대로 허들 말어야 쓴다. 너 죽으면 나 못 사는지 알거라. 지 새깽이 잡어먹은 에미가 장차 무신 부귀영화 누리겄다고 두 눈에 쌍불 키고 아득바득 연명허겄냐. 느그 에미 옹색헌 처지를 돌봐서 좌우지간 으떤 목불인견 참상을 만나드래도 슴불리 죽을라 뎀비들 말고 그저 어금니 꽉 악물고 악착같이 살어남어야 쓴다!"

애당초 손바닥 너비 약간 웃도는 산골짝 다랑전 몇 뙈기로 시작된 살림이었다. 영감이 자다가도 깜짝깜짝 경기하며 벌떡벌떡 일어앉으리만큼 무서워 벌벌 떨고 땅 꺼지게 걱정하는 그 사회주의 세상이 언젠가 찾아온다손 치더라도, 설령 안 가지고 못 가진 작인들과 머슴들이 어느 날 낫 들고 죽창 꼬나쥐고 떼거리로 들이닥쳐 아수라장 만들고 뜨더귀판 벌임으로써 그토록 실하던 천석꾼 살림 하루아침에 온전히 결딴낸다 할지라도, 결국 잃을 거라고는 처음 살림 시작할 당시 지녔던 다랑전 몇 뙈기에 불과한 셈이었다.

"장차 무신 사달이 벌어지드래도……"

줄곧 있다가도 어느 순간 새처럼 바람처럼 어디론지 훨훨 날아버리고, 내내 없다가도 밤새 소리 없이 내린 도둑눈처럼 새록새록 쌓이고 덮이는 것이 바로 재물 아니던가. 재물이야 한꺼번에 몽땅 다 쓸어간다 할지라도 단 하나뿐인 인명만 해하지 않는다면, 애면글면 애옥살이나마 사회주의 세상에서도 새잡이로 다시 시작할 수 있을 듯싶었다.

"어느 자발머리없는 입주뎅이가 내 새깽이를 두고 무신 잡소리를 씨부렁거린다 허드래도……"

관촌댁이 추임새 놓듯 틈틈이 들먹이는 그 자발머리없는 주둥이 범위 안에는 시방 사랑채에서 세상모르게 곯아떨어져 있을 천석꾼 영감의 것도 깔축없이 포함되어 있었다.

"으디까장이나, 은지까장이나 너는 내 새깽이고, 나는 니 에미니라. 이 에미가 사생을 결단허고 나서서 염라대왕 상투 틀어쥐고 동곳 뽑는 한이 있드래도 내 새깽이를 끝까장 지켜주고 뒷배를 봐줄 모냥이니깨, 너는 당최 염려를 말고 사나대장부답게 활개를 쭉 피고 살어야 쓴다. 알겄냐?"

몸집 더럭 큰 아들이 젖먹이 시늉으로 어미 품안 파고들면서 어깨를 연방 들썩이고 있었다. 갓난쟁이처럼 제 입에서 나오는 울음소리도 추스를 줄 모르는 아들 머리통 일삼아 쓰다듬고 어루만지면서 관촌댁은 그토록 비범하게 타고난 두뇌와 재주가 이제 무용지물로 변한 듯싶어 한편으로 몹시 안타까워했다. 만일 왜놈들이 남의 나라 분탕질하지 않고 황제가 다스리는 대한제국이 오늘날까지 계속 이어져왔더라면, 귀용은 지금쯤 과거시험에 도전할 나이였다. 그리고 과거시험만 봤다 하면 장원급제는 맡아놓고도 남으리만큼 남들보다 출중하게 타고난 아들이었다. 어쩌다 더럽고도 징글맞은 시국 잘못 만난 까닭으로 엉뚱깽뚱한 주의주장에 고부라져 학업마저 중도이폐하는 바람에 이제는 아무짝에도 쓸모없는 허섭스레기 꼴이 돼버린 그 비상한 두뇌와 재주가 생각하면 생각수록 더욱더 아깝게만 느껴지는 것이었다. 관촌댁은 아들이 눈치채지 못하게끔 명주실 같은 한숨 한 가닥 누에처럼 입에서 뽑아냈다. 하지만 이제 와서 어미가 아무리 안타까워해봤자 이미 굿판 끝난 마당에 뒷북치기요 죽은 자식 잠지 조몰락거리는 격임을 그니는 인정하지 않을 수 없었다.

"귀용아, 오날밤 안으로 니 생각을 잘 정돈허거라."

관촌댁은 아까부터 도무지 말이 없는 딸년 몫까지 챙겨 이야기 당번 노릇을 도맡아 수행해야 했다.

"느그 누님 말이 이치에 합당허다 생각되면 당장 요번 반굉일이나 굉일부텀 니가 덕용이 독선생을 맡거라. 너만 괭기찮다 허이면, 니 동상한티 무신 공부를 갈치든지 간에 에미가 나서서 공부 책상 둘러엎는 일은 없을 것이니깨, 너는 그런지만 알고 맴을 편안허게 먹거라."

방문 열리는 소리가 삐거덕 울렸다. 매우 신중한 몸놀림으로 소리 없이 방을 빠져나가는 순금의 뒤태가 그제야 관촌댁 눈에 들어왔다. 열린 문틈으로 쏟아져들어오는 밤바람에 소스라치게 놀란 호롱불이 갑자기 초라니 방정 떨면서 기다란 그을음 꼬랑지 시커멓게 뽑아올리다가 이내 다소곳한 모양새로 잦아들었다.

"요러다가는 필경 날을 꼴딱 새고 말겄다. 엔간허니 고단헐 틴디, 잠깐이라도 누워서 눈 조깨 붙이거라, 귀용아."

관촌댁은 젖배 곯은 갓난쟁이처럼 한사코 어미 가슴에서 안 떨어질 작정인 아들을 억지로 잠자리에 뉘었다. 그런 다음 아들이 잠들기 기다리며 조용히 머리맡을 지켰다. 한바탕 북새통 놓던 끝에 또다시 밤의 정적 밑바닥으로 고즈넉이 가라앉은 집안 분위기 속을 첫닭의 기척이 성급하게 파고들었다. 산동면 방향 어느 먼촌 새벽닭 울음이 퍽도 일찍이 길을 나서 푸르스름한 새벽 이내를 등에 업은 채 허위허위 달려오는 중이었다. 유례없이 길고 지루하게 느껴지던 봄날 하룻밤이 닫힘과 동시에 새로운 하루가 바야흐로 열리기 시작했음을 밤낮 분간도 못하고 살아가는 인간들에게 똑 부러지게 일깨워주는 신호였다.

윤흥길
1942년 전라북도 정읍 출생. 1968년 한국일보 신춘문예에 단편 「회색 면류관의 계절」이 당선되며 작품활동을 시작했다. 대표작으로 『장마』 『완장』 『황혼의 집』 『아홉 켤레의 구두로 남은 사내』 등이 있다. 한국문학작가상, 한국창작문학상, 현대문학상, 21세기문학상, 대산문학상, 박경리문학상을 수상했다. 대한민국예술원 회원이다.

문학동네 장편소설
문신 3

1판 1쇄 2018년 12월 15일
1판 2쇄 2024년 3월 1일

지은이 윤흥길
책임편집 김영수 | 편집 김봉곤 강윤정 김필균 | 모니터링 이희연
디자인 김이정 유현아 | 저작권 박지영 형소진 최은진 서연주 오서영
마케팅 정민호 서지화 한민아 이민경 안남영 왕지경 정경주 김수인 김혜원 김하연 김예진
브랜딩 함유지 함근아 고보미 박민재 김희숙 박다솔 조다현 정승민 배진성
제작 강신은 김동욱 이순호 | 제작처 한영문화사

펴낸곳 (주)문학동네 | 펴낸이 김소영
출판등록 1993년 10월 22일 제2003-000045호
주소 10881 경기도 파주시 회동길 210
전자우편 editor@munhak.com | 대표전화 031) 955-8888 | 팩스 031) 955-8855
문의전화 031) 955-3576(마케팅) 031) 955-2679(편집)
문학동네카페 http://cafe.naver.com/mhdn
인스타그램 @munhakdongne | 트위터 @munhakdongne
북클럽문학동네 http://bookclubmunhak.com

ISBN 978-89-546-5410-4 04810
978-89-546-5418-0 (세트)

* 이 작품은 대한민국예술원 예술창작지원금에 힘입어 집필되었습니다.